grafit

Dieses Buch ist ein Roman. Handlungen und Personen sind frei erfunden.
Ähnlichkeiten mit lebenden oder toten Personen sind nicht gewollt
und rein zufällig.

**Bibliografische Information der Deutschen Nationalbibliothek**
Die Deutsche Nationalbibliothek verzeichnet diese Publikation
in der Deutschen Nationalbibliografie; detaillierte bibliografische Daten
sind im Internet über http://dnb.d-nb.de abrufbar.

MIX
Papier aus verantwortungsvollen Quellen
FSC® C083411


Cäcilienstraße 48, D-50667 Köln
Internet: http://www.grafit.de
E-Mail: info@grafit.de

Dieses Werk wurde vermittelt durch die Literarische Agentur Kossack, Hamburg
Umschlaggestaltung: Nele Schütz Design unter Verwendung von shutterstock/Arsgera (Frauenkopf)
Gestaltung Innenteil: César Satz & Grafik GmbH, Köln
Lektorat: Christiane Geldmacher, Textsyndikat, Bremberg
Druck und Bindearbeiten: CPI – Clausen & Bosse, Leck
ISBN 978-3-89425-644-9
1. Auflage 2020

Anna Terboven

# Zartweißer Tod

Kriminalroman

grafit

**Anna Terboven** studierte Germanistik und Politikwissenschaften in Göttingen, Freiburg und New York, wo sie in Literaturwissenschaften promovierte. Sie arbeitete als Vertriebsleitung und Programmleitung in deutschen und österreichischen Verlagen. Nach Stationen in München, Wien und Frankfurt lebt sie seit 2016 in Hamburg und arbeitet in der Erwachsenenbildung. Die Ideen für ihre Krimis entstehen aus ihrer Faszination für die Abgründe der menschlichen Psyche.

# 1

Sie war weg. In seinem Kopf klang das Geräusch noch nach, ein kaum hörbares Plätschern, fast unmerklich hatte sich das Wasser über ihr sofort geschlossen. So leise, wie eine minimale Bewegung des Wassers leise war. Niemand außer ihm konnte es gehört haben. Das war jetzt weniger als eine Stunde her und sie fehlte ihm jetzt schon. Plötzlich fiel ihm sein Vater ein. Sie hatten einen der Ausflüge gemacht, vor denen er als Kind so große Angst gehabt hatte. Todesangst. Er war sechs gewesen, als er mit seinem Vater den Ausflug an den Teich in der Nähe machen musste und sein Vater ihm beigebracht hatte, wie man als Mann in der Natur standhält, um stark zu werden.

Er hatte sie durch das nächtliche Hamburg zur Elbe gefahren, kein Mensch hatte Notiz von ihnen genommen. Nachts waren die Straßen der Stadt entweder von amüsiergierigen Hamburgern und Touristen belebt oder die ganze Stadt schien zu schlafen. An diesem Abend war es ruhig gewesen, kaum ein Mensch auf der Straße. Man konnte bloß nie im Voraus wissen, wie es sein würde. Er hatte sie auf die Ladefläche seines Kombis gelegt, mit einer Decke unsichtbar gemacht, die Sicherheitsweste daraufgelegt, scheinbar achtlos hingeworfen. Er hatte jede Geschwindigkeitsbegrenzung befolgt, eine Verkehrskontrolle konnte er bei einer solchen Fahrt nicht gebrauchen. Allerdings wäre das auf dem Rückweg sogar okay gewesen. Er war sicher, man würde ihm nichts, aber auch gar nichts anmerken.

Jetzt war er wieder hier, an seinem Zufluchtsort, an dem einzigen Ort auf der Welt, an dem er sich fühlte wie er selbst, nicht wie der, der verschiedene Rollen spielte. Er schloss die Außentür auf. Kein Mensch kannte sein Versteck, dabei war es sein wahres Zuhause. Seine Wohnung konnte das nicht erfüllen, denn dorthin kam doch ab und an jemand. Er genoss die Stille hier und spürte, wie erschöpft er war. Es war so schön mit ihr gewesen. Ja, er vermisste sie, aber gleichzeitig war er sogar froh darüber, dass die Zeit um war und er sie hatte wegbringen können. Länger hätte er nicht mit ihr zusammen sein wollen. Mit ihr war es noch viel intensiver gewesen, als er es sich vorher ausgemalt hatte, er war glücklich gewesen. Aber am Schluss war es anstrengend gewesen, dann hatte es immer so viele Dinge gegeben, die einfach getan werden mussten.

Er war jetzt in dem Raum und fuhr mit dem Zeigefinger über den Fußboden. Doch, da war ein leichter Belag auf seiner Fingerkuppe, er überprüfte es mit der Taschenlampe, obwohl er die Deckenlampe angemacht hatte. Falls jemand auf die Idee käme, von seinem Finger einen Abstrich zu nehmen. Aber warum sollte jemand auf einen solchen Gedanken kommen? Er hatte sie ja weggebracht, man konnte sie nicht mehr mit ihm in Verbindung bringen. Er hatte alles so eingerichtet, dass er jederzeit ganz sicher, ganz beruhigt sein konnte.

Woher kam der Staub nur immer, er hielt hier doch alles verschlossen. Hatte sie ihn mitgebracht? Aber das war unmöglich, darauf achtete er. Er musste unbedingt etwas unternehmen, bevor er wieder eine Frau hierher mitnehmen konnte. Er wollte damit eine Weile warten, vielleicht bis zum nächsten Jahr.

# 2

Lena Holland, Kriminalhauptkommissarin, Leiterin des Teams Kriminalpolizeiliche Sonderermittlung 100 (KPSE 100) am Polizeipräsidium Hamburg, schob gerade ihr Rührei auf den Teller, als der Anruf aus dem Präsidium kam. Es war 6:25 Uhr: Leichenfund an der Elbe, Falkensteiner Ufer, Höhe Wittenbergen. Sie wollte diesen ersten Montag in ihrer schicken Wohnung eigentlich mit einem aufwendigen Frühstück feiern. Vor ein paar Monaten hatte sie sich von André getrennt, nach sechs Jahren Ehe und noch längerer Beziehung. Erst letzte Woche war sie umgezogen. Das Rührei gab sie kurzerhand auf eine Scheibe Brot und legte eine weitere darauf. Sie griff sich ihre Jacke vom Stuhl in der Diele, nahm die fünf Treppen zur Tiefgarage und ließ den Motor ihres Dienstwagens an. Sie brauchte dringend einen Kaffee, aber dafür war jetzt keine Zeit.

Lena hatte den Kollegen vom Präsidium gebeten, sofort Henri zu informieren, damit sie ihn auf dem Weg zum Falkensteiner Ufer abholen könnte. Henri Stefanski wohnte im Karoviertel. Er war erst seit vier Monaten in ihrem Team und ein paar Fälle hatten sie schon zusammen bearbeitet, nichts Großes so weit. Sie kannten sich noch nicht besonders gut, aber durch die gemeinsamen Einsätze war er schon jetzt ihr engster Mitarbeiter. Henri machte gern auf starker Mann, er wollte nie zugeben, dass er müde war oder Angst hatte. Alles in allem vielleicht etwas machomäßig. In der Kantine versuchte er, mit jungen Schutzpolizistinnen zu flirten und sie mit lässigen Sprüchen anzubaggern. Er brauchte offensichtlich eine Frau. Es schien ihm aber nichts auszumachen, eine Frau als Chefin zu haben.

Sie wusste nur nicht, ob Henri insgeheim ihre Position anstrebte und nach der Einarbeitungsphase darauf hinarbeiten würde. Das würde sich zeigen. Henri war vorher auch bei der

Mordermittlung gewesen, aber in einem anderen Team. Als er vor ein paar Monaten bei Lena angefangen hatte, wirkte es so, als wäre er ohnehin schon eingearbeitet und als ginge es nur noch darum, die Kollegen und vor allem seine neue Vorgesetzte kennenzulernen. Henri war nicht wirklich ein Leitungstyp, fand Lena. Na ja, man würde sehen, es gab schließlich immer wieder Überraschungen, wenn es darum ging, was Kollegen sich für sich selbst vorstellten. Fürs Erste fand sie seine Art zwar etwas brummig und unbeholfen, dennoch war er differenziert und gewandt bei der Ermittlungsarbeit und mit den Kollegen.

Lena hielt vor Henris Haustür, stieg aus und klingelte.

»Hallo, Henri, ich bin da«, sagte sie, als der Türöffner summte. »Ich warte im Auto.«

Nein, noch konnte sie ihn nicht einschätzen. Auch weil er dauernd mit seinen privaten Sachen so viel am Hut hatte. Glaubte man dem Flurfunk, hatte er die Trennung von seiner Ex-Frau Sonja noch nicht verarbeitet, obwohl das Ganze nun schon mehr als zwei Jahre zurückliegen musste. Mit seinen Kindern schien es auch schwierig zu sein, dauernd klappten Verabredungen nicht. Wenn man bei der Kripo arbeitete, war es ja ohnehin schwierig, Kinderwochenenden im Voraus zu planen.

»Ich habe dir einen Kaffee mitgebracht«, rief Henri, als er die Wagentür mit dem Zeigefinger aufmachte. In jeder Hand hielt er einen Thermobecher.

»Toll, danke. Den kann ich gut gebrauchen.« Henri brachte ihr bei jeder Gelegenheit Kaffee mit, manchmal sogar Döner oder ein Stück Pizza. Er schien sich ausschließlich von Fast Food und aus der Kantine des Landeskriminalamts zu ernähren. Lena hoffte, dass er mit seinem Foodservice nicht irgendetwas bezwecken wollte. Sie hatte keine Lust auf unausgesprochene Erwartungen und Gefühlschaos. Abgesehen davon, dass sie im Moment froh war, nicht mehr mit André zusammenzuwohnen, würde sie mit einem Kollegen sowieso nichts anfangen.

»Es ist eine sehr junge Frau«, sagte Lena. Der Kaffeeduft breitete sich im Auto aus. Lena trank einen Schluck. Sie wunderte sich kurz darüber, dass nichts, noch nicht einmal die Tatsache eines Leichenfunds, den Genuss von heißem Kaffee schmälern konnte. »Wirklich super, der Kaffee. – Der Mann, der die Leiche gefunden hat, sagte, dass hier ein Unfall passiert sei. Wir werden sehen.«

»Wenn eine junge Frau tot am Elbufer liegt, dann denkt man eher, dass es kein Unfall war.« Es hatte eine ganze Weile gedauert, bis Henri antwortete.

Auf dem Rugenbarg fuhren sie auf das Ende eines Staus zu, Lena bremste scharf und sah kurz zu ihm hinüber. Er sieht blass aus, dachte sie.

»Du bist blass«, sagte Henri.

»Was?«

Lena war in Gedanken schon wieder bei der Toten. Sie überlegte, ob sie Blaulicht einschalten musste, aber die Autos bewegten sich schon weiter. Sie hoffte, es wäre kein Gewaltverbrechen, und sie wusste natürlich, dass das Quatsch war, schließlich hatte das Landeskriminalamt sie gerufen und schon mitgeteilt, dass die Leiche blaue Flecken am Hals hatte. Sie hatte länger keine junge Frau als Gewaltopfer gesehen und darüber war sie froh. Gut, dass die Tote unter freiem Himmel gefunden wurde. Seit dem Vorfall vor zwei Jahren, als sie stundenlang gefangen gehalten wurde, musste sie sich manchmal zwingen, in geschlossenen Räumen den Opfern und den Spuren von Gewalttaten zu begegnen. Sie trat das Gaspedal durch.

»Mir geht's gut«, sagte sie, »ich war schon joggen, bevor der Anruf aus dem Präsidium kam. Ich dachte, ich sehe super aus.« Aber eigentlich war ihr nicht nach Späßen zumute. Zum Glück ging Henri nicht darauf ein.

»Du siehst immer super aus«, sagte er, das Gesicht nach vorn zur Straße gerichtet.

Lena warf ihm einen kurzen Blick zu.

Henri sah aus dem Beifahrerfenster und knibbelte mit dem Daumen an seinem Zeigefinger. Der Verkehr bewegte sich jetzt zügig und sie erreichten schnell den Fundort der Leiche.

Auf dem harten Sand unterhalb des Falkensteiner Ufers lag die Tote. Lena sah schon von Weitem eine junge schlanke Gestalt, eine Frau mit langen Haaren, einem Kleid und Schuhen. Sie schätzte sie auf achtzehn, vielleicht neunzehn Jahre. Sie war blond. Das Wasser hatte die Haare durcheinandergebracht und dann platt auf dem Sand angeklebt, es sah aus, als stünde es senkrecht von ihrem Kopf ab. Ein paar nasse Strähnen klebten auf ihrem Gesicht. Der Himmel war noch bedeckt und in dem gedämpften Licht leuchteten ihre roten Lippen. Lena spürte leichte Übelkeit. Was für eine Schönheit, dachte sie, obwohl die junge Frau deutliche Erstickungszeichen aufwies: Ihr Gesicht war bläulich verfärbt. Lena wandte sich abrupt ab, sie konnte die Tote plötzlich nicht mehr ansehen. Ich will das alles gar nicht aufdecken müssen, dachte sie. Irgendwo waren die Eltern dieses Mädchens und sie musste ihnen die Nachricht überbringen. Es war noch nie vorgekommen, dass sie sich bei einem Leichenfund übergeben hatte, aber jetzt war sie kurz davor. Sie zwang sich, tief und ruhig zu atmen. Was war nur los mit ihr? Sie schaute zum Naturschutzgebiet Neßsand hinüber. Am liebsten wäre sie dorthin geflüchtet.

»Du bist ganz weiß«, rief Dirk Lohmann ihr über den Strand zu. Lena warf ihm einen missbilligenden Blick zu. Musste er so laut sein? Es hatte ausgesehen, als ob er vollkommen auf die Leiche im Sand konzentriert wäre. Dirk war Rechtsmediziner, Lena arbeitete schon lange und im

Großen und Ganzen gern mit ihm zusammen, obwohl er in seiner Art manchmal ziemlich schräg war und sich kaum an sonst übliche Regeln hielt. Sie glaubte, dass die Leichen ihn mehr belebten als Gespräche mit Lebenden, den Kollegen vom Präsidium zum Beispiel. Er war schon einige Jahre im Dienst, seine Verfassung schien von unverwüstlichem Gleichmut zu sein. Dabei legte er übergroßen Wert darauf, die in einem Fall entscheidenden Hinweise selbst gefunden zu haben. Er war ein paar Jahre jünger als Lena, sah aber trotzdem viel älter aus, was nicht nur am Vollbart, der sein Gesicht beherrschte und in dem oft Reste von Milchkaffee und Mittagessen hingen, und an seinen strähnigen Haaren lag. Es waren seine Augen, die ihn alt machten, sein Blick war müde, so, als hätte er schon alles gesehen. Kein Wunder, dachte Lena, er dürfte schon Tausende Leichen obduziert haben. Es kam vor, dass er sie bei einem Obduktionsgespräch im Rechtsmedizinischen Institut über einer Leiche auf eine Weise anlächelte, dass man hätte dahinschmelzen können. Aber eben nur, wenn man nicht gerade am offenen Körper eines gewaltsam zu Tode gekommenen Menschen gestanden hätte. Am Anfang ihrer Zusammenarbeit hatte sich Lena gefragt, ob in seinem Oberstübchen alles in Ordnung war. Sie hatte ein bisschen gebraucht, um sich an dieses strahlende Lächeln über aufgeschnittenen Mordopfern zu gewöhnen. Aber vielleicht strahlte er über die Erkenntnisse, die er aus seinen Untersuchungen zog.

Lena ignorierte seine Bemerkung und nickte ihm zu. Aus der Ferne hörte man noch ganz leise das Grundrauschen von Verkehr, Stadt und Hafen. Wie beruhigend die immer gleiche Geschäftigkeit wirkte, schließlich musste auch sie einfach nur ihre Arbeit machen wie alle anderen. Das Blut kam in ihre Wangen zurück. Es war nichts.

Die Fundstelle war abgesperrt, alle gingen ihren Aufgaben nach. Auch die Kollegen von der Spurensicherung, Jens

Ziegler, der Leiter, und Marion Seidel, die Nummer zwei in der Spusi, dazu das Team von vier Mitarbeitern. Alle waren konzentriert, beschäftigt, ordneten ihre Utensilien, alle wussten genau, was zu tun war. Kein unnützes Wort wurde gesprochen, sie waren ein eingespieltes Team. Eine Schiffssirene tutete. Ein Fotoapparat klickte leise, Marion hatte angefangen, jeden Quadratmillimeter aufzunehmen, und Jens war gerade dabei, Proben aus dem Sand an der Fundstelle zu nehmen. Jens und Marion tauschten ab und zu einsilbig Informationen, begleitet von kurzen Blicken, ohne ihre Tätigkeiten zu unterbrechen.

Jens protokollierte ins Diktafon: »... auf dem Sandufer ... Proben von Fundstelle ... Auffindsituation der Geschädigten ... Kleidung der Toten: Kleid, Schuhe.«

Der Tag war trüb, aber es war noch immer ungewöhnlich mild für Anfang September. Wenn es auch so früh noch diesig und der Himmel bedeckt war, der Tag sollte wieder sonnig und heiß werden.

Lena sah sich um und überquerte dann mit Henri die seitliche Absperrung. Dort sprach einer der beiden Schutzpolizisten immer noch mit einem Mann in einer dunkelblauen Barbourjacke. Schon vom Auto aus war der Mann Lena aufgefallen, er war der Einzige, der nicht als Polizist erkennbar war. Er musste die Leiche gefunden haben, der Kollege nahm seine Personalien auf.

Der Mann sprach laut und gestikulierte wild herum. Sein Hund, ein sonst bequemer älterer Golden Retriever, wie er in einer Endlosschleife wiederholte, war gegen seine Gewohnheit vorausgelaufen, um zu schwimmen.

»Wo genau hat Ihr Hund denn die Leiche aufgespürt?«, schaltete sich Lena ein.

Der Mann war noch beim Thema Hund: »Er bewegt sich normalerweise nicht gern, aber heute ist er sogar geschwommen. Brav gemacht.«

Der Streifenpolizist warf Lena einen hilflosen Blick zu, während er versuchte, ordnende Fragen zu stellen.

»Er wollte schon ewig nicht mehr schwimmen, den ganzen Sommer musste ich ihn ins Wasser zerren.«

Den Redefluss des Mannes musste sie abstellen. »Lena Holland, Kriminalhauptkommissarin, mein Kollege Henri Stefanski, zeigen Sie uns bitte die Stelle, von der aus Sie die Leiche entdeckt haben«, sagte Lena nur knapp.

Der Mann verstummte. Er musterte Lena, dann wanderte sein Blick zu Henri.

»Also von wo?«, fragte Lena nach.

»Ja, gleich dort, wo die Leiche immer noch liegt, da hat Peer sie gefunden.« Sein Mund war ein Strich.

»Wer ist Peer?«, fragte der Schutzpolizist.

»Na, hier, mein Hund, wer denn sonst? Brav gemacht, ist ein doller Kerl, mein Peer.« Er strich dem Tier über den großen Kopf. Der Hund zerrte an seiner Leine und hechelte laut.

»Und was haben Sie dann gemacht?«

»Sofort die Polizei angerufen.«

»Haben Sie oder hat Ihr Hund die Lage der Leiche verändert? Haben Sie sie berührt?«

»Was denken Sie denn? Ich habe sie nicht angefasst«, sagte der Mann. »Ich habe Peer dann zur Sicherheit an die Leine genommen, damit er nicht dran rumschnüffelt.«

»Hat Ihr Hund die Leiche vom Wasser ans Ufer gezerrt?«

»Peer ist sicher stark, aber so stark dann doch nicht.«

»Gut, danke, wir haben das jetzt«, entschied der Polizist. »Wenn wir weitere Fragen haben, melden wir uns bei Ihnen.«

Der Mann stand noch einen Moment herum. Als ihn niemand mehr beachtete, ging er mit seinem Hund Richtung Straße zurück.

Dirk Lohmann sah kurz zu Lena auf, als sie zur Leiche kam. Er war dabei, die tote Frau zu untersuchen, er betrachtete konzentriert die Leiche, verwandte große Aufmerksamkeit auf die Kontaktstellen zum Boden, die Kleidung, betrachtete das Gesicht der Toten und ihren Hals aus immer neuen Blickwinkeln. Marion fotografierte noch immer die Fundstelle und die Umgebung.

»Es sieht so aus«, sagte Dirk, »als wäre die Leiche angeschwemmt worden. Der Wasserstand ist im Moment niedrig. Wenn jemand sie hier am Ufer abgelegt hätte, müssten Schleifspuren im Sandboden zu erkennen sein.«

Lena nickte. Die Tote kam ihr jetzt noch jünger vor, eher wie sechzehn. Am liebsten wäre sie wieder ins Auto eingestiegen und weggefahren. Dirk Lohmann brauchte nur Sicherheit darüber, dass weder der Hund noch sein Mensch die Leiche verändert hatte. Der Rest interessierte ihn nicht. Für ihn war jede Leiche gleich, glaubte Lena.

»Das war kein Freitod«, sagte Dirk plötzlich, obwohl ihn niemand danach gefragt hatte. Jeder wusste, dass zu diesem Zeitpunkt normalerweise nichts aus ihm herauszubringen war.

»Fällt dir etwas auf?«, fragte sie.

Henri neigte den Kopf zur Seite. »Was sollte mir auffallen?«

»Die Kleidung ist seltsam.«

Die Tote trug unversehrte Kleidung, ein ärmelloses geblümtes Kleid, das neu aussah. Die Farben wirkten besonders kräftig, wahrscheinlich weil der Stoff nass war. Es war viel zu dünn, um in dieser Jahreszeit getragen zu werden. Es wurde nachts richtig kühl. Wenn die junge Frau in diesem Kleid abends ausgegangen war, dann musste sie noch andere Kleidung dabeigehabt haben, eine Jacke oder einen Pullover. Wo hatte sie die Sachen verloren?

An ihren Armen und Händen waren Spuren von Verletzungen zu sehen. Rund um beide Handgelenke hatte sie verschorfte Stellen. Die Tote hatte noch nicht lange im Wasser gelegen, ein paar Stunden vielleicht, denn die Quellung und Runzelung der Haut war kaum ausgebildet, die Fingernägel waren noch nicht abgelöst. Die Blutergüsse waren unregelmäßig angeordnet, vermutlich Würgemale, wahrscheinlich mit den Händen beigebracht, auf der rechten Halsseite waren Kratzspuren. Lena hatte sieben Semester Medizin studiert, bevor sie zur Polizei ging. Einen erwachsenen Menschen mit bloßen Händen zu erwürgen, dauerte drei Minuten. Es erforderte einen enormen Kraftaufwand, weil das Opfer eine starke Gegenwehr mobilisierte, selbst wenn es letztlich unterlag. Lena war gespannt, was Dirk herausfinden würde.

Der sah plötzlich in ihre Richtung: »Sie hatte Glück, dass sie nicht von einer Schiffsschraube erwischt wurde«, sagte er und drehte Lena wieder den Rücken zu.

Lena zwang sich, die Tote aus der Nähe anzusehen. Die Lippen waren tiefrot und glänzten, die Wangen sahen aus, als wäre viel Rouge aufgetragen, und sie fragte sich, was das für eine Farbe sein könnte, die noch hielt, obwohl die Tote im Wasser gelegen hatte. Ihre Augen waren geschlossen und die Lider von einem schwarzen Bogen aus dichten langen Wimpern umgeben. Unwahrscheinlich, dass die echt waren. Auf ihrem Gesicht schienen Wassertropfen abzuperlen wie von einem gewachsten Auto. Die roten Lippen, das Gesicht, das geblümte Kleid, die Lackschuhe an den Füßen, das alles sah aus, als wäre die junge Frau vielleicht am Vorabend ausgegangen und dann ihrem Mörder begegnet. Aber die Würgemale deuteten auf eine Gewalttat hin, die nicht erst am Vortag verübt worden war. Lena wusste, dass Dirk darüber jetzt keine Vermutungen anstellen würde. So lange, bis er jedes Detail in der Rechtsmedizinischen Abteilung des Universitätskrankenhauses Eppendorf untersucht hätte. Sie würde es genauso machen und auch nichts sagen, bevor sie Gewissheit hatte. Haltlose Spekulationen nervten nur.

Sie holte ihr Handy aus der Jackentasche, wählte die Nummer von Uwe Hardt aus der Vermisstenabteilung und drückte die grüne Taste.

Uwe nahm sofort ab.

»Lena hier, hast du eine Vermisste, die zwischen sechzehn und zwanzig ist, blond, lange Haare, schlank?«

»Seit ein paar Tagen wird eine Schülerin von ihren Eltern vermisst. Blond, langhaarig, das Alter passt.« Uwe Hardt hatte seinen Job im Griff.

»Haben die Eltern angegeben, wie ihre Tochter gekleidet war?«

»Klar, warte, hier ist es: Jeans, wahrscheinlich mit türkisem Ledergürtel, gestreifte Bluse, blaue Sandalen mit Absätzen, passt das auf eure Tote?«

»Die Klamotten nicht, der Rest ja«, sagte Lena und überlegte, ob Eltern immer so genau wussten, was ihre Töchter trugen. Das Mädchen konnte sich bei einer Freundin für den Abend umgezogen haben. »Seit wann wird das Mädchen vermisst?«

»Seit Sonntag. Am Spätnachmittag wurde sie zum letzten Mal gesehen.«

Heute war Freitag, sechs Tage. Die Würgemale waren grün, blau und violett. Lena spürte einen Kloß im Hals. »Die Leiche kommt gegen elf in der Rechtsmedizin an, bevor wir mit den Eltern sprechen, müssen wir prüfen, ob es sich wirklich um die Vermisste handelt.«

Am späten Vormittag lagen im Rechtsmedizinischen Institut die bisher verfügbaren Informationen über die vermisste Schülerin und die aufgefundene Leiche vor: Fotos, Muttermale am Hals und am rechten Oberarm, die Blinddarmnarbe, eine vier Zentimeter lange, diagonal verlaufende Narbe auf dem linken Knie. Die Eltern hatten viele Fotos an die Vermisstenabteilung geschickt. Es gab keinen Zweifel, dass es sich bei der Toten um die seit sechs Tagen vermisste Schülerin Annika Schachtrupp handelte.

Lena sah ihr blasses Gesicht im Rückspiegel, als sie mit Henri zu den Eltern fuhr. Sie hoffte, dass man ihr nicht anmerkte, wie schlecht sie sich fühlte. Ihr war immer noch übel. Conny Mesche aus Lenas Innendienstteam gab telefonisch Informationen zu Annikas Familiensituation durch, sie hörten sie über die Freisprechanlage. Henri machte sich Notizen, während Lena fuhr. Die Eltern lebten zusammen, waren das, was man früher eine normale Familie nannte, jetzt aber in weiten Teilen Hamburgs ein statistischer Sonderfall war. Annika war das einzige Kind. Ihr Vater war Architekt und Mitinhaber in einem Architekturbüro, ihre Mutter Lehrerin für Mathematik und Physik an einem Gymnasium in Eppendorf. Die Familie lebte im nördlichen Lokstedt, wo Annika aufs Gymnasium ging. Beide waren an diesem Freitagmittag zu Hause, weil sie seit dem Verschwinden ihrer Tochter am letzten Wochenende von ihrer Arbeit freigestellt waren.

»Ich übernehme das Gespräch mit den Eltern«, sagte Henri, als Lena in die Straße einbog, in der sie den Eltern der siebzehnjährigen Annika die Todesnachricht überbringen mussten.

Lena schüttelte nur den Kopf, »Das ist mein Job, du bist das nächste Mal wieder dran.« Charmeoffensiven während der Arbeit waren ihr zuwider.

Bettina Schachtrupp öffnete die Tür. Sie hatte tiefe Ringe unter den Augen und sogar ihre Lippen waren blass.

»Frau Schachtrupp, dürfen wir reinkommen«, fragte Lena, nachdem sie sich selbst und Henri vorgestellt hatte.

Annikas Mutter hielt wortlos die Haustür auf, schloss sie mechanisch, ging dann voraus und rief mit dünner Stimme ihren Mann, der sich in einem Zimmer aufhielt, das rechts von der Diele abging.

»Peter, die Kripo ist da. Die Kripo!« Die letzten Worte

schrill, sie schien plötzlich verstanden zu haben, was es bedeutete, dass nun zwei Kripobeamte vor ihrer Tür standen und nicht mehr die Kollegen von der Vermisstenabteilung bei ihr anriefen oder sie oder ihren Mann oder sie beide in die Vermisstenabteilung ins Präsidium baten. Lena beobachtete den Blick von Annikas Mutter, sie sah ihren Mann starr und erwartungsvoll an, als könnte er das Schlimmste verhindern oder wenigstens sonst irgendetwas tun.

»Dürfen wir uns setzen?« Lena hoffte, dass sich auch Schachtrupps hinsetzen würden, sie befürchtete, dass Annikas Mutter ohnmächtig werden könnte.

»Sagen Sie ohne Umschweife, was los ist, wir halten diese Warterei kaum noch aus.« Peter Schachtrupp sprach leise und seine Stimme vibrierte. Er hatte wie seine Frau müde Augen und eingefallene Wangen, er war verzweifelt und mager. Vermutlich hatte der groß gewachsene Mann kaum noch gegessen und geschlafen. Er setzte sich neben seine Frau aufs Sofa und legte den Arm um sie.

Lena atmete tief ein. »Eine junge Frau wurde tot am Elbufer gefunden. Leider müssen wir befürchten, dass es sich um Ihre Tochter handelt. Es tut mir unendlich leid.« Sie sah das Gesicht der Toten vor sich und in diesem Moment fühlte sie Henris Blick auf sich, sah ihn aber nicht an. Ruhig atmen, sonst kommt es mir hoch, dachte sie.

»Wie? Wieso tot?« Bettina Schachtrupp zog die Schultern zusammen, nahm ein Taschentuch, schien aber doch nicht richtig verstanden zu haben. Ihr Mann hielt seine Frau mit beiden Armen. Ihm begannen Tränen übers Gesicht zu laufen. Lena spürte, dass er nicht überrascht war. Ihm war sofort klar gewesen, welche Nachricht sie und Henri bringen würden. Ein kluger, ruhiger, irgendwie feiner Typ, dachte sie.

»Um ganz sicher zu sein, müssen Sie sie identifizieren, aber leider können wir Ihnen keine Hoffnung machen, dass es sich um eine Verwechslung handelt.« Lena versuchte, ruhig zu wirken.

»Es sieht so aus, als wäre Annika einem Verbrechen zum Opfer gefallen«, ergänzte Henri, »wir werden alles tun, den Täter zu finden.«

Der letzte Satz ging im Schrei von Frau Schachtrupp unter, sie warf sich auf der Couch hin und her, ein Zusammenbruch. Ihr Mann versuchte, sie zu beruhigen, aber sie schlug wild mit den Armen um sich. Henri rief die 112 an.

Sie warteten auf den Notarzt, Lena ging zur Toilette. Sie schaffte es gerade so, den Klodeckel hochzuheben, dann übergab sie sich und konnte nur hoffen, dass das Würgen leise genug war, damit es weder Annikas Eltern noch Henri hören konnte. Henri sah sie fragend an, als sie zurückkam, sagte aber auch hinterher, als sie wieder im Auto saßen, nichts. Das war ihr noch nicht einmal als Berufsanfängerin passiert.

Lena scrollte durch die Bilder. Annikas Lebensdaten und die Fotos ihrer Leiche und des Fundorts standen auf ihrem Bildschirm: geboren in Hamburg, achtzehn Jahre alt, Abitur für nächstes Jahr geplant, seit Sonntag vermisst. Auch wenn sie in diesem Moment noch nicht einmal wusste, wo sie den Täter suchen konnte, sie würde ihn finden. Sie und ihr Team würden alle Details herausfinden, einfach alles: wo er sein Opfer überwältigt hatte, was er mit ihm gemacht hat, wo er Annika versteckt hat.

Ihr war immer noch schlecht. Sie reckte sich, aber das half nichts, sie war verspannt, im Nacken ein Stechen. Was hatte die Polizei eigentlich unternommen, um Annika zu finden? Gab es Hinweise, Spuren? Aber wenn es nichts Konkretes gab, konnte man nur warten. Zum Glück gab es gerade keinen vergleichbaren Fall und junge Frauen verschwanden häufig. Allerdings immer nur kurzfristig. Die meisten tauchten nach ein paar Tagen von allein wieder auf.

Sie versuchte, tief durchzuatmen, und nahm einen Schluck aus der Wasserflasche neben ihrem Telefon. Es war ihr Fall und das war richtig, sie würde ihn lösen. Auch wenn es schwierige Ermittlungen würden. Bis jetzt war das einzig Sichere, dass sie hier auf scheußliche, brutale Details stoßen würden. Das konnte sie jetzt schon erkennen durch die Spuren, die der Täter an seinem Opfer hinterlassen hatte. Darüber hinaus wussten sie nichts.

Sie gähnte laut. Auf den Fotos, die Dirk von Annika aufgenommen hatte, waren die Spuren der Gewalt, die die junge Frau erlitten hatte, deutlich zu sehen, Blutergüsse, Kratzspuren. Annikas entspannter Gesichtsausdruck stand in starkem Widerspruch zu den massiven Verletzungen. Die roten Lippen, die rosigen Wangen, die langen Wimpern, das Kleid, die Lackschuhe, all das erinnerte Lena an etwas. Aber woran bloß? An einen früheren Fall? Sie ließ weiter die Fotos über den Bildschirm laufen, klickte vor und zurück, wieder und wieder.

Das Foto von Annika, das eine Woche vor ihrem Verschwinden bei einem Ausflug zum Hamburger Vorort Rissen aufgenommen worden war, vergrößerte sie. Die Augen, der lachende Mund, sie versank immer mehr in den Anblick des Mädchens. Annika war sehr schön, sie hatte wunderbare Haare, ein perfekt geformtes Gesicht, einen schlanken, sportlichen Körper. Henri kam ins Büro und stellte sich hinter sie, um mit ihr auf den Bildschirm zu schauen. Lena scrollte weiter. »Henri, würdest du uns einen Kaffee holen?« Seine Gegenwart störte sie. Wenn sie an Kaffee dachte, wurde ihr erst recht schlecht. Vielleicht verstand Henri ja.

Er verließ das Büro und Lena holte wieder das Foto aus Rissen auf den Bildschirm, sie starrte darauf. Was berührte sie so stark an Annika? Jedes Mädchen, jede Frau, einfach jeder Mensch konnte Opfer einer Gewalttat werden. Das wusste Lena nur zu gut und sie hatte schon viele Leichen gesehen. Annika sah aus wie ein normales Mädchen, warum beunruhigten die Fotos sie so? Was war nur mit ihr los? Sie hoffte, dass Henri nicht so schnell zurückkommen würde. Sie wollte jetzt einfach allein sein. Die Haare waren an einigen Stellen samt der Kopfhaut ausgerissen, das junge Gesicht war verfärbt, verquollen und lag unter einer dünnen durchsichtigen Kunststoffschicht, die sich teilweise abzulösen begann. Was für eine Brutalität, dachte sie. Und in diesem Moment durchfuhr sie der Gedanke, was sie so mitnahm: Annika hatte dieselben blonden Haare wie sie selbst, das Licht auf dem Foto fiel von rechts ein und ließ einen rötlichen Schimmer entstehen. Wie bei Lenas Haar, das auch eigentlich blond war und das nur dann einen Rotstich hatte, wenn Sonnenlicht aus einem bestimmten Winkel darauf fiel. Lena hatte dieselbe Haarfarbe wie ihr Vater, bevor er grau geworden war. Annika war etwa so alt wie Lena, als sie Frank kennengelernt hat, ein Jahr vor ihrem eigenen Abitur. Und Annika hatte denselben starken, zuversichtlichen Blick und Ausdruck, wie sie selbst ihn hatte, bereit, aus Langfelden weg und in ihr eigenes Leben zu gehen. Das war kurz nachdem das mit Frank passiert war, er war tödlich verunglückt. Frank, ihre große Liebe mit achtzehn. Sie stand auf und öffnete ein Fenster.

Sie musste das alles aus dem Kopf kriegen, schließlich war sie keine Anfängerin. Diese Annika war ein Mordopfer und hatte nichts mit ihr selbst zu tun. Als Lena Abitur gemacht hat, war Annika noch nicht einmal geboren. Auf der Polizeischule hatte man ihnen beigebracht, dass man sich niemals zu stark mit den Opfern identifizieren dürfe, »sonst können Sie nicht ermitteln«, hatte es geheißen. Damals hatte Lena das für Quatsch gehalten. Wieso sollte man sich mit einem Opfer, das schon tot war, identifizieren? Aber was hatte man ihnen denn überhaupt als Werkzeug mitgegeben für den Fall, dass einem der Abstand zum Opfer nicht gelang?

Lena schnappte sich ihre Tasche und verließ das Gebäude.

Sie lief ein Stück die Straße vor dem Präsidium entlang, bis zur U-Bahn-Station Alsterdorf, und holte sich eine Zeitung. Es beruhigte sie, die Schlagzeilen durchzusehen und in ein paar Artikel hineinzulesen. Morgen würde der Fund der Leiche Thema in der ganzen Stadt sein, das Foto der schönen jungen Annika würde auf den Boulevardblättern in ganz Hamburg zu sehen sein. Sie musste jetzt unbedingt etwas essen. Sie ging zurück ins Präsidium, in die Kantine. Dort sah sie Henri mit Kollegen an einem Tisch am Fenster sitzen. Lena holte sich eine Tomatensuppe und Brot und setzte sich zu ihnen.

»Du siehst gar nicht mehr so schlecht aus«, sagte Henri, ohne vom Bildschirm aufzusehen.

Lena saß wieder an ihrem Schreibtisch und sah die Vernehmungsprotokolle durch, die die Kollegen aus ihrem Team und auch sie selbst in die Fallunterlagen eingegeben hatten. Sie fühlte sich wirklich schon besser. Den größten Teil des Nachmittags hatten sie damit verbracht, erste Gespräche zu führen. Lena hatte Annikas Vater angerufen, um noch einmal mit ihm zu reden. Sie und ihr Team hatten mit Mitschülern, Lehrern und Freunden gesprochen. So würde es das ganze Wochenende weitergehen. Die Gesprächsprotokolle wurden laufend aktualisiert. Eine ganze Weile hatten Lena und Henri schweigend gearbeitet.

»Die ersten Befragungen und Untersuchungen sind die wichtigsten«, unterbrach Lena schließlich das Schweigen, »aber die Gespräche haben bisher nichts Konkretes ergeben, es sei denn, in der letzten halben Stunde wurde noch etwas Entscheidendes gefunden.«

Henri schüttelte den Kopf.

»Zumindest gibt es noch keinen Verdacht in Annikas Bekanntenkreis. Ihre Mutter hat gesagt, dass Annika ein solches Kleid, wie sie es als Tote trug, nicht besessen hat. Sie hatte auch keine Ballerinaschuhe. Sie hasste Ballerinas.« Lena klickte sich weiter durch die Protokolle. »Wir brauchen jetzt dringend Informationen aus der Rechtsmedizin.«

»Das Kleid stammt aus einer Massenproduktion, aber wir müssen trotzdem versuchen, den Käufer zu finden.«

Lena warf Henri einen erstaunten Blick zu. Er wirkte mutlos, ganz untypisch für ihn. »Wir gehen die Datenbank durch, vielleicht gibt es ähnliche Fälle«, sagte sie, »entweder existiert in Annikas Umfeld eine Verbindung zu der Tat oder sie ist ihrem Mörder zufällig begegnet. Wir werden es herausfinden.« Sie sagte es ernst und sah Henri entschlossen an, obwohl sie keine Ahnung hatte, wo sie überhaupt ansetzen konnte. »Aber bevor wir loslegen, rufe ich Dirk an. Wir brauchen mehr Infos über den Mord, vor allem auch über die äußeren Verletzungen.«

Henri stand auf, murmelte: »Ich hole uns Kaffee.«

Als er zurückkam, stellte er die zwei Becher, einen mit starkem Kaffee für Lena und einen mit dünner Plörre für sich, auf Lenas Schreibtisch. Er blieb neben ihr stehen.

»Eigentlich war ich ja mal dran mit Kaffeeholen«, sagte Lena und drückte auf den Lautsprecherknopf des Telefons. Sie hatte Dirks Nummer gewählt.

»Wir müssen zusammen den Befund direkt an der Ex durchgehen.« Das war Dirk.

Lena wunderte sich nicht, dass er sie nicht begrüßte. Er sprach immer sofort über die Befunde.

»Dafür haben wir ja einen Termin, wenn du die Obduktion abgeschlossen hast. Wir brauchen aber jetzt schon deine Einschätzung über die Würgemale und die Schürfwunden.« Lena trank ein paar Schlucke Kaffee. »Gib uns doch schon mal durch, was du dazu rausgefunden hast.«

Schweigen auf der anderen Seite. Es machte Lena verrückt, dass Dirk sich so gern bitten ließ. »Also, schieß los, Dirk«, sagte sie ungeduldig.

»So einfach ist das nicht.«

»Ich weiß, dir liegen die komplizierten Sachen.« Sie sah Henri an und zwinkerte. »Also?«

Räuspern am anderen Ende der Telefonleitung. »Ich habe die Würgemale durchanalysiert und schon ein paar Scheiben von Annikas Gehirn angesehen.«

Bei dem Wort »Scheiben« verdrehte Henri die Augen. Lena seufzte innerlich. Wahrscheinlich hielt Dirk sein Spezialvokabular, das er immer wieder einstreute, für lässigen Studentenjargon.

»Was ich jetzt sage«, fuhr Dirk ohne Pause fort, »ist noch nicht bewiesen, aber es sieht so aus, als ob die Würgemale mit großer Sicherheit von fünf Angriffen verursacht wurden. Wegen der Farbabstufungen der Blutergüsse ist das quasi eindeutig. Die Angriffe müssen über einen Zeitraum von drei bis vier, vielleicht fünf Tagen erfolgt sein. Es hängt natürlich auch von der Konstitution des Opfers ab, wie lange das Ganze gedauert haben kann. Das Gehirn war höchstwahrscheinlich schon nach drei Tagen nicht mehr ausreichend mit Sauerstoff versorgt.«

Lena stellte sich die junge Frau vor. Ab wann mochte sie geahnt haben, ab wann gewusst haben, dass sie die Angriffe nicht überleben würde. Wie verzweifelt sie gewesen sein musste. Sie sagte jedoch nichts. Dann merkte sie, dass Dirk für seine Analyse gelobt werden wollte. Sie hatte aber keine Lust dazu. Schließlich war das ein vorhersehbarer Befund an einer Leiche, die durch Erwürgen zu Tode gekommen war.

»Das ist für den Moment schon mal eine kleine Hilfe«, sagte sie und unterbrach mit einem »Danke dir« die Verbindung. Dirk konnte sie mal. Er sollte seinen Job machen wie alle anderen auch und nicht ständig nach Anerkennung lechzen.

Auf den ersten groben Suchfilter, den Lena eingab, wurden ungeklärte Mordfälle an Frauen in Deutschland angezeigt. Es waren über achtzig und einige lagen schon mehr als zehn

Jahre zurück. Es war zum Verzweifeln, wie viele Gewalttaten nie aufgeklärt werden, dachte sie und konzentrierte sich bei ihrer Suche zunächst auf Hamburg. Sie gab das Alter der Opfer mit fünfzehn bis dreißig an. Die Zahl war überschaubarer, aber es waren immer noch zwölf Fälle in den vergangenen acht Jahren. Zwölf junge tote Frauen, alle ermordet und nur eine Tat aufgeklärt. In zehn Fällen ruhten die Ermittlungen, bis auf einen waren sie in der Kategorie ungelöste Fälle abgelegt. Also liefen fast alle Täter frei herum.

»Ich filtere die Fälle in Hamburg nach Merkmalen«, sagte Lena, »du prüfst bitte die Tatorte.« Lena speicherte die Auswahl. »Vielleicht gibt es Gemeinsamkeiten mit unserem Fall.«

»Alles klar.« Henri nickte und begann damit, den Filter in der Datenbank einzurichten.

Lena blätterte durch die zwölf Fälle. Auf den ersten Blick schienen sie alle komplett unterschiedlich und möglicherweise hatte keiner eine Ähnlichkeit mit dem neuen Fall. Drei Frauen hatte der Täter die Kehle durchgeschnitten, sie wurden zwanzig, zweiundzwanzig und vierundzwanzig Jahre alt. Alle drei im Großraum Hamburg. Zwei achtzehnjährige Schülerinnen waren innerhalb von zwei Jahren in Wilhelmsburg von Autos überfahren worden, die Spuren deuteten darauf hin, dass sie vor das Auto gestoßen worden waren, bis heute von den Tätern keine Spur. Sieben Frauen waren erwürgt worden. Die Taten hatten in den vergangenen sechs Jahren stattgefunden. Eine junge Frau aus Mümmelmannsberg war von ihrem Freund aus Eifersucht mit einem Kabel erdrosselt worden. Der Mann war geständig gewesen, es war der einzige gelöste Fall, ein paar Jahre hatte der Täter noch abzusitzen. Bei den elf ungeklärten Fällen waren erfahrungsgemäß nicht elf Täter am Werk gewesen, wahrscheinlich nur drei bis fünf. Das entsprach dem statistischen Mittel. Lena stellte Aufnahmen der Würgemale der fünf erdrosselten Opfer nebeneinander auf den Bildschirm. Daneben ein Foto von Annikas Würgemalen. Die Blutergüsse der Opfer unterschieden sich erheblich.

Eine mühsame, langwierige Ermittlungsarbeit stand ihnen bevor.

Lena bog in den Hof ein, stellte ihr Auto draußen ab, damit sie bei einer dringenden Nachricht gleich losfahren konnte. Die Gespräche mit Annikas Familie und ihren Freunden liefen weiter, ein großes Team war aktiv. Sie war ausgelaugt und hungrig. Für heute Abend hatte sie vorgehabt, das ultimative Currygericht zu kochen. Jetzt war ihr aber die Lust vergangen.

Ihre Wohnung lag in einem Neubau, der hinter der Altbau-Häuserreihe im Hinterhof in der Forsmannstraße gerade erst gebaut worden war. Als sie vom Auto zur Haustür ging, bemerkte sie, dass auch in der linken Erdgeschosswohnung in den letzten Tagen jemand eingezogen war. Statt eines langen Balkons hatte sie eine Terrasse. Noch war keine Zeit gewesen, sich im Haus vorzustellen. In den nächsten Tagen war ebenfalls nicht daran zu denken.

Nach ein paar Stunden Schlaf würde sie wieder ins Präsidium fahren. Den Wunsch, der Täter möge ihnen durch einen Zufall oder irgendeinen dummen Fehler in die Fänge laufen, gab es immer am Anfang von Ermittlungen. Wie vor ein paar Monaten, als der Täter nach zwei Tagen an den Tatort zurückgekommen war, an dem er seine Freundin mit zwanzig Messerstichen umgebracht hatte. Er hatte im Garten gesessen und geheult. Der Mann hatte aus Eifersucht getötet. Aber das hier sah nach kaltblütiger Planung aus und schon jetzt hatte sie die Angst, dass Annika nicht das einzige Opfer bleiben würde.

Als sie den Schlüssel herumdrehte, kam es ihr vor, als wäre es eine Ewigkeit her, dass sie die Wohnung am Morgen verlassen hatte. Es war ein langer Tag gewesen und trotzdem hatte sie das Gefühl, er wäre noch nicht zu Ende. Sie zog ihre Jacke aus und ging durch ihre neue Wohnung. Es war ein tolles Gefühl. André konnte ihr keine Vorwürfe mehr machen, weil sie wieder einmal zu lange gearbeitet hatte. Sie durchquerte die dreieinhalb Zimmer, die noch ziemlich leer waren. Küche, Wohn- und Schlafzimmer waren schon einigermaßen eingerichtet. André, der sich mit vielen Aktionen gegen Lenas Trennungswunsch gewehrt hatte und in Tränen ausgebrochen war, blieb in der alten Wohnung. Er hatte sogar eine Überraschungsreise nach Barcelona gebucht. An einem anderen Tag hatte er sie mit ihrem Lieblingsessen überrascht. Den Barcelona-Trip hatte er dann storniert.

Vor ein paar Tagen endlich der Umzug. Sie war die ganze Zeit nicht richtig zum Nachdenken gekommen. Manchmal fragte sie sich allerdings, ob sie André nicht doch vermissen würde, wenn erst einmal der Alltag mit der Einsamkeit einsetzte.

Im Schlafzimmer stand ihr neues breites Bett. Lena stellte sich plötzlich vor, sie würde mit André drinliegen, aber das war vielleicht nur die Gewohnheit. Oder die Angst, sich allein zu fühlen. Daneben das Bad mit Wanne. Am Wochenende hatte sie sie schon ausprobiert. Von der Badewanne aus konnte sie durch das offene Fenster zwei hohe Baumkronen und den Himmel sehen. Herrlich, um die Gedanken frei fließen zu lassen. Gegenüber der Schlafzimmertür gingen noch zwei weitere Zimmer ab, eins würde sie als Gästezimmer nutzen und eins für ihre Bücher und als Büroraum. Daneben ein Bad mit Dusche. Allein der Gedanke, dieses schöne Zuhause nach ihrem Geschmack zu gestalten, machte Lena glücklich.

Im Sommer würde sie mit Freunden auf dem großen Südbalkon sitzen. Oder in ihrem riesigen Wohnzimmer. Das Sofa und die Regale hatte sie letzte Woche anliefern lassen. Die Küche bot genügend Raum für einen Esstisch, an dem acht

Personen Platz hatten. Jetzt war er nicht auf seine volle Länge ausgezogen, es gab nur vier Plätze. Lena liebte die Idee, dass jederzeit ein paar Freunde bei ihr vorbeikommen könnten. In den letzten Jahren war das selten vorgekommen, aber sie hoffte, dass das jetzt anders würde. Im Moment besaß sie allerdings nur zwei Stühle und für Besuch hatte sie keine Zeit.

»Ich brauche erst mal Zeit für mich«, murmelte sie vor sich hin, während sie in die Küche ging. Und auch das war schwierig, solange sie einen komplizierten Fall aufklären musste. Ein Abenteuer mit einem tollen Mann würde aber trotzdem irgendwie gehen.

Frank fiel ihr ein. Sie war achtzehn gewesen, er ein Jahr älter. Was wäre aus dieser Liebe geworden, wenn Frank nicht tödlich verunglückt wäre? Die Trauer um ihn hatte Jahre gedauert und manchmal glaubte sie, dass sie ihn immer noch vermisste. Irgendwie war ihr stets klar gewesen, dass ihr großes Problem, das sie erst nach Jahren hatte lösen können, mit Franks Tod zusammenhing. Aber nicht nur, denn einige Monate nach Franks Unfall war ihre Mutter an Bauchspeicheldrüsenkrebs gestorben. Erst die Diagnose und dann noch fünf Wochen. Lena hatte vorher nicht gewusst, wie verzweifelt sie sein konnte. Das mit Frank war in dem Sommer nach ihrem Abitur gewesen, bevor sie nach Göttingen gegangen war, um Medizin zu studieren.

Sie hatte angefangen zu stehlen. In dem Schallplattenladen, in dem sie Frank zwei Jahre vorher kennengelernt hatte, hatte sie ein Reinigungstuch für Schallplatten gestohlen. Sie hatte den Inhaber gekannt, sie hatte oft mit ihm über Musik geredet und viele Platten dort gekauft. Trotzdem hatte sie eine ungeahnte Befreiung gespürt, als sie draußen die Zellophanverpackung des Tuchs in ihrer Jackentasche berührt und das feine Knistern gehört hatte. Das nächste war Kaugummi in einem Kaufhaus gewesen, bald darauf kam das erste T-Shirt.

Lena stellte das Radio an, »Informationen am Abend«,

sagte der Sprecher. Sie musste die Gedanken an Frank jetzt zur Seite schieben, ein Mädchen war getötet worden. Sie sah Annikas Gesicht vor sich.

In den Nachrichten wurde von einem innerparteilichen Streit in der SPD berichtet, während Lena Champignons, eine Zwiebel und eine Möhre aus dem Kühlschrank fischte. Im Gefrierfach fand sie eine kleine Hühnerbrust. Ein leicht angeschrumpeltes Stück Ingwer lag im leeren Obstkorb, im Schrank Mie-Nudeln und ein Glas mit getrockneten Zitronenblättern. Die Gewürze hatte sie schon in einem Umzugskarton gefunden: Koriandersamen, Kurkuma und Bockshornklee. Es machte einen großen Unterschied, die Currygewürze selbst zu dosieren. Aber sie schob die Gläschen beiseite. Für eine Suppe reichte es auch so.

Sie legte das Hühnerfleisch auf ein Schneidebrett, es war ein hart gefrorener Klumpen. André hatte immer eine Familie gewollt und sie gedrängt, sich untersuchen zu lassen, weil sie nicht schwanger wurde. Er selbst hatte sich von mehreren Ärzten durchchecken lassen und war sicher gewesen, dass es nicht an ihm lag. Lena hatte alle Untersuchungen über sich ergehen lassen, aber insgeheim hatte sie gewusst, dass sie nie wieder schwanger werden und dass es bei dem einen Mal mit Anfang zwanzig bleiben würde. Inzwischen war sie Anfang vierzig. Das ganze letzte Jahr hatten sie nur noch gestritten.

Sie atmete tief durch. Nein, es war einfach nur gut, hier zu sein. Sie setzte einen Topf mit Wasser auf, schnitt den Ingwer in winzige Würfel und schob ihn mit dem Messer in das brodelnde Wasser. Dazu ein paar Zitronenblätter. Sie schnitt eine Knoblauchzehe, Zwiebeln, Champignons und die Möhre, dann das Hühnerfleisch und legte alles auf einen Teller.

André hatte sich über ihre Wochenendeinsätze und Überstunden beklagt und immer mehr gemault, wenn nachts Anrufe aus dem LKA kamen. Aber es bedeutete ihr alles, dass sie es bis ins Landeskriminalamt Hamburg geschafft hatte.

Und irgendwann war dann einfach nichts mehr zwischen ihnen gegangen.

Das Gemüse kochte in der Brühe mit Ingwer und Zitronenblättern. In einer Pfanne erhitzte sie Kokosfett, gab einen Löffel Curry dazu und rührte kräftig um. Ein aromatischer Duft erfüllte die Küche, Lena lief das Wasser im Mund zusammen. Sie gab mit Schwung das Fleisch in die Pfanne und ließ es eine Weile braten. Als alles fertig war, setzte sie sich an den großen Holztisch. Die Schale Gemüsesuppe würde ihr guttun, dazu das knusprig-scharfe Hühnchenfleisch, das vor ihr auf einem Teller lag.

Immer wieder hatte sie Annika vor Augen, ihr schönes Gesicht, die eigenartige Aufmachung. Als die Suppenschale leer war, bemerkte sie das kalte Hühnerfleisch, sie hatte es vergessen. Es sah glasig aus, geradezu unappetitlich. Lena war müde, sie hätte auf der Stelle einschlafen können.

Hatte Annika ihren Täter gekannt oder war sie ihm zufällig über den Weg gelaufen? Lena warf das Hühnerfleisch in den Abfalleimer. Der Appetit war ihr vergangen. Vielleicht war es auch einfach ungewohnt, für sich allein zu kochen. Plötzlich fiel Henri ihr ein. Er lebte schon seit Jahren allein. Was machte eigentlich Henri abends, wenn er in seiner Wohnung war? Sie hatte noch nie darüber nachgedacht.

Lena räumte einen Karton aus und legte ein paar T-Shirts in ihren Kleiderschrank. Im Gästezimmer stand noch ein ganzer Stapel voller Kartons. Sie war zu müde, um noch mehr auszupacken, und ging ins Bad. Im Spiegel betrachtete sie ihr Gesicht: Stirnfalten tief eingegraben und Ringe unter den Augen. Warum hieß es eigentlich Ringe? Bei ihr waren es Teller, große, dunkle, weitläufige Schatten.

Auch nach den Qualen, die Annika ausgehalten hatte, sogar nachdem die Leiche im Wasser gelegen hatte, sah man immer noch, wie schön sie war. Was war das auf dem Mund des Mädchens, was sollte das nur bedeuten? Dirk musste rausfinden, was das für eine Farbe war. Und warum perlte das Wasser von ihrem Gesicht ab wie von einem Auto? Hatte der Täter sein Opfer mitgenommen, weil Kleid und Schuhe den Impuls ausgelöst haben?

Lena strich ihre Haare zurück, drückte Zahnpasta auf den Bürstenaufsatz und sah ihr Spiegelbild an. Erst als die Zahnpasta von den Borsten tropfte, begann sie, ihre Zähne zu putzen. Und in diesem Moment fiel ihr ein, was sie an Annika so irritierte. Die Lackschuhe, das Kleid, die wunderschönen Haare, das makellos schöne weiße Gesicht, die roten Wangen, die künstlichen Wimpern, die roten Lippen. Annika sah aus wie eine Puppe.

Ihre Müdigkeit war wie weggeblasen. Sie lief ins Wohnzimmer, fuhr den Laptop hoch und gab als Stichwort *Puppen* in die Suchleiste ein. Nach wenigen Klicks war sie in einem Shop für Sexpuppen. *3d feste künstliche vagina … große Brüste voll silikon.* Sie überflog die Produktbeschreibungen, die aus einem automatischen Übersetzungsprogramm kommen mussten. *realistisch voll-silikon liebespuppe mit blink augen, Hafen Shenzhen, bewegen kann ohne Probleme … eine gute Qualität puppe im Vergleich zu jungfrau … Braun oder blonde haare.* Ja, jetzt hatte sie einen Ansatz.

Sie loggte sich in die Datenbank des Polizeipräsidiums ein. Bis weit nach Mitternacht durchsuchte Lena alte Fälle in Hamburg, Schleswig-Holstein, Niedersachsen, Mecklenburg-Vorpommern und Bremen. Die Ergebnisse waren unübersichtlich, sie probierte es mit immer neuen Stichwörtern. Als sie den Computer gerade ausstellen wollte, fügte sie noch ein neues Stichwort für den Suchfilter hinzu: Für besondere Auffälligkeiten gab sie *Rote Lippen* ein. Das System zeigte zwei Fälle, für die die Ermittler oder der Rechtsmediziner in irgendeiner Weise rote Lippen als auffälliges Merkmal notiert hatten. Das erste Opfer mit roten Lippen war eine dreißigjährige Frau aus Bremen. Dem Rechtsmediziner war eine starke

Rotfärbung des Mundes aufgefallen, er vermutete, dass das Opfer vor Eintreten des Todes eine durchblutungsfördernde Substanz eingenommen hatte.

Lena klickte zum nächsten Fall. Hier gab es Parallelen. Bis zwei Uhr nachts saß sie vorm Computer.

***

An einem Freitag zu trinken ging gar nicht. Freitag nicht, weil alle anderen an einem Freitag Freunde trafen, sich einen schönen Abend mit der Familie machten oder mit Partner oder Partnerin auf dem Sofa kuschelten. Wenn Henri geahnt hätte, wie es sich anfühlte, abends allein in die leere Wohnung zu kommen, wäre er bestimmt nicht ausgezogen. Sonja hatte ja gleich einen neuen Partner, sie war eigentlich nie allein, nie einsam. Trinken war auch an anderen Wochentagen doof. Sonntags zum Beispiel. Ein Absturz am Sonntag und die ganze Woche war von vornherein komplett ruiniert. Am schwersten war es, am Montag nicht zu trinken. Aber wenn er ehrlich war, wusste er, dass die Wochentage überhaupt keine Rolle spielten. Das Trinken spielte eine Rolle. Er musste es lassen, endgültig. Verflucht noch mal. Schließlich hatten sie einen neuen Fall und der war schwierig. Obwohl sie die Tote schnell identifizieren konnten, hatten sie keine Ahnung, in welche Richtung sie ermitteln sollten. Aus der Familie und von den Freunden des Opfers gab es keine Hinweise, nichts. Vermutlich handelte es sich um eine lange geplante Tat. Henri machte den Kühlschrank wieder zu.

Heute kein Bier und keine harten Sachen, die Nacht würde eh kurz. Er stellte den Wecker. Er musste morgen früh um sieben Uhr zur Lagebesprechung im Präsidium sein. Die ersten Stunden waren die entscheidenden in der Ermittlung, auch wenn man meistens erst hinterher merkte, wie wichtig sie waren.

Seit er mit diesem Typ redete, trank er nicht mehr so oft. Der hatte ihm am Anfang geraten, einfach mal die Wochentage aufzuschreiben und dazu zu notieren, in welchen Situationen er was trank und natürlich wie viel. Henri hatte das albern gefunden und ihm das auch gleich gesagt. Aber schließlich hatte er es doch gemacht, drei Wochen lang. Seit er das schwarz auf weiß hatte, zögerte er bei jedem Bier, das er aus dem Kühlschrank zog. Bis dahin war jeder Tag gleich gewesen. Er brauchte dieses Gefühl an jedem Abend, Watte im Kopf, alles gedämpft, alles nicht so schlimm. Was spielten denn da Wochentage für eine Rolle? Nur während des Dienstes hielt er sich immer zurück. Er wusste, wie lange seine Leber brauchte, um Alkohol abzubauen, er war oft erst nachmittags wieder nüchtern. Dazu die Angst, die Kollegen würden sich ihren Teil denken. Deshalb hatte er sich für Lenas Team beworben, die Kollegen seines früheren Teams sollten ihn vergessen und abhaken, bevor sie merkten, was mit ihm los war. Aber bei Lena musste man extrem aufpassen. Sie war hellwach, auch wenn sie nicht immer alles aussprach. Mit dem Wechsel ins neue Team hatte er einen Schnitt gemacht. Nicht konsequent, aber immerhin so, dass er deutlich seltener soff. Und heute trank er auf keinen Fall. Er hätte nie gedacht, dass es möglich wäre, sich so zu entscheiden.

Henri ging ins Wohnzimmer und schaltete den Fernseher an. Nachrichten über den Bürgerkrieg in Syrien. Seine Gedanken schweiften zu Sonja.

Das mit dem Ausziehen aus der Wohnung stimmte so ja nicht. Dass er nicht hätte ausziehen dürfen, das wäre eine tolle Erklärung, aber so einfach war es nicht. Sonja hatte ihn rausgeschmissen, er hatte gar keine Wahl gehabt. So war das gewesen, da gab es nichts zu beschönigen. Nach dem Rausschmiss vor zwei Jahren war lange kein Tag vergangen, ohne dass er sich auf gepflegte Art die Kante gegeben hatte. Auch wenn es keiner gemerkt hatte, zumindest war er nie darauf angesprochen worden. Und wieso »gepflegt«? Das war doch nur so ein Ausdruck, den er sich angewöhnt hatte. Gepflegt, weil er immer noch irgendwie mitbekam, wann es zu viel war, und er rechtzeitig die Kurve kriegte. Das ging anderthalb Jahre so.

Dieser Typ, bei dem er jetzt regelmäßig war, trank bestimmt überhaupt nicht, trotzdem kam er ihm nicht unmännlich vor. Aber natürlich war er ein Weichei mit diesem ganzen Gefühlsgequatsche, auch wenn er es bei ihm gut nehmen konnte, weil es gar nicht lächerlich wirkte. Und bei Frauen kam der damit bestimmt total gut an. Henri wäre sich blöd vorgekommen, im normalen Alltag immerzu von seinen Gefühlen zu reden. Machte das überhaupt jemand? Er hatte nie darüber nachgedacht. Er hatte immer angenommen, im Grunde gewusst, dass Männer nie über ihre Gefühle reden. Frauen ja, mit ihren Freundinnen. Aber vielleicht war das alles doch ganz anders. Nur wie war es dann? Und wie sollte er es machen? Im Präsidium wäre das einfach nur albern. Schon bei der Vorstellung, mit Lena über solche Dinge zu reden, musste er lachen. Sie würde ihn angucken und ihn fragen, was mit ihm los sei.

Er nahm sein Handy vom Couchtisch und überprüfte die Eingangsordner. Keine Mail, keine SMS, kein Anruf. Bestimmt hatte Lena eine private Seite, die sie als Kriminalhauptkommissarin nicht zeigte. Sie würde ihm schon gefallen, also als Frau, nicht nur als Kollegin. Ihm gefielen ziemlich viele Frauen.

Mit dem Daumen blätterte Henri das Telefonbuch in seinem Handy durch. Kripo Holland, das war sie. Und eins weiter Kripo Holland privat. Es hieß leider gar nichts, dass er Lenas Privatnummer hatte. Auch die Privat- und Dienstnummern von Lennard Müller, Conny Mesche und Dirk Lohmann und etlichen anderen Kollegen hatte er gespeichert. Wenn es darauf ankam, musste jeder immer und überall erreichbar sein. Er ließ den Cursor zwischen *Holland* und *Holland privat* hin- und herwandern, er brauchte nur über die kleine Fläche zu wischen, dann würde sein Handy ihre Nummer wählen. Lena wohnte jetzt auch allein. Soweit er wusste, hatte sie sich von ihrem Mann getrennt, nicht umgekehrt. Das musste man ihrem Ex zugutehalten, dass der nicht so blöd war, eine Frau wie Lena zu verlassen. Es nutzte ihm allerdings nichts, denn jetzt stand er doch ohne sie da.

Henri hätte zu gern gewusst, ob Lena schon einen neuen Mann hatte oder was bei ihr privat so lief. Subtiles Herumfragen bei den Kollegen hatte ihn in dieser Frage bisher nicht weitergebracht. Entweder hatte er zu unscharf gefragt – sein Interesse sollte schließlich beiläufig wirken – oder es wusste wirklich niemand etwas. Oder sie erzählten dem Neuen im Team nichts, bevor sie ihn nicht besser kannten.

Sein Blick blieb an Lena privat hängen. Er könnte sie wegen der Ermittlung anrufen. Aber er hatte keine neuen Informationen und es war schon nach zehn, sie würde ihn zu Recht fragen, was das sollte. Es hatte sowieso keinen Zweck, er war nicht ihr Typ, das hatte gar nichts damit zu tun, ob sie einen Mann hatte oder nicht. Henri stand auf, legte das Handy neben seine Dienstwaffe auf die Kommode im Schlafzimmer und ging ins Bad. Er mit Lena, das war eben völliger Quatsch, nur so ein Gedankenspiel. Leider.

# 3

»Was haben wir konkret?« Jürgen Hartmann, Kommissariatsleiter im Landeskriminalamt Hamburg und Lenas Chef – zumindest so eine Art, sie war ja Kriminalhauptkommissarin und er war ein Büroleiter –, begann jede Sitzung mit dieser Frage. Lena fand jedes Mal, es hörte sich so an, als ginge es um die Bestandsaufnahme des Büromaterials.

Keiner der Kollegen hatte über den Wochenenddienst gemurrt. Vor vierundzwanzig Stunden war Annikas Leiche gefunden worden, seit über zwei Tagen musste sie tot sein. Henri kam zur Tür rein und nahm Lena gegenüber Platz.

Jens Ziegler und Marion Seidel von der Spurensicherung saßen nebeneinander, Marion blätterte in ihren Unterlagen, Jens blickte auf den Bildschirm seines Laptops. Kaffeebecher standen auf dem Tisch, die Gesichter waren aufmerksam und angespannt. Staatsanwalt Rasso Riedenburger nahm nicht persönlich teil, Lena hatte ihn informiert und er hatte nur gesagt: »Frau Holland, Sie haben ja eh alles im Griff.« Schön wär's, hätte sie beinahe geantwortet.

Ihr gegenüber saß Conny, sie schien als Einzige ausgeschlafen zu scin, sogar voller Energie, auch wenn sie gleichzeitig irgendwie farblos wirkte in ihrer ewig hellen Bluse. Trotz der inzwischen aschblond-grau melierten Haare sah sie immer noch aus wie früher. Conny hatte ein halbes Jahr vor Lena im Team angefangen, damals war es noch Lennards Team gewesen, vor acht Jahren. Conny war schon seit fünfzehn Jahren im Innendienst des Polizeipräsidiums. Sie war ein Recherchetalent. Es gab eigentlich nichts, was sie nicht lösen konnte. Lennard Müller war vor ein paar Jahren überraschend in den Innendienst gewechselt. Obwohl er sonst eher zurückhaltend war, fand er, dass er genauso gut war wie Conny, und ließ das alle im Polizeipräsidium wissen. Lennard war Lenas Vorgänger als Kriminalhauptkommissar. Wenn

Lena draußen auf Einsätzen war, war er das interne Rückgrat der Abteilung, und so saß er jetzt da, aufrecht, gelassen und stark. Hätte Lena nicht gewusst, was für ein Trauma er bei einem Einsatz erlitten hatte, sie wäre nie darauf gekommen, dass diesen Mann etwas so derartig aus der Bahn hätte werfen können.

Lennard bedachte Jürgens Frage mit einem Blick in ihre Richtung.

»Hm.« Lena stand auf und betrachtete Jürgen ruhig. Der wurde schon nervös, wenn sie ihn länger als ein paar Sekunden ansah. Dann fasste sie die Informationen für die Runde zusammen: »Die Eltern der Geschädigten, Bettina und Peter Schachtrupp, haben ihre Tochter identifiziert. Sie wurde am letzten Sonntag spät abends von ihnen als vermisst gemeldet. In der Schule wurden ihre Lehrer und Mitschüler befragt. Das ergab soweit keine brauchbaren Ergebnisse. Ihre ...«

»Gibt es eine beste Freundin?«, unterbrach Jürgen sie.

»... beste Freundin Svenja steht unter Schock und hatte einen Zusammenbruch, sie war noch nicht ansprechbar. Sie muss noch weiter psychologisch behandelt werden. Wir sprechen Montag mit ihr.« Lena blätterte in ihren Unterlagen, sah wieder in die ernsten Gesichter. »Annika und Svenja wollten am Sonntagnachmittag, den 4. September, zusammen ins Kino gehen. Bisher wissen wir nicht, ob die beiden im Kino waren oder vielleicht nur Svenja allein. Ob sie sich mit weiteren Personen verabredet oder ob sie dort zufällig jemanden getroffen haben. Annikas Mutter hat angegeben, dass sie um einundzwanzig Uhr bei Svenja angerufen habe, um zu fragen, ob Annika noch bei ihr sei. Ihre Mutter wollte für Annika noch eine Jeans kürzen und Annika wollte die Hose am Sonntagabend nach dem Kino anprobieren. Annika galt als zuverlässig. Soweit ich sehe, hatten Eltern und Tochter ein gutes Verhältnis, Einzelkind mit Freundeskreis, gut in der Schule. Wir müssen rausfinden«, Lena hielt einen Moment inne und fuhr dann fort, »was in den Stunden nachdem sie sich von Svenja getrennt hat passiert ist: Hat jemand sie gesehen, war sie mit anderen Personen zusammen? Wollte sie noch jemanden treffen? Wusste Svenja davon? Ist sie dem Täter zufällig in die Arme gelaufen, oder hat sie sich mit ihm verabredet, ohne zu ahnen, mit wem sie sich einließ? Wohin hat der Täter sie gebracht? Wir haben alle Anrufe auf Annikas Handy überprüft. Darauf waren die Nummern von Familie, Freunden und Bekannten. Alle Kontakte waren mindestens einer weiteren Person aus ihrem Umfeld bekannt. Ihr Handy lag zu Hause in ihrem Zimmer. Der letzte Anruf kam von Svenja, die ihr die Nachricht hinterlassen hat, dass sie vor dem Kino auf Annika warte, wo sie bleibe. Lennard, du arbeitest weiter mit der Familie und Annikas Umfeld.« Jeden anderen Kollegen hätte sie jetzt gebeten, alles noch mal zu überprüfen. Lennard aber kontrollierte alles doppelt und dreifach. »Annika kann den Täter gekannt haben. Wir wissen noch nichts, alles ist möglich«, schloss Lena.

»Bei mir läuft alles«, sagte Lennard.

Ihr fiel sein Blick auf. Sah er sie anerkennend an? Als er noch Kriminalhauptkommissar gewesen war und sie in seinem Team gearbeitet hatte, hatte sie ihn bewundert. Nachdem Lena diese Position vor vier Jahren von ihm übernommen hatte, fühlte sie sich jedoch oft kritisch von ihm bewertet. Sie glaubte, dass er sich genau ansah, wie sie Fälle bearbeitete und das damit verglich, wie er es getan hätte. Sie hatte über drei Jahre in Lennards Team gearbeitet und sie mochte ihn. Aber sie versuchte nicht, ihn zu kopieren, auch wenn Lennard in Polizeikreisen in ganz Deutschland eine Berühmtheit war. Es musste ihr egal sein, wenn er Vergleiche anstellte, schließlich hatte sie ihren eigenen Stil gefunden. Lennard sah jetzt auf seinen Block, sein Gesichtsausdruck war entspannt.

»Annikas Leiche«, fuhr Lena fort, »wurde fünf Tage nach ihrem Verschwinden gefunden. Die Rechtsmedizin muss klären, welche Hinweise uns die Leiche auf den Täter geben kann.«

Dirk Lohmann atmete hörbar ein, als wollte er gleich loslegen, aber Lena tat, als bemerkte sie es nicht. »Das Auffällige an Annikas Leiche sind zwei Dinge: Die Würgemale im Halsbereich weisen schon nach erstem Augenschein darauf hin, dass Annika mehrfach gewürgt wurde, vermutlich mit den Händen. Zweitens: Der Täter sucht sich entweder ein Opfer aus, das auf eine bestimmte Weise gekleidet ist. Oder er zwingt sein Opfer dazu, ein Kleid anzuziehen, das seinen Vorstellungen entspricht. Annikas Eltern war das Kleid, in dem ihre Leiche gefunden wurde, nicht bekannt. Der Täter hat das Gesicht des Opfers angemalt. Dazu von Dirk die Details.«

»Ich halte es für unwahrscheinlich«, begann der, wie durch einen Schalter angestellt, »dass Annika am Fundort getötet wurde. Wir müssen die Laboruntersuchungen abwarten. Außerdem arbeite ich heute weiter an der Leiche. Kommst du morgen früh für die Besprechung an der Ex nach Butenfeld rüber?«

Die Rechtsmedizin am Universitäts-Krankenhaus Eppendorf lag in der Straße Im Butenfeld, aber es hieß immer ›nach Butenfeld rüber‹.

Lena nickte. Flüchtig bemerkte sie, dass sich Henris Brauen kurz zusammenzogen. Im selben Moment verdrehte auch Lennard die Augen. Lohmann liebte den Rechtsmediziner-Sprech. Dass sie die Ergebnisse der Obduktion an der Leiche mit dem Rechtsmediziner besprach, war selbstverständlich. Das Gesetz schrieb die Anwesenheit beider ermittelnden Kriminalkommissare vor. Wenn Dirk diesen Termin erwähnte, hörte es sich immer an, als wäre das eine exklusive Besprechung zwischen Lena und ihm. Wenn er doch schon handfeste Ergebnisse hätte, dachte sie, während sich ein Krümel aus Dirks Bart löste und auf die Tischplatte fiel.

»Die Labore arbeiten ja nicht so schnell, die meisten Ergebnisse stehen noch aus. Sicher ist, die Würgeattacken zog der Täter über mehrere Tage hin, der Todeszeitpunkt ist Mittwoch zwischen siebzehn Uhr und Mitternacht. Tod durch Erwürgen mit den Händen. Keine Fingerabdrücke, der Täter hat Handschuhe getragen. Die Leiche muss in der Nacht von Donnerstag auf Freitag in der Elbe gelandet sein.« Dirk lächelte Lena an. »Die Schürfwunden an den Handgelenken wurden wahrscheinlich durch eine Fessel verursacht. An der Taille hat das Opfer die gleichen Schürfwunden. Als hätte der Täter sein Opfer mit einer Taillenfessel und zwei Handgelenksfesseln, die er vermutlich an der Taillenfessel befestigt hat, immobil gehalten. Anordnung und Struktur der Schürfwunden lassen darauf schließen, dass alles aus demselben Material bestand und das Opfer daran gezerrt hat, um sich zu befreien.«

»Wurde das Opfer vergewaltigt?«, fragte Lena.

»Die vaginalen Zellstrukturen müssen mikrobiologisch untersucht werden. Das ist Montag fertig. Ich habe aber noch mehr Spuren gefunden«, fuhr Dirk eifrig fort, »am Fundort habe ich sie für Abwehrspuren gehalten. Bei meiner Untersuchung in der Rechtsmedizin haben sie sich aber als etwas anderes erwiesen. Es handelt sich um Abdrücke des Kleides des Opfers. Ich spreche von Verfärbungen am Rücken und an den Armen der Ex, es sind keine Spuren einer Gewalteinwirkung oder Abwehr. Haargenau solche Abdrücke entstehen, wenn man sich ein Kleid anzieht, oder«, Dirk sah triumphierend in die Runde, »wenn einem ein Kleid angezogen wird. Solche Abdruckspuren entstehen bei jedem von uns, wenn wir uns morgens anziehen, die Kleidung vielleicht ein bisschen eng ist oder man gedankenlos daran herumzerrt. Sie verschwinden allerdings sofort wieder und wir nehmen sie überhaupt nicht wahr. Auf totem Gewebe sind sie hervorragend sichtbar. Ich habe sie an Annikas Körper beweisbar identifiziert, indem ich Abdrücke von ihrem Kleid angefertigt habe. Dazu kommen Abdrücke in der Größe von Fingerkuppen und Handinnenseiten, die größer sind als die der Ex.«

»Was heißt das?«, fragte Lennard.

»Das heißt«, antwortete Dirk, »hätte der Täter Annika Schachtrupp gezwungen, das Kleid anzuziehen, wären dieselben oder ähnliche Spuren auf ihrem Körper entstanden. Sie hätten sich allerdings wieder zurückgebildet. Da die Spuren noch auf ihrer Leiche sind, muss eine andere Person ihr das Kleid angezogen haben, als sie bereits tot war.« Er strich sich mit der Hand über seinen Bart und wieder rieselten Krümel herunter, dieses Mal in seine Kaffeetasse.

»Dann war es sehr wahrscheinlich wirklich nicht Annikas eigenes Kleid«, sagte Lena nachdenklich. »Und wie sieht es mit der Farbe auf dem Mund und den Wangen aus?«

»Dazu wollte ich gerade kommen.« Dirk sah mit weit geöffneten Augen in die Runde, bis sein Blick dauerhaft an Lena andockte. »Unter dem Mikroskop zeigt sich, dass es sich bei der Farbe auf dem Mund um eine durch Verdunstung aushärtende Farbe handelt, die man normalerweise nicht auf den Mund oder auf den Körper auftragen sollte.« Er machte eine Pause. »Es ist Nagellack.«

Die Kollegen sahen ihn überrascht an.

»Die Farbe zeigt keinerlei Risse oder Unregelmäßigkeiten. Das ist aber bei einer aushärtenden Farbe, die auf den Mund einer lebenden Person aufgetragen wird, komplett unrealistisch.«

»Erklären Sie uns das!«, meldete sich Jürgen Hartmann zu Wort, der lange nichts gesagt hatte.

»Eh, klar.« Dirk wandte sich Jürgen zu. »Die menschlichen Lippen können – und ich spreche hier über die Lippen von Lebenden – nicht vollkommen unbeweglich gehalten werden, auch dann nicht, wenn man es selbst so wahrnimmt. Trägt man Lackfarbe auf einen Mund auf, könnte die Farbe niemals zu so einer glatten Oberfläche trocknen, wie wir es bei der Toten hier sehen. Der Lack hätte immer Unebenheiten. Nur mal vorausgesetzt, es gelänge, die Lippen bis zur Aushärtung des Lackes komplett ruhig zu halten und sie würden mit dem getrockneten Lack wieder bewegt, in diesem Fall würde die empfindliche Haut der Lippen Risse aufweisen. Die Lippen von Annika Schachtrupp sind unter der roten Lackfarbe intakt, keine Minimalverletzungen.«

»Was ist das denn für ein Kranker, der einer Leiche den Mund mit Nagellack anmalt?« Henri kniff die Augen zusammen.

Lena beugte sich vor. »Der Täter dehnt die Tötung also über mehrere Tage aus und wenn er sein Opfer getötet hat, beschäftigt er sich noch mit der Leiche, zwischen dem Todeszeitpunkt und dem Ablegen der Leiche im Wasser liegen etwa vierundzwanzig Stunden. Er hat ausgiebig Zeit, das Opfer nach seinen Vorstellungen herzurichten: das Kleid, die Lippen, das Gesicht und die Schuhe«, sie atmete tief durch, »und was ist mit Wangen und Augen?«

Dirk dehnte sich. »Die Wimpern sind aufgeklebt. Es handelt sich um handelsübliche falsche Wimpern, die es in jedem Drogeriemarkt gibt. Die roten Wangen hat der Täter mit Rouge gefärbt.«

»Was ist mit der Gesichtshaut? Die muss er doch auch behandelt haben?«, fragte Lena.

»Der Mund glänzt, der Rest des Gesichts nicht. Die Laborergebnisse sind noch nicht da, aber mir scheint es sicher zu sein, dass der Täter die glänzenden roten Lippen ziemlich exakt abgedeckt hat und dann das ganze Gesicht der jungen Frau mit mattem, wasserfestem Klarlack besprüht hat.«

Alle schwiegen.

Lena hatte das Gefühl, dass es für die Kollegen und sie

selbst ein Kraftakt war, sich das alles überhaupt vorzustellen. Sie fand als Erste die Sprache wieder. »Die auberginefarbenen Ballerinaschuhe, die Annika trug, waren weder den Eltern noch den bisher befragten Freundinnen bekannt …«

»Auch dazu gibt es noch eine Info.« Dirk fiel es nie auf, wenn er jemanden unterbrach. »Die Schuhe, die die tote Annika trug, sind mindestens eineinhalb Nummern zu groß. Annika hatte exakt Schuhgröße 38,5, die Ballerinas haben Größe 40.«

»Natürlich ist es denkbar, dass sie ein Kleid und Schuhe hatte, die weder Eltern noch Freunde bisher gesehen haben«, sagte Lena, »aber sie hat sich bestimmt keine Schuhe in der falschen Größe gekauft.« Sie sah auf ihren Block mit den Notizen. »Gestern Nacht habe ich in der Datenbank einen Fall gefunden, der an diesen erinnert, er ist seit über zwei Jahren nicht aufgeklärt. Das Mordopfer war eine junge Frau, Melanie Weigand aus Winsen, neunzehn Jahre alt, Auszubildende im Einzelhandel. Ihre Leiche wurde in Winsen aufgefunden.«

Alle Blicke waren auf Lena gerichtet. In Henris Gesicht meinte sie einen vorwurfsvollen Ausdruck zu sehen. Sicher, sie hätte ihm vorher von ihrer Entdeckung erzählen müssen. Aber sie wollte ihn nicht nachts um zwei anrufen, wenn sie sich sowieso am Morgen um sieben Uhr zur Lagebesprechung trafen.

Sie öffnete ein Foto von Melanie. Ein Raunen und ein leichter Schauder durchzogen die Runde.

»Ja, ihr habt es sofort erkannt: Alles gleich wie bei Annika, auch die Würgemale.« Sie stellte die Fotos der beiden Opfer nebeneinander.

Obwohl Annika blond, Melanie dunkelhaarig war, sahen sie aus wie eineiige Zwillinge. Lena klickte weiter und stellte ein Porträt der lebenden Melanie Weigand daneben, vermutlich ein Bewerbungsfoto. Eine bildschöne junge Frau, mit perfekt symmetrischem Gesicht, langen gewellten braunen

Haaren. Daneben das Foto der blonden Annika, das eine Woche vor ihrem Tod aufgenommen worden war.

»Das Kleid kann doch Zufall sein«, sagte jemand.

»Genau, da muss es keinen Zusammenhang geben, wenn das Opfer nicht in Hamburg gefunden wurde«, hängte sich Jürgen gleich an.

»Natürlich«, erwiderte Lena, »aber die Details machen einen Zufall sehr unwahrscheinlich: das gleiche Kleid wie Annika, dazu weinrote Ballerinas mit Riegelverschluss und auf dem Mund wurde Nagellack nachgewiesen. Außerdem Rouge, angeklebte Wimpern und matter Klarlack, der das Gesicht gleichmäßig versiegelt. Die Leiche von Melanie Weigand hatte mindestens zwölf Stunden im Wasser gelegen und wahrscheinlich war etwa vierundzwanzig Stunden, bevor sie im Wasser abgelegt wurde, der Tod durch Erwürgen eingetreten. Die Würgemale waren dem Opfer über einen Zeitraum von fünf bis sieben Tagen zugefügt worden.« Lena hatte die Eckdaten zusammengefasst, die Parallelen zu Annika waren überdeutlich. Sie wurde sehr früh an einem Freitagmorgen gefunden, genau wie Annika.

»Die tote Melanie trug einen Ring am linken Mittelfinger«, fuhr Lena fort, »den sie nach Auskunft der Eltern nie abgelegt hatte. Es fehlte allerdings ein Armreif. Hier«, sie klickte ein paarmal und der Armreif stand riesengroß auf der weißen Wand, »an diesem Armreif aus Silber hat sie gehangen. Er hatte relativ harte Kanten und sie hatte von diesem Reif Druckspuren am rechten Handgelenk. Möglicherweise ist der Armreif am Tatort geblieben. Keine Abwehrverletzungen und keine einzige Spur, die nicht von Melanie selbst stammte. Täter und Tatort wurden nicht gefunden.«

Henri sah mit großen Augen die Fotos an, in seinem Kopf schien es gewaltig zu arbeiten.

»Über die Schuhe ist festgehalten: ›Größe 40, mit über achtundneunzigprozentiger Wahrscheinlichkeit sind die Sohlen von Melanies Schuhen nie mit Asphalt in Berührung gekommen. Siebzig Prozent des Preisetiketts aus Papier klebte auf der Fläche unter den Fußballen und hätte Druck- und Abriebstellen aufweisen müssen.‹ Zum Erhalt des Etiketts hat der starke Klebstoff beigetragen, mit dem es an der Schuhsohle angebracht war. Aber jetzt«, fuhr sie fort, »zeige ich euch, was ich heute Nacht ausprobiert habe.«

Lena öffnete die Fotos der Lippen von Melanie und Annika, die stark vergrößert fast den gesamten Bildschirm des Besprechungszimmers ausfüllten. »Durch die Vergrößerung«, erklärte sie, »ist gut zu erkennen, wie akkurat der Nagellack auf Ober- und Unterlippe der beiden Opfer aufgetragen wurde: exakte Linien und Kanten, die Oberlippe mit zwei feinen Bögen, die Unterlippe minimal stärker als die Oberlippe«, dann zu Dirk gewandt, »bitte überprüf das alles noch mal.« Ohne eine Reaktion abzuwarten, sprach sie weiter: »Man sieht durch die Vergrößerung auch, dass der Pinselstrich und die Pinselführung bei beiden Mädchen geradezu identisch ist.« Sie klickte ein paarmal und öffnete das nächste Bild. Es zeigte denselben gigantischen roten Mund.

Die Kollegen sahen Lena fragend an.

»Ich habe die vergrößerten Aufnahmen der beiden lackierten Münder von Annika und Melanie übereinandergelegt. Das beweist, dass beide in der exakt selben Pinselführung bemalt wurden. Das sieht aus, als wäre es ein Mund.« Lena sah die Kollegen nacheinander an, keiner sagte etwas, alle schauten nur erwartungsvoll. Sie fuhr fort: »Durch die identische Pinselführung können wir davon ausgehen, dass es sich um denselben Täter handelt.«

»Ganz genau«, bemerkte Dirk und schob »Sehr gutes Vorgehen, Lena« hinterher.

»Das reicht vor Gericht nie, da braucht man schon ein bisschen mehr«, wandte Jürgen ein, aber niemand beachtete ihn.

Bis dahin muss noch viel passieren, dachte Lena und sagte:

»Das LKA Hannover hat im Fall Melanie Weigand mit einer Sondereinheit von vierzig Kripoleuten ermittelt. Aus der Bevölkerung kamen über achthundert Hinweise. Trotzdem gab es noch nicht mal einen Tatverdächtigen.«

»Hat man keinen DNA-Test in der Bevölkerung organisiert?«, fragte Jürgen.

»Am Opfer waren keine organischen Fremdspuren zu finden. Also keine Grundlage für eine DNA-Analyse.« Lena sah, wie stark die Informationen wirkten. »Es ist also wahrscheinlich, dass der Mörder von Annika auch Melanie getötet hat. Im Fall Melanie Weigand gab es eine einzige heiße Spur, die sich aber als bedeutungslos erwies. Wir werden in den nächsten Tagen mit Melanies Mutter sprechen. Conny, mach bitte außerdem einen Telefontermin mit dem damaligen Einsatzleiter für uns aus.«

Conny nickte und machte sich eine Notiz.

»Gut«, sagte Jürgen, »dann ist jetzt klar, in welche Richtung wir ermitteln.«

»Wirklich?«, fragte Henri in Jürgens Richtung.

»Na ja, wer hat die Kleider gekauft? Gespräch mit den Ermittlern aus dem Fall Weigand et cetera.«

»Das ist ein total Gestörter, für den tote Frauen am besten passen«, sagte Henri.

Lena nickte. »Wir haben es hier mit einer gründlich vorbereiteten Tat zu tun«, sagte sie und wunderte sich, dass die Kollegen nicht schon selbst darauf gekommen waren.

»Ja, aber …«, Henri dachte laut nach. »Es ist wirklich speziell, du hast schon recht«, sagte er.

»Doch, klar, das ist natürlich anders«, gab Jürgen zur allgemeinen Überraschung zu. Normalerweise schwieg er, wenn er sich in die falsche Richtung geoutet hatte.

»Wenn wir es bei Annika und Melanie mit demselben Täter zu tun haben, dann kauft er vermutlich geblümte Kleider und Schuhe auf Vorrat«, sagte Henri.

»Wir haben hier aber noch eine Besonderheit.« Lena machte eine kurze Pause und sah auf den Bildschirm, auf dem immer noch das Bild der übereinandergelegten Münder der Mädchen stand. Sie atmete tief ein. »Der Mörder von Annika und Melanie inszeniert seine Opfer nicht einfach irgendwie. Er richtet sie als Puppen her.« Sie fuhr mit dem Cursor über den Mund von Melanie und Annika. »Zu den roten Lippen und Wangen die Kleider und die Lackschuhe und natürlich die Schönheit der jungen Frauen, das sind die klassischen Merkmale von Puppen.«

»Puppen?«, fragte Conny irritiert.

»Wie Puppen – was soll das denn bedeuten?«, warf Jürgen ein.

»Ja, wie meinst du das?« Henri sah aus wie ein Fragezeichen.

»Ein Puppenmörder«, sagte Lena, als wäre es das Selbstverständlichste von der Welt. »Er sucht sich von vornherein Frauen, die schon zu Lebzeiten von quasi perfekter Schönheit sind. Man könnte auch sagen, die etwas Puppenhaftes haben. Er macht quasi perfekte Puppen aus ihnen, eigentlich ein Puppenmacher.« Sie nickte in Richtung der Fotos. »Sie müssen zwar nicht dieselbe Haarfarbe haben, aber lange wellige Haare sind offensichtlich notwendig.«

»Aber wieso Puppen?«

Henri wirkte nicht verkatert, dachte Lena, aber er war heute nicht so schnell, wie es für ihn typisch war.

Lennard sah zweifelnd aus, Jens machte ein glucksendes Kehlgeräusch, aber das bezog Lena nicht auf ihre Ausführungen.

»Puppen bringen uns hier sicher nicht weiter«, sagte Jürgen barsch und schlug seine Aktenmappe zu.

Lennard sprang Lena zur Seite. »Erklär uns das doch bitte noch einmal«, sagte er.

Lena fand, sie hatte es schon ausreichend erklärt, aber sie führte ihre Theorie noch einmal aus.

»Flache Ballerinaschuhe sind immer noch in Mode und diese Mode dauert schon eine Weile, die Schuhe können auch bei Melanie durch die Mode erklärt werden«, sagte Henri, als sie fertig war.

Lena schüttelte den Kopf. »Nicht in der falschen Größe«, sagte sie. »Aber du bist in Fragen der Mode ja gut informiert.«

»Als Kripomann kennt man alle Lebensbereiche«, sagte er und – wie Lena erwartet hatte – zwinkerte ihr zu. Lena verdrehte nur die Augen.

Alle schwiegen und starrten die übergroßen Aufnahmen der Toten Annika und Melanie an, sie sahen aus wie ein blonder und ein braunhaariger Zwilling.

Henri fand als Erster die Sprache wieder: »Du hast schon recht, das erinnert irgendwie an richtige Puppen.«

»Ist doch klar«, warf Jürgen ein, »er hat sie weiblich zurechtgemacht.«

Niemand ging darauf ein.

Dirk Lohmann nickte unwillkürlich, ohne etwas zu sagen.

»Ich recherchiere den Kreis von Puppen-Interessierten«, sagte Conny. »Ich finde raus, wo sich Leute mit Vorlieben für Puppen aufhalten und was die so machen.« Sie überlegte kurz. »Vor allem gibt es so viele verschiedene Puppen«, fuhr sie fort, »also Vorlieben welcher Leute für welche Art von Puppen und so weiter, ja, in Ordnung, klar, das mache ich. Spannend«, sprach sie mehr zu sich selbst.

Lena nickte Conny zu.

»Für Männer, nicht Leute«, warf Henri ein.

# 4

»Hast du die Headline gesehen?«, fragte Henri zur Begrüßung und wedelte mit der Zeitung.

Lena hielt an der U-Bahn-Station Borgweg, um Henri abzuholen.

*»Junge Kommissarin blass bei Leichenfund«,* las Henri vor. »Die ganze Stadt ist mit dieser Schlagzeile gepflastert.«

»Hab ich«, sagte Lena. »Das ›jung‹ ist nett. Aber warum schreibt man so einen Quatsch?«

»Es ist schwer, das nicht ernst zu nehmen. Mich macht es eh fertig, wie wenig wir bisher wissen. Die Gespräche und die ganze Arbeit in der Datenbank am Wochenende haben uns nicht gerade weitergebracht.« Henri ließ den Sicherheitsgurt einrasten. »Allerdings fantasiert sich diese Pressemeute eine Menge zusammen«, fügte er hinzu.

»Das hier ist nicht nur Fantasie.« Lena fuhr los. »Und ich werde herausfinden, wer dahintersteckt.« Sie fragte sich allerdings, wann sie das machen sollte.

Im Gymnasium in der Corveystraße in Lokstedt begann gerade die erste Pause am Montagvormittag, als Lena und Henri versuchten, von der Tür aus Annikas Freundin zu entdecken. Svenja ging es schon etwas besser und sie war wieder in die Schule gegangen.

Svenja musste sofort erkannt haben, dass das die Leute von der Kripo waren, denn als Lena und Henri wie verabredet in die Eingangshalle traten, kam sie gleich auf die beiden zu. Sie hatte kurze braune Haare, war groß und nicht so schlank wie Annika. Jeans und T-Shirt ließen ein Stück ihrer nackten Hüften erkennen.

Ihre Augenlider waren rot und geschwollen. Sie sah müde aus. Die Trauer schien sie wie eine dichte Hülle zu umgeben, trotzdem nahm Lena wahr, wie selbstbewusst die junge Frau war. Annikas Freundin war vor ein paar Monaten achtzehn geworden.

Lena zeigte ihr ihren Dienstausweis und stellte sich und Henri vor. »Svenja, es tut uns sehr leid, aber wir müssen mit Ihnen sprechen.«

Svenja schossen Tränen in die Augen. »Ja, klar, ich weiß«, sagte sie. »Wir können da vorne in das Büro neben dem Lehrerzimmer gehen.« Sie ging voraus.

Lena und Henri setzten sich erst, nachdem Svenja auf einem Stuhl neben dem Fenster Platz genommen hatte. Sie rückten die Stühle daneben, Lena neben Svenja, mit Blick auf ein Bücherregal. Lena wollte verhindern, dass sich Svenja zu stark angeschaut fühlte.

»Sie haben Annika am Sonntagnachmittag das letzte Mal gesehen«, begann Lena. »Bitte erzählen Sie uns genau, was am Sonntag passiert ist, wo Sie wann waren und was Sie gemacht haben, alles.«

»Am Nachmittag waren wir zusammen im Kino in der Mönckebergstraße. Das hatten wir am Sonnabend verabredet. Annika ist zu spät gekommen. Ich habe sie auf dem Handy angerufen, aber sie ist nicht drangegangen.«

»Das Handy hat sic zu Hause liegen lassen«, sagte Henri.

»Sie kam dann ja.«

»War Annika anders als sonst, hat sie etwas gesagt, was Ihnen im Nachhinein wichtig vorkommt?«, fragte Lena.

»Es war alles total normal. Nur«, Svenja machte eine nachdenkliche Pause, »nach dem Kino, das war so merkwürdig. Zuerst haben wir uns in der Mönckebergstraße verabschiedet. Annika wollte noch ein Stück zu Fuß gehen.« Svenjas Augenbrauen zogen sich zusammen. »Ich hatte keine Zeit, ich musste nach Hause, weil meine Eltern für den Abend Besuch eingeladen hatten, und ich hatte versprochen, ein bisschen zu helfen. Erst hinterher kam es mir seltsam vor, dass Annika mich nicht gefragt hat, ob ich noch mitkomme.« Svenja spielte nervös mit ihrer Uhr. »Ich bin zur Bushaltestelle gegangen und plötzlich kam Annika auch, sie wollte doch gleich nach Hause fahren. Annika und ich wohnen an derselben Buslinie. Annika muss zwei Stationen vor mir aussteigen, am Siemersplatz. Aber dann ist sie noch früher ausgestiegen.«

»Wo war das?«

»Am Grindelhof. Wir gehen nach der Schule oft in den *Balzac* gegenüber vom Abaton-Kino.«

»Wollte sie dort jemanden treffen? Hat sie das gesagt? Oder einen Namen genannt?«, fragte Lena und notierte sich den Coffeeshop.

Svenja schüttelte den Kopf. »Vorher wollte sie nach Hause. Danach …« Sie schluchzte laut auf.

»Lassen Sie sich Zeit«, versuchte Lena, sie zu beruhigen.

»… danach muss sie verschwunden sein«, fuhr sie fort. »Ihre Eltern haben abends bei mir angerufen, ob Annika noch bei mir wäre.«

Den Rest kannte Lena. Die Eltern hatten ihre Tochter noch am selben Abend als vermisst gemeldet. Zwischen dem Zeitpunkt, an dem sich Svenja und Annika verabschiedet hatten, und dem Anruf von Annikas Eltern bei Svenja lagen dreieinhalb Stunden. Eine ungeheuer lange Zeit, wenn es um ein Verbrechen ging.

»Der *Balzac* am Abaton – gibt es noch andere Möglichkeiten, warum Annika am Grindelhof ausgestiegen sein könnte?«, fragte Henri.

Svenja schüttelte den Kopf. »Mir fällt nur der *Balzac* ein.«

»Vielleicht haben Sie vergessen, wohin Annika gehen wollte?«, fragte Lena.

»Ich glaube nicht«, sagte Svenja und wischte sich Tränen von den Wangen.

»Jetzt fragen Sie sich, ob sie das geplant hatte oder ob es eine spontane Idee war?«, fragte Henri nach.

Svenja betrachtete ihre Fingernägel. »Das war schon irgendwie merkwürdig. So abrupt, so gar nicht typisch für Annika. Ich glaube, Annika wollte nicht, dass ich mit aussteige. Aber gesagt hat sie das nicht.«

»Hat Annika erwähnt, dass sie jemanden kennengelernt habe?«

»Annika hat überall jemanden kennengelernt. Die Männer flogen auf sie, besonders ältere Männer. Neulich bei einem Konzert haben dauernd welche versucht, sie anzubaggern. Das war aber fast überall so, ich weiß nicht, warum.«

»Hat sie sich mit älteren Männern getroffen?«, fragte Lena.

»Glauben Sie etwa, dass Annika selbst schuld ist?«

»Natürlich nicht.« Lena sah Svenja fest an. »Niemand denkt, dass sie selbst schuld ist. Aber wir müssen so viel wie nur irgend möglich darüber rausfinden, wo Annika war, was sie gemacht hat, wen sie getroffen und wer sie gesehen hat. Nur so können wir den Täter finden. Und das wollen wir so schnell wie möglich.«

Svenja schluchzte auf und nickte. Dann begann sie erstaunlich ruhig zu sprechen. »Annika hat sich oft darüber lustig gemacht, wenn sie merkte, dass Männer sie anmachten. Ich glaube, dass es ihr trotzdem auch gefallen hat, aber sie hat sie nicht richtig ernst genommen. Also, ich meine, sie hätte so ältere Typen, die sie im Café oder so angesprochen haben, nie wirklich ernst genommen. Manchmal kam es mir sogar so vor, als täten ihr diese Männer, die sie anbaggerten, leid.«

»Wie alt?«, fragte Henri.

»Über dreißig und noch viel ältere.«

»Hatte sie denn keinen Freund?«, fragte Lena.

»Im Moment nicht, im Frühjahr war sie mit einem Jungen vom Johanneum zusammen, den hat sie beim Kickboxen kennengelernt. Aber das hielt nur ein paar Monate.«

»Ich schreibe mir seinen Namen auf, damit wir auch mit ihm sprechen können.« Lena gab die Daten in ihr Handy ein.

»Wissen Sie, warum sich die beiden getrennt haben?«, fragte Henri.

»Annika hat sich von Marcel getrennt, weil er so besitzergreifend war.«

Svenja fuhr sich mit dem Handrücken über die Stirn, als würde sie sich Schweiß abwischen. Aber Lena sah, dass das Mädchen gleichzeitig zitterte, wahrscheinlich der Stress, dachte sie. Dennoch wirkte Svenja jetzt etwas gefasster.

»Annika hat gesagt, dass sie im Moment keine enge Beziehung möchte.«

»Haben Sie Marcel auch kennengelernt?«, fragte Lena.

»Marcel? Ich?«

»Er war der Freund Ihrer besten Freundin, was ist so ungewöhnlich daran?«

»Ja, nee, klar kannte ich ihn.«

Lena wechselte einen kurzen Blick mit Henri.

»Ist dir noch irgendetwas an Annika aufgefallen, egal, wie unwichtig es dir vorkommt?«, fragte Henri.

Weder er noch Svenja schienen bemerkt zu haben, dass er Svenja plötzlich duzte, obwohl sie es in Lenas Team mit der Anrede genau nahmen.

Ab sechzehn wurde grundsätzlich gesiezt. Bei Personen über dreißig konnte man wieder lockerer sein. Allerdings war Lena in der letzten Zeit aufgefallen, dass es in Hamburg immer mehr Menschen gab, die von sich aus quasi jeden duzten.

»War Annika anders als sonst? Hat sie noch irgendetwas gesagt, was Ihnen im Nachhinein wichtig vorkommt, oder etwas, was jetzt eine andere Bedeutung bekommt?« Lena legte Svenja die Hand auf die Schulter. Das Mädchen zitterte immer noch am ganzen Körper.

Der Gong ertönte – auch in diesem Büro war ein Lautsprecher über der Tür angebracht –, die Pause war zu Ende. Svenja bewegte sich nicht. Lena spürte, wie sich ihre Schulter unter ihrer Hand unmerklich hob und wie sie stoßweise ausatmete.

»Hat sich Annika denn nie mit Männern getroffen, hat sie Ihnen nie davon erzählt?«

»Keine Ahnung, ich bin mir ziemlich sicher, dass sie es nicht gemacht hat.« Es wirkte, als wäre Svenja ein wenig abwesend. »Doch, da war mal was«, sagte sie dann langsam, »vor einer Weile hat sie mal von einem echt netten Typen gesprochen. Ich glaube, er hat sie im *Balzac* angesprochen, als sie nach der Schule dort war.«

»Hat sie dir den Namen des Mannes gesagt?«, fragte Henri.

Svenja schüttelte den Kopf. Sie war noch blasser geworden.

Henri stand auf und öffnete ein Fenster.

»Hat sie sich danach noch mal mit ihm getroffen?«, fragte Lena.

Svenja schüttelte wieder den Kopf. »Ich weiß es einfach nicht, vielleicht habe ich es vergessen. Das haben die Polizisten letzte Woche auch schon gefragt.«

Das mussten die Kollegen aus der Vermisstenabteilung gewesen sein. Lena war erleichtert, dass doch bereits etwas unternommen worden war.

»Alles, was Annika Ihnen über diesen Mann und über ihr Gespräch erzählt hat, kann wichtig sein. Egal, wie banal es Ihnen vorkommt.« Sie gab Svenja ihre Nummer. »Rufen Sie uns an oder schreiben Sie eine Mail. Sie können sich jederzeit melden, auch nachts.« Lena stand auf, Svenja erhob sich ebenfalls. Lena hörte ein leises Seufzen, als wäre für Svenja schon diese Bewegung eine große Anstrengung.

In der Halle und auf dem Schulhof war niemand mehr zu sehen, ganz schnell mussten ein paar Hundert Schüler in den Gängen und Klassenräumen verschwunden sein. Wie geordnet es hier zugeht, wunderte sich Lena.

Eigentlich wäre Henri am Wochenende mit den Kindern dran gewesen. Nach dem letzten Mal, das er total vermurkst hatte, wollte er Sonja früh genug anrufen. Am Freitagnachmittag hatte sie nichts gesagt, außer: »Dann muss ich wieder umorganisieren.« Henri hatte nur gestammelt, dass es ihm leidtue. Richtig hilflos hatte das in seinen eigenen Ohren geklungen, schon beim ersten Mal, und dann hatte er es auch noch dauernd wiederholt, furchtbar. Er hatte noch nach Alina und Lukas gefragt. Erst in dem Moment war ihm eingefallen, dass Lukas seine ersten Wochen in der Schule hinter sich hatte. Der Kleine hatte sich nicht leicht damit getan, in den Unterrichtsstunden still zu sitzen und sich zu konzentrieren.

Das Wochenende war einfach schrecklich gewesen, es hatte ihn richtig zurückgeworfen. Heute Abend machte er das erste Mal seit Monaten einen Abstecher in die Kneipe in seiner Straße. »Schimmelkneipe« hätte Lena sie genannt. Sie würde nur wegen Ermittlungen einen Fuß hineinsetzen. Aber dort war er vor Kollegen sicher und die anderen Gäste ließen ihn in Ruhe. Die Wirtin Nadia kannte ihn zwar, stellte aber zum Glück nie Fragen.

Er betrat die Kneipe, einen heruntergekommenen, abgenutzten Gastraum, und war sicher, dass er nur zwei, drei Bier brauchte, um sich besser zu fühlen. Er setzte sich an die Theke mit Blick auf den Fernseher. Der Ton lief. Es waren erst drei Trinker da, jeder für sich an einem Tisch.

»Wie geht's dir?«, fragte Nadia.

Er wusste nicht, ob sie ihn wirklich meinte. Soweit er es mitbekam, begrüßte sie jeden so und das beruhigte ihn.

Henri nickte kurz. Noch ein Kopfnicken in Richtung Zapfsäule und Nadia hatte die Bestellung aufgenommen. Nach ein paar Minuten stand das Bier vor ihm.

Nadia machte einen Strich auf den bräunlichen, teilweise aufgeweichten Bierdeckel. Ein paar Tropfen liefen am Glas hinunter, der Bierdeckel sog sie auf.

Trinken tat so gut. Das kühle Bier floss die Kehle hinunter und es machte ihn umgehend ruhiger. Seine Gedanken hatten endlich Pause. Henri trank das Glas leer, inzwischen waren alle Plätze am Tresen besetzt. Es waren dieselben Gesichter wie vor einem halben Jahr, wenn er sie richtig in Erinnerung hatte. Henri nickte, wenn jemand in seine Richtung grüßte, und sah wieder auf den Fernseher.

»Was machst du eigentlich so?«, fragte Nadia viele Biere später und knetete ihre weißblonden strohigen Haare.

»Äh …«, setzte er an. Meinte sie das beruflich? Er war so betrunken, aber er wollte es trotzdem hinkriegen, ihr nicht auf die Nase zu binden, dass er bei der Hamburger Kripo arbeitete.

In diesem Moment kam ein Stammkunde rein, der Nadia mit einem lauten »Hallo, Beste!« herzlich begrüßte. Nadia wandte sich dem Mann zu und Henri atmete erleichtert auf.

Er tat weiter so, als würde er sich für das Fernsehprogramm interessieren. Das war am einfachsten, wenn eine Sportsendung lief. Ab und zu ein kurzer Kommentar zum Spiel und für den Rest der Zeit störte ihn niemand. Dabei hatte er von den meisten Sportarten überhaupt keine Ahnung. Er war nur froh, dass kein Regionalsender eingeschaltet war. Von Annika und der unfähigen Hamburger Kripo zu hören, das hätte er heute nicht verkraftet.

Er zählte die Biere nicht, er wusste nur, es waren zu viele. Er trank bis nach Mitternacht. Als er schließlich aufstand, waren viele Striche auf seinem Bierdeckel, er konnte sie nur verschwommen erkennen. Nach mehreren Anläufen fand er sein Portemonnaie in der Jacke und zahlte. Gut, dass Alina und Lukas ihn so nicht sehen konnten. Was die beiden wohl gerade taten? Vermutlich schliefen sie längst. Er vermisste sie und das tat richtig weh. Nach dem Trinken fühlte er sich nicht besser. Als er nach Hause wankte, hatte er plötzlich den Wunsch zu weinen.

Lena stellte ihr Fahrrad im Unterstand im Innenhof ab. Das Gefühl, nach einem Arbeitstag hierher nach Hause zu kommen und gleich etwas Herrliches zu kochen, war großartig. In ihrer Tasche waren Lammhackfleisch, ein paar Blätter Grünkohl und Tomaten für einen Salat. Heute hätte sie gern für einen tollen Mann gekocht, für einen, der ihr einfach gefiele und der natürlich auf sein Äußeres achtete, er könnte ruhig sportlich sein, aber nicht zu sehr. Vor allem müsste er Humor haben und Hirn. Aber dieser Mann war nicht in Sicht. Es wäre auch nur für heute, nur aus einer Laune heraus, er müsste nach einem schönen Abend wieder gehen. Im Moment fand sie es einfach großartig, morgens allein aufzustehen.

Auf dem Nachhauseweg hatte sie das Abendessen geplant: Sie würde Lammhackfleisch mit Zwiebeln und Grünkohl, Chili, Kurkuma, Ingwer, Koriandersamen und Pfeffer machen. Kochen half immer, wenn sonst nicht viel ging.

Damals in Göttingen im Studentenwohnheim hatte sie noch nicht gekocht. Es war ewig her, trotzdem fühlte sich die Zeit noch ganz nah an … Ein Wunder, dass sie nie erwischt worden war. Sie hatte die Ladendetektive allerdings auch immer auf hundert Meter Entfernung erkannt. Im Schrank hatte sie ganze Lager von T-Shirts und Kosmetikartikeln angesammelt, sogar Bücher hatte sie geklaut. Es zog sie immer wieder in diese Mischung aus Angst und Befreiung. Keine Ahnung, wie sie überhaupt dazu gekommen war zu stehlen. Das wusste sie bis heute nicht. Schließlich hatte sie genug Geld gehabt, ihr Vater hatte sie im Studium großzügig unterstützt und sie hatte durch Nachtwachen einiges dazuverdient. Wieder und wieder hatte sie sich vorgenommen, ab dem nächsten Semester damit aufzuhören. Sie würde es mit der Polizei zu tun bekommen und wie hätte sie ihrem Vater erklären sollen, dass sie seit Jahren klaute? Hätte sie überhaupt als Ärztin arbeiten können, wenn sie erwischt worden und vorbestraft gewesen wäre? Im vierten Semester hatte sie es nicht mehr ausgehalten und war schließlich zur psychologischen Beratung des Studentenwerks gegangen. Kurz darauf hatte sie angefangen, Currys zu kochen.

Lena seufzte. Sie war zu lange im Präsidium gewesen und jetzt hatte sie einen Riesenhunger. Zum Joggen war es zu spät, sie war müde und außerdem war es schon dunkel. Die Nachbarn hatten ihre Fenster und Balkontüren geöffnet. Geschirrklappern, Gesprächs- und Musikfetzen mischten sich zu einer Geräuschkulisse, die Lena an Urlaube in Spanien und Italien erinnerte. Aus den Fenstern duftete es nach frisch zubereitetem Essen, ein Sommerabend wie im Bilderbuch. Heute nahm sie die Treppe, es war so ruhig, als wären die Wohnungen unbewohnt. Das lag an der perfekten Isolierung. Auch der Ort, an dem der Puppenmörder seine Opfer versteckt hielt, musste gut isoliert und schalldicht sein, dazu unbemerkt von Nachbarn und Passanten. Verdammt noch mal, wo war er nur?

Noch immer kein Verdächtiger oder wenigstens eine Spur. Im Moment wussten sie nicht einmal, ob die beiden die einzigen Opfer waren. Zwei Jahre waren eine lange Zeit. Wenn er nach dem Mord an Melanie nicht entdeckt worden und ihm auch nichts zugestoßen war, warum sollte er eine so lange Pause machen? Sie hatten die Datenbanken in Deutschland, Österreich und der Schweiz durchsucht, ebenso wie die unaufgeklärten Fälle in Frankreich, Dänemark, Norwegen und Schweden, wenn sie nur die geringste Ähnlichkeit aufwiesen, wurden sie geprüft. Aber nichts sprach für weitere Opfer, die in dieses Schema passten.

An ihrer Wohnungstür angekommen, hörte sie ein Geräusch hinter sich. Ein Schaben, es kam aus der Ecke hinter dem Mauervorsprung, die sie von ihrer Wohnungstür aus nicht einsehen konnte. Sie horchte ins Treppenhaus hinein. Nein, nichts, wahrscheinlich ein Geräusch von draußen.

Kurz bevor sie sich zu ihrer Tür umwandte, sah sie den Gewehrlauf. Er war auf geringer Höhe hinter dem Wandvorsprung und auf sie gerichtet. Ihr Puls hämmerte in ihrem leeren Magen. Vor zwei Jahren hatte sie die Tür eine Sekunde zu früh aufgemacht, aber sie hatte überhaupt keine Angst gespürt. Thorsten, ihr damaliger Teampartner, und ein weiterer Kollege waren direkt hinter ihr gewesen und sie waren zu dritt durch die Tür gegangen, alle drei ihre Sig Sauer P6 im Anschlag, die damals noch die Dienstwaffe der Hamburger Kripo gewesen war. In dem Gebäude hatte sich der seit Langem gesuchte Mann verschanzt, ein gefährliche Handlanger eines Drogendealers. Wärmemelder hatten gezeigt, dass er sich in dem leer stehenden ehemaligen Versicherungsgebäude aufhalten musste. Sie hatten ihn seit einer halben Stunde nicht mehr orten können. Entweder er hatte seinen Standort dauernd verändert, um nicht mehr registriert zu werden, oder das Gerät war defekt gewesen. Der Mann hatte einen Zettel aus einem Fenster geworfen, darauf hatte gestanden, dass er eine Frau bei sich habe, die er erstechen würde. Sie hatten ihm geglaubt und das war ein Riesenfehler gewesen.

Sie hatte die Tür geöffnet und gleich dahinter hatte er gelauert. Sie hätten es wissen müssen, aber es war zu spät gewesen. In Deckung hatten die Kollegen in dem Mannschaftswagen von der Schutzpolizei gewartet, die nach Lena, Thorsten und dem dritten Kripomann in das Gebäude eindringen und es durchkämmen sollten. Die Tür zu öffnen, ohne sich vorher noch einmal abzusichern, war bis dahin der größte Fehler ihrer Kripolaufbahn gewesen, der ihr Leben komplett auf den Kopf gestellt hatte.

Sie versuchte, tief durchzuatmen. Ihre rechte Hand lag unter der Jacke an ihrer Walther P 99 Q und das beruhigte sie in diesem Moment. Sie zog die Waffe und entsicherte sie, das laute Klicken hörte man durchs ganze Treppenhaus.

»Wer ist da? Kommen Sie raus!« Sie war erleichtert, dass ihre Stimme fest und stark klang. Damals hatte der Mann in dem Versicherungsgebäude ihr in einem Moment, es konnte nur eine Sekunde gewesen sein, die Arme auf den Rücken gedreht. Es war das erste Mal in ihrem Leben gewesen, dass sie unter Schock völlig verstummt war.

»Peng, peng!« Der Schreck fuhr Lena durch alle Glieder.

Mit einem Satz kam der Junge hinter dem Wandvorsprung hervor. »Mein Vater hat gesagt, dass Sie bei der Polizei sind.«

Lena atmete tief aus und ließ die Waffe sinken. »Hat dir dein Vater auch gesagt, dass man mit Waffen nicht auf Menschen zielt?«

Sie betrachtete den Jungen, der sie angrinste. Schlagartig wurde ihr klar, dass sie überreagiert hatte. Und vor allem hätte sie ihre Waffe nicht entsichern dürfen. Der Junge reichte ihr bis zum Oberarm. Zwei große blaue Augen, dazu dunkelbraune Haare. Hübsch, aber nervtötend. Lena steckte ihre Waffe zurück in das Lederholster. Sie hätte ihn erschießen können, blöder Bengel.

»Wieso, das macht die Polizei doch so!«

»Woher weißt du das?«

»Aus Filmen.«

»Filme sind Filme. Die richtige Polizei ist anders.«

»Stimmt es denn?«

»Was?«

»Na, dass Sie bei der Polizei sind?«

»Ja.«

»Aber Sie haben gar keine Uniform an. Sind Sie eine heimliche Ermittlerin?« Er sah Lena erwartungsvoll an, seine Augen strahlten, mit einer Kopfbewegung brachte er seine langen, gleichmäßig nach rechts gewellten Ponyhaare aus der Stirn.

»Nur die Schutzpolizei trägt Uniform. Wie heißt du eigentlich?«

»Marvin. Haben Sie eine echte Pistole?«

»Die hast du gerade gesehen.« Lena steckte den Schlüssel in ihre Tür. Sie wollte den Jungen loswerden.

»Hast du die Pistole immer dabei?« Der Junge duzte sie plötzlich. Aber das war ihr sowieso lieber.

»Du stellst eine Menge Fragen, das macht eigentlich die Polizei.« Sie hatte sich fest vorgenommen, nett mit ihren neuen Nachbarn umzugehen. Aber das war nach einem langen Arbeitstag, nach Wochenenddienst und Trennung gar nicht so leicht.

»Hast du?«

»Was?«

»Na, die Pistole immer dabei?«

Lena ging nicht auf sein Nachfragen ein. »Wie heißt dein Vater?«, fragte sie stattdessen.

»Carsten Ewerhardt. Zeigst du mir deine Pistole?«

Lena fragte sich, woher Marvins Vater wusste, dass sie bei der Polizei war. Ewerhardt musste der neue Bewohner der Erdgeschosswohnung sein. Sie kannte ihn noch nicht, weil er zur Eigentümerversammlung nicht kommen konnte. Den Jungen danach zu fragen, hatte wahrscheinlich keinen Zweck. »Wie alt bist du?«

»Am Sonntag hatte ich eine Riesenparty. Ich bin zehn.«

»So alt schon?« Lena hatte Lust, ihn ein bisschen zu ärgern.

Marvin sah empört aus. »Das sieht man doch, dass ich schon zehn bin, Mann!« Sein Mund verzog sich. »Ich werde mal Möwenforscher.«

Lena hatte erwartet, dass Marvin Detektiv werden wollte, aber sie war froh, dass für ihn das Thema Polizei nun durch war.

»Ist dir schon mal aufgefallen, wie viele Möwen es hier gibt, obwohl das Meer so weit weg ist? Und sie machen immer ›Iilppiiillppp‹.«

»Nein. Tschüss, Marvin.« Sie öffnete ihre Wohnungstür, drehte sich noch einmal zu ihm um, und als sie endlich die Tür ins Schloss zog, verstummte auch das Möwengeschrei von draußen.

# 5

»In diesen Puppengesichtern liegt eine Information, die wir verstehen müssen«, sagte Lena. Sie stand mit Henri vor den Fotos an der Wand ihres Büros. Conny hatte die Aufnahmen an die Pinnwand gehängt: von den Gesichtern der Opfer und von Annikas und Melanies Lippen, quer auf DIN-A4 ausgedruckt. »Und in den Kleidern und Lackschuhen.«

Es war Montagnachmittag, sie hatten zäh weitergearbeitet. Nichts Neues, es war zum Verrücktwerden. Wie war es dazu gekommen, dass die beiden Mädchen Opfer desselben Täters wurden?

Henri seufzte. »Wir haben alles überprüft und keine Verbindung zwischen Annika und Melanie gefunden, keine gemeinsamen Bekannten, nichts.«

»Ich habe ein paar Ergebnisse, Tatsachen sozusagen ...«

Lena fuhr herum. Dirk stand hinter ihr. Er war lautlos hereingekommen, die Tür hatte offen gestanden. Auch Henri sah sich überrascht nach ihm um und verdrehte die Augen in Lenas Richtung.

»... die Gehirnzellen befinden sich – wie jetzt erwiesen ist – in unterschiedlichem Verwesungsgrad.« Dirk sprach weiter, als wäre es das Normalste der Welt, wie aus dem Nichts aufzutauchen. »Das heißt, die Sauerstoffzufuhr des Gehirns war durch die Würgeangriffe graduell unterschiedlich.«

Lena sah Dirk überrascht an. Können Hirnareale wirklich unterschiedlich stark nekrotisieren? Sie wusste es nicht mehr, ihr Medizinstudium war einfach schon zu lange her. »Kann das überhaupt sein?«

Dirk nickte. »Es sieht so aus, als hätte der Täter etwa zwei- bis dreimal die Grenze der drei bis vier Minuten, die man braucht, um einen erwachsenen Menschen zu erwürgen, fast erreicht. Es spricht dafür, dass er sie quasi mehrmals absichtlich nicht zu Ende gewürgt hat, um sein Opfer noch am Leben zu halten. Dann hat er wieder angesetzt und weitergewürgt und so weiter. Er hat es so gemacht, dass sie immer noch etwas weiterlebte.«

»Zu Ende gewürgt«, brummte Henri und schüttelte den Kopf.

»Was ist mit Abwehrspuren? Kratzer an den Händen, blaue Flecken an den Armen? Irgendwelche Spuren, die man erst nach genauerer Untersuchung entdeckt?«

»Nichts.«

»Möglich, dass das Würgen einvernehmlich war«, überlegte Lena, »für mehr Thrill beim Sex.«

»Die Fesselspuren müssen nicht dagegen sprechen«, sagte Henri.

»Er könnte sie gewürgt haben, um sein eigenes Gefühl zu steigern«, überlegte Lena.

»Und das ist dann schiefgegangen«, sagte Dirk.

»Aber«, Lena stand auf, »ich glaube nicht an einvernehmlichen Sex. Dagegen spricht, dass das Opfer über mehrere Tage gefangen gehalten wurde.«

»Außerdem wissen wir gar nicht, ob Sex stattgefunden hat. Es gibt keinen Hinweis auf eine Vergewaltigung, keine Abwehrspuren«, wandte Henri ein.

»Ist für dich Vergewaltigung Sex?« Dirk sah Lena forsch an.

Henri blickte aus dem Fenster und schwieg.

»Aber wir müssen es in Betracht ziehen. Es muss sein Ziel sein, das Opfer für vier bis fünf Tage zwischen tot und lebendig zu halten«, sagte sie.

Dirk blätterte in seiner Mappe. »Ich habe vorhin noch eine Nachricht bekommen. Ach ja, hier, die Vaginalschleimhaut, genau.«

Henri stützte seine Stirn in die linke Hand.

»Die Vaginalschleimhaut weist feine Risse auf. Solche Minimalverletzungen gibt es auch bei einvernehmlichem

Geschlechtsverkehr. Aber es gibt keine Zeichen von Wundheilung.«

Lena wusste, was das bedeutete. Die Härchen auf ihrem Rücken stellten sich auf.

»Der Täter«, fuhr Dirk fort, »hat Annika nach Eintreten des Todes vergewaltigt.«

»Mannomann«, stöhnte Henri, als hätte er Mühe, sich das alles vorzustellen.

Lena dachte an Annika. »Und hast du irgendeine organische, anorganische oder sonst wie geartete Spur gefunden, irgendeine Substanz?«

Dirk schüttelte den Kopf. »Bisher nicht, nein, ich habe jeden Millimeter der Leiche untersucht, außen und innen.« Er machte eine Pause. »Aber es gibt noch etwas Neues.« Er sah Lena erwartungsvoll an.

»Und was ist das?«, fragte Lena leicht genervt. Dirk forderte ihre Geduld arg heraus.

»Unter ihren Fingernägeln habe ich eine weiße Substanz gefunden, mit dem bloßen Auge sehen die Nägel sauber aus.«

»Wann erfahren wir, was für eine geheimnisvolle Substanz das ist?« Henri trommelte mit dem Zeigefinger auf seiner Maus herum.

»Kommt in den nächsten Tagen. Von der Untersuchung würde ich mir allerdings nicht zu viel versprechen. Wir haben ja keine Vergleichssubstanz, das Labor muss völlig ins Blaue hinein ausprobieren und testen.«

»Schön. Aber wir brauchen dringend Ergebnisse, Dirk, wir sehen uns spätestens morgen.« Lena setzte sich wieder hin und wandte sich ihrem Bildschirm zu, ohne Dirk noch weiter zu beachten.

***

Er ließ den Rollladen am Küchenfenster herunter. Mindestens dreißigmal hatte er von der Straße aus überprüft, dass kein Licht nach außen dringen würde, trotzdem hängte er ein schwarzes Tuch vors Fenster. Seine Wohnung lag so, dass niemand von draußen Einblick in seine Küche haben konnte. Laubbäume verdeckten die Sicht für die Nachbarn im Sommerhalbjahr zuverlässig. Aber sicher ist sicher, dachte er. Alles war ruhig, die meisten Menschen waren arbeiten. Er hatte sich einen Tag freigenommen, weil er ein paar Dinge ordnen musste. Außerdem brauchte er mal Ruhe von den Themen und Kollegen bei der Arbeit. Er holte den Werkzeugkasten aus der Abstellkammer.

Erst vor Kurzem hatte er sie weggebracht. Auch wenn er sich jetzt viel Zeit lassen wollte, grundsätzlich sollte immer alles vorbereitet sein. Ihm durften keinerlei Fehler passieren. Und bisher war alles perfekt gelaufen. Gute Planung, er war ja ein strategischer Kopf. Aber warum hatte er immer wieder ihre Hand vor Augen, die weißen Ränder unter ihren Fingernägeln? Hatte sie sie gehabt oder nicht? Das Schlimmste war, er wusste es nicht.

Sie war so schön. Ihr Mund, wie ein Mund sein musste, die Oberlippe hatte diese fein geschwungene Linie vom Mundwinkel bis zur Mitte, wie modelliert, besonders wenn die Lippen mit einem kräftigen Rot nachgemalt waren. Das ganze Gesicht vollendet und nur für ihn, nur für seine Erinnerung, für immer fixiert. Es durchlief ihn wie eine Welle, wenn er es sich wieder vorstellte. Das Verlangen, diese Sehnsucht, das tat weh. Warum konnte sie nicht länger bei ihm bleiben? Immerhin war er intelligent genug, es richtig anzustellen, sich die Schönheit zu nehmen. Kein Mensch konnte auf ihn kommen, solange er alles unter Kontrolle hatte.

Er wischte die bereits saubere Arbeitsfläche mit einem scharfen Reiniger ab, öffnete den Werkzeugkasten und begann, die Werkzeuge auszupacken, um den doppelten Boden freizulegen, den er im Inneren eingebaut hatte. Die Fläschchen mit den Zutaten hatte er im Schlafzimmer. Wenn er mit dem Mischen fertig war, musste er sie im Werkzeugkasten verstecken, das war sicherer.

Absolute Kontrolle sicherte ihm seine Freiheit. Als Kind – er musste überlegen, ob das eine Erinnerung war oder nur ein Fetzen seiner wilden Fantasie, nein, keine Fantasie – als er noch klein gewesen war, hatte er geglaubt, dass man die Zeit zum Stillstand bringen könnte, wenn es nur gelänge, alle Uhren auszustellen oder zu zerstören. Er hatte furchtbare Angst vor dem Sonntag gehabt. Wenn er die Uhren zerstörte, dann würde er bestimmt damit verhindern, dass es wieder Sonntagnachmittag würde. Es musste doch gelingen, alle Uhren zu erwischen. Aber es war Nachmittag geworden und er hatte mit seinem Vater in die Natur fahren müssen und dort einen Männernachmittag mit ihm verbringen. Er hasste die Natur.

Plötzlich fühlte er sein Herz schneller schlagen. Ihm war nicht schwindlig, aber er musste sich hinsetzen, zog einen Küchenstuhl zur Arbeitsplatte und ließ sich darauf fallen. Er fühlte sich erschöpft wie lange nicht mehr, sein Puls raste, in seiner Kehle war ein Pochen. Seine Mutter hatte im Gartentor gestanden. War das ein hinterhältiges Lächeln in ihrem Gesicht gewesen? Sie hatte ihn seinem Vater mitgegeben und ihn seiner Brutalität ausgeliefert: »Ja, fahrt ihr nur, ich bleibe zu Hause.« Sein kleiner Bruder durfte bei der Mutter bleiben. Sie musste gewusst haben, was sein Vater mit ihm machte.

Die Hand des Mädchens, wenn er dieses Bild doch einfach auslöschen könnte. Er wollte sich nicht daran erinnern. Erst als er sie ins Wasser hatte gleiten lassen, war ihm etwas Weißes unter ihren Fingernägeln aufgefallen. Da war es zu spät gewesen. Warum hatte er vorher die Finger nicht kontrolliert, er hatte in der Nacht doch alle Zeit der Welt gehabt? Oder war es nur eine fixe Idee? Wo war seine Kontrolle geblieben? Seine Perfektion?

Er musste etwas unternehmen, damit so etwas nicht mehr vorkam. Der Raum musste hundertprozentig staubfrei sein. Vielleicht war das Weiße unter ihren Nägeln Staub von dem alten Fußboden gewesen. Dabei hatte er den Boden doch gründlich gereinigt, schließlich hatte er an alles gedacht. Er musste sich an das Naheliegende halten, Schritt für Schritt vorgehen. Heute Abend war die neue Mischung dran. Sein Herz klopfte immer noch schnell, aber es schien sich etwas zu beruhigen. Er stand auf und atmete noch einmal tief durch. Dann hob er den doppelten Boden aus dem Werkzeugkoffer.

Jahrelang war so gut wie nie jemand in seine Wohnung gekommen. Früher einmal im Jahr der Heizungsableser, das ging zum Glück jetzt elektronisch. Der letzte Besuch seiner Familie lag drei oder vier Jahre zurück. Er reckte seine Schultern. In seinem Hals pochte der Puls, sein Herz schien wie wild vor sich hin zu pumpen. Er setzte sich wieder hin und bemühte sich, ruhig und tief zu atmen, er musste den Herzschlag bezwingen.

Damals, als er mit seinem Vater an dem Teich gewesen war, hatte er das erste Mal in seinem Leben begriffen, dass man seinen Herzschlag im Hals spüren konnte, dass man den eigenen Herzschlag empfinden konnte wie etwas Fremdes, das gar nicht zu einem gehört. Bis heute wusste er nicht, an welchen Teich der Vater mit ihm gefahren war. Wieder und wieder hatte er versucht, es irgendwie zu rekonstruieren. Er hätte seinen Vater fragen müssen. Aber der Ort spielte keine Rolle. Sein Vater war mit ihm unzählige Male in die Natur gefahren. Er hatte jeden einzelnen Ausflug mit ihm gehasst, egal, wohin sie gefahren waren. Richtige Jungs haben keine Angst vor kaltem Wasser, hatte sein Vater gesagt. Es musste ein kühler Frühsommertag gewesen sein, er hatte entsetzlich gefroren. Er hatte geglaubt, sein Herz wäre im Hals. Und der Hals viel zu eng für das Herz. Sein Vater war nicht ins Wasser gegangen.

Es war ihm unmöglich, sich zu erinnern, wie viele dieser Männerausflüge es gegeben hatte, aber dieser war ihm besonders in Erinnerung geblieben, weil ein Mann von Weitem zugesehen hatte. Den Mann hatte er schon mal in der Stadt gesehen. Und es war ihm so vorgekommen, als hätte sein Vater ihm zugenickt. Dass der Mann ihn gesehen hatte, hatte alles nur noch schlimmer gemacht. Später lernte er ihn kennen, aber das konnte er damals noch nicht ahnen, er war ja noch klein, sechs Jahre alt, schätzte er.

Er atmete bis in die Lungenspitzen, sein Brustkorb weitete sich etwas und er wurde endlich ruhiger. Er musste sich jetzt konzentrieren. Er war längst erwachsen. Er war hier, er stand in seiner eigenen Küche und durfte sich nicht von diesen Gedanken ablenken lassen. Er musste die Hygiene auf Laborniveau bringen und alles Weitere akribisch umsetzen. Es war doch so einfach. Er liebte die Atmosphäre. Als junger Mann hatte er immer wieder davon geträumt, in die Kosmetik- oder in die Pharmaindustrie zu gehen. Als Student hatte er zunächst eine Wissenschaftlerkarriere machen wollen. Aber er hatte die Leute nicht ausstehen können. Die Professoren hatten sich zwar nicht mehr die Tasche von ihren Assistenten tragen lassen, aber er hatte schnell verstanden, dass er mit diesen Typen, die er eigentlich alle nicht leiden konnte, hätte eng zusammenarbeiten müssen. Sein eigenes Vorankommen hätte komplett von diesen Professoren abgehangen und das war für ihn unvorstellbar gewesen. Es war eine schmerzhafte Erkenntnis gewesen, aber es hatte Dinge gegeben, die noch mehr wehgetan hatten. Das hatte er erfahren, lange bevor er an die Uni gegangen war. Also hatte er auf die andere Idee gesetzt. Er hatte sich immer in hochmodernen, lichtdurchfluteten Forschungslaboren mit duftenden Substanzen hantieren sehen, aus denen er Wässerchen und Hautcremes für schöne Frauen mischte. Viele Frauen wären verrückt nach ihm gewesen. Aber niemand wusste so genau wie er, dass Träume nicht wahr wurden.

Er holte die Fläschchen aus dem Schlafzimmer und stellte alle Utensilien auf der Arbeitsfläche für den Mischvorgang bereit. Er mischte zwar keine Schönheitsmittel für Frauen, die mit ihm Sex haben wollten. Aber er hatte den richtigen Riecher gehabt und die richtige Arbeit gewählt. Das immerhin hatte sich in einer Weise entwickelt, die seine Fantasien in jeder Weise übertraf. Die Substanzen durften auf keinen Fall verunreinigt werden, sonst verringerte sich womöglich die Wirkung und dieses Risiko durfte er niemals eingehen. Er strich sich eine Haarsträhne aus der verschwitzten Stirn. Es musste immer alles glattgehen, in jedem einzelnen Schritt musste er alles voll unter Kontrolle behalten. Er würde in jedem Moment perfekt vorbereitet sein.

Das Mädchen neulich hatte er angesprochen, als sie aus einem Café gekommen war. Schon seit Monaten hatte er sie im Auge gehabt. Er hatte sie ausgewählt aus Tausenden, Hunderttausenden. Als sie bei ihm gewesen war, war sie in allem genauso gewesen, wie er sie sich vorher vorgestellt hatte. Ihr schlanker Körper mit schmalen Hüften. Ihre Oberschenkel waren trainiert gewesen, junge, schöne, nicht zu starke Muskeln unter glatter Haut. Monatelang hatte er sich vorgestellt, wie sie vor ihm läge, um von ihm durch und durch besessen zu werden. Ihren Geruch konnte er sich jederzeit aus dem Gedächtnis zurückrufen. Die lange Suche hatte sich gelohnt. Sie war die absolut Richtige gewesen.

Aber bevor er überhaupt nach ihr hatte Ausschau halten können, hatte er viel Zeit darauf verwendet, den geeigneten Ort zu finden und ihn passend herzurichten. Er war dort jahrelang regelmäßig vorbeigekommen, lange, ohne zu begreifen, wie sicher er war, perfekt in jeder Weise. Und er hatte den Ort quasi vollständig unter Kontrolle. Er musste sich nur an die Zeiten halten und die kannte er ja. Es galten für alle Tätigkeiten strikt vorgegebene Zeitfenster, die aus vielerlei Gründen ausnahmslos einzuhalten waren. Die Partner berücksichtigten sie, damit ihnen keine Mehrkosten entstanden. Besser ging es nicht. Über Monate war er wieder und wieder aufs Gelände gefahren, wenn dort schon ein, zwei Stunden Feierabend gewesen war. Dasselbe natürlich morgens. Er hatte kontrolliert, ob vor der Arbeit, die offiziell um sechs Uhr dreißig begann, schon jemand auf dem Gelände gewesen war.

Er hatte fallen lassen, wann er normalerweise in dieses Café komme. Beim nächsten Mal war sie da gewesen, wie zufällig. Ihren Namen hatte er zum Glück gleich wieder vergessen. Bloß nichts Persönliches, warum auch, schließlich gab es unzählige solcher Mädchen, was spielte denn der Name da für eine Rolle, der störte nur. Von da an war alles gelaufen wie geplant.

# 6

»Was ist im *Balzac* rausgekommen? Wurde Annika dort gesehen?« Lena warf ihre Tasche auf den Stuhl und setzte sich auf den Stuhl neben Henri. Sie war ein wenig zu spät, heute Morgen hatte sie doch glatt den Wecker überhört. Wahrscheinlich weil sie so schlecht geschlafen hatte. Henri schob seine Unterlagen zusammen, die er großzügig vor sich ausgebreitet hatte. Lena stellte ihren Kaffeebecher auf die freie Fläche und zog die Jacke aus. Das Team hatte sich zu einem Infoabgleich im Besprechungszimmer versammelt. »Ist sie dorthin gegangen, nachdem sie aus dem Bus ausgestiegen war?«

»Die beiden Mädchen sind in dem Laden bekannt, sie kamen oft zusammen«, sagte Conny. »Die Bedienung konnte sich auch erinnern, dass Annika mal mit einem Mann da war. Sie konnte ihn aber nur vage beschreiben.«

»Wir versuchen es mit einem Phantombild, die Frau kommt heute noch ins Präsidium«, sagte Lennard. »Den *Balzac* hat sich der Kollege noch mal genau angesehen. Es gibt eine Sitzecke hinter der Bar, die vom Personal nicht einsehbar ist. Wenn der Täter nicht auffallen will, setzt er sich dahin.«

»Wann war Annika mit dem Mann dort?«, fragte Henri.

»An den Tag konnte sie sich nicht erinnern, weil sie zehn Tage ohne Pause Schicht hatte. Es war an einem Montag, Dienstag oder Mittwoch, in der Woche, bevor Annika verschwunden ist«, antwortete Conny, »am letzten Wochenende hat ein Student gearbeitet, der Annika und Svenja auf den Fotos allerdings nicht erkannt hat.«

»Das Alter des Mannes?«, fragte Lena.

»Zwischen dreißig und fünfzig.«

»Sehr präzise … Aber es ist eh unwahrscheinlich, dass der Täter aus dem Schülerumfeld kommt. Ein Mann, der seine

Opfer als Puppen herrichtet und sie als Leiche vergewaltigt – ein solches Verhalten prägt sich erst im Lauf von Jahren aus. Wenn Annika den Täter schon kannte, muss davon doch irgendwer gewusst haben.« Sie überlegte. »Oder sie wollte erst mal für sich behalten, dass sie einen älteren Mann kennengelernt hatte.«

Henri sah auf seine Hände, während er sprach. »Sie wollte vielleicht abwarten. Aber ist es realistisch, dass sie nicht mal mit ihrer besten Freundin darüber geredet hat?«

»Du hast recht«, nickte Lena. »Wir müssen noch mal mit Svenja sprechen. Vielleicht hat sie Andeutungen von Annika nicht richtig eingeordnet.« Als keine weiteren Kommentare kamen, fuhr sie fort: »Dirk, du hast neue Untersuchungsergebnisse?«

Alle wandten sich Dirk Lohmann zu.

»Ja, aber ich muss etwas ausholen: Es handelt sich hier nicht um die üblichen winzigen Risse in der Vaginalschleimhaut, wie sie auch bei einvernehmlichem Geschlechtsverkehr unter zwei Partnern verursacht werden können. Die Hautrisse sind viel breiter. Ich bin sicher, dass sie ihre Beschaffenheit durch die Benutzung eines Kondoms erhalten haben. Wenn der Täter, beispielsweise ohne ein Gleitmittel, in das bereits getötete Opfer eindringt, dann ist das Kondom unter Umständen zu stumpf. Dadurch entstehen breitere Hautrisse.« Dirk fuhr mit der Zunge über seine Oberlippe.

»Da muss es doch organische Spuren geben«, sagte Lennard.

»Schön wär's, keine organischen Spuren in meiner rechtsmedizinischen Untersuchung«, sagte Dirk.

»Und was sagt die Spurensicherung?«, fragte Henri.

»Auch bei uns keine Fusseln, keine Hautfetzen, keine Speichel-, keine Spermaspuren, einfach nichts«, sagte Marion.

Lena sah in die Runde. »Der Täter geht äußerst vorsichtig vor. Noch nicht einmal bei einer Vergewaltigung hinterlässt er

Spuren. Dirk, nur um sicher zu sein: Bleiben von einer Vergewaltigung Sperma- oder Hautspuren des Täters im Körper des Opfers erhalten, wenn die Leiche so lange im Wasser lag? Ich meine, können wir sicher sein, dass er sein Opfer mit einem Kondom vergewaltigt hat?«

Dirk schob einen Kugelschreiber in die Brusttasche seines weißen Kittels, auf dem an der Knopfleiste Kaffeeflecken waren. »Organische Spuren einer ungeschützten Vergewaltigung wären in der Vagina trotz Aufenthalt der Leiche im Wasser erhalten geblieben«, er sah jetzt Lennard scharf an, »und ich hätte sie gefunden. Für das vaginale Eindringen nach Eintreten des Todes gibt es eindeutige Belege.«

»Vergewaltigung nach Tötung kommt nicht selten vor.« Jürgen kniff die Augen zusammen.

Lena glaubte, ein feines ironisches Zucken auf Lennards Stirn zu entdecken und erklärte: »Es sieht nach einer besonderen Vorliebe für die Vergewaltigung einer Leiche aus.«

»Unser Täter wird durch einen toten Frauenkörper erregt«, sagte Henri, »und er richtet die Tote vor oder auch nach der Vergewaltigung selbst wie eine Puppe her.«

Sie waren ein Stück weiter. Allerdings nur ein winziges Stück, aber immerhin. »Was wir brauchen«, sagte Lena, »ist ein Persönlichkeitsprofil des Täters von Dr. Loeding.«

»Legt der Puppenmörder das Opfer nur in der Elbe ab, um Spuren seiner Person oder des Aufenthaltsorts zu zerstören?«, dachte Henri laut.

»Bis auf die Substanz unter den Fingernägeln ist ihm das ja auch gelungen«, sagte Dirk.

»Das ist ein interessanter Punkt.« Lena überlegte. »Wenn er schon so gründlich ist, warum legt er die Leiche dann noch im Wasser ab?«

»Aber was soll es denn noch bedeuten?« Jürgens Stirn war in Falten gelegt.

»Es muss dafür einen Grund geben«, sagte Henri.

»Vielleicht hat der Täter selbst ein besonderes Verhältnis zum Wasser«, überlegte Lena, »er könnte die Leichen ja auch vergraben oder verbrennen.«

»Das kann man doch an der Leiche nicht ablesen. Das macht dir kein Rechtsmediziner der Welt.«

Lena wusste nicht, ob sie darüber lachen sollte oder ob Dirks egozentrischer Einwand sie einfach nur nervte. »Dr. Loeding wird herausfinden, was das bedeutet.«

»Das mit den Spuren ist auf jeden Fall richtig«, bestätigte Dirk eifrig, wie um schnell davon abzulenken, dass Lena nicht auf seine Bemerkung eingegangen war. Er sah prüfend jeden einzeln an. »Diese weiße Substanz ist ein Kalk-Estrich-Gemisch. Es wurde in dieser Zusammensetzung nur bis etwa 1970 verwendet. Es hat eine zu starke Staubbildung verursacht. Deshalb wurden später andere Stoffe, meistens Kunststoffe, beigemischt, die bessere Bindeeigenschaften haben. Seitdem gibt es deutlich weniger Staubbildung in Kellern und Lagerräumen. Ein solches Analyseergebnis erzielt man nur auf wissenschaftlichem Topniveau.«

»So was dachte ich mir ja schon«, brummte Henri, »also, dass es ein älteres Gebäude ist.«

»Das heißt«, sagte Lena, »dass Annika aller Wahrscheinlichkeit nach in einem Schuppen, einer Garage, einem Lagerraum oder Ähnlichem gefangen gehalten und ermordet wurde. Das Alter des Mörtelstaubs legt nahe, dass das Versteck in einem älteren Gebäude ist, wahrscheinlich abgelegen, kein Verkehr, keine Passanten. Dieses Ergebnis lässt aber nicht den Schluss zu, dass Annika und Melanie am selben Ort waren. Wie viele Keller, deren Fußböden mit einem solchen Gemisch bedeckt sind, kann es in Hamburg geben? Über zehntausend, hunderttausend?«

»Ich recherchiere das beim Bauamt«, warf Lennard ein, »die müssten die Info haben. Allerdings sind dort nicht alle privaten Baumaßnahmen registriert.«

»Okay«, sagte Lena und ging weiter zum nächsten Punkt. »Lennard, was ist mit den Hinweisen aus der Bevölkerung, seit *Unser Boulevard* am Sonnabend mit dem Fall getitelt hat?«

»Ein Team von zwanzig Leuten ist mit der Auswertung beschäftigt. Über tausend sind eingegangen. Es gibt viele Männer, die Damenkleidung kaufen, und die werden dabei auffallend oft von Frauen beobachtet. Bisher haben wir allerdings keinen einzigen Hinweis, der konkret mit Annika zu tun hätte. Soweit wir es sehen, kaufen Männer alle Arten von Frauenkleidung, Strumpfhosen, Unterwäsche und Oberbekleidung.«

»Die meisten kaufen diese Dinge wohl für ihre Frauen«, warf Henri ein.

»Das geben sie bei den Kassiererinnen vor, ungefragt übrigens. Meistens kaufen sie ohne Beratung. Für die Verkäuferinnen sieht es so aus, als würden insbesondere Dessous und Strumpfhosen für den eigenen Gebrauch gekauft, sonst müssten die Partnerinnen dieselbe Größe haben wie ihre Männer.« Lennard machte eine kurze Pause. »Wir haben aber noch etwas anderes. Wir wissen jetzt, bei welcher Firma die Kleider gekauft wurden.« Er nannte den Namen, die Filialen waren in der Innenstadt und in allen Einkaufszentren präsent, jeder kannte das Label. »Die Kleider stammen aus der Sommerkollektion von vor vier Jahren.«

»So alt?« Lena war überrascht. »Er plant seine Taten also schon seit Jahren! Hat er sie online gekauft, gibt es noch Kundendaten?«

»Die Firma hebt die Kundendaten unbegrenzt auf, aber es gab nur weibliche Besteller, keinen männlichen Online-Besteller dieses Modells in Norddeutschland. Auch keine Kundin, die mehrere Kleider desselben Models gekauft hätte.«

»Er muss die Kleider und Schuhe in mehreren Filialen gekauft haben, vermutlich mit Barzahlung.«

Lena stand auf, die Besprechung war für sie beendet. Mehr hatten sie einfach nicht. Es war furchtbar. Sie klemmte ihren Laptop unter den Arm und ging Richtung Tür. Dort stand Dirk, der ihr mit großer Geste die Tür, die schon vorher offen gestanden hatte, aufhielt.

Er flüsterte ihr etwas zu, aber sie glaubte, ihren Ohren nicht trauen zu können, denn was sie verstanden hatte, kam ihr unglaublich vor, und sie brauchte den ganzen Weg bis zu ihrem Büro, bis in ihr Bewusstsein vordrang, was Dirk gesagt hatte: »Dir würden rote, glänzende Lippen auch gut stehen.«

Lena müsste ihn gleich zur Rede stellen und ihm sagen, dass sie das kein bisschen witzig fand. Oder hatte sie sich verhört?

***

»Sie wissen, dass Annika einem Gewaltverbrechen zum Opfer gefallen ist, richtig?« Lena stand mit Henri und Annikas Ex-Freund in einem Gang des Johanneums. Die Kollegen hatten Marcel bereits darüber informiert, dass Annika tot war. Von Conny wusste Lena, dass er nicht geschockt reagiert hatte. Im Gegenteil, er nahm die Nachricht fast lethargisch auf. Außerdem hat Marcel Conny keine Fragen dazu gestellt, was überhaupt passiert war.

Er war ein groß gewachsener Junge von achtzehn Jahren. Intelligentes Gesicht, Pickel, braunes Haar, das Lena an feine dichte Wolle erinnerte. Sehr lange schlanke Beine, ein schmaler, durchtrainierter Körper. Ihr fiel auf, dass Henri Marcel eingehend betrachtete.

Marcel nickte. »Genau, es waren am Wochenende Polizisten bei mir zu Hause, die haben es mir gesagt.« Er sah über Lenas Schulter hinweg in Richtung Schulhof.

»Marcel, Sie wussten es schon vorher.« Henri ging näher an den Jungen heran.

»Nein, das stimmt nicht!«, sagte er und wich Henris und Lenas Blicken aus.

»Ihre Freundin ist einem Gewaltverbrechen zum Opfer gefallen und Sie haben die Information mit allergrößter Ruhe aufgenommen.« Lena wunderte sich, wie starr Marcels Gesichtsausdruck auch jetzt war.

»Meine Ex-Freundin.«

»Sie hat sich erst vor ein paar Wochen von Ihnen getrennt.« Henri sah Marcel durchdringend an.

»Das war schon vor dreieinhalb Monaten.«

»Also«, begann Lena von Neuem, »woher wussten Sie, dass Annika ermordet worden ist?«

»Ich wusste es eigentlich nicht. Jedenfalls nicht offiziell.«

»Von wem?«, hakte Henri nach.

»Wer hat es Ihnen inoffiziell gesagt?« Lena riss sich zusammen, um nicht unfreundlich zu werden. Sie merkte, dass sie nervlich schon stark strapaziert war und keine Geduld mehr hatte.

»Es sollte eigentlich geheim bleiben.«

»Was sollte geheim bleiben?«, fragte Henri freundlich.

Marcel schwieg.

»Marcel«, begann Lena, »Sie kennen Svenja, richtig?«

Er sah sie an, dann nickte er langsam.

»Sie haben eine Beziehung mit ihr.«

Henri hatte das intuitiv erfasst. Lena staunte. Darauf war sie noch nicht gekommen.

Wieder nickte Marcel.

»Warum wollen Sie nicht darüber sprechen, wenn Annika schon im Mai die Beziehung mit Ihnen beendet hat? Wo ist das Problem?«, bohrte Henri nach.

»Das verstehen Sie nicht.«

»Wir verstehen so gut wie alles«, sagte Lena trocken. »Ist Ihnen eigentlich klar, wie merkwürdig es bei der Polizei ankommt, wenn Sie sich unwissend stellen und dann herauskommt, dass Sie schon vorher von Annikas Tod wussten? Was glauben Sie denn, wie meine Kollegen auf Sie gekommen sind?«

»Ähm, ja, wie eigentlich?«, stammelte er.

»Ganz einfach, Annikas Eltern haben uns von Ihnen erzählt«, klärte Lena ihn auf.

»Kurz nach der Trennung von Annika«, begann Marcel und räusperte sich, »also kurz nach der Trennung von Annika habe ich zufällig Svenja im Stadtpark getroffen. Ich war mit ein paar Freunden im Freibad. Ich habe mich ehrlich gefreut, sie zu sehen, aber«, er zögerte, »Svenja hat mir voll direkt gesagt, dass sie mit Typen wie mir echt nichts zu tun haben wollte. Ich war so fertig, dass ich nicht nachgefragt habe.«

»Sie müssen doch eine Idee gehabt haben, warum Svenja eine solche Meinung über Sie hatte.«

»Nee, keine Ahnung, was das sollte. Ich habe Svenja stehen lassen und bin wieder zu meinen Freunden gegangen. Ich war voll geschockt.«

»Und weiter?«

»Nichts weiter.«

»Das glauben Sie ja wohl selbst nicht!«

»Doch! Ich habe über die Situation im Stadtpark ewig rumgegrübelt und nach zwei, drei Wochen habe ich den Entschluss gefasst, mit Svenja zu reden. Deshalb habe ich nachmittags in der Nähe der Corveystraße gewartet, um sie zu treffen, wenn sie aus der Schule kam. Mit Svenja hatte ich mich immer gut verstanden.«

»Das hat sie offensichtlich anders gesehen«, sagte Henri.

»Ich musste wissen, was das sollte.« Marcel hörte sich weinerlich an.

»Hatten Sie vor, durch Svenja auch wieder mit Annika in Kontakt zu kommen?«, fragte Henri nach.

»Nee, Quatsch, das war endgültig aus.«

»Wie ging es weiter?«, fragte Lena.

»Als Svenja mich vor ihrer Schule sah, hat sie gesagt, ich solle sie in Ruhe lassen. Aber ich habe sie überredet, dass sie mir doch wenigstens zuhört. Sie hat dann eingewilligt, mit mir was trinken zu gehen. Sie hat ein riesiges Hin und Her gemacht, aber irgendwann war sie bereit, es mir zu erklären.« Marcel schien nach Worten zu suchen.

»Marcel, weiter«, drängte Lena ihn.

»Svenja wusste von Annika, dass ich Sexspiele ausprobieren wollte. Annika und ich hatten, so hatte es Annika Svenja erzählt, darüber eine Weile gestritten. Das stimmte aber gar nicht. Wir haben gar nicht gestritten. Nur immer wieder drüber geredet. Ich hatte das Gefühl, dass das Annika echt angemacht hat. Sie war kurz davor, sich darauf einzulassen. Annika hatte Svenja erzählt, dass ich für Annika den devoten Part wollte. Sie hatte aber Angst, hat Svenja mir dann erzählt, und sie hat Annika gesagt, sie solle sich bloß nicht darauf einlassen. Svenja hat mir in dem Coffee Shop gesagt, dass sie mich voll pervers findet.«

»Haben Sie Annika gegenüber auf die Sexspiele bestanden?« Lena dachte an Sexspiele, bei denen sich Partner gegenseitig würgten, um die Lust zu steigern.

»Ich finde nicht, nein.«

»Und was, glauben Sie, fand Annika?«, sagte Henri. »Haben Sie sie unter Druck gesetzt?«

»Ich habe sie nicht unter Druck gesetzt, Mann! Ganz bestimmt nicht!«

»Svenja gegenüber muss Annika es anders geschildert haben, es hörte sich so an, als hätte sich Annika von Ihnen bedrängt gefühlt.«

Marcel trat von einem Fuß auf den anderen und kratzte sich am Kopf.

»Wann haben Sie Annika zum letzten Mal gesehen?«, wollte Lena jetzt wissen.

»Als wir uns getrennt haben. Das habe ich doch Ihren

Kollegen schon gesagt. Allerdings ... wir haben uns noch mal getroffen.«

»Warum haben Sie uns das nicht gesagt?« Henri sah Marcel durchdringend an. »Also, bitte die Details!«

»Das war in der letzten Woche. Ich wollte noch mal mit Annika reden« Marcel hustete. »Eigentlich wegen Svenja.«

***

Seine Hände waren feucht und er war aufgeregt, durch und durch erregt. Heute war ein besonderer Abend. Er war zufrieden mit sich: Er hatte es geschafft, sie war wirklich hier. Leicht war es nicht und die ganze Planung hatte viel Zeit in Anspruch genommen, unglaublich viel. Schon lange war er nicht mehr so aufgeregt gewesen. Zuerst hatte er alle Vorhänge geschlossen und war dann durch die ganze Wohnung gegangen, um die Fenster ein weiteres Mal einzeln zu überprüfen. Es war alles in Ordnung, nirgends gab es nur den kleinsten Spalt. Aber wer hätte hier auch reinschauen können? In dieser Gegend sahen sich Leute nicht gegenseitig in die Fenster.

Er wollte schon ungeduldig das Tuch anheben, um sie sofort anzusehen. Aber dann entschied er sich, bei seinem Plan zu bleiben, obwohl das eine große Anstrengung bedeutete. Sie war ja schon bei ihm und allein diese Tatsache durchströmte jede seiner Zellen mit einem Glücksgefühl. Sie war hier. Nur für ihn. Er ging ins Bad und wusch sich die feuchten Hände. Völlig undenkbar, sie mit schweißfeuchten Fingern zu berühren. Überhaupt empfand er einen besonderen Reiz darin, den Moment der Berührung hinauszuzögern. Die beinahe nicht auszuhaltende Ungeduld war wie ein lustvoller Schmerz.

Er sah sein Gesicht im Spiegel und bemerkte die Schweißperlen auf seiner Stirn und über der Oberlippe. Unter seinen

Achseln und auf seiner Brust hatten sich Schweißflecken auf seinem Hemd abgezeichnet, die feucht schimmerten. Nachdem er seine Hände gründlich eingeseift hatte, hielt er sie lange unter den kalten Wasserstrahl, dann wusch er sich noch das Gesicht kalt ab. Ich muss ruhiger werden, dachte er. Die ganze Nacht lag ja noch vor ihm. Er genoss das alles maßlos, ihre Anwesenheit, seine Ungeduld, die absichtsvoll quälende Verlangsamung seines Vorgehens.

Seine ursprüngliche Idee, sich für den nächsten Tag Urlaub zu nehmen, hatte er schnell verworfen. Er hatte zunächst gedacht, es wäre würdiger für den Anlass, eine Nacht und einen ganzen Tag Zeit zu haben. Aber dann hatte er sich doch entschieden, es anders zu machen. Ihm war plötzlich klar geworden, wie reizvoll es wäre, einen normalen Arbeitstag mit allen Erledigungen und Aufgaben gewissenhaft durchzustehen und dabei wie in kleinen Glücksblitzen immer wieder auszukosten, dass sie bei ihm war. Morgen würde er normal arbeiten. Niemand würde ihm bei der Arbeit die geringste Aufregung anmerken. Im Gegenteil, er würde vermutlich gedämpft und ein bisschen angestrengt wirken, denn er würde müde sein. Und morgen Nacht wäre er wieder bei ihr.

Er trocknete sich das Gesicht ab, spürte, wie sich seine Hände am Handtuch schon erneut feucht anfühlten. Dann ließ er ein paar Minuten lang Wasser über seine Handgelenke laufen. Er dachte gar nicht, dass er jetzt Sex haben wollte, obwohl er unglaublich erregt war. Ihm war überall heiß, es pulsierte in seinem Kopf, in seinem Rumpf, sogar in den Beinen, seine Erektion war so stark wie lange nicht mehr, er tastete mit der linken Hand über seine Hose, drückte dagegen. Er hatte nicht wie sonst, wenn er erregt war, das Gefühl, seine Erektion beherrschte wie ein forderndes pulsierendes großes Ding seinen Körper und beanspruchte seine gesamte Aufmerksamkeit. Wie abgeschnitten, aber gleichzeitig untrennbar damit verbunden war da noch sein Kopf, der ihm völlig überflüssig erschien. Heute war er komplett, sein Körper, seine Erregung, sein Kopf. Er war ein riesiges, heiß durchströmtes Ganzes.

Er wollte zurück zu ihr und wollte es auch hinauszögern. Hatte er an alles gedacht? War alles, wie er es geplant hatte? Er liebte die Planung, die Überlegungen, das Hin und Her seiner Gedanken, wie er es am besten machen sollte, fast genauso wie den Moment, in dem dann alles begann. Und jetzt war dieser Moment. Er konnte keinen klaren Gedanken fassen. Er musste unbedingt etwas Kaltes trinken, das würde ihn abkühlen. Er öffnete den Kühlschrank. Auf keinen Fall Alkohol, noch nicht mal Bier. Er holte eine Flasche Mineralwasser aus dem Kasten und suchte im Gefrierschrank nach Eiswürfeln. Er trank das Glas mit eiskaltem Wasser in einem Zug aus. Aber es kühlte ihn nicht, er brauchte Luft und kippte das Küchenfenster. Den Küchenvorhang überprüfte er, bevor er ins Wohnzimmer zurückging. Endlich zu ihr. Jetzt war er bereit. Zumindest wenn er sich damit abfand, dass seine Hände schon wieder feucht waren.

Von der Tür aus ließ er seinen Blick langsam dorthin wandern, wo sie auf ihn wartete und für ihn da sein würde, wenn er es wünschte. Er nahm sich Zeit, genauso hatte er es sich vorgestellt. Er ging langsam zum Sofa und setzte sich so, dass er in ihre Richtung sehen konnte. Die Schuhe hatte er anbehalten, trug noch sein Hemd vom Tag, ein schlichtes, teures Hemd. Er besaß nur teure Hemden. Der Baumwollstoff klebte zusammen mit seinem verschwitzten Unterhemd am Rücken fest. Er konnte es nicht ändern, er schwitzte nun mal schnell. Er stand wieder auf. Im Bad zog er Hemd und Unterhemd aus und wusch sich am Waschbecken den Oberkörper. Gründlich und langsam trocknete er sich ab, holte ein frisches Hemd aus dem Schrank und zog es ohne Unterhemd an. Der feine Baumwollstoff kühlte einen Moment lang, dann war ihm schon wieder heiß.

Endlich ging er zurück ins Wohnzimmer, wo sie immer noch auf dem Boden lag. Er konnte einfach nicht mehr länger warten und kniete sich vor sie auf die Wolldecke neben ihren Kopf. Er warf einen letzten kontrollierenden Blick auf die Vorhänge, dann hob er vorsichtig das Tuch, das sie bedeckte. Sie wird nur bei mir sein, dachte er. Sie muss nicht mehr aus der Wohnung, außer wenn ich es will, und niemand wird sie mehr anstarren. Nur ich, solange ich will und wann immer mir danach ist. Ich kann mit ihr machen, was ich will. Dieser Gedanke durchfuhr ihn wie ein Blitz. Sie ist ganz für mich da. Er war überglücklich.

Minutenlang genoss er den Anblick ihres Gesichts, ohne auch nur eine Sekunde die Augen abzuwenden oder sich zu bewegen. Er versuchte zu ignorieren, dass ihm der Schweiß über Stirn und Rücken lief. Braune Haare sind auch so unendlich schön. Ich brauche nicht nur blonde Haare, obwohl die sehr wichtig für mich sind, dachte er, auch Braunhaarige sind wunderbar. Schönheit hing schließlich nicht allein von den Haaren ab. Natürlich bestand er darauf, dass sie lange Haare hatte. Jetzt ließ er die Fingerspitzen sanft über ihr Haar gleiten, es war seidig und zart, fein, wenn auch nicht so fein wie blondes Haar. Er nahm eine lange gewellte Strähne zwischen Daumen und Zeigefinger und rieb sie leicht, er schloss die Augen, um noch intensiver die zarte Textur an seinen Fingerkuppen zu spüren. Diese Berührung ließ seinen ganzen Körper von einer heißen Welle durchströmen, jede Zelle in ihm pulsierte. Aber da waren ja nicht nur ihre Haare. Er öffnete die Augen und betrachtete ihre Augen, die von seidigen, langen Wimpern umgeben waren. Wie konnte ein Gesicht so perfekt geformt, in jedem Detail so vollendet schön sein?

Er war hingerissen von ihren Augen. Sie war ganz still, kein Lidschlag, auch sonst bewegte sie sich nicht. Aber hinter dem geschlossenen Mund war Leben, das wusste er. Sein Zeigefinger zeichnete den Schwung ihrer Oberlippe nach, er ließ die Berührung in ihren Mundwinkeln auslaufen, wieder und wieder. Dieser Mund überwältigte ihn. Er wischte seine feuchten Finger an seiner Hose ab und strich erneut über ihre Lippen. Er war sechzehn gewesen, als er das erste Mal ein Mädchen geküsst hatte. Eher hatte sie ihn geküsst, er war viel zu schüchtern gewesen, um die Initiative zu ergreifen. Ein Mädchen aus der Parallelklasse, ihren Namen hatte er vergessen. Aber das Gefühl war noch in der Erinnerung so stark, als hätte es gerade erst stattgefunden. Im ersten Moment hatte es ihn furchtbar erschreckt, dass ihre Lippen so weich gewesen waren. Ihr Kuss hatte mehr von ihm gewollt. Er hätte gern mit dem Finger seinen eigenen Mund mit ihrem verglichen, waren denn seine Lippen auch so widerlich weich? Aber der Mund des Mädchens war fest mit seinem verbunden gewesen, sie hätte bestimmt seine Finger weggeschoben.

Er verscheuchte die Erinnerungen und sah das ebenmäßige Gesicht an. Endlich wurde er etwas ruhiger. Er hatte keine Ahnung, wie lange er vor ihr auf dem Boden gekniet hatte. Ein kühler Luftzug machte ihm bewusst, dass er sich beruhigt hatte, er roch seinen Schweiß, aber die Hitze war aus seinem Körper gewichen. Er war so ruhig, wie er sein konnte, jetzt, wo sie da war. Dann hob er das Tuch an, das ihren Körper immer noch verdeckte. Es durchfuhr ihn wie ein Blitz: Sie war nackt. Daran hatte er nicht gedacht, obwohl es ihm natürlich hätte klar sein müssen. Sie durfte nicht nackt sein, jedenfalls jetzt noch nicht.

Er stand auf, lief in die Küche, vergaß, was er dort wollte, kam sofort zurück und kniete sich wieder neben sie. Dann stand er erneut auf und ging nervös in dem großen Raum hin und her. Er starrte den Körper an. Sein Herz klopfte stark. Er spürte, wie sich auf seinem Rücken Schweißperlen bildeten, einige saugte der Stoff seines Hemdes sofort auf, andere liefen zwischen der Haut und dem Hemd kalt hinunter. Die Schweißperlen kamen ihm riesengroß vor.

Sie war von Kopf bis Fuß so makellos wie die andere, die kleine Braunhaarige, aber die musste jetzt zurückstehen. Sie würde ihm nichts übel nehmen, das war sicher. Er atmete tief durch. Ach, diese Braunhaarige war so wunderbar. Der perfekt geschwungene Mund, die ebenmäßige Haut – ein Traum. Ihre Schönheit war jeden mühevollen Moment der Suche wert.

Er ging noch einmal in die Küche. Ihm war wieder eingefallen, was er dort wollte. Er brauchte noch ein Glas Wasser. Danach setzte er sich aufs Sofa, Schweiß auf der Stirn, und betrachtete sie. Sie lag auf dem Boden. Hier in seiner Wohnung. Noch nie war er so weit gegangen und er hatte niemals angenommen, dass ihn das körperlich so mitnehmen würde. Plötzlich spürte er, dass er gereizt war, sogar aggressiv. Warum dreht sie sich nicht zu mir her, hämmerte es trotzig und böse in seinem Kopf. Er musste tief durchatmen, um sich zu beruhigen.

Als er aufstand, um sie aufzurichten, sah sie ihn wohlwollend an. Er griff ihr unter die Achseln, um sie hochzuheben. Sie war sportlich-schlank, aber ihr Körper war schwerer, als er in Erinnerung hatte. Es war dennoch ganz leicht, sie in den Armen zu halten, sie an sich zu drücken, wie er es wollte. Warum erwiderte sie seine Umarmung denn nicht? Auch wenn sie so widerborstig war, eine wunderbare Wärme durchströmte seinen ganzen Körper. Die Haare kitzelten ihn im Gesicht, er drückte seine Nase in ihr Haar. Es roch nach Sommer, eine feine Spur Schweißgeruch lag darin, Frauenschweiß.

Er legte sie schräg über die Sofalehne, ein Arm nach hinten gewendet, den Blick Richtung Zimmerdecke. Der Hals war etwas überdreht, sie müsste eigentlich Schmerzen haben, ließ es sich aber nicht anmerken. Er nahm den kostbaren Stoff von der Kommode, den er neulich in einem besonderen Geschäft gefunden hatte. In Vorbereitung auf diesen Abend hatte er ihn ausgesucht, war in allen Geschäften im Umkreis von hundert Kilometern gewesen, die überhaupt eine ausreichende Auswahl in dieser Qualität hatten, bis er erst in der letzten Woche diesen einzigartigen Stoff entdeckt hatte. Er war aus Seide und die Farbe changierte zwischen Smaragdgrün und einem edlen Magenta. Ein grafisches Muster war eingewebt. Er war davon überzeugt, dass es eine tiefe Wirkung auf die Psyche hatte, Komplementärfarben miteinander zu kombinieren.

Als er den Stoff in der Hand hielt, strich er mit den Fingerspitzen sanft darüber. Es war genug für ein Oberteil, das er bald für sie nähen würde. Er sah es vor sich, wie ihre Haare über den Stoff fließen würden. Er hielt den auseinandergefalteten Stoff mit beiden Händen und öffnete den Vorhang ein wenig, um den Stoff bei Tageslicht zu sehen. Wie dumm, es war schon dunkel … Hatte er sich im Griff? War er denn immer noch so aufgeregt? Er wusste es selbst nicht. Jetzt bemerkte er, dass kein grafisches Muster in den Stoff gewebt war, sondern ein ungeheuer subtiles Blumenmuster.

Sein Puls schlug hart, er brauchte einen Grappa, traute sich aber nicht. Also noch ein Glas Wasser. Er ließ den Stoff auf dem Sessel zwischen den Fenstern liegen und ging in die Küche, ohne sie, die die ganze Zeit unbequem über der Sofalehne lag, noch einmal anzusehen.

Als er wieder ins Wohnzimmer kam, versuchte er gleichmäßig zu atmen. Er strich ihr über die Haare, legte einen Finger auf die ebenmäßige Stirn. Wie schön ihr Mund war, warum sprach er nur nicht? Der Mund machte ihn immer ganz verrückt. Sanft streichelte er wieder die Lippen, seine Finger ertasteten den zarten Übergang zwischen Lippe und Mundpartie. In ihm pulsierte und pochte es. Er war so versunken und bemerkte erst jetzt ihre verdreht-unbequeme Haltung. Er legte sie so hin, wie es für sie am bequemsten war und wie es für ihn am besten passte.

Plötzlich schreckte er auf. War da nicht ein Geräusch

direkt an einem der Fenster? Es durchfuhr ihn, er hatte den Vorhang nicht richtig geschlossen. Wie hatte ihm das nur passieren können! Wie lange hatte der Spalt offen gestanden? Es musste ein Luftzug gewesen sein, weil er das Küchenfenster geöffnet hatte. Der Stoff lag immer noch auf dem Sessel. Er stand auf und schloss den Vorhang, ging an das linke Fenster, hinter dem am wenigsten Licht war, und sah hinaus. Er lauschte noch eine Weile, aber es war ganz still. Es war eine Einbildung. Er atmete tief durch, ging zum Sofa und hielt den Seidenstoff an ihre braunen Haare.

# 7

»Kaffee?«, fragte Henri durch den Türrahmen.

Lena sah auf. »Gern, obwohl Kaffee auch nicht richtig hilft.«

Sie blätterte in den Unterlagen, die sie auf ihrem Schreibtisch gefunden hatte. Lennard hatte einen Kandidaten entdeckt, dessen Merkmale bei der Tätersuche gematcht hatten: Günther Szabo. Mehrere Opfer erwürgt, die Tatorte nicht gefunden.

Henri erschien mit zwei Bechern Kaffee und sie sahen sich im Laptop die Fotos von Szabos Opfern an.

Henri zeigte auf die große Landkarte an der Wand. »Alle früheren Opfer von Szabo kamen, ausgehend von seinem damaligen Wohnort Lurup, aus einem Radius von fünf bis sieben Kilometern. Hier«, er hielt Lena die Unterlagen hin, »er wohnt nur einen Kilometer von Annikas Adresse und ihrer Schule entfernt.«

»Aber das *Balzac* im Grindelhofviertel, in dem Annika vermutlich ihren Mörder getroffen hat, liegt gut einen Kilometer außerhalb dieses Dreiecks.« Lena zeigte darauf. »Szabo ist an allen Orten ziemlich nah dran.«

Eine Weile betrachteten sie schweigend den Stadtplan.

»Er war fünfzehn Jahre in Haft, er galt als voll schuldfähig.« Lena klickte durch die Unterlagen. »Er hat seine Opfer nach dem sexuellen Missbrauch erdrosselt. Außerdem hat er sie arrangiert, sieh mal.« Lena zeigte auf ein Foto und drehte den Laptop, damit er es besser sehen konnte. »Alle Opfer waren nackt, als man sie fand, und lagen wie aufgebahrt.« Lena blätterte weiter. »Gute Führung, in der Haft nichts Auffälliges, still, zurückhaltend, fleißig. Die Vollzugsbeamten vermuteten, dass er Reue über seine Taten empfunden habe.«

»Man führt sich gut und kann dann wieder loslegen.« Henri zögerte. »Gehst du mit Mittag essen?«

»Klar.« Lena war ein wenig verwundert. Seit Henri in ihrem Team war, gingen sie ohnehin mehrmals die Woche zusammen Mittag essen. Das ergab sich durch die Arbeit ganz automatisch. »Aber vorher sehen wir noch seine Bio durch.«

Szabo war sechzig. Vor seiner Haft war er Lkw-Fahrer, Hilfsarbeiter und Sozialhilfeempfänger gewesen. Hauptschule. Eine Ausbildung zum Fernfahrer.

»Er könnte ein eiskalter Typ sein, der sich super tarnt. Vielleicht hat er sich weiterentwickelt und hält jetzt seine Opfer länger am Leben. Und steht auf Puppen«, sagte Henri.

»Alles ist möglich.« Lena zeigte auf die Nadeln, die Szabos Wohnung und Annikas Schule markierten. Sie sagte nichts und konnte plötzlich sehen, wie sich die Härchen auf Henris Arm aufstellten. War er so empfindlich?

Henri kratzte sich am Ohr. »Ja, alles ist möglich. Mein Bauchgefühl sagt mir, dass ich eigentlich nichts weiß und dass ich Hunger habe.«

***

Sie erschrak, als sie merkte, dass sie die Augen längst geöffnet hatte, ihr Herz raste, an Schlaf war nicht zu denken, sie war wach, sehr wach und es war kalt und dunkel. Sie lag auf etwas Hartem und es roch nach kaltem Steinfußboden, sie fühlte an ihrer nackten Haut eine Decke. Sie fror und tastete nach dem Ring um ihre Taille, er war aus Latex oder aus Leder. Jedenfalls war er aus einem Material, das gleichzeitig flexibel und zäh war. Das Licht reichte nicht aus, um zu es erkennen. Sie suchte die Stelle, die sie mit dem Fingernagel bearbeitet hatte, und kratzte weiter. Es war das Einzige, was sie hier tun konnte.

War alles nur ein böser Traum? Aber da war dieser Mann. Sie atmete tief ein, nahm alle Kraft zusammen und schrie. In ihren eigenen Ohren hörte es sich an wie ein Krächzen. Sie bewegte die Finger ein wenig.

Als sie das erste Mal hier aufgewacht war, hatte sie nur einen Gedanken gehabt. Dass sie nackt war. Sie hatte aufstehen wollen, sich mit den Händen aufstützen, aber sie hatte ihre Hände nicht frei bewegen können, sie war an den Handgelenken gefesselt gewesen und diese Fessel war an einem Taillenring befestigt. Um ihren rechten Fuß hatte der Metallring gehangen. Wie jetzt.

Es gab nur einen schwachen Lichtschein unter der Tür, sie hatte keine Ahnung, was für eine Tageszeit gerade war. Der Schimmer zeigte, wo die Tür war, er war aber zu schwach, um in den Raum hineinzuleuchten. Manchmal glaubte sie, der Lichtschein wäre stärker, dann wieder schien er sich abzuschwächen. Sie konnte einfach nicht sicher sein, ob es so war oder es ihr nur so vorkam. Vielleicht bildete sie sich alles nur ein.

Wie lange war sie jetzt hier? Sie musste bewusstlos gewesen sein, als der Mann sie hierhergebracht hatte. War sie nach der Arbeit im Grindelviertel gewesen, in dem Coffeeshop am Abaton? Doch ja, sie war sich jetzt sicher und dieser Mann war dabei gewesen. Aber was war danach passiert? Hatte er sie hierher gebracht? Wieso erinnerte sie sich nicht? Er musste sie ausgezogen haben. Was war mit ihren Sachen passiert? Sie hatte eine Jeans und eine Bluse getragen. Wo waren ihr Handy und ihre Tasche? Aber selbst wenn die Sachen neben ihr gelegen hätten, die Fesseln wären zu eng, um sie zu erreichen, und wie hätte sie sich anziehen können? Sie versuchte zu schlafen, Augen zu und weg. Ihr Herz schlug wild. Wenn sie doch bloß wieder schlafen könnte.

Sie hatte auch keine Ahnung, wie lange sie bewusstlos war und wie oft er hier gewesen war. Wie lange blieb er? Die Kerbe an dem Lederring, die sie mit ihren Fingernägeln bearbeitete, war das Einzige, woran sie das Verstreichen der Zeit festmachen konnte. Wenn sie tiefer in das Material hineingekratzt hatte, war Zeit vergangen, Bruchteile eines Millimeters. Sie versuchte, mit dem Daumennagel die Tiefe der ausgekratzten Stelle zu messen.

Ihre Mutter erwartete sie seit Freitag in Pinneberg. Sie musste längst die Polizei verständigt haben, warum dauerte bloß alles so lange? Man musste sie doch finden und hier rausholen. Oje, der Kater ihrer Nachbarin war in ihrer Wohnung, solange die in Urlaub war. Das hatte sie ganz vergessen. Berti, der grau melierte Kater mit grünen Augen. Die Nachbarin würde drei Wochen wegbleiben. Sie hatte ihn schon häufiger bei sich gehabt, Berti war schon über zehn Jahre alt und es schien ihn kein bisschen zu stören, dass er nie die Wohnung verlassen durfte. Freiheit, frische Luft und unbeaufsichtigtes Herumstreunen schien er längst vergessen zu haben. Falls er wilde Zeiten erlebt hatte, lagen sie weit zurück. Nur ihre Mutter hatte einen Schlüssel für ihre Wohnung. Aber warum sollte sie kommen? Ihre Mutter erwartete sie für das lange Wochenende in Pinneberg und Berti wollte sie mitnehmen. Ihre Mutter hatte nichts dagegen, sie mochte den Kater auch. Sie sah Berti vor sich, wie er um den leeren Futternapf strich. Er würde Hunger haben, aber vor allem brauchte er Wasser.

Es war quälend, dass sie die Hände frei bewegen, aber nichts mit ihnen tun konnte. Erst nach einer Weile hatte sie verstanden, dass es möglich war, eine Hand vom Bauch wegzuziehen, die andere wurde dann noch enger an den Taillenring gezogen. Das ermöglichte es ihr, die Wasserflasche zu greifen, die er neben sie gestellt hatte. Vorsichtig tastete sie mit der rechten Hand danach. Sie durfte sie auf keinen Fall umwerfen. Sie tastete auf dem Boden entlang, fand aber die Flasche nicht.

Die Haut unter der Fußfessel musste aufgescheuert sein, sie brannte. Die Eisenfessel war schwer. Sie versuchte, sie zu erreichen, aber es klappte nicht, der Fuß war zu weit weg. Sie versuchte aufzustehen, die ersten Male gelang es nicht, aber schließlich schaffte sie es. Eine riesige Wut war plötzlich in ihr, als sie merkte, dass die Fußfessel zu kurz zum Herumlaufen war. Sie musste nah an der Wand stehen bleiben. Die kalte Mauer ließ sie noch mehr frieren, sie legte sich wieder hin und suchte die Stelle, um weiterzukratzen.

Ob der Mann ihr Wasser geben würde, wenn er wiederkäme? So war es bisher jedenfalls gewesen. Wenn er einen Unfall hätte und nicht mehr kommen könnte, würde sie hier verdursten. Und Berti würde in ihrer Wohnung sterben. Am Anfang war der Hunger schlimm gewesen, aber jetzt spürte sie ihn nicht mehr. Ihr rechter Zeigefinger tat plötzlich weh, der Nagel war eingerissen, sie kratzte mit dem Mittelfinger weiter.

War da etwas hinter der Tür? Ihr Herzschlag spielte verrückt. Sie drehte die Stelle der Taillenfessel, an der sie kratzte, nach hinten und versuchte, ihre Fingernägel so gut es ging zu reinigen, er durfte nicht merken, was sie vorhatte. Sie wusste nicht, ob ihr die Zeit überhaupt reichen würde. Das Material war zäh. Aber wenn sie sich befreit hätte, dann müsste sie ihn mit einem gezielten Angriff überrumpeln können.

Ein lautes Geräusch, wie ein Schlag gegen Holz, und die Tür öffnete sich. Sie erkannte die Umrisse seiner schwarzen Gestalt. Er schloss die Tür, aber es wurde nicht wieder dunkel. Er hatte eine Taschenlampe dabei, die er so auf den Boden legte, dass der Lichtkegel in eine Ecke des Raumes gerichtet war. Sie wollte ihn sehen und gleichzeitig nicht die Augen öffnen, ihm nicht zeigen, dass sie wach war und herausfinden wollte, was er mit ihr vorhatte.

Er beugte sich zu ihrer Fußfessel hinunter und verlängerte die Kette. Sie hoffte, dass er dieses Mal vergäße, sie zu verkürzen. Dann stellte er den Eimer hin, den sie als Toilette benutzte, und ging wieder raus. Er sagte nichts, sie hatte noch nie seine Stimme gehört. Die Taschenlampe ließ er liegen, sie war allein. Aber es würde nur ein paar Minuten dauern, bis er zurückkäme. Sie konnte nichts tun, er hatte ihre Handgelenksfesseln nicht gelöst.

Der Gestank war unerträglich, aber es war ihr egal. Sie konnte sich nicht waschen. Ihn schien das gar nicht zu stören, er trug eine Maske. Er kam wieder rein, schob sie mit einer Berührung gegen die Schulter von dem Eimer, stellte den Eimer vor die Tür und kam gleich zurück. Dann verkürzte er die Kette an der Fußfessel und schloss die Tür. Seine Bewegungen waren kontrolliert und ruhig, er hatte es überhaupt nicht eilig. Sie war stehen geblieben und er drückte sie zurück auf die Decke.

Er kniete sich neben sie und gab ihr eine volle Wasserflasche. Sie ergriff sie und trank gierig. Sie hatte sich vorgenommen, dem Mann diesen Triumph nicht zu gönnen, dass er von ihrer Gier, diesem Wahnsinnsdurst, diesem Brand in ihrer Kehle überhaupt etwas mitbekam. Er wartete, während sie trank. Als sie die ersten Schlucke in ihrem Mund spürte, war es ihr plötzlich egal, dass er bemerken musste, wie froh sie war, dass er ihr Wasser gab. Sie war ihm dankbar.

Sie hoffte, dass er bislang nicht bemerkt hatte, wie sie die Taillenfessel bearbeitete, und sie war erleichtert, dass er ihre Fesseln nicht kontrollierte, er schien sich seiner Sache ganz sicher zu sein.

Was würde der Mann tun, wenn sie aufhörte zu trinken? Sie trank langsam, um mehr Zeit zu haben. Warum kam niemand, was tat denn die Polizei, warum rettete sie niemand?

Er riss ihr die Flasche vom Mund und stellte sie an die Seite. Wasser rann ihr auf Kinn und Hals. Dann drückte er ihren Oberkörper auf den Boden. Sie verstand, dass sie flach daliegen sollte. Ihr Herz schlug schnell.

Er legte die Taschenlampe näher an die Wand, sodass der Raum fast im Dunkeln lag. Sie konnte ihn nicht mehr erkennen und hörte ihn auch nicht mehr. Er bewegte sich kein bisschen, es war absolut still und sie fing an zu hoffen, er wäre gar nicht mehr da. Sie hätte nicht bemerkt, dass er die Tür geöffnet und geschlossen hätte und schon wieder gegangen wäre. Sie wusste nicht, wie lange das so ging.

Plötzlich war er neben ihr auf der Unterlage. Sie zuckte vor Schreck zusammen, mit einer Hand fuhr er über ihren nackten Bauch. Sie spürte die Hand, trug er Handschuhe aus Plastik oder Latex? Seine Hand blieb auf ihrer Brust liegen, er drückte und rieb eine Brustwarze. Es durchlief sie und sie versuchte, es ihn nicht merken zu lassen. Dann bewegte er sich nicht mehr. Seine Hand blieb wie festgeklebt auf ihrer Brust. Sie wollte aufhören zu atmen, sie hatte eine solche Angst. Ihr Herz klopfte wild. Konnte man an zu schnellem Herzschlag sterben? Sie konnte an nichts anderes denken als daran, dass er bloß nicht ihren Herzschlag spüren sollte. Er sollte nicht merken, wie groß ihre Angst war.

Dann hob er die andere Hand und begann damit ihren Mund zu berühren. Sie nahm flüchtig einen Latexgeruch wahr. Er strich über ihre Lippen, er tastete eine Ewigkeit lang ihren Mund ab, wieder und wieder. Und dann, fast unmerklich, aber doch, hörte sie es: ein feines Schnaufen unter der Schwimmbrille. Sie erschrak darüber, es war das erste Mal, dass sie etwas so Normales wie Atmen an ihm bemerkte. Nach einer langen Zeit fuhr seine Hand zwischen ihre Beine. Er drückte und presste sie dort. Es war, als ginge ein Stromschlag durch ihren Körper. Dann entzog er seine Hand abrupt. Durch einen winzigen Schlitz ihrer Lider versuchte sie, das Gesicht unter der Brille zu erkennen. Aber es ging nicht, darunter trug er noch etwas Dunkles. Dann waren seine Hände an ihrem Hals. Es tat höllisch weh.

***

»Herr Szabo«, begann Lena, »Sie waren fünfzehn Jahre im Vollzug. Sie haben drei Kinder und vier Jugendliche vergewaltigt und ermordet.«

Günter Szabo brummte etwas, Lena vermutete ein »Weiß ich.«

Seine Haare waren weiß, zwei, drei Millimeter lang, die Adern auf den Handrücken lagen dick unter dünner Haut. Sein Gesicht war vom vielen Draußensein gebräunt, er sah überhaupt deutlich besser aus als auf den Fotos, fand Lena, Typ asketischer Charakterkopf und nicht nach Strafvollzug. Wenn man ihm auch ansah, dass er niemand war, der es im Leben geschafft hatte. Die Taten hatte er in den Achtziger- und Neunzigerjahren begangen.

Henri stellte Kaffee hin und setzte sich neben Lenas Schreibtisch. Szabo saß davor und wirkte ruhig. Aber vielleicht tarnte er sich oder er war einfach nur gefühlsarm, dachte Lena. Lennard hatte Szabo einbestellt, weil er seit dem Frühjahr wieder auf freiem Fuß lebte.

Seit Juni versah Szabo bei mehreren Personen, von denen einige in der Nähe von Annikas Schule wohnten, Gelegenheitsjobs, Rasenmähen, allgemeine Gartenarbeiten, Mülltonnen rausstellen, Einkäufe vom Auto zur Haustür tragen. Seine Arbeitgeber waren über sechzig, keiner von ihnen hatte Kinder unter fünfundzwanzig Jahren, und alle wussten, warum er im Gefängnis gewesen war. Sie hatten sich durch einen Angestellten der Bundesagentur für Arbeit überzeugen lassen, Szabo für ein paar Euro die Stunde diese Dienste übernehmen zu lassen. Klar war, dass er nicht in Haus oder Wohnung durfte. Soweit Lena informiert war, hatte Szabo das sogar gern akzeptiert.

»Diese Leute interessieren mich nicht«, hatte er zu seinem Betreuer bei der Arbeitsagentur gesagt.

Er saß unbeweglich da und es war ihm keine Empörung anzumerken, genauso wenig wie Staunen darüber, dass man ihn ins Landeskriminalamt bestellt hatte.

Wenn Szabo sprach, bewegte sich sein Kehlkopf auf und ab, aber Lena fiel auf, dass er sich auch bewegte, wenn er weder schluckte noch sprach. Er war angespannt und so mager, dass an seinem Hals Adern und Sehnen stark hervortraten.

Henri beobachtete den Mann ebenfalls konzentriert. »Die Kinder, die Sie getötet haben, waren Jungen und Mädchen unter zehn. Außerdem Mädchen im Alter von sechzehn und siebzehn Jahren.«

»Ich habe sie nicht nach dem Alter …«, Szabo brach ab, als hätte er zu spät bemerkt, was er preisgab.

Henri sah ihn durchdringend an. »Sie haben Ihre Opfer nicht nach dem Alter ausgesucht, wollten Sie sagen, sondern nach dem Aussehen. Richtig, Herr Szabo?«

»Ich habe meine Strafe abgesessen.« Szabo schob seine Kaffeetasse in die Mitte des Besprechungstisches, er hatte keinen Schluck getrunken.

»Antworten Sie bitte«, sagte Lena.

»Richtig«, sagte Szabo kaum hörbar und sah aus dem Fenster.

»Sie haben Ihre Opfer vergewaltigt und erwürgt«, fuhr Lena fort. »Und um Ihre Taten ungestört begehen zu können, haben Sie sie an einen entlegenen Ort gebracht, den Sie vorbereitet hatten. Sie haben in der Verhandlung zugegeben, dass Sie die Opfer dort mehrere Tage festgehalten haben.«

Szabo schwieg und rutschte auf seinem Stuhl hin und her, Lena sah seinen Kehlkopf hüpfen.

»Sie haben in den Verhören nicht gesagt, wo Sie Ihre Opfer versteckt gehalten haben. Sie haben nur zugegeben, dass Sie ein Versteck hatten.«

Szabo schwieg weiter.

»Es ist besser für Sie, wenn Sie mit uns kooperieren.« Henri hob die Augenbrauen.

»Kooperieren!«, brauste Szabo auf. »Früher hat die Polizei

nicht so gestelzt dahergeredet.« Er rückte mit seinem Stuhl vom Tisch weg.

Lena betrachtete ihn. Was verbarg er hinter der bewegungslosen Oberfläche, unter der sich nur der Kehlkopf, die Augäpfel und ab und zu ein paar Sehnen am Hals hin und her bewegten? »Wo waren Sie am Sonntag, den 4. September, und an den Tagen danach bis Freitag, den 9. September?«, fragte sie.

Für eine Sekunde wirkte Szabo überrascht. »Weiß ich nicht mehr«, sagte er trotzig.

»Wir ermitteln in einem Mord an einer jungen Frau, die erwürgt und vergewaltigt wurde.« Lena überlegte kurz. »Sie haben eins Ihrer Opfer nach Eintreten des Todes vergewaltigt.«

»Das ist ein besonderer Kitzel für Sie, eine schöne junge Frau, die Sie zuerst erwürgt haben, zu vergewaltigen.«

Lena und Henri hatten besprochen, dass sie Szabo so in die Enge treiben wollten, es tun mussten. Sie hatten nur Vermutungen und wenn er etwas mit Annika zu tun hatte, dann mussten sie ihn verunsichern, wenn sie keine Zeit verlieren wollten.

»Sie haben von Ihren weiblichen Opfern als ›Püppchen‹ gesprochen, so steht es in den Akten.«

»Quatsch«, sagte Szabo. »Nicht Püppchen.«

»Wollen Sie sagen, das haben sich die Ermittler ausgedacht?«, fragte Henri.

»Ich, hm, ich habe mal Püppi gesagt. Als ich Kind war ...«

»Ja, und weiter, was war da?« Lena fiel es wieder schwer, geduldig zu bleiben.

»Mein Großvater hat meine Schwester immer Püppi genannt. Das war so ein Wort für Mädchen. Das hat gepasst, meine Schwester sah aus wie eine Puppe.« Szabo sah auf den Boden zwischen seinen Füßen und dem Tisch. »Sie war sehr hübsch.«

»Ihre Opfer waren ebenfalls hübsch, auch die kleinen Jungen, aber die jungen Frauen hatten«, Henri hielt Szabo das Foto eines der Opfer hin, »ein perfekt puppenhaftes Aussehen.«

Szabo wurde blass.

»Sie hatten viel Zeit, sich zu überlegen, wie Sie es besser machen, ohne erwischt zu werden, wenn Sie wieder rauskommen«, sagte Lena.

»Und Sie hatten genug Zeit, um die Tat vorzubereiten. Also wo waren Sie an den genannten Tagen?«

Lena zeigte auf den großen Wandkalender seitlich der Tür. »Wenn es Ihnen leichter fällt, dann nehmen Sie den Kalender zu Hilfe.«

»Also, 4. September?«, fragte Henri wieder.

»Sonntags habe ich frei. Ansonsten arbeite ich sechs Tage die Woche, aber immer nur ein paar Stunden für diverse Personen in der Gegend zwischen Lokstedt, Hoheluft und ein bisschen Alsterdorf. Ich habe insgesamt zehn Arbeitgeber, bei denen die Agentur nachgeholfen hat, damit die so einen wie mich einstellen.« Bei dem Wort »Agentur« verzog Szabo den rechten Mundwinkel zu einem einseitigen Lächeln. Sein Gesicht blieb starr.

»Das wissen wir bereits«, sagte Henri.

»Okay, ich war spazieren. Sonntags gehe ich immer spazieren. Seit ich raus bin, ist das meine Lieblingsbeschäftigung.«

»Gibt es Zeugen dafür?«

»Ich gehe am liebsten allein spazieren, also habe ich kein Alibi, wenn Sie das meinen. Ich habe noch nicht so viele neue Freunde.«

»Und wo waren Sie?«

Szabo suchte in den Innentaschen seiner Jacke herum. »Ich notiere mir immer alles. Moment.« Dann zog er einen dünnen Kalender in schwarzem Plastikeinband mit dem Werbeaufdruck einer Apotheke heraus. »Hier schreibe ich immer alles auf: Arbeit und Freizeit und natürlich die Termine mit den Sozialtypen.« Er reichte Lena den Kalender.

Sie blätterte durch die Seiten. Szabo hatte gut lesbar alle Arbeitsstunden mit Namen der Arbeitgeber eingetragen, außerdem diverse Termine bei der Bundesagentur für Arbeit und für die Sonntage hatte er Abkürzungen verwendet. »Was bedeutet ›O. F. 5‹? Sie haben das für mehrere Sonntage eingetragen.«

»O. F. heißt Ohlsdorfer Friedhof.«

»Und die 5?«

»Ich war fünf Stunden dort.«

»Wenn Sie so viel spazieren gehen, suchen Sie dabei versteckte Lagerschuppen und Garagen?«, fragte Henri.

Szabo schwieg.

»Sie halten Ihre Opfer dort versteckt und machen es wie früher«, sagte Henri scharf.

Lena überlegte, ob Szabo durch irgendwas aus der Reserve zu locken war. Falls er nervös wurde, so ließ er es sich jedenfalls nicht anmerken.

»Beim Spazierengehen suchen Sie nach neuen Opfern?«, fragte Lena.

Szabo sah aus dem Fenster.

»Alle Opfer kamen aus der Nähe von Lurup, wo Sie damals gewohnt haben«, sagte Henri.

»Das weiß ich.«

»Jetzt haben wir eine Tote aus genau dem Gebiet, in dem Sie arbeiten.«

Szabo starrte auf seine Hände.

»Wir werden Ihre Alibis überprüfen, dafür sprechen wir mit Ihren Arbeitgebern, Herr Szabo«, Lena hielt seinen Kalender hoch, »den müssen wir hier behalten.«

»Wenn Sie da nachfragen, habe ich hinterher meine Jobs noch?«

Statt zu antworten, rief Lena Conny herein. Sie sollte mit

Szabo die Namen in seinem Adressbuch durchgehen, damit es später kein unnötiges Nachfragen gab.

Als Lena und Henri wieder allein in ihrem Büro waren, gingen sie die Unterlagen durch. Lena klickte am Bildschirm herum und gab die Notizen aus dem Gespräch mit Szabo ins System ein.

»Henri, lässt sich dieser Szabo nichts anmerken oder hat er wirklich nichts getan?«

»Ehrlich gesagt, ich habe keine Ahnung. Er ist ein ziemlich undurchdringlicher Typ.«

»Als Melanie ermordet wurde, saß er noch.« Lena ließ sich mit einem Seufzer gegen die Stuhllehne fallen. Es war zum Verzweifeln.

***

Wer das wohl in die Welt gesetzt hatte, dass das höchste Glück das koital vereinigte gemeinsame nackte Daliegen sein soll? Es kam Henri plötzlich völlig überbewertet vor. Auch wenn er das mit Lena echt gern mal machen würde. In Gedanken war er ans Gefrierfach gegangen und hatte eine Pizza rausgenommen. Jetzt war er überrascht, dass er mit der Pizza in der Hand in seiner Küche stand. Aber er war klar im Kopf, er hatte keinen Tropfen getrunken. Er stellte den Backofen ein, riss die Folie ab und schob die Pizza in den Ofen. Den Timer stellte er auf vierzehn Minuten und setzte sich an den Küchentisch.

Oder war das nur so ein Gerede und alle hatten längst mitgekriegt, dass es nicht das Ziel aller Menschen auf der Welt war, nicht ihr ganzes Streben? Alle, außer Henri. Vielleicht wie ein Code für alles Mögliche. Und in Wirklichkeit wusste jeder, dass es immer um mehr ging: um echtes Verstehen, um körperliche wie seelische Nähe, um Liebe irgendwie auch, um gemeinsame Interessen, Spaß und so Sachen. Aber eben umfassender als nur Sex. Konnte das denn sein, dass Männer ewig von Sex redeten und dabei viel mehr meinten, sogar andere Dinge als das eigentliche körperliche Rummachen?

Henri stand abrupt vom Küchentisch auf. Die Zeitung, in der er unaufmerksam geblättert hatte, legte er beiseite. Er hatte immer gedacht, dass das Gesagte auch das wäre, worum es ging. Der Gedanke, dass es anders sein könnte, kam ihm jetzt in den Sinn, als er auf die weißen Käsesprenkel auf der Pizza sah, die sich in der Backofenhitze leicht bewegten. Er hatte noch nie bemerkt, dass Käse auf der Pizza durch die Hitze hin und her waberte. Sonja hatte bestimmt versucht, ihm klarzumachen, worum es ging. War das der Grund, weshalb es zwischen ihnen nicht mehr funktioniert hatte? Oder machte er es sich jetzt auch wieder zu einfach? Männer waren eben einfach gestrickt. Er selbst zumindest.

Er mochte Sex ohne Liebe. Oder glaubte er das nur? Vielleicht. Denn wenn er mit Lena Sex haben könnte, wäre es eher irgendwie mit Liebe. Vielleicht nicht so richtig, nur ein bisschen. Aber es würde sowieso niemals stattfinden. Wenn er das richtig sah, und leider hatte er bei diesen Sachen immer das richtige Gefühl, dann stand sie einfach nicht auf ihn und wahrscheinlich auch nicht auf andere jugendlich-jungenhafte Typen, wie er einer war, da machte er sich nichts vor. Der Pizzakäse warf Blasen. Plötzlich kam es ihm seltsam vor, allein mit einer Tiefkühlpizza an seinem Küchentisch zu sitzen.

Lenas Ex-Mann war jedenfalls ein völlig anderer Männertyp als er. Eher klassisch oder so, Henri wollte sich gar nicht ausführlich mit ihm befassen, er konnte solche Typen nicht leiden – der immer perfekte Haarschnitt, nur elegante Hemden, teure, aber lässige Hosen. Er hatte Lenas Ex zweimal zufällig und nur ganz kurz getroffen. Einmal gerade neulich, bevor Lena aus der gemeinsamen Wohnung ausgezogen war. Der sah ziemlich gut aus. Perfekter Body, sportlich, fit. Andererseits hatte sie ihn verlassen, das Äußere war eben nicht alles. Dennoch war es total albern und sinnlos und so teeniemäßig, da überhaupt dranzubleiben. Der Timer klingelte. Henri schrak zusammen, er nahm die Pizza aus dem Backofen und warf sie in den Müll. Dann schnappte er seine Jacke und verließ die Wohnung.

Das mit Lena war einfach nichts. Nur ein kollegial-freundschaftliches Verhältnis. Seinem Psycho hatte er bisher nichts davon gesagt. Der fragte immer bei allem so viel nach und kam auch später noch mal auf Sachen zurück, wenn Henri sie schon ganz vergessen hatte. Das nervte. Es war ja nur so eine Fantasie, eine Spielerei, mehr nicht. Wenn er im Dienst war, vergaß er das. Lena dachte wahrscheinlich keine Sekunde an ihn, wenn sie nicht gerade zusammenarbeiteten oder sie über einen Fall nachdachte.

Er ging zu dem Supermarkt, der bis Mitternacht geöffnet hatte, kaufte einen kleinen Weißkohl und Mett. Daraus würde er sich eine Kohl-Hackfleisch-Pfanne machen, wie es sie bei seiner Mutter gab. Sein Lieblingsgericht als Junge.

Wenn er ehrlich war, gab es für ihn kaum etwas Schöneres, als mit Lena zu einem Termin zu fahren, manchmal über Land, weitere Strecken, das war am besten. Oft schweigend, aber entspannt. Wie neulich, als sie wegen dem Fall Melanie Weigand für ein Gespräch mit den Ermittlern in Hannover waren. Wirklich neue Erkenntnisse hatten sich aus dem Ganzen zwar nicht ergeben, aber die Fahrt war einfach gut gewesen. Überhaupt konnte er mit Lena schweigen wie früher mit seinem Kumpel Frieder in der Schule in Husum. Mit Lena konnte man eben auch reden. Sie hielten irgendwo an, holten sich einen Kaffee im Pappbecher. Meistens holte Lena ihn, obwohl sie fuhr, sie mochte es, sich bei jeder Gelegenheit zu bewegen. Oder sagte sie das nur, weil sie nicht zeigen wollte, dass sie gern etwas für ihn tat? Schön wär's, dachte Henri, aber leider unrealistisch. Manchmal bereiteten sie das Gespräch vor, zu dem sie unterwegs waren. Sie sprachen dieselbe Sprache. Aber es ging ja auch immer um ihre Arbeit. Sie waren ein eingespieltes Team und Henri war sich sicher, dass Lena das ebenfalls so sah. Und sie ließ nie die Chefin raushängen.

Als er wieder zu Hause ankam, machte er Durchzug, um den Pizzageruch zu vertreiben, und begann, ein paar Zwiebeln und den Weißkohl zu schneiden. Bei mittlerer Hitze briet er sie an. Der Duft war köstlich. Er gab das Mett dazu und würzte alles nur mit Salz und frisch gemahlenem Pfeffer.

# 8

Wassertropfen, sie hörte es deutlich. Ihre Kehle war ausgetrocknet. Um den Hals trug sie eine Manschette, die viel zu eng war, aber sie konnte atmen. Oder war es ein Ring, vielleicht auch ein Kragen, sie wusste es nicht. Diese schreckliche Kälte. Bis zum Hals stand sie in eiskaltem Wasser, aber sie konnte sich nicht zu dem Wasser hinunterbeugen, weil ihr Körper fixiert war, sie schaffte es nicht, davon zu trinken. Das Tropfgeräusch war doch nah, sie musste irgendwie an das Wasser herankommen.

Als sie aufwachte, zitterte sie am ganzen Körper, sogar in den Knochen kann man zittern, dachte sie. Das Tropfgeräusch war verschwunden, es war kein Wasser in der Nähe. Sie lag auf der Unterlage, wie seit einer Ewigkeit. Alles nur geträumt.

Sie war immer noch gefesselt, aber erleichtert, dass ihr Körper nicht in eiskaltem Wasser steckte. Hatte er ihre Fesseln enger angezogen? Es musste doch möglich sein, sich zu strecken. War jemand in der Nähe, war endlich Rettung auf dem Weg?

Aber da war ein Geräusch, was war das bloß? Im Schlaf hatte sie aus dem unerklärlichen Geräusch tropfendes Wasser gemacht, ein leises Klirren. Sie mochte es nicht, weil sie nicht wusste, wo es herkam. Aber es war das Einzige, was die Stille unterbrach. Erst als sie versuchte, ihre Beine zu bewegen, fing sie langsam an zu verstehen. Das Geräusch war das Aufeinandertreffen der Glieder der Eisenkette an der Fußfessel.

Der Durst war nicht auszuhalten. Aber die Stille war am schlimmsten, als könnte die Ruhe die Kälte noch verstärken. Nie hätte sie gedacht, dass Stille so quälend sein könnte.

Jetzt war sie jedenfalls wach. Sie versuchte sich zu strecken. Sie drehte ihren Kopf hin und her so gut es ging. Ihr

Hals war nackt. Im Traum hatte sich der Schmerz wie ein schwerer Ring angefühlt.

Wasser. Sie sah Berti vor sich, selbstbewusst und würdevoll. Er leckte am Wasserhahn in der Küche herum. Es kamen ein paar Tropfen heraus, aber nicht genug. Berti hatte jetzt plötzlich ein ungeheures Temperament. Er jagte von der Spüle über die Arbeitsfläche, sprang auf den Stuhl, dann auf den Küchentisch. Der Kaffeebecher fiel hinunter und zerbrach. Berti durfte nicht in die Scherben treten. Mit der Vorderpfote schlug er gegen seinen Fressnapf, er war so außer Rand und Band, wie sie ihn noch nie gesehen hatte.

Nach einer Weile versuchte Berti ins Bad zu kommen. Hoffentlich hatte sie die Tür offen gelassen, denn es gab Katzen, die aus der Toilette tranken. Berti war in Lebensgefahr. Vielleicht war er schon tot. Doch er fügte sich bestimmt nicht einfach in sein Schicksal, er rastete aus, er drehte vor Hunger und Durst völlig durch, sie sah es vor sich. Der selbstbewusste dicke Berti gab nicht kampflos auf.

Sie war sicher, dass sie den Toilettendeckel zugemacht hatte. Berti konnte es nicht schaffen, ihn zu öffnen, und er fuhr mit seiner rosa Zunge an den Wasserhähnen an Badewanne und Waschbecken entlang. Immerhin ein bisschen Flüssigkeit. Berti ließ sich selten dazu hinreißen zu miauen, höchstens wenn er sein geliebtes Nassfutter bekam. Aber jetzt schrie er wie eine läufige Katze, wie eine Katze, die ertränkt oder erwürgt wird. Er schrie markerschütternd. Sie wollte sich die Ohren zuhalten, sie konnte Bertis Schreie nicht ertragen, aber die Fessel war zu kurz.

Die Wasserflasche stand neben ihr. Aber es gelang ihr einfach nicht, den Arm zu heben. Wenn sie es versuchte, durfte die Flasche nicht umfallen. Es musste ihr gelingen zu trinken. Dann würde sie sich gleich besser fühlen. Sie nahm sich zusammen, tastete nach der Flasche, das dauerte lange, endlich umfasste sie sie. Sie trank, es gab nur noch einen Rest. Trank alles aus. Dann entglitt ihr die Flasche und sie rollte über den Boden.

Die Tür wurde geöffnet und der Lichtschein verbreiterte sich für einen kurzen Moment. Er war wieder da.

# 9

Monika Aydin drehte den Schlüssel herum, die Wohnungstür war abgeschlossen. Alles ganz normal. Sie atmete auf.

Nicoles Chef in der Hamburger Sparkasse hatte sie heute Morgen angerufen, ihre Tochter sei nicht zur Arbeit erschienen und er mache sich Sorgen. Denn Nicole gelte als absolut zuverlässig. Sie hatte nicht gewusst, dass Nicole von Montag bis Mittwoch Urlaub genommen hatte. Sie hatten es anders besprochen, Nicole wollte morgen über das verlängerte Wochenende kommen und noch einen Urlaubstag dranhängen. Das alles war seltsam und sie war sofort zu Nicoles Wohnung nach Eimsbüttel gefahren.

Monika Aydin ging durch den kleinen Flur und rief »Nicole? Nicole? Nicole?«, bis sie den Namen laut schrie. Sie wünschte sich nichts mehr, als dass ihre Tochter ihr überrascht entgegenkäme – alles würde sich auflösen, Nicole hätte nur verschlafen. Aber verschlafen war unwahrscheinlich für ihre Tochter. Sie hatte ein schlechtes Gefühl, sie hatte Angst. Ihr schlug ein strenger Geruch entgegen, der immer stärker wurde, als sie weiterging.

Nicole antwortete nicht. Im Flur sah alles aus wie immer. Nur der halb volle Kaffeebecher und ein Strauß verwelkter Blumen auf der Kommode waren untypisch für Nicole. Die Schlafzimmertür war angelehnt, sie öffnete sie mit dem Ellenbogen. Niemand. Wo war Nicole?

Und dieser Gestank. Richtig bestialisch roch es nach Katzenklo. Im Wohnzimmer sah sie die ganze Bescherung. Katzenstreu, Katzenkot und Zeitungsfetzen waren über den Fußboden verteilt. Inmitten des Durcheinanders stand ein Futternapf, auf dem in blauen Buchstaben ein Name stand: Berti. Nicole hatte erwähnt, dass sie den Kater einer Nachbarin in deren Urlaub zu sich nehmen wollte. Dieses Chaos war eine Verzweiflungstat, das sah sie sofort, und die konnte nur Berti angerichtet haben. Aber wo war das Tier? Sie hatten verabredet, dass der Kater über das lange Wochenende mit nach Pinneberg käme. Morgen, am Freitag, wollte Nicole kommen.

Ihr war plötzlich schwindlig. Sie stützte sich an der Fensterbank ab und öffnete ein Fenster. Dann setzte sie sich aufs Sofa und weinte. Sie wusste nicht, wie lange sie da saß. Wo war Berti? Sie hatte nicht die Kraft aufzustehen und nach ihm zu suchen.

Plötzlich horchte sie auf. War da nicht ein Geräusch? »Nicole!«, rief sie, »Nicole! Nicole!«

Etwas stupste gegen ihr Bein. Monika Aydin zuckte vor Schreck zusammen und sah hinunter. Es war Berti. Sie raffte sich auf und holte ihm einen Teller mit Wasser, atmete tief durch und rief die Polizei.

## 10

Es schien Mareike nicht machbar, ihre Grenzen zu verändern. Aber in den Selfcoachingbüchern stand, dass das ginge, und vielleicht würde sie es ja doch schaffen. Sie hatte schon so viel erreicht und gerade in den letzten Tagen hatte sie sich stark gefühlt wie noch niemals in ihrem Leben. Mareike trat in die Pedale, heute konnte es gelingen. Es war der fünfte ernsthafte Anlauf in drei Monaten. Seit ein paar Tagen hatte sie frei, seit einer Woche Süßigkeitenverbot, gestern Abend Spaghetti mit Tomaten-Linsen-Soße, heute Morgen eine kleine Portion Haferflocken mit Walnüssen und Apfel, heute würde sie es schaffen: hundert Kilometer auf dem Rad in ihrer persönlichen Bestzeit. Vom westlichen Eimsbüttel bis Kronprinzenkoog. Exakt einhundertsechs Kilometer auf ihrer Zielroute.

Es war noch Nacht und die Straßen stadtauswärts Richtung Elmshorn, Glückstadt, Brunsbüttel leer. Sie startete im Stockdunkeln, diesig und mild war es, erst gegen sechs dämmert es um diese Jahreszeit. Mit sechsunddreißig, in ihrer engen Radlerhose, bei leichten siebenundsechzig Kilos auf hundertsechzig Zentimetern sah sie geradezu drahtig aus, fand sie, als sie sich beim Hinausgehen im Flurspiegel betrachtet hatte. Auch wenn es immer noch ein paar Kilos zu viel waren. Aber das war nichts im Vergleich zu der Zeit, als sie zweiundneunzig auf die Waage gebracht hatte. Bei Glückstadt würde sie sich zur Belohnung einen kleinen Schlenker an die Elbe erlauben.

Sie bog in die Straße zur Elbe ein. Sie liebte die Luft, die manchmal nach Salzwasser roch. Gerade war eine Schiffssirene zu hören, dann wieder Stille. Die frühen Morgenstunden waren die beste Zeit, um hier draußen zu sein. Die Elbe lag ruhig da. Dann ein Plätschern, weil ein Containerschiff sich näherte und das Wasser in gleichmäßigen, bogenförmigen Wellenbewegungen vor sich her Richtung Ufer trieb. Das

Wasser bewegte sich sanft, obwohl das Schiff riesig war. Sie kannte die Strecke gut, hier an dieser Stelle führte der Fahrradweg nah am Strand entlang. Sie war versucht, eine kleine Pause zu machen, sie konnte die Zeit ja aus ihrer Trainingseinheit ausbuchen. Das musste drin sein, es würde nicht lange dauern und hier war einer ihrer Lieblingsplätze. Sie stellte ihre Stoppuhr auf Memory: Sie musste ihre bisher beste Zeit bei Kilometer 55,6 festhalten. Außerdem konnte sie die Strecke noch öfter fahren. Sie hielt ihren Trainingsplan trotzdem ein und den Ernährungsplan sowieso, der war für sie ja im Moment viel wichtiger. Die richtige Kalorienzufuhr, die richtigen Sachen zu essen und die Süßigkeiten wegzulassen: Sie wollte es feiern, nur mit sich allein, hier am Strand. Sie stellte ihr Rad ab und ging über den Sand ans Wasser. Sie wollte ein paar Momente aufs Elbwasser sehen und sich großartig fühlen. Ihr war feierlich zumute, ja, feierlich.

Sie war froh und erleichtert, als sie im Sand stand, auf die Elbe sah und tief ein- und ausatmete. Sie roch ihren Schweiß und war überglücklich.

Hatte da jemand seine Sachen vergessen? Ihr fiel ein Häufchen Kleidung ins Auge. Sie ließ ihren Blick über den menschenleeren Strand wandern. Jemand musste nach dem Schwimmen seine Sachen liegen lassen haben. Sie ging näher an den Haufen Stoff heran.

»Was, nein«, stammelte sie und wich entsetzt zurück. Sie sah sich um, es war niemand hier. Sie schrie und schrie und sie wusste selbst nicht, was sie tat. Niemand kam, kein Mensch schien sie zu hören. Sie rannte die paar Schritte zum Fahrrad, es wäre fast umgefallen, als sie knapp davor hart stoppte. Sie durfte nicht einfach weiterfahren. Ich muss die Polizei rufen, hämmerte es in ihrem Kopf und sie zog ihr Handy aus der Jackentasche.

»Hier liegt jemand, ich glaube, eine Frau. Es muss jemand kommen. Bitte! Schnell!«

Der Polizist, der den Notruf entgegennahm, war die Ruhe selbst. Er stellte endlose Fragen zu ihrem Standort, dann zu ihrer Person. Zu der Frau fragte er nichts. Aber sie konnte sowieso nichts über die Frau sagen und egal, was dieser Polizist von ihr verlangte, sie würde nicht zurück zum Strand gehen, um sie genauer anzusehen.

»Haben Sie gesehen, ob die Frau noch lebt?«, fragte er.

»Das weiß ich nicht. Keine Ahnung, schicken Sie einen Krankenwagen und«, sie brach ab und sah sich um, »hier ist kein Mensch, ich habe Angst.«

»Bitte warten Sie dort«, sagte der Mann. »Wir sind gleich da.«

Als ihr der Krankenwagen auf dem schmalen Fahrradweg entgegenkam, saß Mareike im Gras neben ihrem Fahrrad und heulte. Sie hatte keine Ahnung, wie lange sie gewartet hatte. Hinter dem Krankenwagen kamen noch vier Autos.

Das Team der Spurensicherung mit Jens und Marion war schon da, als Lena und Henri eintrafen. Auch Dirk Lohmann und weitere Teammitglieder, insgesamt zwölf Personen, die routiniert, konzentriert und schweigend ans Werk gingen. Der Notarzt konnte nur feststellen, dass dort eine Tote lag. Der Fundort wurde abgeriegelt und die Untersuchung von Leiche und Fundort begann.

Ein neues Opfer, dieses Mal außerhalb der Stadt. Lena fühlte sich um drei Wochen zurückversetzt, obwohl diese Leiche deutlich weiter vom Hafen entfernt im Sand lag.

Lena sah sich nach der Radlerin um. Die saß im Gras, trug eine Radlerhose, neben sich ein teures Rad. Die Augen rot unterlaufen und verquollen. Sie schluchzte auf.

»Haben Sie die 112 angerufen?«, fragte Lena.

Die Frau nickte und stand auf.

Lena stellte sich und Henri vor.

»Mareike Beck«, sagte die Radlerin und hielt Lena ihr

Handgelenk mit dem GPS und den Trainingsdaten hin. Lena sah sie fragend an.

»Da habe ich mein Training unterbrochen und gleich darauf habe ich sie am Strand gesehen, es war 5:55 Uhr.« Ihr liefen Tränen übers Gesicht.

»Ist Ihnen hier irgendetwas aufgefallen?«, fragte Lena nach. Aber sie hatte schon bemerkt, dass die Frau unter Schock stand und nicht in der Lage war, ein Gespräch zu führen.

Sie stellte sich mit dem Rücken zur Fundstelle der Leiche, obwohl die Tote von hier aus gar nicht zu sehen war, denn dichtes Buschwerk und hohe Bäume trennten den Strand vom Fahrradweg. Lena brachte die junge Frau zum Krankenwagen, damit man sich um sie kümmerte.

Dann ging sie mit Henri zur Leiche, an der Dirk bereits arbeitete. Jens und Marion nahmen Proben aus dem Sand und der Umgebung. Das Klicken und Surren der Fotoapparate waren die einzigen Geräusche. Wie vertraut das alles ist, schoss es Lena durch den Kopf. Eine Wiederholung.

Ihre Hoffnung, es könnte sich um einen Unfall handeln, löste sich sofort in Nichts auf. Auch ein Selbstmord konnte es nicht sein. Schon vom Weg aus erkannte sie den Blümchenstoff. Sie öffnete das Foto auf ihrem Tablet, das die Mutter eines seit gestern vermissten Mädchens geschickt hatte. Es gab keinen Zweifel. Das Puppengesicht unter Klarlack, der rot glänzende Mund, das verfärbte Gesicht der Toten gehörte Nicole Aydin. Der jungen Frau, die gerade vermisst gemeldet worden war. Der linke Fuß nackt, am rechten ein auberginefarbener Ballerinaschuh aus Lackleder, der Riegelverschluss war geöffnet. Die langen Haare klebten nass in dicken Strähnen am Kopf. Das Gesicht perfekt proportioniert. Wieder so ein schönes Mädchen. Blutergüsse in der Halsregion des Opfers waren blau, violett und grün.

Lena schickte eine SMS an Conny. Die sollte sofort eine Meldung an die Bevölkerung rausgeben. Falls ein linker weinroter Schuh in Größe 40 gefunden würde, solle sich der Finder umgehend bei der Polizei melden.

Noch am Vormittag war Lena wieder im Präsidium. Henri wollte noch etwas erledigen und dann ins Büro kommen. Uwe Hardt war gleich selbst am Telefon, als Lena in der Vermisstenabteilung anrief. »Die Tote ist höchstwahrscheinlich Nicole Aydin. Wir fahren zu Nicoles Mutter, wenn auch Dirk bestätigt, dass die Tote Nicole ist.«

»Noch keine Spur, oder?«, fragte Uwe.

»Wir haben nur einen Täter, der sich sicher fühlen muss.«

Sie legte auf und scrollte auf ihrem Bildschirm durch die Aufnahmen der toten Nicole. Unzählige Fotos aus allen denkbaren Blickwinkeln. Es kam ihr so vor, als wären es immer nur dieselben Aufnahmen von roten Lippen, dem Kleid aus Blümchenstoff, den Würgemalen am Hals, kein Unterschied zu Annika. Jeden Quadratzentimeter hatten sie vor Ort angesehen und analysiert. Es passierte oft, dass die Ermittler hinterher auf den Fotos etwas entdeckten, was vorher am Fundort niemandem aufgefallen war, obwohl es plötzlich ganz offensichtlich schien. Sie sah auf die Uhr, wo blieb Henri nur?

Auf einigen Bildern sah Nicole sehr jung aus. Dann wieder, im Profil, wirkte sie doch schon wie Anfang zwanzig. Auch sie war eine sehr mädchenhafte Frau.

Es musste etwas zu finden sein, was sie weiterbrachte, verdammt noch mal! Konzentriert, fast verbissen betrachtete Lena die Aufnahmen. Der zweite Schuh war am Fundort nicht zu finden gewesen. Dass der Täter so nachlässig war und der Schuh verloren gegangen war, bevor er die Leiche in der Elbe abgelegt hatte, war unwahrscheinlich. Bis jetzt hatten sie keine Ahnung, wo das überhaupt gewesen sein sollte, vielleicht war das draußen in Glückstadt, dort, wo die Tote gefunden wurde.

Nicoles Beine erschienen Lena erbarmungswürdig dünn. Auf den Oberschenkeln waren lange rote Streifen, vermutlich Kratzspuren.

Wie Annika und Melanie hatte sie ein symmetrisches ovales Gesicht mit perfekt geformten Augenbrauen, langen Wimpern, einer klaren Stirn. Ober- und Unterlippe waren gleich stark ausgeprägt. Und noch etwas war bei allen Opfern gleich: Die drei toten Mädchen wurden an einem frühen Freitagmorgen gefunden.

Die Großaufnahme des Mundes vergrößerte Lena auf ihrem Bildschirm. Da war etwas anders oder täuschte sie sich? Sie suchte den Ordner mit den Fotos von Annika und Melanie, öffnete die Großaufnahmen der Lippen der Mädchen und starrte darauf. Dann klickte sie erneut in die Großaufnahme von Nicole. Sie klickte immer wieder hin und her. Dreimal quasi derselbe perfekte Mund. Dreimal lackiert. Dreimal mit Klarlack übersprühte Gesichter, die identisch aussahen, für den Täter gab es wahrscheinlich keinen Unterschied zwischen den Personen. Lena seufzte. Sie vergrößerte Nicoles Gesicht und suchte jeden Millimeter ab, bis sie wieder an ihrem Mund hängen blieb. Sie starrte auf die Oberlippe. Genau in der Mitte am Übergang zwischen Lippe und Oberlippe war etwas unter der Lackschicht. Es war winzig und überhaupt nur durch die Vergrößerung zu erkennen. Entweder eine Verletzung oder der Täter hatte ein Partikel mit aufgetragen, das nun unter dem Lack wie versiegelt war. Staub vielleicht, es konnte eine Faser sein oder sogar ein winziger Hautfetzen.

Lena wählte Dirks Nummer. »Dirk, hallo, hast du schon die Oberlippe des neuen Opfers untersucht?«

»Was für eine Frage!«

»Hast du etwas gefunden?«

»Dieselbe Substanz wie an der Unterlippe, sieht aus wie Nagellack, muss aber noch untersucht werden.«

Lena erklärte ihm, was sie gefunden hatte. Sie hörte hektische Klickgeräusche. »Bist du noch da?«, fragte sie.

Dirk schwieg. »Ärgerlich«, sagte er schließlich.

Für Lena war das Gespräch zu Ende und sie drückte auf das rote Telefonsymbol. Gleich darauf wählte sie die Nummer von Henris Handy. Die Mailbox sprang an und sie legte auf.

Sie wischte sich den Schweiß von der Stirn, ihr war heiß. Das Wochenende würde sie im Präsidium verbringen, mit Henri und den anderen. Auch wenn der Rest der Stadt Party machte. Aber das war okay. Sie nahm einen Schluck Mineralwasser aus der Flasche und hoffte, morgen wenigstens für eine Stunde auf das Fest von ihrem Freund Thomas gehen zu können. Es war schließlich die erste Einladung ohne André.

Das Handy piepte. »Du kannst früher nach Butenfeld kommen.« Eine SMS von Dirk, obwohl sie ihren Termin mit ihm ohnehin in einer Stunde hatte.

Lena klickte weiter durch die Fotos. Bevor sie in die Rechtsmedizin fuhr, um mit Dirk die ersten Ergebnisse zu Protokoll zu nehmen, brauchte sie dringend noch einen Kaffee. Sie holte sich im Flur einen Espresso aus dem Automaten. Sie mussten umgehend die Sicherheit haben, dass hier derselbe Täter aktiv war. Es sah stark danach aus. Wo blieb Henri? Lena trank den Espresso ohne Zucker und fuhr den Computer herunter. Den Tod von Nicole Aydin hatte sie nicht verhindern können. Und in diesem Moment war vielleicht schon die nächste Frau in Gefahr. Sie sah auf die Uhr, sie musste los.

Verdammt noch mal, Henri sollte längst hier sein. Sie konnte nicht auf ihn warten. Lena packte ihre Tasche und verließ eilig das Büro.

***

»Du kannst eben keine Verantwortung übernehmen und du willst es auch gar nicht. Das ist ja nichts Neues.« So ungefähr würde Sonja es sagen. Henri hatte das schon oft gehört. Sehr oft. Manchmal hatte sie recht. Aber heute, was sollte er denn tun? Seit dem Morgen gab es das zweite tote Mädchen und er hatte keinen Kopf für seine Kinder. Und keine Zeit. Sein Kinderwochenende konnte nicht stattfinden. Für die Ermittlungen kam es auf dieses Wochenende an. Ihm war klar, wie Sonja reagieren würde. Sie rechnete damit, dass Henri Alina und Lukas am späten Nachmittag von zu Hause abholte. Immerhin würden sie nicht irgendwo allein auf ihn warten, wenn alle anderen Kinder schon längst abgeholt waren. Es waren bis dahin nur noch ein paar Stunden, sie würden in der Nähe der Haustür warten, ihre kleinen Rucksäcke gepackt.

Als sie vom Fundort an der Elbe zurückgekommen waren, hatte er Lena gesagt, er müsse kurz etwas erledigen und würde gleich nachkommen. Dabei war das Einzige, das er erledigen musste, der Anruf bei Sonja. Und er wollte auf keinen Fall, dass Lena sein Gestammel am Telefon hörte. Außerdem musste er sich vorher noch konzentrieren, damit er diesen Anruf überhaupt machen konnte.

Henri lief über die Flure im Polizeipräsidium. In der rechten Hand sein Handy, damit es so aussah, als würde er sogar auf dem Flur seine Mails durchsehen. Wenn der Puppenmörder seine Opfer immer so platzierte, dass sie an einem Freitagmorgen gefunden wurden, dann würde er kein einziges Kinderwochenende mehr schaffen, bis sie diesen Typ zu fassen gekriegt hätten.

Er musste Sonja anrufen. Das Ganze wurde nicht besser, wenn er auch noch durch den dritten und vierten Stock lief.

Jetzt war Mittagszeit, eigentlich noch Vormittag. Aber für Sonja würde es so aussehen wie vor ein paar Monaten, als Lukas sich gewünscht hatte, dass Henri ihn morgens in den Kindergarten brachte, weil Lukas an diesem Tag mit seiner

Theatergruppe ein Stück aufführte, zum Abschied vom Kindergarten, bevor sein Jahrgang nach den großen Ferien eingeschult wurde. Henri hatte vorher gar nicht gewusst, dass Lukas in einer Theatergruppe war. Schließlich war der Kleine gerade erst sechs Jahre alt geworden. Henri hätte aber nicht einmal sagen können, ob er es vergessen hatte. Hatte Sonja es ihm erzählt? Wahrscheinlich. Also musste er es vergessen haben. Henri hatte es möglich gemacht, dass er Lukas mitten in der Woche zum Kindergarten fahren konnte. Das war ja noch super gelaufen. Aber dann ... Was dann passiert ist, war einfach nur schrecklich. Er hatte verschlafen. Er war am Vorabend komplett alkoholisiert ins Bett gefallen. Am nächsten Tag hatte er dienstfrei, Überstundenausgleich. Die Ermittlungen, nichts Akutes, kein großer Fall, gingen sowieso nicht voran, da sagte Jürgen Hartmann, alle sollten fließend Überstunden abbauen. Fließend ... Jürgen war doch ein elender Beamtentyp.

Also hatte er einen freien Tag eingeschoben. Er wollte das mit Lukas wirklich hinkriegen, aber dann war er am Abend nicht an der kleinen Eckkneipe vorbeigekommen. Hatte er überhaupt den Wecker gestellt? Er erinnerte sich nicht gern an die Minuten, als er abrupt durch das Telefonklingeln geweckt wurde, Handy und Festnetz klingelten, Henri wusste nicht, wie lange schon. Es war Sonja, wutschnaubend. Ihr konnte er nicht sagen, dass er an dem Abend was getrunken hatte, dass er total abgestürzt war. Warum sollte sie ihm einen Totalausfall verzeihen? Er hatte ihr auch nicht gesagt, dass er kurz nach dem Vorfall mit diesem Typ, diesem Psycho, angefangen hatte und jetzt an sich arbeitete.

Seither hatte er keinen solchen Absturz mehr hingelegt. Er war froh darüber, aber er brachte es nicht fertig, Sonja von der Therapie zu erzählen, es war sowieso zu spät und alles verkorkst. Sie hatte ihm jahrelang gesagt, er müsste etwas tun, eine Therapie, irgendwas, so ginge es nicht weiter. Dabei hatte er gar nicht so viel getrunken, als sie noch zusammen gewesen waren. Erst nachdem sie ihn rausgeschmissen hatte, war es richtig bergab gegangen. Oft hatte er gedacht, dass sie davon gar nichts mitbekommen hatte. Aber Sonja entging wenig. Sie hatte keine Geduld mehr mit ihm. Vor der Cafeteria im dritten Stock blieb Henri stehen und starrte auf das Display.

Er musste in die Rechtsmedizin, Lena wunderte sich sicher schon, wo er blieb. Ihre Nummer war auf seinem Handy, er hatte das Klingeln nicht gehört. Nach der Rechtsmedizin mussten sie sofort zu der Mutter des Opfers und danach war die Lagebesprechung, die würde ewig dauern. Er wählte Sonjas Nummer. Nur die Mailbox. Er konnte es ihr unmöglich auf die Mailbox sprechen. Er fühlte sich erbärmlich, auch körperlich, obwohl er keinen Kater hatte.

Henri steckte das Handy in die Hosentasche und betrat die Cafeteria. Er musste etwas essen. Den Gedanken, dass Lena auf ihn wartete, schob er beiseite. Im Vergleich zu dem anderen Schlamassel war das das Geringste. Er hätte sich am liebsten ein großes Bier geholt. Er verkniff es sich, nahm zwei Käsebrötchen, eine Tomatensuppe und eine Apfelsaftschorle, bezahlte und setzte sich. Nicht alles noch schlimmer machen. Eine Brötchenhälfte fiel runter, ein Löffel Tomatensuppe landete auf dem Ärmel und auf der Brust seines weißen Hemds und als er mit der Serviette die Flüssigkeit abwischen wollte, stieß er unglücklich gegen das Glas mit der Schorle. Der Inhalt ergoss sich über den ganzen Tisch und tropfte laut hörbar auf den Boden. Henri fluchte. Er ließ alles stehen. Sonja hatte er immer noch nicht erreicht, fast hätte er den Termin in der Rechtsmedizin vergessen. Er konnte es gerade noch schaffen, wenn er sich jetzt total beeilte. Wann sollte noch mal die Lagebesprechung sein? Lena würde es wissen. Scheiße, er war ganz durcheinander.

***

Ein paar Minuten zu spät öffnete Lena die Tür. Sie sah sich in dem großen Raum um, auch Dirk war nirgends zu sehen. Auf dem Platz hinten am Fenster erkannte sie Nicole an den Haaren. Es war die einzige Leiche, die ohne Abdeckung dalag.

»Dirk?« Lena lauschte, aber es war kein Laut zu hören. Auch an den Schreibtischen der angrenzenden Büros saß niemand. Keiner der vier oder fünf Mitarbeiter, die hier in Dirks Team arbeiteten, schien da zu sein. Dirk war zuverlässig, aber was war heute los? Die Stille war unheimlich. Sie tastete nach ihrer Waffe. »Dirk?«

Wieder nichts.

Lena trat an den Tisch mit der Leiche, atmete tief durch und versuchte, sich auf die Tote zu konzentrieren. Plötzlich spürte sie einen Luftzug in ihrem Nacken. Sie fuhr herum, die Hand an der Walther P 99 Q.

Dirk war dicht hinter sie getreten. Er musste aus dem schmalen Gang seitlich des Fensters gekommen sein, in dem die Schränke mit den Laborvorräten waren. In seiner Rechten hielt er eine Schere. Seine Sohlen hatten nicht das geringste Geräusch verursacht.

Sie sahen sich für einige Sekunden wortlos in die Augen.

Lena ließ die Waffe los. »Du bist spät«, sagte sie. Ihre Stimme hörte sich in ihren eigenen Ohren metallen an. Sie ließ Dirk nicht aus den Augen. Was war in ihn gefahren? Es war offensichtlich, dass er sie erschrecken oder ihr sogar Angst machen wollte. »Fangen wir an!«

»Wo ist Henri?«

»Er ist gleich hier.«

Dirk legte die Schere auf einen Tisch und nahm ein Diktafon von der Laborbank, um die Begutachtung der Leiche zu protokollieren. »Würgemale drei bis fünf Tage alt, Tod durch Erwürgen. Die Leiche im Wasser abgelegt. Die Analysen der Kopfhaut- und Ohrenabstriche liegen noch nicht vor. Proben, die ich aus der Lunge und den übrigen Körperöffnungen genommen habe, werden schon untersucht. Unter dem Mikroskop sehen die Abstriche der Kopfhaut so aus wie bei Annika, also wie Teilchen aus dem Hafenbecken. Ich vermute«, Dirk sah Lena wie ein eifriger Schüler an, »dass auch diese Leiche im Hafenbecken abgelegt wurde.«

»Hast du Spuren, die einen Hinweis auf den Tatort geben?«

»Du meinst die Fingernägel?«

Die Tür schlug laut, Lena zuckte zusammen. Henri, endlich. Ihre Anspannung löste sich. Sie war total erleichtert, dass er jetzt da war. Aber was war mit ihm los? Seine Haare waren ganz wirr und sein Hemd bekleckert. Sie steckten in einer Mordermittlung und er war völlig von der Rolle. Sie musste mit ihm darüber reden. Später.

»Sorry!«, sagte Henri nur in Lenas Richtung. Dirk nickte er kurz zu.

»Dann können wir ja jetzt weitermachen«, sagte Dirk knapp. »Unter den Fingernägeln habe ich etwas gefunden, allerdings etwas anderes als bei Annika. Es ist eine dunkelbraune Substanz, die eine andere Molekularstruktur hat als das weiße Material unter Annikas Nägeln.«

Lena beobachtete Henri. Er sah konzentriert aus und schien jetzt ganz bei der Sache zu sein.

»Unter dem Mikroskop sieht es nach organischen Zellen aus. Die Proben sind schon im Labor.«

»Wenn das Hautzellen sind, dann brauchen wir das Ergebnis sofort. Vielleicht sind es Abwehrspuren«, sagte Lena.

»Das weiß ich«, sagte Dirk mit einer weit ausholenden Bewegung. »So eine Leiche weiß zwar viel, aber sie trägt ihr Wissen nicht vor sich her. Wir müssen auf alles selbst kommen.«

Lena konnte seinen ernsten und regungslosen Ausdruck unmöglich deuten. Ihr Handy summte, sie hatte vergessen, es auf stumm zu stellen. Handyklingeln bei der Arbeit fand Dirk unerträglich.

Lena wischte über das Display. »Von Uwe. Er hat von Frau Aydin weitere Fotos angefordert, es sind auch Narben und Muttermale zu erkennen.« Sie starrte auf das erste Bild.

»Lena, hast du noch Blut im Kopf? Lena?«

»Was? Blut im Kopf?«

»Blass«, sagte Dirk.

»Hier, sieh selbst.« Sie ging gar nicht auf Dirks Bemerkung ein und hielt Henri den Bildschirm hin.

»Wie schön sie war«, sagte Henri. Auch er war plötzlich blass.

»Sie ist immer noch sehr schön«, sagte Dirk. »Sie ist noch schöner als Annika. Findet ihr nicht?«

Lena beachtete Dirks Gerede nicht und verglich weiter die Fotos mit der Leiche. »Das Muttermal neben dem rechten Ohr, Nicole im Bikini am Strand, die Blinddarmnarbe und der Wirbel am Haaransatz sehen identisch aus. Hier, sieh!«, sagte sie und gab Dirk ihr Handy.

Dirk betrachtete die Bilder. Er ließ sich Zeit, die Merkmale mit denen an der Leiche zu vergleichen, und für eine Weile schien er vergessen zu haben, dass Lena und Henri neben ihm standen. »Das ist sie«, sagte er schließlich und fuhr fort, wo er unterbrochen worden war: »Ich habe an der Leiche bis jetzt keine organischen Spuren gefunden, es kann aber sein, dass der Täter hier doch etwas hinterlassen hat, aber dazu später. Dieselben Schürfwunden am Handgelenk wie bei Annika. Die Geschädigte hat auf der Höhe der Taille ähnliche Schürfspuren. Sie rühren vermutlich vom selben Material her. Auch hier sieht es so aus, dass das Opfer mit Handgelenksfesseln an einer Taillenfessel festgebunden war. Bestimmt hat sie versucht, sich zu befreien. Laborergebnisse folgen.«

»Morgen?« Lena wusste, dass es so schnell nicht gehen würde.

Dirk lächelte unbestimmt. »Wahrscheinlich derselbe Klarlack auf dem Gesicht wie bei Annika. Die rote Farbe auf den Lippen hat die Struktur von Nagellack«, fuhr er fort, »zumindest wenn man sie unter dem Mikroskop ansieht, wird schon im Labor untersucht. Auffallend ist, dass die rote Farbe wie bei Annika und Melanie äußerst akkurat an den Konturen der Lippen entlang aufgetragen wurde.«

»Und würdest du für unseren neuen Fall bestätigen, dass diese Gemeinsamkeit so spezifisch ist, dass sie auf denselben Täter schließen lässt?« Lena sah sich den roten Mund konzentriert an.

»Unbedingt.« Dirk nickte.

»Kann man das auch mit vergrößerten Fotos belegen?«, fragte Henri.

»Klar. Das habe ich hier und die Doku dazu kriegt ihr mit dem Bericht. Man kann dadurch, wie der Pinsel beim Auftragen der Farbe gehalten wurde, davon ausgehen, dass ein Rechtshänder die Lippen angemalt hat. Die Stärke des Farbauftrags, die Pinselführung, alles komplett identisch. Ich habe die Fotos am Bildschirm übereinandergelegt.« Er sah Lena an. »So wie du es nach der ersten Leiche gemacht hast. Man sieht zweifelsfrei, dass der Farbauftrag auf den drei Mündern dann wie ein identischer Strich aussieht.«

»Hat denn auch dieses Opfer wieder dieselbe Mundform und Größe? Wenn er den drei Opfern denselben Mund gemalt hat, dann hat er wahrscheinlich eine Schablone benutzt«, sagte Henri.

»Clever gedacht. Gerade weil die Mädchen eine leicht unterschiedliche Lippenform haben, kann man die identische Pinselführung besonders gut erkennen. Eine Schablone, ja, interessant, das müssten wir noch prüfen. Übrigens kann man auch die Farbsättigung des Lacks vergleichen.«

»Und was ist mit dem Partikel auf der Oberlippe?« Lena wunderte sich, dass Dirk es immer noch nicht erwähnt hatte. Sie trat näher an den Kopf der Toten heran und zeigte auf die Stelle.

»Ja, genau.« Dirk räusperte sich.

Auch Henri beugte sich über die Oberlippe. »Wie hast du das gefunden?«, fragte er und sah Dirk anerkennend an. »Mit dem bloßen Auge ist überhaupt nichts zu sehen.«

Lena war gespannt, was Dirk darauf antworten würde.

»Das Partikel, du hast das ja auf dem Foto entdeckt«, sagte er zu Lena. »Wenn wir Glück haben, hat uns der Täter bei diesem Opfer eine Spur mitgeliefert, die er selbst am Mund des Opfers mit Nagellack versiegelt hat. Unter dem Mikroskop sieht es so aus, als hätte es die Zellstruktur menschlicher Haut.«

»Endlich eine organische Substanz, das ist großartig«, sagte Henri erleichtert.

»Ich habe das Stückchen Täter ins Labor geschickt.«

»Okay. Wir müssen zu Nicoles Mutter«, sagte Lena.

Nach dem Besuch bei Monika Aydin, die einen Weinkrampf hatte und sehr lange nicht sprechen konnte, gingen Lena und Henri schweigend zum Auto, um zurück nach Winterhude ins Präsidium zu fahren. Nicoles Mutter war kaum in der Lage gewesen, viel über ihre Tochter zu sagen. Sie hatte selbst keine Idee, wie Nicole in die Gewalt des Täters geraten sein konnte. Auch mit Spekulationen waren sie keinen Schritt weitergekommen.

»Was war heute Morgen eigentlich los, wo warst du?«, fragte Lena frustriert beim Einsteigen. »Diese Flecken?«

Sie hatte sich gewundert, dass Henri es nicht von sich aus angesprochen hatte. Inzwischen hatte er sich eine Kapuzenjacke über das fleckige Hemd gezogen.

»Ich war im Präsidium, ich musste kurz telefonieren. Habe meine Ex angerufen.«

Vom Telefonieren war er sicher nicht verkleckert, dachte Lena und fuhr los. »Du bist zu spät zum Termin in der Rechtsmedizin gekommen. Das ist nicht okay.«

Henri räusperte sich.

»Außerdem hast du ausgesehen, als hättest du einen Unfall beim Essen gehabt.«

»Hatte ich auch«, sagte Henri und erklärte ihr, dass er es einfach nicht hinbekomme: Job, Kinderwochenenden und Ex-Frau.

»Das musst du aber in den Griff kriegen. Der Fall hat immer Vorrang.« Insgeheim fragte sie sich allerdings, wie man es schaffen konnte, allen Seiten gerecht zu werden.

»Ich weiß«, murmelte Henri. »Es tut mir leid.«

»Okay. Ich hätte nie gedacht«, wechselte Lena das Thema, »dass der Täter so schnell sein nächstes Opfer sucht. Eher, dass er seine Tat erst einmal gründlich nacherlebt und das Ganze auskostet.«

»Wenn es derselbe Täter ist wie bei Annika und Melanie, dann war der Abstand zwischen den Taten bei Melanie und Annika zwei Jahre und zwischen Annika und Nicole nur noch drei Wochen.«

»Ich weiß nicht«, sagte Lena. »Das spricht gegen die Erfahrung mit vergleichbaren Täterprofilen. Allein die Suche nach dem passenden nächsten Opfer kann Wochen, wenn nicht Monate in Anspruch nehmen. Vielleicht gibt es sogar noch mehr Opfer. Möglicherweise hat er gar nicht zwei Jahre Pause gemacht.« Bei dem Gedanken, dass der Täter weiter unerkannt puppenhaft aussehende junge Frauen ermordete, krampfte sich Lenas Magen zusammen.

»Wir haben alle Vermisstenmeldungen geprüft. Das Profil der Opfer passt nicht.«

»Ich weiß, ja.« Lena schwieg. »Es gibt aber noch etwas. Vorhin in der Rechtsmedizin …« Lena erzählte ihm von der Begegnung mit Dirk.

»Du meinst, er hat etwas mit den Morden zu tun?«, fragte er dann. Seine Stimme war rau.

»Ihn zu verdächtigen, das ist wirklich schrecklich, ich

weiß«, sagte Lena, »er war vorhin so merkwürdig und er wollte mir Angst machen, das war klar.«

»Aber warum bloß?«

»Wir arbeiten schon jahrelang zusammen und plötzlich … Das alles ist so seltsam.«

»Dazu seine Begeisterung über die Schönheit der Toten. Oder es ist nur, weil du das Partikel gefunden hast. Das muss ihn fertig machen. Aber das mit der Schere, das ist ja richtig gefährlich.«

»Schwer zu sagen. Er wirkt so, ich weiß nicht, unter Druck. So als wäre ihm alles zu viel. Es ist natürlich krass zu denken, er hätte was mit den Morden zu tun.« Lena bremste, weil eine Ampel auf Rot umsprang. »Er hatte mir vorher noch eine SMS geschickt, ob ich nicht früher kommen könne. Darauf habe ich ihm nicht geantwortet und ich war knapp fünf Minuten zu spät.«

Und es hatte ja die Bemerkung nach der Lagebesprechung gegeben, von der Lena Henri nichts gesagt hatte, weil sie schließlich doch gedacht hatte, dass sie sich bestimmt geirrt hatte. Die Bemerkung war ihr einfach zu unglaublich erschienen. Jetzt erzählte sie Henri davon.

»Was? … Aber …«

»Ich war mir so unsicher. Es ist ja ungeheuerlich. Und auch wenn er es wirklich gesagt hat, heißt das nicht, dass er der Puppenmörder ist.«

»Wir müssen was unternehmen.«

Lena nickte. »Ich dachte, ich kenne ihn einigermaßen. Jeder weiß, wie, na ja, ungewöhnlich er ist. Aber ich hatte vorher noch nie Angst vor ihm.«

Sie fuhren schweigend die Friedrich-Ebert-Straße entlang. Es war viel Verkehr, ein ständiges Stop-and-go.

»Vielleicht hat unser Puppenmann zunächst die Fehler, die er bei Melanie gemacht hat, analysiert, um es beim nächsten Mal noch besser zu machen«, sagte Lena nach einer Weile.

»Wir sind nicht besser als die Kollegen in Hannover. Wir haben noch nicht einmal den Tatort gefunden. Wir haben keinen einzigen Verdächtigen. Dieser Täter weiß, was er wie tun muss.«

Der Täter musste einer sein, der strategisch vorging, überlegte Lena. Bisher war es ihm gelungen, keine Spuren zu hinterlassen, und das bedeutete bei sexuell motivierten Gewalttaten eine große Kontrollleistung. Jetzt hatten sie einen Hautfetzen. Allerdings musste der nicht zwingend vom Täter stammen.

»Wenn das LKA Hannover keinen Fehler gefunden hat, heißt das nicht, dass er keine gemacht hat.« Henri sah zu ihr herüber, ohne das Grinsen sonst in solchen Situationen.

»Es kann sein, dass er sich bei Annika sicher gefühlt hat. Warum dann länger mit einem nächsten Opfer warten?«

»Er hat sich gleich das nächste Mädchen geschnappt.«

»Aber vielleicht ist es auch anders.« Lena schaltete einen Gang rauf, endlich war die Straße mal frei. »Womöglich hat sich durch den Mord an Annika bei ihm etwas verändert. Vielleicht kann er seinen Drang nicht mehr so gut kontrollieren wie vorher.«

Henri nickte nachdenklich.

»Vielleicht ist irgendetwas Unvorhergesehenes für den Täter passiert und das hat den Auslöser betätigt.«

Nur was? Hatte sich an seinem Versteck etwas geändert? Konnte er es sicherer machen? Dachte er, dass die Polizei sowieso nicht auf ihn käme? Aber reichte das, um nach einer so kurzen Zeit schon wieder zuzuschlagen?

»Wir haben noch keinen Hinweis«, sagte Lena, als sie erneut an einer roten Ampel halten musste. »Bis jetzt fühlt er sich sicher.«

»Sie machen alle Fehler. Die Frage ist …«

»… ob wir draufkommen. Hab ich recht?« Lena lächelte Henri an.

Der grinste zurück. »Genau.«

»Und wir werden ihn trotzdem finden«, fügte Lena entschlossen hinzu. »Er steht auf lange gewellte Haare, seine Opfer sind blond oder braunhaarig.«

»Haarfarbe egal, die Opfer sind zwischen siebzehn und neunzehn Jahren, also sehr jung. Viel mehr wissen wir leider nicht. Aber junge Frauen, die von puppenhafter Schönheit sind, erfüllen für den Täter das, wonach er sich sehnt.«

»Es sind feminine Typen, irgendwie mädchenhaft-erotische Frauen.« Lena bog in die Tiefgarage des Polizeipräsidiums ein.

»An deiner Theorie von den Puppen scheint was dran zu sein«, sagte Henri, als sie vom Wagen Richtung Aufzug gingen. »Ich meine, Leute, die etwas langsamer sind als du, also ich zum Beispiel, würden jetzt allmählich auch auf so eine Idee kommen.«

Im Vorbeigehen griff Lena nach den Unterlagen in ihrem Postfach. Inmitten der Blätter mit Nachrichten bemerkte sie sofort die Ausgabe der *Hamburger Zeitung: Killer hat wieder zugeschlagen, Kommissarin verniedlicht Opfer als Puppen.*

»Wer legt mir so was ins Postfach? Dieser Quatsch springt einem doch in der ganzen Stadt entgegen.«

Dieses Boulevardgeschreibsel nahm sie normalerweise nicht ernst, auch wenn Jürgen und hin und wieder die Staatsanwaltschaft ein Riesenbohei draus machten. Aber hier hatte es jemand direkt auf sie abgesehen.

***

Früher hatte er Lagebesprechungen geleitet, Lennard Müller, mit seinem konkurrenzlos scharfen Verstand. Er dachte heute noch konkurrenzlos scharf. Allerdings, wenn er Lena so ansah und ihr zuhörte, dann war ihm klar, dass sie so gut war wie er. Da war er völlig schmerzfrei.

Er wollte nur noch Innendienst machen, nicht mehr raus, kein Visavis mehr mit Leuten, die ohne mit der Wimper zu zucken die Waffe auf einen richteten. Die einfach abdrückten. Immerhin lebte er noch. Aber es war nicht mehr wie früher.

Er konnte diesen Druck nicht mehr aushalten. Seit das erste Opfer des Puppenmörders gefunden wurde, waren Wochen vergangen. Druck von oben, Druck von der Öffentlichkeit und ständig nagte die Presse an einem rum. Bis jetzt konnten sie nichts vorweisen, was einen Durchbruch brachte. Stattdessen hatten sie eine weitere Leiche.

Lena hatte gerade den Stand der Ermittlungen zusammengefasst, sachlich wie immer, ohne Gedöns, freundlich und ein bisschen gefühlvoll, in diesem Lena-Ton. Auch über die Täter sprach sie nie abfällig. In diesen Dingen war sie bewundernswert. Natürlich gab es Kollegen, die Lena unterkühlt fanden. Die hatten aber keine Ahnung.

Er war einfach nur froh, nicht mehr die Nummer eins dieser Lagebesprechungen zu sein. Er hatte die Geduld nicht mehr, wie sollte er da die Führung übernehmen? Das war vorbei. Wenn er Jürgen Hartmann reden hörte, dann verging ihm die Lust auf Verantwortung restlos. Der Kommissariatsleiter machte immer einen auf dicken Max. Dabei war er ängstlich und zögerlich und meistens derjenige, der keine Ahnung hatte. Alle wussten das, außer ihm selbst natürlich. Er wusste nur, was andere herausfanden, und immer war er der Letzte, der es kapierte. Lena war einfach schneller, klüger und besser. Ein Ausnahmetalent.

Als sie neu in seinem Team gewesen war, hatten sie oft gemeinsam Einsätze gemacht. Manchmal hatte er Angst um sie, weil sie zu wenig Angst hatte. Er war früher selbst so gewesen und erst heute war ihm das Ausmaß der Gefahren, in die er sich oft begeben hatte, richtig bewusst. Wenn er an die früheren Einsätze dachte, atmete er tief durch, dankbar, am Leben geblieben zu sein. Es war oft knapp gewesen. Jetzt arbeitete er am liebsten für Lena und ihr Team. Und achtete darauf, dass ihre Erfolge genug gesehen und gewürdigt wurden.

Henri stand auf, murmelte etwas und verließ den Raum. Das war natürlich nicht in Ordnung, Lagebesprechungen zu laufenden Ermittlungen waren Pflicht, man konnte nicht einfach aufstehen und rausgehen. Wahrscheinlich war wieder was mit seinen Kindern. Der arme Kerl hatte seine private Situation kein bisschen im Griff.

»Was haben wir konkret?« Natürlich Jürgen.

Lennard schüttelte unmerklich den Kopf, das konnte doch wohl nicht wahr sein, meine Güte. Dazu fragte er in einem Tonfall, als hätte das ganze Team bisher kaum gearbeitet. Gerade hatte Lena doch alle Fakten ausgebreitet. Aber in jeder Besprechung kam diese Frage, immer in dem Ton, schon als er selbst noch Kriminalhauptkommissar war, hatten alle Kommissariatsleiter diese Frage so blöd gestellt. Jeder auf seine eigene blöde Art.

Lennard atmete tief durch und lehnte sich auf seinem Stuhl zurück. Auch wenn es ihm damals nach der Verletzung unendlich schwer gefallen war, den Platz zu räumen und zu begreifen, dass er in jeder Beziehung aus der Schusslinie musste, so war er jetzt zufrieden, wie es war.

Denn was zum Schluss gekommen war, war das eigentlich Schreckliche gewesen, der Schmerz war schnell vergessen. Er hatte über ein Jahr gebraucht, um zu kapieren, dass er nicht mehr so war wie vorher. Sichtbar war nur noch die Narbe, allerdings durchzog bei Wetterwechseln ein Stechen den ganzen rechten Oberschenkel. Sogar jetzt noch nach über vier Jahren kam das vor. Nachdem er aus der Reha entlassen worden war, hatte er monatelang teilnahmslos an seinem Schreibtisch gesessen. Vor seinem inneren Auge hatten sich die immer gleichen Szenen abgespult, als er in St. Georg den Drahtzieher der Drogenmorde fast gekriegt hätte.

Eine ganze Weile hatte er den Drogenkönig mit seinem Netz in St. Pauli gesucht. Es waren Fährten ausgelegt worden, die Lennard in das falsche Viertel geführt hatten. Währenddessen hatte der Ring aus Drogen- und Mädchenhändlern seine Geschäfte weiter von St. Georg aus betrieben. Es war Lena, die das alles durchschaut hatte und vor allem als Einzige darauf gekommen war, dass der Mädchenhändlerring auch dazugehört hatte. Ein paar Monate später, als Lennard in der Reha gewesen war, hatte Lena mit seinem Team den ganzen Ring hochgenommen. Danach hatte es in den Fluren des Polizeipräsidiums Hamburg geheißen, Lena könnte sich jetzt quasi jede Teamleitung aussuchen.

Er hatte sich lange gegen das eigene Gefühl gewehrt und ständig versucht, den Kollegen klarzumachen, dass er immer noch der fähige Kripomann war, als den sie ihn gekannt hatten. Nach dem Schuss in sein Bein war er nicht mehr schnell gewesen und er hatte sich nicht mehr konzentrieren können. Vor allem hatte er seinen Mut verloren. Und er war immer unglaublich müde gewesen, nicht gut für einen Kriminalhauptkommissar. Alle hatten längst gemerkt, wie es um ihn gestanden hatte. Das alles hatte ihn auch seine Ehe gekostet. Dabei war es nur ein einziger Schuss in den Oberschenkel gewesen, ein Durchschuss, an sich nicht schlimm, jedenfalls medizinisch nicht besonders kompliziert, nur ein bisschen am Knochen entlanggeschrappt. Die Schusswunde war nach der Operation schnell verheilt und körperlich war er bald wieder hergestellt.

Die Kollegen hatten sich nicht getraut, ihm zu sagen, dass er nicht mit auf Einsätze mitfahren sollte. Als er das endlich verstanden hatte, war er einfach sitzen geblieben, um es ihnen leichter zu machen. Sie hatten die Fälle plötzlich ohne ihn gelöst.

Seine Position war neu besetzt worden: offenes Bewerbungsverfahren, vier ernst zu nehmende Kandidaten. Lennard hatte nur eine einzige Kandidatin überzeugend gefunden. Das hatten ihre Mitbewerber anders gesehen, klar. Jörg Naumann, er hatte vor ein paar Wochen gerade mit ihm gesprochen, war immer noch nicht drüber weg. Er hatte sogar diese alte Sache wieder aufgewärmt. Und dass Lena bei dem Coup gegen den Drogen- und Mädchenhändlerring einfach nur Glück gehabt hatte. Damals war das Ganze eine Sensation gewesen. In der Boulevardpresse hatte man Lena gefeiert. Soweit Lennard wusste, hatte Lena selbst diesen Erfolg nie erwähnt. Für sie war es einfach nur ein Fall gewesen, den sie gelöst hatte. Jörg hatte sich danach auf zwei weitere Teamleitungen beworben, aber nichts hatte geklappt. Jetzt war Lena die Chefin. Er hätte auch nur ihr diesen Rang verliehen, seine Nachfolgerin zu werden.

Seither machte Lennard Recherche mit Computer, Datenbanken, Telefon, Gespräch, Intuition. Alles intern, bloß nicht mehr raus. Er bekam feuchte Hände, wenn er sich vorstellte, mit auf einen Einsatz zu müssen. Die Innendienstrecherche machte er so gut, wie er sie sich immer gewünscht hatte, als er noch draußen gewesen war. Er musste allerdings zugeben, dass Conny auch einen guten Job machte. Schließlich hatte sie viele Jahre in seinem Team gearbeitet. Eigentlich hatte sie immer so gearbeitet, wie er es brauchte. Er wollte jetzt aber trotzdem noch besser sein als sie.

Er war nicht eitel. Nicht mehr. Er hatte alle Meriten der Kripolaufbahn eingestrichen, er war einer der Besten, nein, er war der Beste. Er wurde sogar bei Fällen in Berlin, München und Düsseldorf hinzugezogen, wenn die Kollegen dort nicht weiterwussten.

Jürgen Hartmann rutschte auf seinem Stuhl hin und her, er schien etwas sagen zu wollen. Lena übersah es und ging zum nächsten Punkt über. Irgendwie souverän, fand Lennard.

Lena fasste zusammen, was sie wussten. Ihre Stimme war raumfüllend, obwohl sie nicht besonders laut war. »Im letzten

Jahr hat Nicole Abitur gemacht und war jetzt im zweiten Ausbildungsjahr bei der Hamburger Sparkasse. Sie hat ihre Ausbildung nach dem Abitur in einer Filiale in Eppendorf begonnen. Die Kollegen waren mit dem Phantombild im *Balzac*, der Studierende, der am letzten Wochenende Dienst hatte, ist sich fast sicher, dass so ein Typ Mann wie auf dem Phantombild mit Nicole dort war. ›Fast‹ reicht allerdings nicht.«

Jürgen seufzte laut.

»Dirk«, sagte Lena, »am besten, du beschreibst uns den Zustand der Leiche.« Lena nickte ihm zu und er wollte gerade beginnen, als Henri wieder hereinkam. Er sah verkniffen aus.

Dirk ließ seinen Blick vorwurfsvoll auf Henri ruhen und schwieg einen Moment, bevor er begann: »Nicole Aydin ist genauso schön wie Annika.«

Lennard traute seinen Ohren nicht. Was sollte dieses Gefasel von Schönheit? »Sie untersuchen doch wohl nicht die Schönheit«, entfuhr es ihm.

Dirk ignorierte seine Bemerkung und wandte sich den Fakten zu. Lennard kam es so vor, als würde er aus dem Protokoll im Fall Annika vorlesen. Alles war gleich, das Kleid, die Schuhe, das Gesicht mit aufgeklebten Wimpern und rotem Mund, die Spuren, die das Anziehen des Kleides auf dem toten Körper hinterlassen hatte. Dirk schloss mit den Worten: »Die bisherigen Erkenntnisse sind damit parallel zum Fall Schachtrupp.«

Lena berichtete: »Der Täter hat Nicole in der Nacht von Mittwoch auf Donnerstag erwürgt. Sie war am Freitag vor dem vergangenen Wochenende das letzte Mal in der Haspa. Wir müssen rausfinden, wer sie privat vor ihrem Verschwinden gesehen oder gesprochen hat. Der Zeitpunkt ihres Verschwindens kann zwischen Freitag letzter Woche Spätnachmittag und Sonnabendnacht liegen.«

Dirk neigte den Kopf und Lennard wusste aus Erfahrung, dass das bei Dirk Bestätigung hieß. Er war ein seltsamer

Kerl. »Ganz genau«, sagte Dirk, »der mit quasi 99,99-prozentiger Sicherheit früheste Bluterguss wurde dem Opfer am Sonnabend des letzten Wochenendes zugefügt. Der Todeszeitpunkt liegt bei Mittwochabend zwischen zwanzig und dreiundzwanzig Uhr. Von da zurückgerechnet zum ältesten Bluterguss sind es drei Tage und circa zwanzig Stunden. In der Nacht von Sonnabend auf Sonntag, vermutlich zwischen sechzehn und zweiundzwanzig Uhr, hat er sie das erste Mal gewürgt. Wie vorher Annika hat der Täter auch Nicole Aydin über ein paar Tage wiederholt gewürgt. Schließlich dann der letzte letale Angriff. Nach unseren Untersuchungen ist dieses Wochentagsmuster bei Nicole, Annika und Melanie gleich. Todeszeitpunkt immer Mittwochnacht, Ablage der Leiche vierundzwanzig Stunden später.«

»Der Täter hält seine Opfer in einem Zustand, in dem sie weder richtig leben noch richtig tot sind«, sagte Lena. War sie plötzlich so blass geworden oder hatte Lennard es vorher nicht bemerkt?

»Wie Puppen«, sagte Henri in die Stille. »Puppen sind eigentlich tot, aber durch menschliche Fantasie erscheinen sie belebt.«

»Ja, und man kann mit ihnen machen, was man will«, fügte Dirk hinzu. »Auch dieses neue Opfer hat vaginale Verletzungen, die ihm erst nach Eintreten des Todes beigebracht wurden. Wahrscheinlich durch Vergewaltigung. Keine Spermaspuren, keine Zeichen von Wundheilung. Die Beschaffenheit und Größe der Risse in der vaginalen Schleimhaut legen ein gewaltsames Eindringen post mortem als Ursache nahe. Genau wie bei Annika.«

»Und bei Melanie«, ergänzte Lennard.

»Wir können ausschließen, dass der Fundort der Leichen identisch ist mit dem Ort, an dem die Opfer gefangen gehalten und vermutlich getötet wurden«, sagte Lena. »Im Fall Nicole besteht kein Unterschied zu den anderen Fällen.«

»Auch an Nicole sind keine Abwehrspuren.« Dirk sagte in die Runde: »Das ist für eure Arbeit ganz zentral. Der Täter bringt die Frauen dazu, freiwillig mitzugehen.«

Er nervt, fand Lennard. Wie er sich immer wichtigmachen musste. Das wussten sie schließlich schon.

»Gibt es weitere Spuren an der Leiche?«, fragte Lena.

»Natürlich«, sagte Dirk, »unzählige. Wir müssen sie nur entziffern.« Er lächelte Lena so freundlich an, wie er konnte. Der stand ja irgendwie auf sie.

Dirk erwähnte das Partikel gar nicht, von dem Lena Lennard erzählt hatte, er konnte sich nur wundern. Aber er und das Team wussten, dass es schon zur DNA-Analyse geschickt worden war.

»Wir müssen auch daran weiterarbeiten, wie er seine Opfer dazu bringt, ohne Gewaltanwendung mitzukommen«, sagte Lena und schob ihren Stuhl zurück.

»Und können wir wirklich schon sicher sein, dass es sich um denselben Täter handelt?« Jürgen Hartmann meldete sich das erste Mal inhaltlich zu Wort.

Das passt doch jetzt gar nicht, dachte Lennard. Jürgen sollte sich lieber darauf konzentrieren, seine Einsatzpläne auszuarbeiten, eine der Kernaufgaben des Kommissariatsleiters. Das konnte er, darin war er sogar richtig gut.

»Daran gibt es kaum Zweifel«, sagte Lena kurz und wandte sich den weiteren Punkten zu. Lennard hörte ihr aufmerksam zu. Der Fall war in den besten Händen, auch wenn Lena zu diesem Zeitpunkt noch wenig Konkretes vorzuweisen hatte. »Nicole wurde erst mehrere Tage nach ihrem Verschwinden als vermisst gemeldet. Ihre Mutter hatte geglaubt, Nicole würde ab heute über das lange Wochenende zu ihr kommen. In der Sparkasse hatte Nicole aber bereits Anfang der Woche Urlaub und sie hatte das vergangene Wochenende für ihren Besuch in Pinneberg eingeplant. So steht es in ihrem Kalender in der Arbeit. Durch dieses Missverständnis hatte der Täter einen Vorsprung von mehreren Tagen.«

Lennard war sicher, dass Lena noch mehr Ideen über den Täter hatte, als sie hier sagte. Wahrscheinlich war auch in den anderen Köpfen schon ein Bild entstanden. Bei Henri bestimmt. Er war ein aufgeweckter Vogel. Aber es nützte alles nichts, es gab im Moment nur einen Hautfetzen, so klein, dass er mit dem bloßen Auge nicht zu erkennen war. Aber immerhin! Lennard seufzte und schlug seinen Block zu.

***

Es war vielleicht der letzte milde Abend in diesem Jahr und viele Leute waren im Stadtpark unterwegs. Lena ergatterte in ihrem Lieblingscafé am Rosengarten den letzten freien Tisch. Die Rosen blühten immer noch, als hätten sie noch nicht gemerkt, dass es schon Herbst war. Aber die Wärme war ja auch ungewöhnlich für diese Jahreszeit.

Conny hatte ihre Rechercheergebnisse über Puppen und den Bericht von Dr. Loeding zusammengestellt. Lena brauchte eine Pause, sie musste mal raus aus ihrem Büro. Sie hatte sich die Mappe geschnappt und war mit dem Rad hierhergefahren. Auf ihrem griechischen Salat verteilte sie großzügig Olivenöl und schlug die Mappe auf. Während sie aß, überflog sie das Inhaltsverzeichnis, blätterte vor und wieder zurück und las kreuz und quer. Alles war hochinteressant und irgendetwas musste sie in diesen Seiten finden, das sie weiterbrachte.

> *… die zahlreichen Arten von Puppen: Liebhaberstücke, die Puppe als Fetisch- und Kultobjekt, die Puppe als Projektionsfläche für intensives Begehren … bilden die vielfältigen Vorlieben und diverse Formen der Obsessionen des Menschen ab. Es gibt mehr Menschen,*

*für die Puppen eine große Bedeutung haben, als man gemeinhin annimmt.*

*... dass Puppen eigentlich zum menschlichen Leben gehören*

*... Liebhaber- und Sammlerobjekte wie Käthe-Kruse-Puppen*

*... Puppenmacher sind meistens Frauen, es gibt aber auch Männer, die sich mit Puppen und Puppenkleidern beschäftigen, handwerkliches Interesse im Vordergrund.*

Conny hatte wirklich nichts ausgelassen. Eines war sicher, der Puppenmörder hatte eine spezielle Art von handwerklichem Interesse.

*Alle Richtungen sind in Foren und Shops präsent. Den größten Teil machen Sexpuppen aus. Der weltweite Markt für lebensgroße Sexpuppen wird überwiegend durch Produkte aus Asien bedient. Die kleinere Auswahl mit männlichen Puppen für Frauen kann hier vernachlässigt werden.*

*... Bei allen Puppenarten wird auf die Gestaltung von Augen und Mund besonders viel Wert gelegt.*

Lena legte das Besteck zur Seite und trank einen Schluck Mineralwasser. Hier musste ein Puzzlestück zu finden sein. Sie spießte einen Würfel Schafskäse auf die Gabel und las weiter.

*... für Kinder ist die Puppe eine Doppelgängerin, die dieselben Situationen, Gefühle und Fragen nacherlebt, die das kleine Kind gerade selbst durchmacht. Aber auch Erwachsene fühlen sich von Puppen angezogen, weil sie uns so ähnlich sind und weil es bei Erwachsenen leicht passiert, dass man in die Puppen etwas Eigenes*

*hineinprojiziert. Sie bleiben dabei gleichzeitig fremd und unheimlich.*

Auch der Puppenmörder, dachte Lena, während sie im Mund langsam das Fruchtfleisch vom Olivenkern löste, lebte eigene Sehnsüchte aus. Aber was brachte ihn dazu, seine Opfer zu Puppen zu machen? Sie blätterte vor zu Dr. Loedings Bericht. Sie sah Loeding vor sich: der Polizeipsychologe am Hamburger Polizeipräsidium, der mit Ende fünfzig sportlich aussah und es wahrscheinlich auch war, denn in dem Alter kann nur sportlich aussehen, wer sportlich ist. Er hatte kein Gramm zu viel auf den Rippen, die verbliebenen Haare trug er zwei Millimeter kurz. Vor ein paar Jahren hatte er sie zum Essen eingeladen. Damals hatte sie abgelehnt, es war kurz nach ihrer Hochzeit gewesen.

Loeding hatte die Ausstrahlung eines Menschen, der mit sich selbst absolut zufrieden ist. Die hätte Dirk Lohmann als Rechtsmediziner gern gehabt, erreichte sie aber nicht nur wegen seiner monatelang ungewaschenen Jeans und den Essensresten im Bart nicht. Loeding war kompetent, souverän, gut aussehend und dabei wirkte er, als wäre es ihm gar nicht wichtig, wie er bei anderen ankam. Wirklich lässig. Selbst Neider räumten ein, wie unglaublich gut er war.

Er begann mit der Beschreibung der Verbrechen.

*… kein vergleichbarer Fall in der Fachliteratur oder aus meiner Berufspraxis bekannt.*

Lena überflog die Seiten und suchte das vorläufige Täterprofil.

*Die Form der Freiheitsberaubung und sexuellen Unterwerfung, die Fesselung und die Art, in der der Täter den rechtsmedizinischen Untersuchungen zufolge seine Opfer über mehrere Tage attackiert und zunächst am*

*Leben lässt, zeigt die enorm ausgefeilte Vorgehensweise, die es ihm ermöglicht, keine Spuren zu hinterlassen. Dieses Vorgehen lässt den Schluss zu, dass der Täter nicht mehr ganz jung ist, ich schätze Mitte, Ende dreißig.*

*Er kann seine Neigungen gut unter Kontrolle halten, so begeht er seine Tat erst dann, wenn er alle Vorbereitungen getroffen hat. Es ist eine Verzerrung eines an sich erwachsenen Verhaltensmusters, denn in gewisser Hinsicht zeigt sich hierin eine Art Reife der Täterpersönlichkeit.*

*Der Puppenmörder ist vermutlich Naturwissenschaftler, daher die Gründlichkeit, mit der er Spuren vermeidet und mit organischen und anorganischen Substanzen umzugehen weiß. Dazu sind eine ausgeprägte Genauigkeit sowie Kenntnisse in Biologie und Chemie erforderlich. Er ist möglicherweise Laborassistent oder Ähnliches, er könnte auch Mediziner oder Chemiker sein.*

Medizin vereinigte in Sachen Keimfreiheit alle Naturwissenschaften. Dirk war Rechtsmediziner. Wie bekam er es überhaupt hin, dass ihm ständig Krümel aus dem Bart fielen und er akkurat Leichen untersuchte, ohne selbst Spuren zu verursachen? Oder hatte er jetzt eine Spur hinterlassen?

Den geplanten DNA-Test mussten sie gar nicht flächendeckend durchführen, sie konnten sich auf diese Berufsgruppen beschränken. Da wäre Dirk automatisch dabei. Nur die Männer, das wäre ja für Hamburg und den norddeutschen Raum irgendwie machbar.

*Er hat über einen langen Zeitraum die Umsetzung seiner Taten ausgearbeitet. Seine Fantasien haben sich immer konkreter ausgestaltet und irgendwann hat er sie für umsetzbar gehalten.*

*Zunächst nur als Fantasie, dann als Plan und schließlich folgte die konkrete Vorbereitung. Dieser Prozess läuft in der Regel unbemerkt von der Umgebung ab.*

*Denkbar ist, dass er früher schon anderes ausprobiert hat: Gewalt gegen schwächere Kinder, möglicherweise gegen Tiere, auch Vergewaltigungen würden in sein Profil passen. Ihm ist bewusst, dass es sich um schwere Verbrechen handelt.*

*Er geht einer durchaus anspruchsvollen Tätigkeit nach, in der er vermutlich recht erfolgreich ist. Die berufliche Verankerung ist ein wichtiges Element der Stabilisierung seiner labilen Persönlichkeit, außerdem tarnt sie ihn.*

*Ich denke, der Täter ist nicht sozial vernetzt, er hat keine Langzeitbeziehung, da er nicht bindungsfähig ist. Wenn überhaupt, gelingen ihm nur kurzzeitige Beziehungen.*

*Erfahrungsgemäß hat dieser Persönlichkeitstyp seine Umsicht unter einem gewissen Druck geschult. Das könnte eine geringe Körpergröße in einem männlich dominierten Umfeld verursachen. Wenn es zutrifft, dann hat er andere Qualitäten entwickelt, um den Mangel an Muskelkraft auszugleichen: bedachtes Vorgehen, strategisches Planen. Er gleicht mit dem Intellekt aus, was er körperlich nicht bieten kann. Es kann sein, dass es sich hier um eine Prägung aus der Kindheit und Jugend handelt und er das Defizit im Erwachsenenalter längst aufgeholt hat. Das Entscheidende für seine Beziehung zu seinen Opfern ist: Für ihn ist letztlich alles eine Frage der eigenen Macht.*

Lena schob den Teller zur Seite und winkte der Bedienung. Sie bestellte einen Cappuccino und las weiter.

*Ich teile die in den Ermittlungsunterlagen geäußerte Vermutung, dass der Täter auf eine intensive Art und Weise auf puppenhafte Frauentypen fixiert ist. Man mag das Puppenhafte und die Lebendigkeit, die der Täter bei den jungen Frauen sucht, als Widerspruch empfinden. Man sollte hier bedenken, dass Puppen häufig als Projektionsfläche eigener, nicht ausgelebter Lebendigkeit herhalten. Das ist ein verbreitetes Phänomen, das auf unterschiedlichste Weise ausgelebt werden kann.*

*Puppen sind zwar starr und leblos, aber man kann sie ganz und gar nach seinen eigenen Vorstellungen gestalten, da sie sich nicht wehren können. Dass die Opfer des Puppenmörders an Puppen erinnern, ist kein Zufall und kann mit Erlebnissen zu tun haben, die ihm selbst nicht bewusst sein müssen.*

*Bei unserem Täter vermischen sich verschiedene Impulse: Die ihn an Puppen erinnernden jungen Frauen entsprechen weitgehend seinen Fantasiebildern und er bringt sie unter seine Kontrolle.*

*Sein Opfer zu töten bedeutet für ihn höchste Erfüllung in mehrfacher Hinsicht. Zunächst übt er Macht über sein Opfer aus. Das von ihm zur Puppe umgestaltete Opfer erfüllt seine sexuellen Begierden gerade in der Kombination von Leiche, Puppe und der Tatsache, dass er selbst es war, der sie zum Inbegriff seiner Wunschfantasien gemacht hat. Als Leiche ist sein Opfer wie eine Puppe und als Puppe ist sie das perfekte Bild, auf das sein Begehren zielt. Daher auch die Penetration nach Eintreten des Todes. …*

*Die Realität der Frauen löscht er also zweifach aus. Zum einen tötet er sie, das ist die absolute Form von Machtausübung, dann gestaltet er die Frauen nach seinem Geschmack, also gemäß seiner übersteigerten, krankhaften Fixierung. Dadurch verliert das Opfer seine eigene Identität und wird ein Teil seiner eigenen Persönlichkeit.*

Loeding war wirklich gut. Genau die Qualität, die Jürgen Psychogewäsch nannte. Sagte Loeding etwas über das Ablegen im Wasser? Lena blätterte durch die Seiten, bis ihr Blick am gesuchten Absatz hängen blieb:

*… Ablegen der Opfer im Wasser nicht ausschließlich eine Vorsichtsmaßnahme. Obwohl es das sicherlich auch ist. Der Täter ist ohnehin in der Lage, in ungemein gründlicher Weise Spuren zu vermeiden. Ich gehe davon aus, dass er selbst ein besonderes Verhältnis zum Wasser hat. Es kann durch Erlebnisse in der Kindheit entstanden sein, vielleicht durch einen Unfall beim Schwimmenlernen.*

Aber warum hatte der Täter nach so kurzer Zeit eine weitere Frau getötet?

*Wenn hier keine Opfer übersehen wurden, dann ist es bemerkenswert, dass er nun innerhalb weniger Wochen zwei Taten begangen hat. Folgendes halte ich für wahrscheinlich:*

*Entweder er empfindet mehr Druck, die Taten auszuführen, oder er fühlt sich so sicher, dass er glaubt, er könnte sich jetzt in diesen kurzen Abständen seine Erlebnisse verschaffen. Er hat den Mord an Melanie Weigand analysiert und seine Strategie perfektioniert. Selbst wenn die Polizei ihn nicht findet, möchte er sich immer weiter verbessern. Perfekt zu sein befriedigt ihn stark. Es ist davon auszugehen, dass der Puppenmörder sich sicher fühlt. Der Drang, seine Taten auszuführen, wird offensichtlich stärker. Möglicherweise ist etwas eingetreten, das ihn aus dem Gleichgewicht gebracht hat. Das kann ein Vorfall in seinem Alltag sein oder auch eine Begegnung, die ihn erschüttert hat.*

Lena überlief eine Gänsehaut. Eine Begegnung … Das befürchtete sie schon die ganze Zeit. Vielleicht hatte der Puppenmörder jemanden kennengelernt, mit dem es anders lief. Und das brachte ihn durcheinander. Wenn das stimmte, gab es irgendwo in Hamburg eine Frau, die nicht ahnte, in welcher Gefahr sie war.

Irgendwo musste es doch eine Verbindung geben zwischen Melanie, Annika und Nicole. Sie übersahen etwas. Wenn er die Frauen wie zufällig kennenlernte, dann mussten diese Situationen Ähnlichkeiten haben, die sie nicht bemerkt haben. Das *Balzac*, andere Coffeeshops, wo suchte er seine Opfer? Lena legte Geld auf den Tisch und stand auf.

Vielleicht verabredete er sich sogar mit ihnen, keine Spuren eines Kampfes an den Opfern. Sie gingen freiwillig mit. Er wirkte nicht besonders kräftig, auf keinen Fall angsteinflößend. Andererseits blieb er so unverbindlich, dass keine der Frauen Freunden oder Familie von einer neuen Bekanntschaft erzählt hatte. Bis auf die Andeutung, die Annika Svenja gegenüber gemacht hatte. Aber ohne Namen, ohne konkrete Info. Immerhin, diese Pause war erhellend.

Lena schloss ihr Rad auf und fuhr zurück ins Präsidium.

***

Er war erleichtert, dass er die Woche hinter sich gebracht hatte. Endlich Freitagabend und es war, als hätte er sich aus einem Zwangskorsett befreit. Dabei liebte er seine Arbeit. Seit Tagen hatte er sich innerlich auf diesen Moment zubewegt. Und morgen Nacht hatte er noch einiges zu erledigen. Er konnte an nichts anderes denken. Den unbedarften Vorschlag der Assistentin, nach der Arbeit was essen zu gehen, hatte er ausgeschlagen. Es gab viele Gründe dafür, lieber nicht mit einer Assistentin gesehen zu werden. Im Moment durfte er sich auf keinen Fall selbst im Weg stehen. Man wusste ja nie, was sie dann nach so einem Abend über ihn verbreiten würde. Noch war die Entscheidung nicht gefallen, ob er in die heiß ersehnte Position aufrücken würde. Die Entscheidung darüber hing nicht mehr von ihm ab. Aber eines war klar: Von seiner Seite her musste alles tadellos sein. Es bedeutete weniger Freiheiten und weniger Zeit. Aber es war ein gutes Gefühl, vor diesem größten Schritt seiner Karriere zu stehen und die Wahl zu haben. Beruflich hatte sich alles nahtlos aneinandergereiht.

Für das komplette Wochenende schienen in der gesamten Stadt Partys und Outdoor-Veranstaltungen geplant zu sein. Er verzog den Mund, dieses Neudeutsch fand er albern. Auch die neue Assistentin hatte tagelang von Outdoor-Events gesprochen. Ihm war das frühere hanseatische Wetter viel lieber und er konnte nicht verstehen, dass alle ganz aus dem Häuschen über das sommerliche Klima waren und nur rauswollten. Er genoss die Ruhe in seiner Wohnung. Im ganzen Haus war es still. Zum Glück wohnten hier nicht so viele Partytypen. Die konnte er einfach nicht leiden.

Im Bad zog er sich aus und duschte ausgiebig, den Wasserstrahl stellte er auf Regenwald. Kaum spürbar traf der Strahl auf seiner Haut auf und rieselte sanft an seinem Körper hinab. Im Spiegel sah er durch die glasklare Duschabtrennung seine Silhouette. Wenn er sich gerade aufrichtete, wirkte er nicht schmal oder zierlich, er war sogar eher groß und muskulös. Diese gestreckte Haltung war sowieso besser für den Rücken. Er musste zugeben, dass der Wasserdampf seinen Anblick schönte. Aber keine Frage: Er hatte eine Topfigur. Fünf Kilo mussten allerdings schnellstmöglich runter. Die saßen am

Bauch wie bei allen Männern. Schrecklich, schließlich war er kein Biertrinker, kein Prekariatspapa, kein schlecht angezogener mittelalter Trainingshosentyp. Wie konnte es überhaupt sein, dass er diesem Speckring gegenüber so tolerant war? Ab sofort musste das ein Ende haben. Er massierte sich mit einer Peelingemulsion, genoss, wie der sanfte Wasserstrahl die weißliche Substanz wieder abspülte. Er spürte seine Haut, berührte sich am ganzen Körper, streichelte mit sanftem Druck seinen Hals, seine Arme, Brust und Bauch, spürte, wie sich langsam eine Erektion aufbaute, ignorierte sie aber, bevor er sie berührte. Der Reiz kam ihm vor wie eine riesige Hitze, ein reinigendes Fieber, das ihn alles vergessen ließ. Dann massierte er nacheinander seine Füße bis in die Zehen, seine Waden, seine Oberschenkel und schließlich hielt er es nicht mehr aus. Er befriedigte sich unter dem Regenwaldschauer und sein Orgasmus war lautlos wie eine Implosion, ein überwältigendes Glücks- und Freiheitsgefühl. Er zitterte still bis in die kleinste Zelle.

Als er sich ein wenig erholt und abgetrocknet hatte, nahm er ein frisches Hemd, zog es ohne Unterhemd an, damit die kühle Baumwolle seine Haut streicheln konnte. Dazu wählte er seidene Boxershorts und eine neue Jeans. Er schlüpfte in die blauen Alex-Cooper-Ledersneaker, denen man ansah, dass er sie den ganzen Sommer getragen hatte und die sich wie Handschuhe um seine nackten Füße schmiegten. Er sah gut aus, nicht nur wegen seiner teuren Kleidung. Er wusste, dass er auf Frauen wirkte.

Aber das nützte gar nichts, sobald es um eine konkrete Beziehung ging. Er fand meistens, dass sie perfekt zusammengepasst hatten. Aber dann war eben doch wieder das Thema Familie gekommen. Wollten alle Frauen immer Kinder und eine klassische Familie? Nein, es musste Frauen geben, die ohne Kind glücklich waren. Auch die Letzte hatte ihn, wie vorher schon andere, nach einer Weile vor die Wahl gestellt:

heiraten und Kinder oder kinderlos und Trennung. Er war sicher, dass sie ihn geliebt hatte. Er jedenfalls hatte sie geliebt, am meisten von allen Frauen in seinem Leben. Zumindest so, wie er eben lieben konnte. Schon als er zwanzig war, wusste er, dass er keine Kinder haben würde. Er hatte das nur niemals laut ausgesprochen. Vor allem nicht in Gegenwart einer Frau. Schon gar nicht gegenüber Frauen, mit denen er schlief. Trotzdem war erst die letzte Trennung wie ein Markstein gewesen, wohl auch wegen seines Alters.

In der Küche nahm er eine Flasche Mineralwasser, trank direkt aus der Flasche und setzte sich auf die große cremeweiße Ledercouch im Wohnzimmer. Drei Termine, in denen es um Konditionen und um Schadensersatzforderungen ging, zwei interne Besprechungen und ein paar kleinere Arbeiten an seinem Schreibtisch waren alles, was er in dieser Woche geleistet hatte, aber es hatte ihn ungemein angestrengt.

Sie war an einem sicheren Ort. Er streckte die Beine aus und war froh, dass dieses lange Wochenende ungestört vor ihm lag, einmal abgesehen von morgen Abend. Er würde sich nach zwei, drei Stunden unauffällig verabschieden, das musste niemand persönlich nehmen. Es stimmte natürlich, am liebsten war er allein, allerdings nicht ganz allein, er genoss immer ihre Anwesenheit. Das war atemberaubend, überwältigend.

Er betrachtete die leicht gebräunte Haut seiner Fesseln, die zusammen mit dem hellblauen Ziegenleder der Schuhe eine perfekte Einheit bildeten. Ästhetisch, fand er, sinnlich geradezu. Dann ließ er seinen Blick durch den Raum gleiten und blieb schließlich an der Holztruhe hängen. Er musste endlich mal wieder den Inhalt der Truhe sichten, er hatte vergessen, was darin war. Das lange Wochenende wollte er dazu nutzen, ein paar Dinge aufzuräumen und zu planen, was er demnächst vorhatte. Aber auch, um zu genießen.

Diese Truhe, die kleine Blonde und die kleine Braunhaarige waren die kostbarsten Dinge, die er besaß. Keinem einzigen Gegenstand, den es in seiner Kindheit gab, hatte er erlaubt, in seinem erwachsenen Leben weiter zu existieren.

Nach dem Tod der Mutter hatte ihm der Vater das ganze Haus mit allem, was darin war, geschenkt. Diese Schenkung hatte ihn nicht überrascht, denn auch sein Vater richtete es sich so ein, dass er möglichst wenig Erinnerungen behielt an zwanzig Jahre Ehe, in denen er hilflos mit seiner schönen, aber verkorksten Frau zusammengelebt hatte. Er heiratete schnell erneut und sie waren als Familie wieder komplett. Er sprach nie mehr mit seinem Vater über seine biologische Mutter. Und sein Vater tat von Anfang an so, als hätte er jetzt wieder zwei Elternteile.

Erst viel später, er mochte über dreißig gewesen sein, hatte er darüber nachgedacht, warum in seiner Kindheit ein so schönes Möbelstück nicht unten im Haus hatte stehen dürfen. Es hatte doch genug Platz gegeben. Diese Truhe hatte wertvolle Intarsienarbeiten gehabt und war aus einem seltenen Holz gefertigt gewesen. Vor ein paar Jahren hatte er aus reiner Neugier einen Gutachter kommen lassen. Der hatte die Echtheit der Truhe, zweite Hälfte achtzehntes Jahrhundert, Herkunft Frankreich, bestätigt und ihm einen Marktwert von beachtlicher Höhe genannt. Er hatte gar nicht vor, die Truhe zu verkaufen. Er wollte es nur wissen. So, wie er auch alles über die kleine Blonde und die kleine Braunhaarige wissen wollte. Aber niemals etwas erfahren würde, nicht woher sie kamen, nicht wem sie gehört hatten, nichts. Das war das Schlimmste für ihn. Oder sollte er es nach so langer Zeit noch wagen, seinen Vater danach zu fragen? Dann würde er ihm allerdings sagen müssen, dass er damals doch nicht alles hatte abholen lassen. Oh, nein, das hatte er nicht, diese Truhe würde er immer behalten.

Seit vielen Jahren stand sie nun in seinem Wohnzimmer. Er konnte sich nie entscheiden, welcher Inhalt angemessen für das Möbelstück und seine Geschichte war, deshalb hatte er immer wieder andere Dinge hineingelegt. Aber wie hatte er vergessen können, was darin war? An diesem Wochenende würde er ein paar Unterlagen in die Truhe legen. Vielleicht aber auch die Seidenstoffe, die er im Frühjahr in Queens gekauft hatte. Er nahm einen Zug aus der Wasserflasche. Seine Mutter hätte ihm niemals erlaubt, in die Truhe zu sehen oder sich ihr nur zu nähern. Sie hatte ihm fast gar nichts erlaubt.

Einmal, er war etwa fünf Jahre alt gewesen, hatte er in der Adventszeit heimlich Plätzchen aus der Speisekammer genommen. Von seiner Mutter dazu zur Rede gestellt, hatte er voller Angst gesagt: »Ich war's nicht!« Seine Mutter hatte ihm nicht geglaubt. Er hatte große Angst gehabt, denn er hatte im selben Moment gewusst, dass sie es dabei nicht bewenden lassen würde. Am Abend, als er doch schon gehofft hatte, sie hätte das Ganze wieder vergessen, hatte sie plötzlich gesagt: »Komm her!«

Er hatte weglaufen wollen, aber sie hatte ihn vom Bad im ersten Stock aus gerufen. Als er um die Ecke gebogen war, hatte sie da gestanden: rot vor Wut, in der Hand ein Stück Seife. Was hatte er denn bloß mit der Seife falsch gemacht, schoss es ihm durch den Kopf.

»Weil du so dreist lügst, mein Herr Sohn, werde ich dir jetzt den Mund waschen.«

Alles war schnell gegangen, er hatte weglaufen wollen, aber seine Mutter hatte ihn bereits am Arm festgehalten. Sie hatte ihn ans Waschbecken gepresst und ihn gezwungen, den Mund zu öffnen. Heute fragte er sich, warum er ihr nicht einfach in die Finger gebissen hatte. Aber er kannte die Antwort. Sie hätte sich eine andere Strafe ausgedacht, die noch viel schlimmer gewesen wäre. Er hatte den Mund aufgehalten, ein Würgen hatte ihn geschüttelt. Erst nach einer Ewigkeit hatte sie ihn losgelassen und er hatte sich den Mund ausspülen müssen.

Er hatte gierig das Wasser direkt aus dem Wasserhahn aufgesogen. Im ersten Moment war der Seifengeschmack noch stärker geworden. Er hatte gespuckt, gespült, gegurgelt und eine Ewigkeit gewürgt. Er hatte Angst gehabt, dass seine Mutter ihm gleich verbieten würde, so viel Wasser zu verbrauchen. Wieder und wieder hatte er seinen Mund komplett mit Wasser gefüllt, es durch die Zähne gesogen, bis tief in den Rachen gegurgelt, es war ihm so vorgekommen, als würde das Wasser aus der Leitung bereits nach Seife schmecken. Er hatte sich vor die Kloschüssel gekniet und gewürgt. Niemand hatte ihn gehört. Sein Vater war nicht zu Hause gewesen. Seine Mutter hatte ihn an diesem Abend nicht mehr beachtet. Er hatte kein Abendbrot bekommen und sich in den Schlaf geweint.

Er wollte gleich noch was zu essen bestellen und holte die Prospekte, die er in der Küche aufbewahrte.

Der Tag, an dem das Entrümplungsunternehmen einen großen Lkw für die wertvollen Möbel und ein paar Container für Kleinigkeiten vor sein Elternhaus stellte, war ein großer Tag für ihn. Er hätte für die Antiquitäten viel Geld bekommen, aber das bedeutete ihm nichts. Kein Gegenstand, den seine Mutter in ihrem Alltag benutzt hatte, nichts sollte übrig bleiben von seiner Kindheit. Nur die Truhe mit ihrem traumhaften Inhalt war von dem ganzen Unglück nie berührt. Sofort nach der Beerdigung hatte er sie mit seinem eigenen Auto abgeholt und sie stand sicher in seiner Wohnung, als der Entrümpler seine Arbeit aufnahm. Er war neunzehn, seine Mutter war tot, er war erleichtert, befreit. Das erste Mal in seinem Leben konnte er sich vorstellen, glücklich zu sein. Und trotz der großen Erleichterung fühlte er sich beklommen und irgendwie verzagt. Als könnte seine Mutter plötzlich doch wieder dastehen und alles würde weitergehen wie vorher. Er streckte sich genüsslich auf seiner Couch aus. Es tat so gut, dass das alles sehr lange her war.

Er war gerade groß genug, um über die Fensterbank aus

seinem Kinderzimmer die Garageneinfahrt und den Garten bis zur Haustür zu überblicken, als er an einem glühend heißen Julitag sah, dass seine Mutter mit dem Tennisschläger unter dem Arm und ihrer blauen Sporttasche ins Auto stieg. Er wusste sofort, jetzt war die Gelegenheit da, auf die er schon so lange gewartet hatte. Endlich konnte er allein auf den Dachboden gehen. Vorher war er nur mit ihr, einmal mit seinem Vater und schon oft mit der Haushaltshilfe hier gewesen. Anna, sehr nett, aber leider nur dreimal die Woche ein paar Stunden da. Wenn Anna im Haus gewesen war, hatte seine Mutter keine Verbote ausgesprochen und ihn auch nicht bestraft. Das hatte ihn schon als Kind gewundert.

Am liebsten wäre er sofort ins Dachgeschoss hinaufgesaust. Aber er zwang sich, von seinem Zimmer im ersten Stock aus erst nach ein paar Minuten die Treppe hochzuschleichen, wie er das schon in unbeobachteten Momenten geübt hatte. Er musste es unbedingt schaffen, sich unhörbar zu bewegen, ohne dass seine Mutter mitkriegte, dass er auf dem Dachboden war. Die vierte Stufe von unten knarzte immer, egal, auf welcher Stelle er den Fuß aufsetzte. Wenn er sie ausließ, trat sein Fuß auf der fünften Stufe mit zu viel Schwung auf, sodass diese Stufe, die sonst ungefährlich war, plötzlich auch knarzte. Er musste das noch mehr üben. Sein Herzschlag pulsierte bis in die Ohrmuscheln. Schließlich stand er in der oberen Etage, hier gab es nur noch die Tür zum Dachboden, gegenüber der Tür eine Kommode und auf dem Platz zwischen Treppe, Kommode und Bodentür einen Teppich. Er lauschte ins Treppenhaus hinein. Es war still. Auf dem Teppich waren seine Bewegungen nicht zu hören. Der Dachbodenschlüssel wurde in einer Schale auf der Kommode aufbewahrt, er durfte nicht im Schloss stecken bleiben, das wollte seine Mutter so. Er legte ihn sofort zurück. Falls er ganz schnell von hier verschwinden musste und nicht mehr dazu käme, die Tür wieder abzuschließen, könnte es auch seine Mutter gewesen sein, die vergessen hätte, die Tür zuzusperren. Obwohl es unwahrscheinlich war, dass sie sich ein Versäumnis eingestehen würde.

Er drückte die Türklinke hinunter, kein Laut war zu hören. Er wischte seine feuchte Hand an der kurzen Hose ab, in seinem Bauch pulsierte es. Seit einer Ewigkeit hatte er sich ausgemalt, was er zuerst tun würde, wenn er endlich allein hier oben wäre.

Seltsam, dachte er, streifte seine Schuhe ab und legte die Beine auf die Couch, dass mir das ausgerechnet jetzt einfällt. Daran hatte er lange nicht gedacht.

Durch das Fenster an der vorderen Giebelseite fiel Licht auf mit Tüchern verdeckte Möbel, auf Kisten, Truhen und Kartons. Unter einem langen Tuch zeichneten sich die vertrauten und doch so fernen Umrisse eines Tischs mit sechs Stühlen ab. Er dachte immer, er würde zuerst zu diesem großen Tisch gehen. An diesem Tisch saß in seinen Träumen die Familie, die er sich heiß ersehnte. Auch als Erwachsener hatte er keine Idee, warum seine Mutter dieses gespenstische Ensemble – sechs Stühle! – erhielt. Sollte es ein Vorwurf sein, dass sie nicht mehr Kinder bekam und er ihrer Liebe sowieso nicht wert war?

Er blieb eine Weile an der Tür stehen, um sich zu beruhigen. Sein Blick wanderte über den abgehängten Tisch, die Wölbungen der sechs Stuhllehnen. Er sah sich hier sitzen, auf einem sonnigen Platz, inmitten einer glücklichen Familie. Er lachte, sprach fröhlich mit seinen Geschwistern, seiner hübschen, älteren Schwester und seinen zwei kleineren Brüdern, den Zwillingen. Sie alle hatten einen Riesenspaß. Auch seine Eltern waren da, ermunterten noch ihre Späße, fragten nach, machten Witze. Sie alle hatten sich eine Menge zu erzählen. Er erzählte die fantasievollsten Geschichten und seine Mutter hörte ihm zu, genau wie der Vater. Liebevoll ruhten ihre Blicke auf ihm. Er blinzelte, ein paar einfallende Sonnenstrahlen durchdrangen den Staub, der über dem Tisch in der Luft tanzte. Der Tisch, die Stühle, der ganze Dachboden war leer. Niemand saß dort. Er war allein.

Es war streng verboten, in die Kartons zu sehen und in den Regalen zu stöbern. Sich ihnen nur zu nähern duldete seine Mutter nicht. Auch Anna erlaubte nicht, dass er irgendetwas anfasste. Er versuchte, wann immer es möglich war, mit Anna auf den Dachboden zu gehen, die in der leeren Hälfte des Bodens bei Regen die Wäsche aufhängte. Aber Anna hatte es immer eilig, wieder an ihre Arbeit im Haus zurückzukommen. Manchmal holte sie nur Dinge aus den Vorratsregalen, weil die Mutter es ihr aufgetragen hatte, oder sie lagerte die Wintersachen in die Regale rechts von der Tür ein, wenn das Frühjahr begann, oder umgekehrt die Sommerkleidung, wenn es Herbst wurde. Was länger dauerte, weil sie mehrmals hin- und hergehen musste. Dinge runtertragen und hochbringen. Diese Zeit nutzte er, um sich umzusehen.

Aber auch Anna schien es nicht zu gefallen, dass er schöne Stoffe mochte, Farben, Kleider, dass er sich nach den Puppen der Mädchen umsah und ebenfalls mit ihnen spielen wollte. »Mein Kleiner«, hatte sie einmal zu ihm gesagt, »du bist doch ein Junge.«

Jetzt ging er leise Richtung Fenster, weil es dort heller war. Von hier aus hatte er auch die Garageneinfahrt im Blick, falls seine Mutter zurückkäme. Eigentlich war es immer so, dass seine Mutter stundenlang wegblieb, wenn sie den Tennisschläger mitgenommen hatte. Aber sicher konnte er nicht sein. Unterm Fenster stand die geheimnisvolle Holztruhe. Was war nur darin? Häufig hatte er sich ausgemalt, wie er es schaffen könnte, den schweren Deckel zu öffnen. Die Truhe war aus Holz, auf den Flächen waren Verzierungen und Bilder. Auf der Vorderseite war eine Waldlichtung. Der gewölbte Deckel war glatt und glänzend, einfach wunderschön. Zu öffnen war die Truhe mit einem einfachen Messingknauf.

Er strich über das Furnier, über den Knauf, der kühl war, obwohl draußen die Sommerhitze brütete. Seine feuchten Finger hinterließen Schweißspuren.

Er saß auf seiner Couch und lächelte. Dieser Nachmittag auf dem Dachboden war seine schönste Kindheitserinnerung. Erst viele Jahre nach diesem Tag fiel ihm auf, dass die Waldlichtung auf der Truhe gar keine Waldlichtung war. Die Vorderseite trug grafische Muster und Ornamente, in denen er im Lauf seiner Kindheit Waldlichtungen, Landschaften, Strände und Wälder erkannt hatte. Aber jetzt, dachte er, sehe ich die Dinge so, wie sie wirklich sind.

Ihm war klar, dass er größer sein musste, wenn er den schweren Deckel hoch heben wollte, ohne dass er gegen die Wand schlug und man den Lärm im ganzen Haus hörte. In Gedanken hatte er unzählige Male durchgespielt, wie er vorgehen müsste. Er holte die Holzkiste, die seitlich vom Vorratsregal stand, setzte sie vor die Truhe und stellte sich darauf. Schon besser. Zum Glück war hinter der Truhe eine Wand, gegen die er den geöffneten Deckel lehnen konnte. Schlimm war, und das hatte er in der Fantasie oft geübt, dass er den Deckel, wäre er einmal offen, nicht leise wieder schließen konnte. Auch dazu war er zu klein. Er müsste ihn zufallen lassen, den ohrenbetäubenden Lärm würde man bis ins Wohnzimmer hören.

Er versuchte, die Truhe etwas von der Wand abzurücken, damit der Deckel offen bliebe und nicht auf ihn herunterstürzte, wenn er zu locker an der Wand lehnte. Er wischte seine feuchten Hände an der Hose ab. Mit aller Kraft zog er an einer Ecke und erschrak heftig, denn er hatte die Truhe mühelos, aber mit lautem Schaben etwas weiter in den Raum bewegt. Das Geräusch ließ seinen Atem stocken, er ging zum Fenster und sah hinunter. Die Garage war leer, alles unverändert, seine Mutter war noch nicht wiedergekommen. Jetzt die andere Seite ein Stück vorziehen. Aber vorher ging er zur

Tür, um zu prüfen, ob man von dort aus bemerken würde, dass die Truhe jetzt anders stand. Die paar Zentimeter fielen überhaupt nicht auf und wenn er die Truhe so stehen lassen konnte, war es beim nächsten Mal schon einfacher. Er ging wieder zurück, stieg auf die kleine Holzkiste, aber sofort wieder herunter. Lieber vorher noch mal zum Fenster hinausschauen. Doch an der Garage gab es keine Veränderung.

Endlich stand er auf der Holzkiste und umfasste den Messingknauf, um mit seiner ganzen Kraft den Deckel zu heben. Er erschrak gewaltig. Der Deckel war ebenfalls leicht und er erreichte den Messingknauf mit beiden Händen, sogar als der Deckel vollständig geöffnet an die Wand gelehnt war. Er machte die Augen zu. Sein Herz schlug wie verrückt. Er atmete tief durch und öffnete die Augen. Und als er endlich, endlich den heiß ersehnten Inhalt der Truhe vor sich sah, war es wie ein Traum. Alles, was streng verboten war, war da: die Pracht und Schönheit zarter Stoffe, perfekter Gliedmaßen und roter, fein geschwungener Münder. Zwei wertvolle Puppen mitsamt ihrer aufwendigen, teuren Garderobe waren so hingesetzt, als hätte ihnen jemand für eine lange Reise alles bequem eingerichtet. Die eine blond, die andere braunhaarig. Die Haare sanft gewellt und seidig, neben sich jeweils ein kleiner Lederkoffer. In dem blonden Haar war eine große blaue Schleife, im braunen seitlich ein langes weißes Band, das mit den Haarsträhnen über die Schultern fiel. Er berührte die Haare, zuerst die blonden, nahm dann eine Strähne zwischen Daumen und Zeigefinger. Er strich mit der Hand zart über den blonden Kopf, dann über die glänzenden braunen Locken. Es schwemmte ihn fort, sein Gesicht war heiß, seine Kopfhaut, sein Rücken, sein ganzer Körper prickelte. Er hielt es fast nicht aus, so schön war das alles.

# 11

Der Wecker klingelte, es war Sonnabend. Gleich musste er ins Präsidium. Henri drückte die Schlummertaste. Noch ein paar Minuten, das musste drin sein. Sein Wecker ging immer zwölf Minuten vor, dann war das frühe Aufstehen weniger hart. Den Gedanken an einen freien Sonnabend schob er weg, den an ein freies Wochenende gleich mit.

Die Boxershorts, in denen er schlief, waren bis zu den Leisten heruntergerutscht. Er erschrak, selbst im Liegen hatte er einen runden Bauch und an den Hüften war dieser Ansatz von weichlichem Fettgewebe direkt unter der Haut. Er musste unbedingt wieder mehr trainieren. Gähnte, rekelte sich und streckte seine Beine genussvoll aus. Lena sah er ab und zu im Sportzentrum der Polizei. Das letzte Mal war allerdings schon ein bisschen her. Kein Wunder, er war länger nicht dort gewesen. Sie schonte sich nicht, machte regelmäßig Krafttraining, probierte Kampfsportarten aus und soweit Henri wusste, joggte sie regelmäßig im Stadtpark. Sie war gut in Form und sah top aus. Der Wecker piepte wieder. Er drückte die Schlummertaste, zog die Decke bis zu den Ohren, dehnte sich ausgiebig und genoss das Gefühl seiner nackten Haut auf dem Laken.

Am liebsten wäre er den ganzen Tag im Bett geblieben. Jetzt fiel ihm das Gespräch mit Sonja wieder ein. Er hatte ihr erst am späten Vormittag, eigentlich war es schon Nachmittag, gesagt, dass er die Kinder nicht nehmen könnte. Er war ein schlechter Vater. Das hatte er gestern von Sonja wieder zu hören bekommen. Was sollte er dazu sagen? Es stimmte ja. Er kriegte das alles einfach nicht hin. Er hatte ein schlechtes Gewissen, nicht so sehr wegen Sonja, aber wegen Alina und Lukas. Nicht nur ein schlechtes Gewissen. Er war verzweifelt, wenn er an seine beiden Kinder dachte.

Er hatte alles vermurkst. Alina und Lukas würden ihm

schneller entgleiten, als er gucken konnte. Aber er musste das ganze Thema vertagen, es ging einfach nicht anders, sonst konnte er nicht vernünftig arbeiten. Und wenn er seinen Job im neuen Team riskierte, würde er komplett abrutschen.

Wenn Sonja mit ihm sprach, hörte es sich immer so an, als hätte sie längst mit ihm abgeschlossen. Nicht nur als Mann, sondern überhaupt mit ihm als Person, als Mensch, als Vater sowieso. Er hätte es an ihrer Stelle wahrscheinlich auch getan.

Er hatte lange gebraucht, um das alles zu verstehen. Er hatte geglaubt, Sonja hatte keine Lust mehr auf Sex wegen der Kinder. Aber vielleicht hatte sie keine Lust mehr auf Sex mit ihm. Zuerst dachte er, es wäre wegen der Kinder und weil Sonja immer unausgeschlafen war. Aber er selbst war schließlich auch fast immer müde, jobbedingt, klar. Aber er hatte trotzdem quasi immer Lust, na ja, mit wenigen Ausnahmen. Sonja hatte ihn immer angetörnt. Eigentlich jetzt noch. Wenn er sie mit ihrem neuen Typ sah, wenn er die Kinder abholte oder zurückbrachte, dann fand er immer noch, dass der kein Recht hatte, mit Sonja dieselben Sachen zu machen, die sie zusammen gemacht hatten. Vor der ersten Schwangerschaft war es einfach absolut gut gewesen. Sogar noch, als Sonja schon ziemlich schwanger war. Und Sonja war auch total drauf abgefahren.

Aber was sollte das überhaupt? Es war schon lange her und Sonja hatte das Kapitel mit ihm endgültig beendet. Er sollte es abhaken, die Grübeleien änderten nichts mehr. Es war vorbei. Das allerdings klar auszusprechen war lange unmöglich, selbst wenn niemand zuhörte. Die ersten Monate hatte er es nie gesagt. Allein das Ausformulieren in seinem Hirn, in seinem streckenweise total vernagelten Kopf, allein das tat schon weh. Wirklich ausgesprochen hatte er es dann bei einem der ersten Termine mit seinem Psycho.

Sonja hatte eines Tages gesagt: »Ich trenne mich von dir.«

Wie hatte das Lena wohl gemacht? Henri fragte sich, ob sie ihren André einfach so hatte verlassen können. Ob ihr das gar nichts ausmachte. Es ging ihn nichts an. Aber er war einfach neugierig. Vermisste sie ihren Mann wenigstens ab und zu? Er kannte ihn überhaupt nicht, aber klar war, dass dieser Typ nicht zu Lena passte. Das fand Henri jedenfalls. Lena war sportlich, fast elegant, aber das war so eine Art natürlicher Eleganz. Ihr Ex war eher ein merkwürdiger Typ, ein eitler Fatzke. Gut, dass Lena ihm den Laufpass gegeben hatte. Der hatte womöglich geglaubt, eine Frau wie Lena bliebe bis in alle Ewigkeit bei ihm.

Der Wecker piepte wieder, Henri warf die Decke zurück, stellte den Wecker endgültig aus und ging unter die Dusche. Er konnte Lena nicht einfach nach diesen privaten Sachen fragen. Sie sprach leider nie mit ihm über ihr Privatleben. Henri drehte das warme Wasser zu und heulte unter dem eiskalten Wasserstrahl laut auf. Als der Laut im Badezimmer ausgeklungen war, hing er ihm immer noch wie ein lautes Jaulen im Ohr. Plötzlich war ihm klar, dass Lena es bewusst dem Flurfunk überlassen hatte, ihn von ihrer Trennung und Scheidung zu informieren. Ihm hatte sie es nicht gesagt. Irgendwie auch klar, sie war schließlich seine Vorgesetzte. Er traute ihr zu, dass sie es nur der mitteilsamsten Person im Präsidium anvertraut und dann auf deren Kommunikationsdrang gesetzt hatte. So wussten alle im Nu Bescheid. Henri erst seit vier Wochen, er war schließlich der Neue.

Er rubbelte sich trocken und cremte seine Beine mit der neuen Musk-Lotion, die er bei Budni gekauft hatte, ein. Seit er vom Alkohol weg war, achtete er wieder mehr auf sich. Lena zeigte umgekehrt auch keine spezielle Neugier, etwas über sein Privatleben zu erfahren, außer vielleicht ein allgemeines Interesse in dem Sinn, dass es ihm gut gehen sollte. Aber wahrscheinlich ging es ihr dabei nur um seine Einsatzfähigkeit im Job. Er ging in die Küche, brühte sich einen starken Kaffee in der kleinen Glaskanne auf und bereitete ein paar Dinge fürs Präsidium vor.

***

Lena nickte Henri kurz zu. Sie saß schon seit zwei Stunden an ihrem Schreibtisch, als Henri kam. Sie wechselten sich ab, damit wenigstens einer genug Schlaf bekam.

»Ich habe schon mit den Gesprächsprotokollen angefangen«, sagte sie. Die Kollegen hatten mit allen Angehörigen und Freunden von Nicole gesprochen. Mutter, Freunde, Vorgesetzte, Kollegen, ehemalige Mitschüler, sie hatten niemanden ausgelassen. Über zwanzig Personen waren gestern befragt worden und heute würden sie mit weiteren sprechen.

»Man verschwindet und tagelang merkt niemand etwas davon. Beunruhigend, findest du nicht?« Lena sah Henri an. »Hast du schon gefrühstückt?«, fuhr sie fort, ohne seine Antwort abzuwarten. »Ich hole uns was aus der Kantine.«

»Ich habe schon gegessen.« Henri ging zu seiner Tasche. »Die Cafeteria hat am Wochenende nur ein eingeschränktes Angebot. Deshalb habe ich dir was mitgebracht. Außerdem dachte ich, dass du dich nicht richtig um dich kümmerst. Hier.« Henri grinste und stellte Lena die Brotdose hin.

Lena verdrehte die Augen. Dass sie nicht gut für sich selbst sorgen können sollte, war ein Witz. Sie hatte nur einfach überhaupt keinen Hunger, wenn sie nachts nicht richtig schlief. Sie biss sofort in das belegte Brot, das mit einer Frischkäse-Walnuss-Rosinenmischung bestrichen war und wunderbar nach Zimt duftete. »Wow, das ist ja perfekt!« Daneben lagen ein paar Apfelspalten, deren Kanten allerdings schon leicht bräunlich waren.

»Das hast du mir nicht zugetraut, stimmt's? Du dachtest, ich kann nur Wurstbrote.« Henri sah zufrieden aus. Die Überraschung war ihm gelungen.

Lena öffnete das zweite, in Alufolie verpackte Päckchen. »Und ein Franzbrötchen! Du hast an alles gedacht! Danke!« Lena fragte sich, warum sie in der Cafeteria immer wieder Kollegen hatte sagen hören, Henri sei ein Macho. Sie fand, das stimmte kein bisschen. Eher war er der Typ Kümmerer.

Lena holte zwei Becher Kaffee, teilte das Franzbrötchen mit dem Taschenmesser, das sie für alle Fälle im Schreibtisch aufbewahrte, und legte die Hälften auf zwei Teller.

Den Stapel mit den Gesprächsprotokollen schob sie zur Seite. Inzwischen war es zehn und sie hatte alle gelesen, durchgesehen, Passagen erneut gelesen, wenn ihr etwas aufgefallen war. Ebenso hatte es Henri gemacht.

»Übrigens«, sagte Lena. »Lennard hat im Internet ein Foto von mir gefunden. Unter dem Foto stand: *Diese Kommissarin soll den Puppenmörder kriegen. Wer glaubt, dass sie das kann?* Es ist ein Foto, das vor ein paar Jahren mal in der *Hamburger Zeitung* war.«

»Man muss gegen diese Hetze was unternehmen«, regte Henri sich auf.

»Ein altes Zeitungsfoto kann jeder zu Hause haben. Darüber kriegt man ihn nicht. Im Moment haben wir zu viel anderes«, sagte Lena und sah auf die Uhr. »Ich bin gespannt auf diesen Aydin.«

»Glaubst du, es geht um einen Kulturkonflikt?« Henri schien von dieser Möglichkeit nicht überzeugt zu sein. Erst jetzt biss er in seine Franzbrötchenhälfte, die schon angetrocknet aussah.

»Man weiß nie, wir müssen ihn erst mal kennenlernen.«

Henri nickte nachdenklich. »Und wenn es doch jemand aus dem Umfeld der Opfer ist«, überlegte er, »würde das bedeuten, dass wir oder die Kollegen schon mit ihm gesprochen haben – ohne was zu bemerken.«

»Wir müssen alle Gesprächsprotokolle aus den anderen beiden Fällen noch einmal prüfen. Das machen wir heute

Nachmittag. Und alle ihre Berufe. Vielleicht haben wir einen Chemiker oder Laborassistenten übersehen. Dann wären da noch die Hinweise aus der Bevölkerung, die Kollegen arbeiten daran.« Lena scrollte durch die elektronische Auswertung. »Es kamen wieder einige Meldungen über Männer, die Frauenkleidung kaufen.«

»Ich habe für meine Frau manchmal Kleidung gekauft. Entweder hat sie mir gesagt, was ich holen sollte, oder ich habe etwas als Geschenk besorgt.« Henri biss wieder in das Franzbrötchen. »Nur Unterwäsche fand ich zu peinlich. Auch weil ich das Gefühl hatte, dort sind Männer, die die Sachen für sich selbst kaufen. Ich wollte nicht so gesehen werden.«

Lena dachte an André. Sie hatten oft zusammen Kleidungsstücke für sie ausgesucht. André hatte eigene Vorschläge gemacht und ihr gute Sachen in die Umkleidekabine gebracht. »Hast du dich dabei beobachtet gefühlt?«

»Nein, es sind ja viele Männer da, weil sie mit Frauen zusammen einkaufen.«

»Aber jetzt läuft der Puppenmörder frei herum.« Lena spürte ihren Puls hart durch ihre Halsschlagader pochen.

Am späten Vormittag des Sonnabends kam Nicoles Vater ins Polizeipräsidium. Er saß bei offener Tür bereits im Besprechungszimmer, als Lena und Henri eintraten. Er war schlank, nicht sehr groß, gepflegt. Geboren in Wolfsburg, wo sein Vater bei VW am Band arbeitete. Mesut Aydin war achtundvierzig Jahre alt, sehr westeuropäisch, fand Lena. Ein feines, glatt rasiertes Gesicht, kurze graue Haare. Er war teuer angezogen, einer, der es geschafft hatte. Nach der Scheidung von Nicoles Mutter war er nach Istanbul gegangen, Nicole war zehn Jahre alt gewesen. Dort hatte er einen Gemüsegroßhandel aufgebaut.

Lena sprach Nicoles Vater ihr Beileid aus. »Leider müssen wir Ihnen einige Fragen stellen.«

Mesut Aydin saß da und starrte auf die Tischplatte. Das Weiße in seinen Augen war blutunterlaufen. »Bitte, dafür bin ich hier.« Herr Aydin sprach leise und wirkte in sich gekehrt. Es war nicht leicht, seine Gefühle zu erahnen.

»Sie leben in Istanbul und sind häufiger aus beruflichen Gründen in Hamburg.«

»Ja, und natürlich auch, um meine Tochter und andere Verwandte zu besuchen.«

»Wann haben Sie Nicole zum letzten Mal gesehen?« Lena beobachtete ihn aufmerksam.

»Anfang letzter Woche, gleich an dem Tag, an dem ich in Hamburg eingetroffen bin. Wir haben uns immer gesehen, wenn ich hier war.«

»Sie wurden vor vielen Jahren wegen Vergewaltigung angezeigt. Warum kam es nicht zum Prozess?« Gespannt wartete Lena auf seine Reaktion.

Aydin sah überrascht auf. »Es ist zwanzig Jahre her und es hat nicht gestimmt.« Er schwieg.

»Und?« Die meisten Vergewaltiger behaupteten, dass der Vorwurf nicht stimme.

»Mir konnte keine Gewalttat nachgewiesen werden, und was glauben Sie, warum? Ich habe nichts gemacht.« Er sah auf seine Fingernägel, bevor er weitersprach. »Ein Bekannter meines Vaters war wütend, dass ich seine Tochter nicht heiraten wollte. Ich wollte Nicoles Mutter heiraten und wie Sie wissen, habe ich das gemacht. Damals kam es fast nie vor, dass Türken Deutsche geheiratet haben.«

So viel anders ist das jetzt auch nicht, dachte Lena.

»Herr Aydin, Sie waren Anfang September in Hamburg.«

Henri schaltete sich ein. Genau wie sie es abgesprochen hatten. Für den Fall, dass er etwas mit den Morden zu tun hatte, mussten sie Druck aufbauen. Etwas anderes hatten sie bis jetzt nicht.

»Das stimmt.«

»Sie trafen einen Tag vor dem Verschwinden von Annika Schachtrupp in Hamburg ein.«

»Das kann sein, aber ich kenne keine Annika Schachtrupp. Was wollen Sie überhaupt damit sagen?« Aydin wirkte plötzlich aufgebracht, sein Gesicht wurde rot.

»Es gibt noch mehr, das Sie uns erklären sollten. Sie sind genau an dem Tag nach Istanbul zurückgeflogen, an dem die Leiche von Annika Schachtrupp gefunden wurde.« Henri legte nach. »Das war genug Zeit, um sie am Abend vorher in der Elbe zu versenken.«

»Ihre Arbeit läuft hauptsächlich zwischen Istanbul und Hamburg ab und«, schloss Lena an, »Sie unterhalten auch Lagerräume in Hamburg.«

Aydin presste die Zähne aufeinander.

»Was sagen Sie dazu?«

»Was wollen Sie? Sie glauben, ich bin Puppensexmann an eigene Tochter?«

Aydin war nun nicht mehr zu bremsen. Er sprach nicht mehr in akzentfreiem, fehlerfreiem Deutsch und redete sich in Rage: über die Deutschen, die immer Ausländer als Verdächtige brauchten, über sein gutes Verhältnis zu Nicole. Darüber, dass Nicole gerade erst zwei Wochen im August bei ihm in Istanbul gewesen war und dass sie beide, er gestikulierte in großem Bogen in Lenas und Henris Richtung, überhaupt keine Ahnung hätten.

Dann schwieg er abrupt, als wäre ihm gerade bewusst geworden, was für einen Ausbruch er hatte. Er atmete tief durch. Einen Augenblick später hatte er sich wieder in der Gewalt.

»Bitte kontrollieren Sie alle meine Lagerräume«, sagte er nun erstaunlich ruhig. »Meine ganze Firma. Kommen Sie nach Istanbul, gucken Sie sich alles an. In meiner Firma werden keine Frauen ermordet. Überzeugen Sie sich selbst, die Türen sind offen für Sie.«

Als Aydin gegangen war, blieben Lena und Henri im Besprechungsraum sitzen.

»Was machen wir jetzt?«, fragte Henri und sah Lena ratlos an.

»Wir lassen seine Lagerhallen durchsuchen.«

***

Lena schlief selten gut, wenn Ermittlungen liefen. Auch deshalb drehte sie ihre Runden durch den Stadtpark. Dann war sie irgendwann spät nachts immerhin ein bisschen müde und die Gedanken in ihrem Kopf machten Pause.

Es war Sonnabendnachmittag. Auf den Rasenflächen und in den Cafés tummelten sich die Menschen, denn es war immer noch warm. Trotzdem gab es einsame Plätze und Wege, an denen man nur vereinzelt Jogger oder Spaziergänger antraf. Lena lief ihre Lieblingsstrecke westlich des Hockeyclubs über die ruhigen, verlassenen Wege. Als sie über die erste schmale Brücke kam, hörte sie hinter sich ein Knirschen im Kies. Gleich würde ein Jogger versuchen, sie zu überholen. Bei ihrem Tempo nicht einfach. Noch einmal knirschte es, Lena sah sich um, aber der Weg war leer. Es musste ein Vogel gewesen sein.

Kurz bevor sie nach der dritten Runde Richtung Schrebergärten einbog, bemerkte sie einen Mann, der einige Meter vor der Fußgängerampel im Park mit einem Handy stand und zu ihr herübersah. Er trug ein groß gemustertes buntes Hemd, dazu Sonnenbrille und Bandana. Sein Gesicht war im Schatten des Schirms nicht zu erkennen. Sie war sich sicher, dass er sie fotografiert hatte. Ein Spanner, den eine verschwitzte Joggerin antörnte.

Sie musste an Dirk denken. Ihr war nicht klar, warum, denn der Spanner hatte gar nicht seine Statur. Lena hatte nie Interesse daran gehabt und nie darüber nachgedacht, was für ein Privatleben Dirk hatte. Vielleicht hatte er keins. Vielleicht bestand sein Leben nur aus Schlafen, Essen und daraus, wieder für die nächsten zehn, zwölf Stunden zur Arbeit zu gehen. Verheiratet war er nicht, zumindest erwähnte er immer mal, dass es mit den Frauen bei ihm nicht so einfach war und er lieber allein lebte. Ihm gefalle einfach keine so richtig. Henri hatte zu so einer Bemerkung mal gefragt, ob das nicht andersrum zutreffender wäre. Dirk hatte darauf nicht geantwortet, klar.

Lena stellte sich vor, dass die Hygiene eine Rolle spielte. Welche Frau wollte denn einen Mann, dem dauernd Milchschaum und Essensreste im Bart hingen? Und das bei seinem Beruf! Aber bisher hatte es nie Probleme im Rechtsmedizinischen Institut gegeben. Zumindest wusste sie nichts davon und Dirk würde es sicher nicht vor sich hertragen, wenn er Mist gebaut hatte. Aber wie lebte er? Fehlte ihm doch eine Frau? Oder ein Mann, und er konnte es sich nicht eingestehen? Und warum tat er immerzu so, als würde er auf Lena stehen? Das ging ihr wirklich auf die Nerven.

Über Dirks Interessen wusste sie auch nichts, außer dass er ein Faible für schicke Autos hatte. Er fuhr einen eleganten kleinen Zweisitzer. Lena glaubte, es war ein Mercedes, irgendein älteres Modell mit einem historischen Kennzeichen. Bis jetzt hatte sie zu wenig in der Hand, sie konnte ihn nicht einfach zum Verhör laden.

Heute hatte sie beschlossen, doch zu Thomas' Fest zu gehen. Ein bisschen Ablenkung würde ihr guttun und im Kühlschrank lagen sowieso nur noch ein paar Kartoffeln. Nach dem Laufen hatte sie immer Hunger und bei Thomas gab es sicherlich wieder ausgewählte Köstlichkeiten. Thomas war Lenas bester Freund. Sie hatten sich kennengelernt, als Lena in der Ausbildung bei der Polizei gewesen war. In der Zeit mit André hatte die Freundschaft zu Thomas und Sophie manchmal gelitten, weil André die wenige gemeinsame Zeit lieber zu zweit verbringen wollte.

»Sophie und ich sind deine Familie, Lena, das weißt du doch«, hatte Thomas gesagt, als sie ihm das erste Mal davon erzählte, dass sie über eine Trennung nachdachte. Seit sie tatsächlich von André getrennt war, tat ihr die Nähe der beiden sehr gut.

Zu Hause duschte Lena schnell. Die Liebesbeziehung mit Thomas hatte nicht funktioniert. Das Ganze hatte nur ein paar Monate gedauert und es war so lange her, dass es schon gar nicht mehr wahr war. Auch mit Thomas' Frau Kathrin war Lena bis zu dem Unfall befreundet gewesen. Sophie war erst fünf Jahre alt, als Kathrin tödlich mit dem Fahrrad verunglückte. Eine schier nicht zu verarbeitende Katastrophe für Vater und Tochter. Lena hatte sich um Sophie gekümmert und, wann immer es möglich war, Zeit mit ihr verbracht.

Es würde ihr guttun, ein paar Menschen zu treffen, die nicht bei der Kripo waren. Susanne und Christian, gemeinsame Freunde, kamen auch. Genau die richtige Runde, um ein wenig abzuschalten. Aber insgeheim wusste Lena, dass es nicht möglich wäre, die toten Mädchen selbst für einen Abend zu vergessen. Irgendwo da draußen lief der Täter herum.

Sie betrachtete ihr Gesicht im Badezimmerspiegel, sie war doch blass, dachte sie. Plötzlich hörte sie ein Geräusch. Hatte jemand an der Wohnungstür geklopft? Sie horchte. Nein, es war alles ganz ruhig. Sie musste sich getäuscht haben. Außerdem hatte sie eine Klingel. Sie öffnete den Schrank und ihr Lieblingssommerkleid fiel ihr ins Auge. Selbst bei zwei Mordopfern hatten sie zu wenig herausgefunden, um auch nur einen belastbaren Verdacht zu haben, geschweige denn auf den Täter zu kommen, dachte sie, als sie sich das Kleid vor dem Spiegel anhielt. Das Stoffmuster erinnerte sie an die Kleider, die Annika und Nicole getragen hatten. Normalerweise gelang es kriminellen Gewalttätern nicht, so gut wie keine Spuren zu hinterlassen. Ausgerechnet der Puppenmörder, der sich tagelang mit seinen Opfern beschäftigte, war quasi unsichtbar. Nirgends aufzufallen, das war eigentlich unmöglich, das widersprach allen Erfahrungen. Ihre einzige Hoffnung lag in dem Partikel von Nicoles Lippe und einem Match mit der Datenbank oder dem DNA-Test der Naturwissenschaftler und Mediziner.

André hatte Lena vor Festen oft gebeten, ein bestimmtes Kleid anzuziehen. Sie hatte das auch getan. Meistens zumindest. Wenn sie so was noch mal machen würde, dachte sie, dann nur für einen richtig tollen Mann. André hatte sie sehr lange sehr toll gefunden. Sie hängte das Kleid zurück und zog eine dunkelblaue Seidenbluse an, dazu die weiße Jeans und die blauen Sandalen mit den hohen Absätzen.

Sie tuschte ihre Wimpern und fand, dass sie wieder besser aussähe, nicht mehr so bleich. Bevor sie losging, wollte sie zur Sicherheit Henri anrufen.

Als sie in den Flur trat, stutzte sie. Irgendetwas war anders. Dann sah sie es: Neben dem Stapel Prospekte, den sie fürs Altpapier vor die Tür geräumt hatte, lag ein Umschlag. Jemand musste ihn unter der Tür durchgeschoben haben. Sie legte ein Ohr an ihre Wohnungstür, draußen war es still. Lautlos zog sie sterile Handschuhe aus ihrer Jackentasche an der Garderobe und hob ihn auf. Sie betastete das weiße feste Papier des Umschlags und schlich zurück ins Badezimmer. Es war kein harter Gegenstand darin, auch sonst nichts, was man hätte ertasten können. Sie öffnete ihn vorsichtig mit einer Nagelfeile, ohne den geklebten Verschluss zu verletzen, der war fürs Labor. Die Nagelfeile legte sie gleich mit in den sterilen Beutel, es könnten winzige Spurenteilchen daran sein. Dann zog sie ein Schwarz-Weiß-Foto heraus und glaubte ihren Augen nicht zu trauen: Es war ein Foto von ihr! Sie trug die neue Jogginghose, die ein paar Wochen im Schrank gelegen hatte, weil sie sie vergessen hatte. Heute hatte sie sie zum ersten Mal angezogen, vorhin zum Joggen im Stadtpark. Sie erkannte auch die Stelle, wo das Foto aufgenommen worden war. Nicht in der Nähe der Fußgängerampel, wo ihr der Mann mit dem Handy aufgefallen war, sondern im nördlichen Teil des Parks, als sie gerade über die Holzbrücke gelaufen war.

»Finger weg vom Puppenmann, dann wird alles gut – sonst sterben noch mehr Mädchen in Hamburg« war mit wasserfestem blauem Stift von Hand darauf geschrieben. Lena bekam eine Gänsehaut. Was sollte das bedeuten? Jemand hatte diese Botschaft unter ihrer Wohnungstür durchgeschoben. Hier war sie gemeint. Ein Unbekannter schrieb ihr, sie solle aufhören zu ermitteln. Hatte das der Puppenmörder geschrieben? Wer sonst hätte ein Interesse daran, die Ermittlungen einzustellen und den Täter davonkommen zu lassen? Oder Schikane? Ein Einschüchterungsversuch durch die Presse? Aber das ergab überhaupt keinen Sinn.

Was sollte das? Und dass ihr Name öffentlich bekannt war und sie in diesem Fall ermittelte, das verdankte sie dieser verdammten Boulevardpresse und dem Unbekannten aus dem Polizeipräsidium, der Infos an die Presse durchgegeben hatte. Aber ihre Adresse war nicht öffentlich bekannt. Oder doch? Wer hatte das Foto bis zu ihrer Wohnung gebracht, um sicher zu sein, dass sie es wirklich bekam? Sie suchte nach einer weiteren Nachricht, nach irgendeiner Spur. Nichts. Sie ging zur Wohnungstür und lauschte ins Treppenhaus. Aber vorhin hatte sie ein Geräusch vor ihrem Schlafzimmerfenster gehört. Es musste von der Feuertreppe gekommen sein, die vom Treppenhaus und vom Balkon ihrer Wohnung aus zugänglich war. Das musste sie demnächst ändern lassen, sonst könnte jeder über die Feuertreppe bis zu ihrer Wohnung kommen.

Lena rief Henri an und erzählte ihm, was passiert war. Dann steckte sie Foto, Umschlag und Nagelfeile in Beweismittelbeutel, um die Sachen auf dem Weg zu Thomas' Fest gleich bei der Spurensicherung abzugeben.

Bevor sie hinausging, lauschte sie noch einmal an der Tür. Nichts. Im Treppenhaus war absolute Ruhe. Entschlossen drückte Lena die Klinke herunter und schrak fürchterlich zusammen. Der Junge von neulich, Marvin, stand auf ihrer Fußmatte.

»Verdammt! Was machst du hier?«

»Suchst du jetzt den Puppenmörder?«

»Wie lange stehst du schon hier?«

»Ist das ein Verhör?«

»Hast du jemanden im Treppenhaus gesehen?« Es war gut möglich, dass der Junge in der Nähe gewesen war, als der Umschlag unter ihrer Tür hindurchgeschoben worden war.

»Wen meinst du?«

»Jemanden, der nicht im Haus wohnt.«

Marvin schüttelte den Kopf. »Ich bin über die Feuertreppe hier hochgekommen, kennst du den Weg?« Der Junge deutete mit dem rechten Arm Richtung Treppe.

»Wie lange hast du vor meiner Tür gestanden?«

Marvin zuckte mit den Schultern.

»Ein bisschen genauer bitte.«

»Nicht lange.« Marvin zog einen Flunsch. »Ehrlich, zwei Minuten, mehr nicht. Jetzt sag schon, suchst du den Puppenmörder?«

»Warum bist du nicht zu Hause?« Lena lockerte ihre Haare, indem sie mit den Fingern wie mit einem großen Kamm hindurchfuhr, sie waren noch nicht ganz getrocknet.

»Mir ist langweilig.«

»Wissen deine Eltern, dass du hier oben bist? Es ist schon spät.«

»Mein Vater streicht einen Schrank, ich hab gesagt, ich geh noch mal raus. Hast du einen Mann?«

»Und deine Mutter?«

»Amerika.«

»Okay, Marvin, am besten, du hilfst deinem Vater beim

Schrankstreichen. Tschüss.« Lena hatte keine Lust, sich mit Marvin zu unterhalten, und ging hinunter.

Marvin folgte ihr.

Im Erdgeschoss blieb sie an den Briefkästen stehen.

»Kann ich mal mitkommen, wenn du zur Kripo gehst?«

»Klar, warum nicht?«

Marvins Augen leuchteten. »Interessierst du dich auch für die Möwen?«

Lena seufzte. Eines musste sie dem Jungen lassen, er war kommunikativ. »Nicht besonders, warum?« Als sie selbst in Marvins Alter gewesen war, hatte sie begonnen, davon zu träumen, Ärztin zu werden. Auch sie hatte sich für alle möglichen Tiere und biologischen Fragen interessiert.

»Ich finde, dass sie manchmal so seltsam kreischen. Iiilp«, machte Marvin. Sein Möwenlaut hallte schrill durchs Treppenhaus: »Iiilpiiillp.«

Lena fuhr zusammen, so durchdringend war das Geräusch.

»Weißt du, was dieses Geräusch in der Möwensprache heißt?«

»Nein, sag es mir!«

»Nö, vielleicht nächstes Mal, ich muss jetzt rein.«

***

»Du siehst voll krass aus«, sagte Sophie zur Begrüßung und umarmte Lena. Thomas' Tochter reichte ihr schon bis zur Nase. Sie war dreizehn und entweder schon ausgewachsen oder sie würde bald an der Einmeterachtzig-Marke kratzen.

»Komm rein, es sind schon alle da. Es gibt irre Sachen zu essen.« Von der Terrasse drangen laute Gesprächsfetzen in den Flur. »Papa ist auf der Terrasse. Es geht darum, ob es okay ist, auf privaten Partys Heizpilze zu benutzen.« Sophie lachte und verdrehte die Augen. »Dabei ist es eh total warm und die Heizpilze sind nur hier, weil wir sie im letzten Jahr auch hatten. Was ist? Warum starrst du mich so an?«

»Nichts, gar nichts.« Lena fasste sich wieder. Ihr war zum ersten Mal aufgefallen, wie puppenhaft Sophies Gesichtszüge waren.

»Ach ja«, fuhr Sophie fort, »vorhin war es ein Riesenthema, ob der Puppenmörder dein Fall ist. Ist er?«

Lena fragte sich, ob Sophie wirklich so cool war, wie sie sich gab. Wie war sie nur auf die Idee gekommen, auf Thomas' Fest würde sie ein bisschen abschalten und den Puppenmörder für ein paar Stunden vergessen können?

Christian kam in diesem Moment den Flur entlang. Seine Tochter Nele war Sophies Kindergartenfreundin. Ihn und seine Frau Susanne hatte Thomas durch Sophie kennengelernt. Neles ältere Schwester Amely kannte Lena auch seit vielen Jahren.

»Hallo, Lena. Kann ich dich kurz sprechen?«

»Klar«, sagte Lena und Christian zog sie in Thomas' Büro.

»Susanne und ich machen uns Sorgen. Gibt es eine Gefahr für Nele, Amely und Sophie?«

Schlagartig wurde Lena klar, dass es ein Fehler gewesen war hierherzukommen. Wie hatte sie bloß glauben können, dass der Fall auf der Party kein Thema sein würde, wo doch alle Medien pausenlos darüber berichteten, die Zeitungen mit reißerischen Schlagzeilen aufmachten und die Fälle in Internetforen rauf und runter diskutiert wurden – und irgendjemand aus dem Polizeipräsidium hatte ihren Namen und ein Foto an die Presse gegeben. Ja, sie musste offen mit Christian sprechen, aber vor allem mit den Mädchen.

Christian sah zerknittert aus, aber das konnte doch nicht allein an seinen Befürchtungen liegen.

»Nun sag schon: Habt ihr schon was? Sag, dass es keine Gefahr mehr gibt.«

Lena legte beruhigend ihre Hand auf seinen Oberarm:

»Es ist sicher wichtig, vorsichtig zu sein, aber das muss man immer.« Sie hoffte, Christian würde nicht bemerken, dass sie sich auch selbst beruhigen wollte. Sie verstand seine Angst nur zu gut, denn sie wusste besser als jeder andere, dass theoretisch alle hübschen jungen Frauen in Gefahr waren, das nächste Opfer des Puppenmörders zu werden.

»Also weiß die Polizei noch nichts – was für ein Albtraum! Susanne kann nicht mehr schlafen wegen dieser Meldungen. Und ich auch nicht.«

»Christian«, sagte Lena, die selbst kaum noch schlief, »es ist ganz wichtig …«

Die Tür wurde geöffnet und Susanne kam rein. Sie stellte sich wortlos neben Christian und der legte ihr einen Arm auf die Schulter.

»… dass Nele und Amely zu niemandem mit nach Hause gehen oder zu jemandem ins Auto steigen. Auch nicht bei Männern, die sie kennen.«

»Das sage ich ihnen ja dauernd«, sagte Susanne, »aber Nele hält sich die Ohren zu, wenn ich davon anfange.«

»Lena, kannst du nicht in den nächsten Tagen mal bei uns vorbeikommen und mit ihnen sprechen?«, fragte Christian, »von uns wollen die beiden dazu einfach nichts hören.«

»Klar, mache ich. Wir finden einen Abend in der nächsten Woche.« Ausgerechnet. Als hätte sie sonst nichts zu tun.

»Mich lässt das überhaupt nicht mehr los. Wenn sich Nele ein paar Stunden nicht meldet, kriege ich Panik. Und wenn ich Amely nicht erreiche und in ihrer WG niemand weiß, wo sie ist, dann drehe ich durch.«

»Die beiden müssen wirklich ein paar Dinge beachten. Vor allem, sich von niemandem anquatschen zu lassen, und sie müssen besonders aufmerksam sein.«

Am liebsten wäre Lena nach dem Gespräch mit Christian und Susanne sofort wieder nach Hause gegangen, aber sie tat es nicht und ging mit den anderen ins Wohnzimmer. Das

Fest begann ja gerade erst. An dem zur Bar umfunktionierten Esstisch stand Amely und öffnete eine Flasche Bier.

»Amely, du bist auch hier? Wie schön! Wir haben uns seit Wochen nicht gesehen.«

Lena legte Amely, die nicht so groß war wie sie, die Hand auf die Schulter. Eine bessere Ablenkung als Amely hätte es gar nicht geben können. Es war ohnehin Zeit, dass sie sich endlich mal wieder sahen.

Amely studierte Medizin und schon als sie noch sehr jung war, hatte sie ihren eigenen Kopf gehabt. Wenn die anderen Mädchen ihrer Klasse sich zum Ausgehen verabredet hatten, war sie manchmal lieber zu einem Yogawochenende gegangen. Ihr Interesse am menschlichen Körper hatte sich nicht nur auf asiatische Entspannungstechniken und Taekwondo beschränkt. Sie hatte über den Heilungsprozess der eigenen aufgeschlagenen Knie Buch geführt. Als sie mit zwölf eine Blinddarmoperation gehabt hatte, hatte sie sich für die Krankheiten der zwei Mädchen in ihrem Krankenhauszimmer genauso interessiert wie für jeden einzelnen Punkt ihrer eigenen Behandlung. Lena war sicher, dass Amely eine wunderbare Ärztin werden würde.

Fünf Semester lang hatte Lena damals Medizin auch sehr spannend gefunden. Aber dann war innerhalb weniger Monate alles anders geworden, was merkwürdigerweise mit der Trauer um ihre Mutter und Frank zu tun gehabt hatte. Aber nicht nur. Sie war schwanger gewesen und hatte ihr Kind weggegeben, ohne es gesehen oder in die Arme genommen zu haben. Von seinem Vater hatte sie nur gewusst, dass er Toby geheißen hatte, aus Kanada stammte und in Göttingen studiert hatte. Im Spätsommer hatte sie ihn auf einer Party kennengelernt, ein paar Tage später hatte er wieder nach Hause fliegen wollen. Sie hatte weder seinen Nachnamen gekannt noch seine Adresse. Es war ein One-Night-Stand gewesen. Als sie begriffen hatte, dass sie schwanger war, war sie schon im fünften Monat gewesen. Sie wäre fast verrückt geworden, dass ausgerechnet ihr das passiert war.

Auf der Party war sie so ausgelassen gewesen und bestimmt hatte sie zu viel getrunken. Damals war sie seit fast zwei Monaten clean und hatte nichts geklaut. Eine enorme Leistung für jemanden, der bis dahin fast täglich etwas hatte mitgehen lassen. Der Arzt, der ihr mit allem geholfen hatte, hatte gesagt, es sei leichter für sie, wenn sie zu ihrem Kind gar nicht erst eine Bindung aufbauen würde. Wahrscheinlich hatte er recht gehabt. Er hatte ihr Baby dann in die USA oder nach England vermittelt. Erst sehr spät hatte sie sich gefragt, ob das kriminell gewesen war und wie viel Geld er mit diesen diskreten Babyvermittlungen verdient hatte. Damals war sie einfach nur erleichtert gewesen. In diesem Sommersemester hatte sie nicht studiert. Ihrem Vater hatte sie gesagt, dass sie für ein Praktikum nach England gehe. Dort hatte sie das Kind bekommen. Seitdem quälten sie die Fragen: War es ein Mädchen oder ein Junge? Wo lebte ihr Kind? Wie war es ihm ergangen? Und gleichzeitig wusste sie, dass sie es niemals kennenlernen würde.

Als sie aus England zurückgekommen war, hatte sie ihrem Vater mitgeteilt, dass sie das Medizinstudium aufgeben und als Späteinsteigerin an die Hochschule der Polizei nach Hamburg gehen würde. Durch diesen Entschluss hatte sie sich wie befreit gefühlt und sie hatte es weiterhin geschafft, durch Geschäfte zu gehen, ohne Bücher, Lippenstifte und Haargummis zu klauen. Vielleicht hatten die Therapiestunden geholfen, die sie nach ihrem Besuch in der Psychologischen Beratungsstelle genommen hatte. Wodurch sich der Knoten aber wirklich gelöst hatte – sie wusste es nicht.

Ihr Vater hatte den ganzen Sommer lang versucht, es ihr auszureden. Die Polizei, das sei doch viel zu brutal und gewalttätig. Aber davor hatte Lena keine Angst. Schließlich hatte er klein beigegeben.

»Wie schön, dich zu sehen. Ich wollte dich schon längst anrufen.« Amely lächelte und umarmte Lena. »Bevor wir uns irgendwo hinsetzen, musst du das Büfett sehen. Das ist der Hammer!«

»Nicht nur sehen!«

Es war ein Büfett mit lauter Köstlichkeiten in Miniaturausführung. Lenas Magen knurrte schon – die Sachen waren so klein, wie sollte sie da satt werden? Alles war auf Bambusspieße aufgespießt, ein kleines handgeschriebenes Schild stand an jeder der unzähligen Platten: Basilikum-Gnocchi mit Pinienkernen, Mini-Rindsrouladen nach Tante Käthe und Koriander-Huhn mit scharfer Soße. »Wie macht Thomas das bloß, dass er immer wieder so interessante Köche entdeckt? Ich muss unbedingt alles probieren.«

»Ein Freund von ihm hat gerade sein Unternehmen als Caterer gegründet. Der hat das alles geliefert. Unglaublich gut. Am besten, du startest mit den Entenscheibchen in chinesischer Soße.« Amely reichte Lena einen Teller, der gerade so groß war wie der Unterteller einer Espressotasse. »Gleich kommen noch die Desserts. Es sollen sechs verschiedene Sorten sein.«

»Gott, ist das gut«, sagte Lena nach dem ersten Bissen, »ich habe schon lange nicht mehr so lecker gegessen. Sag, wie gefällt es dir an der Uni? Du siehst aus, als würde es dir ausgezeichnet gehen.« Amely war bestimmt verliebt.

»Ja, mir geht es echt gut. Alles läuft super, ganz einfach irgendwie.«

Lena entging nicht, dass sich Amelys strahlender Gesichtsausdruck veränderte. Sie hatte das Gefühl, Amely wollte ihr etwas sagen.

»Aber irgendwie ist doch nicht alles perfekt, oder?«

»Komm, wir gehen auf die Terrasse, da sind nicht so viele Leute.«

»Warte, wir nehmen noch einen Teller mit diesen Sachen

mit. Machst du uns einen fertig? Du hast doch bestimmt auch Hunger. Und ich hole uns was zu trinken. Seit wann trinkst du eigentlich Bier?«

Lena hätte gern ein Glas italienischen Merlot getrunken, ließ es aber bleiben. Lieber wollte sie einen klaren Kopf behalten. Auch wenn morgen Sonntag war, für sie war es ein Tag im Präsidium. Am Tag nach einer Party mit Alkohol machte Arbeiten keinen Spaß. Sie holte ein alkoholfreies Bier für sich und ein Pils für Amely.

Die Terrasse war über dreißig Quadratmeter groß und verlief L-förmig über eine Ecke der Wohnung, die Thomas mit einer großzügigen Schenkung seiner Eltern finanziert hatte. Sie lag in einer begehrten Gegend östlich des Stadtparks. In einer Ecke standen die Raucher. Thomas' Geschwister, Schwester und Bruder, mit ihren kleinen Kindern saßen an Bistrotischen.

»Wir hier im Norden haben auch das Recht, draußen zu leben. Wir können nichts dafür, dass wir nicht am Mittelmeer wohnen.«

Lena drehte sich um, das musste ein Kollege von Thomas sein, Thomas winkte zu ihnen herüber, er war noch mitten im Gespräch. »Da ist es doch völlig in Ordnung«, sprach der Mann weiter, »dass wir hier eben ein paar Heizpilze aufstellen.«

Lena und Amely wechselten einen Blick und setzen sich an einen Tisch, der hinter einem Oleanderbaum am Geländer stand. Hier waren weniger Ohren zum Mithören.

»Ist dir ohne Heizpilz warm genug?«, fragte Lena, aber Amely schien es gar nicht gehört zu haben. Sie musste unbedingt mit Amely noch über den Puppenmörder sprechen.

»Wenn ich dir was sehr Privates erzähle, versprichst du mir, dass du nicht mit meinen Eltern darüber redest?«

»Wie immer, das ist doch klar.« Dass Lena absolut zuverlässig war, musste Amely inzwischen eigentlich wissen. Lena hatte niemals eines der Geheimnisse, die Amely ihr schon als Kind anvertraute, Christian oder Susanne erzählt. Lena fand, dass man als Kind unbedingt einen Erwachsenen brauchte, mit dem man über alles reden kann, der sich nicht immer gleich aufregt, besorgt, zugeknöpft oder verspannt ist, wie Eltern das meistens sind. Lena selbst hatte in einer entfernten Verwandten ihrer Mutter eine solch ältere Freundin gehabt. Ihre Tante Ria war viele Jahre sehr wichtig gewesen.

»Ich bin total verliebt«, platzte Amely heraus und strahlte wieder über das ganze Gesicht.

»Das ist doch toll, das freut mich für dich. Aber warum hast du ihn nicht mitgebracht?«

»Meine Eltern wissen noch nichts und …«

»Du bist längst erwachsen. Wie kommst du darauf, dass deine Eltern irgendwas einwenden würden?«

»Er ist etwas älter als ich.« Amely kniff die Lippen zusammen.

»Wie heißt er?«

»Andreas. Nimmst du noch Basilikum-Mousse?«

»Gern. Wie viel ist Andreas denn älter als du?«

»Er ist neununddreißig, wirkt aber viel jünger.«

»Und wie ist er so?« Lena fand nichts dabei, dass sich Amely in einen älteren Mann verliebt hatte.

»Toll. Seit ich Andreas kenne, kommen mir die Jungs in meinem Alter so babymäßig vor. Ich kann mir echt nicht mehr vorstellen, einen Freund in meinem Alter zu haben.«

»Das Babymäßige gibt's natürlich bei älteren Männern auch ab und zu«, grinste Lena. »Es ist nur besser getarnt.«

»Ich weiß gar nicht mehr, was ich an Maik überhaupt fand. Du erinnerst dich bestimmt, er war bei uns in der WG, als du im Sommer zum Fußballgucken da warst.«

»Er war doch ganz nett.« Lena war klar, dass nett für Amely genauso wenig ausreichend war wie für sie selbst.

»Genau, ganz nett.« Amely lachte. »Ich möchte, dass er

einfach wieder ein Freund ist. Ich treffe ihn weiterhin in meiner Arbeitsgruppe. Wir machen ja manchmal auch was zusammen. Nächsten Sonnabend sind wir alle bei Maik zum Frühstück. Aber mehr eben nicht. Er muss das akzeptieren.« Sie sah Lena ernst an.

»Wenn ich wieder mehr Zeit habe, musst du unbedingt mit Andreas zum Essen kommen, dann koche ich uns was Leckeres. Ich kann es kaum erwarten, ihn kennenzulernen.« Lena nahm Amely in den Arm, zumindest in diesem Moment fühlte sie sich endlich einmal wieder richtig entspannt.

»Ich wusste, dass du es cool nimmst.« Amely seufzte erleichtert. »Ich habe Andreas auch schon von dir erzählt.«

»Kannst du ihn nicht anrufen und bitten, dass er noch kommt?«

»Er ist heute selbst auf einer Party.« Sie zögerte. »Aber das ist es nicht nur. Meine Eltern sind ja hier und ich wollte nicht, dass sie sich so kennenlernen. Andreas fand es irgendwie auch noch zu früh.«

»Und wo habt ihr euch kennengelernt? Und was macht ihr zusammen?«

»Ich habe ihn in der Uni-Cafeteria angesprochen, nicht er mich. Und was wir so machen? Also wir reden immer viel und am letzten Wochenende waren wir an der Ostsee. Wir verstehen uns wahnsinnig gut. Manchmal denke ich, dass Andreas meine Gedanken lesen kann. Er ist so toll.«

»Aber ihr redet nicht nur, oder?«

»Nein, und ... ich meine, ich habe vorher nur mit zwei Jungen Sex gehabt. Aber das ist eben jetzt anders. Ich wusste gar nicht, dass man beim Sex so viel machen kann. Ich meine ... na ja ... Andreas ist so sensibel und auf eine eigene Art leidenschaftlich. Und ich auch.«

»Das ist doch schön!«

Sophie betrat mit einem Tablett voller Dessertschälchen und Espressotassen die Terrasse. Ihre langen welligen Haare glänzten im Schein der Girlande an der Hauswand. Sie würde einmal eine bildschöne Frau werden. Wie erwachsen sie auf einmal aussah, dachte Lena. Neulich war sie noch ein kleines Mädchen gewesen. Ihre Schönheit würde auch dem Puppenmörder nicht verborgen bleiben. Schnell wandte sie sich wieder Amely zu.

»Ja, es ist der Wahnsinn. Aber trotzdem weiß ich einfach nicht, wie ich das meinen Eltern beibringen soll.«

»Aber denk mal an den Altersunterschied zwischen deinen Eltern.«

»Stimmt. Der Papa ist einundzwanzig Jahre älter als Susanne.«

»Und? Was ist das Problem?«

»Bei Eltern ist ja immer alles was anderes. Manno, ich weiß nicht.« Amely trank einen Schluck. »Meine Mutter war schon älter als ich, als sie meinen Vater kennengelernt hat. Ich höre schon, dass sie sagt, das könne man überhaupt nicht vergleichen. Ich bringe es einfach nicht, es zu sagen. Wir kennen uns ja erst seit August, vielleicht ist es einfach noch zu früh. Ach, ich weiß nicht.« Sie sah ratlos aus. »Soll ich das wirklich machen?«

Lena nickte.

»Aber im Moment reden meine Eltern andauernd von diesem Puppenmörder. Bei jedem Telefonat fangen sie davon an. Und Nele sagt, meine Mutter telefoniert immerzu hinter ihr her.«

»Sie hat Angst um euch.«

»Aber wie wahrscheinlich ist es, dem Typ zu begegnen?«

»Wenn man das so genau wüsste. Ein paar Sachen müsst ihr unbedingt beachten. Auf Partys keine Getränke trinken, die du nicht selbst geöffnet hast.« Der Puppenmörder hatte höchstwahrscheinlich K.-o.-Tropfen eingesetzt, aber das wollte sie Amely heute nicht sagen, streng genommen durfte sie das als Teil der laufenden Ermittlung auch nicht. Wenn sie in der nächsten Woche zu Amelys Familie kommen würde, würde sie alles genau erklären.

Amely sah jetzt nachdenklich aus. »Ich warte lieber noch damit, meinen Eltern Andreas vorzustellen. Sie bringen es fertig und reden den ganzen Abend über den Puppenmörder.«

Lena schüttelte den Kopf. »Zögere es doch nicht unnötig hinaus. Wenn Andreas dir wichtig ist, dann plane es wie einen Termin. Verabrede dich mit deinen Eltern. Warum nicht gleich morgen, es ist ja das lange Wochenende und ihr habt alle mehr Zeit. Dann sagst du es ihnen ganz offen.«

»Es gibt noch etwas …«

»Hier habt ihr euch versteckt, ich suche euch schon die ganze Zeit.« Lächelnd kam Thomas auf sie zu. »Schön, dass ihr gekommen seid!«

## 12

Lena sah Dirk schon von Weitem auf dem Gang zur Cafeteria. Er steuerte direkt auf sie zu. Hätte sie ihn nicht schon jahrelang gekannt, er wäre ihr arrogant vorgekommen, sogar unheimlich. Die meisten Leute fanden ihn merkwürdig. Was verbarg er hinter seiner Fassade? Lieber erst mal unauffällig Informationen über ihn beschaffen. Lena nickte ihm zu, jetzt stand er neben ihr. Er hatte ihr nicht erklärt, warum er in der Rechtsmedizin plötzlich mit einer Schere in der Hand hinter ihr gestanden hatte. Lena hatte ihn nicht gefragt. Sie glaubte, dass er ihr Angst machen wollte. Warum bloß?

»Ich wollte gerade zu dir kommen, gut, dass ich dich hier treffe«, begann Dirk, ohne ihren Gruß zu erwidern.

»Hast du heute schon neue Ergebnisse?« Lena wusste, dass diese kleine Frage schon ausreichte, um ihn in Alarmbereitschaft zu versetzen.

Dirks Miene verfinsterte sich und er presste seine Lippen aufeinander. »Was soll das heißen?«

»Magst du auch einen Cappuccino?« Lena nahm eine dritte Tasse und zog ihre Karte über den Sensor. »Komm doch mit in mein Büro.«

Mit dem Tablett ging sie voran. Dirk blieb dicht hinter ihr.

»Das Partikel auf Nicoles Lippe, du erinnerst dich?«

»Wie sollte ich nicht?«

»Das Labor konnte ein Stückchen DNA sicherstellen, wow, sage ich da nur!« Dirk strich selbstzufrieden über seinen Bart.

»Endlich etwas Handfestes!« Lena war erleichtert. »Hast du es schon in der DNA-Analysedatei abfragen lassen?«

Das Kommissariat hatte selbst zwar keinen Zugang zu der deutschlandweiten Datei, in der die DNA-Profile Tausender Menschen archiviert waren. Aber Rechtsmedizin oder Kripo konnten jederzeit eine Prüfung beantragen.

»Leider nichts.«

»Du meinst, kein Treffer? Machst du mal die Tür auf?«

Dirk zog ruckhaft seine Hände aus den Hosentaschen und öffnete die Tür zu Lenas Büro.

Henri war aufgestanden, um Lena das Tablett abzunehmen. Er nickte Dirk zu und stellte die Tassen auf den kleinen Besprechungstisch.

»Wir haben einen ersten echten Ansatz«, sagte Lena und bat Dirk, das Ergebnis der Laboranalyse zu wiederholen.

»Endlich haben wir Vergleichsmaterial und können einen DNA-Test durchführen. Männer zwischen dreißig und fünfzig im Großraum Hamburg, wir konzentrieren uns auf naturwissenschaftliche Berufsfelder, wie es das Täterprofil von Dr. Loeding nahelegt. Das ist immer noch eine große Gruppe, aber das kriegen wir hin. Conny und Lennard sollen alles dafür in die Wege leiten und sofort damit beginnen.«

»Endlich eine Perspektive.« Henris Gesicht hellte sich auf.

»Es gibt aber noch mehr.« Dirk strich mit dem Zeigefinger nachdenklich über seinen Bart. »Ich habe Abstriche von der Kopfhaut und aus den Ohren der Opfer genommen. Sie lassen doch einige Annahmen zu. Schlüsse wäre zu viel gesagt.«

»Mach's nicht so spannend, was für Annahmen?«, fragte Henri.

»Von beiden Opfern, von Annika und von Nicole, habe ich Proben aus den Lungen und Abstriche aus den Gehörgängen und von der Kopfhaut untersuchen lassen. Bei beiden Opfern konnten Partikel gefunden werden, die eindeutig auf einen Aufenthalt im Hafenbecken hindeuten. Ein Toter, der nur im Wasser abgelegt wird, zeigt keinen Ertrinkungsbefund, er war ja schon tot, als er ins Wasser kam. Trotzdem kann es natürlich sein, dass eine im Wasser gefundene Leiche etwas von der Umgebung mitnimmt, in der sie abgelegt wurde.« Erst jetzt trank Dirk einen winzigen Schluck von seinem Cappuccino, in seinem Bart blieb ein schmaler Streifen aus Milchschaum. »Je näher die Elbe dem Meer kommt, desto geringer ist die Konzentration von Motorölen, Abgaspartikeln und anderen Mikroteilchen, die wir in diesem speziellen Mischungsverhältnis nur aus Hafenbecken kennen. Schon auf der Höhe des Falkensteiner Ufers gibt es diese Substanzen nur noch in so geringer Konzentration, dass ein Nachweis in den Ohren oder gar an der Kopfhaut zu 99,9 Prozent ausgeschlossen werden kann. An dem Fundort von Nicole, die noch weiter draußen lag, können sie nicht mehr nachgewiesen werden. Die Teilchen können sich nirgends sonst an die Leiche angeheftet haben, die gibt es nur dort, wo Container- und Kreuzfahrtschiffe vor Anker gehen.«

Lena erwartete, dass Dirk daraus einen Schluss ziehen würde. Er sagte aber nichts. »Die Opfer wurden also im Hafenbecken abgelegt.«

»Ganz genau.« Dirk stand abrupt auf. »Danke für den Kaffee, ich muss weiter.« Und draußen war er.

Lena führte ein paar gezielte Klicks auf ihrem Laptop aus. »Vielleicht arbeitet unser Täter im Hafen, dann kennt er sich dort aus und weiß, wo Verstecke sind.« Sie trank einen Schluck Wasser, dabei fiel ihr Dirks Tasse auf. Henri starrte auf seinen Bildschirm. Lena nahm kurzerhand einen Beweismittelbeutel, ergriff damit die Tasse und verstaute sie in ihrer Schreibtischschublade. »Auch um ein Opfer zu verstecken, hätte er dann viele Gelegenheiten. Hier habe ich es. Das Hafengelände ist zweiundsiebzig Quadratmeter groß.«

»Wir müssen nur an der richtigen Stelle anfangen zu suchen.« Henri sah resigniert aus und nicht, als würde er das für witzig halten. »Vielleicht wird Nicoles zweiter Schuh auch noch irgendwo im Hafen gefunden.«

»Lennard muss den Hafen genau unter die Lupe nehmen. Lagerhäuser, alte Schuppen, versteckte Ecken, alles, was geeignet erscheint, um Opfer ein paar Tage gefangen zu halten und unbemerkt Leichen ins Wasser gleiten zu lassen.«

»Glaubst du, der Täter will die Leichen ins Meer treiben lassen?«

»Möglich.« Lena hatte darüber auch schon nachgedacht. »Dann hätte er aus dem Fall Melanie gelernt. Dass eine Leiche, die in der Luhe ablegt wurde, irgendwann entdeckt wird. Vielleicht war der Tatort in der Nähe der Stelle, an der Melanie gefunden wurde. Die Strömung in der Luhe ist dort schwach. Aus irgendeinem Grund wollte er das jetzt anders machen.«

»Er legt die Opfer im Hafen ab, damit sie von der Strömung Richtung Meer getrieben werden«, wiederholte Henri nachdenklich. »Er will natürlich Spuren verwischen. Aber ... ach, keine Ahnung.«

»Gegenüber der Polizei fühlt er sich wahrscheinlich überlegen. Er verfolgt bestimmt die Medienberichte über die Ermittlungen. Was denkst du, Henri?«

Henri zuckte die Achseln.

»Es ist nur ein Gefühl, aber ich glaube, er will, dass die Leichen gefunden werden. Er will das aber auch steuern. Seine Opfer sollen in sicherer Entfernung zu seinem Versteck gefunden werden. Es macht mich verrückt, dass wir nicht draufkommen, wo es ist. Die Tote sinkt zunächst im Wasser irgendwo im Hafen weit nach unten. Wenn sie dann aufgetrieben wird, hat die Elbströmung sie schon weiter die Elbe in Richtung Nordsee transportiert.« Lena sah plötzlich Sophies Gesicht vor sich. Wie bei Thomas' Fest: wunderschön, so jung, so gut geformt. Und puppenhaft. Plötzlich hatte sie große Angst um sie. Zum Glück war sie zu jung, der Puppenmörder suchte sich Frauen, die gerade erst erwachsen waren. »Seine Opfer sollen nicht sofort gefunden werden, das sichert ihm einen Vorsprung.«

Henri nickte nachdenklich. »Wir wissen, dass er der

Polizei viel Aufmerksamkeit widmet. Es kann doch nur er gewesen sein, der das Foto von dir zu dir nach Hause gebracht hat. Du solltest eine Bewachung beantragen.«

»Mir wird schon nichts passieren.«

»Hast du den Staatsanwalt informiert? Und Jürgen?«

Lena nickte, »Ja, klar.«

»Nur weil wir so wenig wissen, hat er einen großen Vorsprung. Warum nur hat er Melanie in Winsen abgelegt?« Henri kratzte sich hinter dem Ohr.

»Das LKA Hannover hat zwar vermutet, dass der Fundort von Melanies Leiche nicht weit von seinem Versteck war, aber dann hätte man doch dieses Versteck eigentlich finden müssen.« Lena stand auf, ging zum Fenster und sah hinaus. »Entweder er nutzt noch denselben Ort oder, und das halte ich für wahrscheinlicher, er hat ein besseres Versteck gefunden, das näher am Hafen liegt.«

»Glaube ich auch.«

»Lennard soll das Hafengelände aufbereiten. Irgendwo dort gibt es einen Ort, an dem der Täter seine Opfer gefangen hält, ohne dass jemand aufmerksam wird.« Lena setzte sich wieder an ihren Schreibtisch und zog die Schublade auf. »Ich habe Dirk zum Cappuccino eingeladen.«

»Nett.«

»Ich lasse seine Kaffeetasse auf DNA-Spuren untersuchen. Es darf niemand etwas davon bemerken, ich habe es mit Lennard besprochen, der regelt alles.«

»Es ist sicher richtig. Du arbeitest schon Jahre mit Dirk zusammen. Die Sachen, die in der letzten Zeit vorgefallen sind, waren mehr als seltsam.«

»Dass er geltungssüchtig, skurril und merkwürdig ist, heißt nichts. Aber das Bedürfnis, Frauen umzubringen, kann sich ja mit der Zeit ausbilden. Die Situation am Freitag in der Rechtsmedizin geht mir nicht aus dem Kopf. Warum hatte er eine Schere in der Hand?«

»Was hat er mit der Schere gemacht?«

»Als ich gemerkt habe, dass jemand hinter mir steht, habe ich meine Waffe entsichert. Ich denke, das hat er gehört. Die Schere hat er dann auf eine Arbeitsfläche gelegt, so als wollte er sie gerade wegräumen.« Lena fuhr sich durch die Haare. »Ich weiß einfach nicht, was ich davon halten soll.«

# 13

Es war schon dunkel, als Henri seinen Laptop aus der Dockingstation nahm und in seinem Rucksack verstaute.

Gerade als er sich von Lena verabschieden wollte, steckte Conny ihren Kopf in den Türrahmen. Sie wirkte frisch, als hätte der Arbeitstag gerade begonnen. Henri blieb stehen, er fühlte sich müde und erschöpft, aber vielleicht gab es ja etwas Neues.

»Lena, der Empfang hat angerufen, da ist jemand, der etwas gefilmt hat, das mit den Puppenmorden zu tun haben soll.«

»Er kann gleich reinkommen«, sagte Lena und Henri ließ sich seufzend wieder auf seinen Stuhl fallen.

Kurz darauf saß ein Mann in ihrem Büro. Markus Neubauer war vierzig Jahre alt, Internist in der Universitätsklinik Eppendorf.

»Ich habe erst heute die Schlagzeilen über den Puppenmörder bemerkt. Ich lese solche Zeitungen nicht. Erst dadurch kam ich auf die Idee, dass eine Beobachtung, die ich neulich Abend gemacht habe, einen Zusammenhang mit den Puppenmorden haben könnte«, sagte er. »Deshalb bin ich jetzt auf dem Heimweg gleich vorbeigekommen.«

Es gab also Leute, die noch weniger mitkriegen als man selbst, dachte Henri, wo doch ganz Hamburg mit den Headlines gepflastert war, mit Nachrichten und Angstmache wegen des Puppenmörders. Er atmete tief durch und lehnte sich zurück. Seine Müdigkeit war verflogen.

»Ich habe ein neues Handy und als ich abends nach Hause kam, da habe ich zufällig durch eine Ritze im Vorhang in der Nachbarschaft etwas beobachtet. Das kam mir in unserer Gegend einfach so seltsam vor, da hatte ich spontan die Idee, es zu filmen. Ich weiß, dass das kindisch ist, aber ich hatte vorher ein altes Handy, ich bin eigentlich nicht so ein Techniktyp und mit dem neuen kann man eben auch filmen.« Er reichte Lena das Gerät.

Sie überspielte die angezeigte Datei auf ihren Computer.

Henri stand auf, um den Film auf Lenas Bildschirm anzusehen. Saß da ein Stalker, ein Wichtigtuer oder ein Mann, der gerade die technischen Möglichkeiten von Handys verstanden hatte, die der Rest der Welt schon längst beherrschte?

Gebannt sah Lena auf den Bildschirm. Henri beugte sich über ihre Schulter.

Eine Frau lag in verdrehter Körperhaltung auf einem Sofa, ihre Arme auf dem Rücken verschränkt. Ihr Blick war starr. Man sah für einen kurzen Moment einen Mann seitlich von hinten. Dann drehte er der Kamera den Rücken zu. Henri sah sofort, dass es nicht ausreichen würde, um den Mann eindeutig zu identifizieren. Es konnte auch eine andere Person sein als die, die auf diese Adresse gemeldet war. Trotzdem fiel ihm auf, dass er ein gepflegter Mann sein musste. Der Mann setzte die Frau auf, ihr Gesicht war durch seinen Körper verdeckt. Er drehte sich ruckhaft, bewegte sich aber hinter dem Vorhang, sodass nur seine linke Hand zu erkennen war. Er hatte den Spalt im Vorhang bemerkt und ihn abrupt geschlossen. Dann brach die Aufnahme ab.

»Mir kam das plötzlich völlig unglaublich vor«, sagte Markus Neubauer, »ich wohne nur ein paar Häuser weiter.«

»Warum haben Sie nicht sofort die Polizei gerufen, wenn Sie dachten, die Frau wäre in Gefahr?«, fragte Lena.

Markus Neubauer zuckte mit den Schultern.

»Jetzt beschreiben Sie bitte noch mal die Situation.« Henri drückte seinen Laptop wieder in die Dockingstation und fuhr ihn hoch, um Notizen zu machen.

»An dem Abend hielt ich es für ein Rollenspiel oder so. Ich habe mir ehrlich gesagt nicht viel dabei gedacht.«

»Kennen Sie den Mann, den Sie in seinem Wohnzimmer gefilmt haben? Haben Sie die Frau schon mal gesehen?«

Markus' Gesicht überflog eine leichte Röte. »Nein, ich mache so was normalerweise auch nicht.«

»Es ist auf jeden Fall gut, dass Sie sich gemeldet haben«, befreite Lena ihn aus der Peinlichkeit. »Eine solche Beobachtung bringt uns möglicherweise weiter.«

»Ich kam um zweiundzwanzig Uhr aus dem Fitnessstudio, hatte bis acht Uhr gearbeitet und war todmüde. Dann fiel mein Blick zufällig durch den Spalt der Gardine in das Wohnzimmer. Das wirkte so theaterhaft, so, ich weiß nicht, irgendwie strange. Ich habe mich unglaublich erschrocken, weil sich die Frau nicht zu bewegen schien. Das, weshalb mir das Ganze überhaupt aufgefallen ist, ist ja nicht mehr mit drauf. Der Mann hat die Frau vom Boden hochgehoben, sie einen Moment angesehen und sie schien das überhaupt nicht zu erwidern. Ich dachte, die machen Sexspielchen und die Frau tut so, als wäre sie betäubt, irgendwie so. Ich habe einfach mein Handy rausgeholt, auch weil ich dachte, das glaubt mir meine Freundin sonst nicht, wenn ich ihr das nur erzähle.«

»Hm.« Lena sah Markus nachdenklich an. »Sie haben vorher nichts über den Puppenmörder gehört?«, fragte Lena.

»Heute Mittag bin ich in der Klinik an einem Zeitungskiosk vorbeigegangen, da sind mir die Schlagzeilen ins Auge gesprungen. Normalerweise beachte ich diese Zeitungen gar nicht.« Markus überlegte kurz. »Da ist mir sofort der Film wieder eingefallen.«

»Geben Sie uns bitte noch die Adresse, an der Sie die Aufnahme gemacht haben.« Lena stand auf, um Markus Neubauer deutlich zu machen, dass das Gespräch zu Ende war. »Meine Kollegin nimmt Ihre Daten auf. Wenn Ihnen noch irgendetwas einfällt, rufen Sie mich an.« Lena reichte ihm ihre Karte und brachte ihn in Connys Büro.

Als sie zurückkam, sahen sie sich den kurzen Film immer wieder an. Am Handgelenk des Mannes erkannte Henri eine ziemlich teure Uhr. Sie setzten den Cursor mehrmals zurück, froren Aufnahmen ein, um sie genauer zu betrachten. Die Bilder gaben aber nicht viel her. Die Frau schien sich nicht gegen den Mann zu wehren. Ihre nackten Arme zeigten keine Abwehrstellung. Man konnte nicht erkennen, ob sie dasselbe Kleid trug wie Annika und Nicole, es war noch nicht einmal zu erkennen, ob die Frau überhaupt bekleidet war. Mit der rechten Hand schien der Mann am Gesicht der Frau zu hantieren. Aber die Vorhänge verdeckten alle Details.

»Die Frau ist nicht sehr aktiv.« Henri kratzte sich am Ohr. Er spürte jetzt wieder, wie müde er war.

»Der Film muss in der Technik untersucht werden, die Kollegen müssen jede noch so kleine Information herausarbeiten, wir müssen rausfinden, wer sie ist.« Lena griff zum Telefon. »Ich frage Uwe, ob es eine neue Vermisstenmeldung gibt.«

***

Henri konnte nicht mehr, er musste endlich Feierabend machen. Aber er hatte Angst, zu Hause in ein Stimmungsloch zu fallen. Nach einem langen Arbeitstag war das besonders leicht möglich. Lena würde jetzt auch aufbrechen. Sollte er sie trotzdem fragen, ob sie noch zusammen was trinken gingen? Aber trinken war blöd: Er musste sie ja nicht noch darauf stoßen, dass er dieses Thema mit Alkohol hatte. Oder zusammen irgendwo eine Kleinigkeit essen? Er kramte in seiner Schreibtischschublade, um Zeit zum Überlegen zu haben. Lena schrieb die Mail für den Kollegen, der die technische Untersuchung der Filmaufnahme machte. Sie sah konzentriert auf den Bildschirm. Er traute sich nicht. Zumindest heute nicht. Und nicht solange sie womöglich denken konnte, er suchte jemanden, mit dem er trinken konnte.

Mit der Jacke unter dem Arm nickte er Lena zu. »Bis

dann, bleib nicht mehr so lange, es ist spät und morgen geht es weiter.« Er verließ das Büro und ging zu seinem Auto.

Sonja hatte damals überhaupt kein Problem mit einsamen Nächten gehabt. Sie hatte sofort einen neuen Partner gefunden. Das war Henri allerdings erst klar geworden, nachdem er aus der gemeinsamen Wohnung ausgezogen war. Alina und Lukas waren mittlerweile schon ganz vertraut mit dem Neuen gewesen. Der war ein Vater aus dem Kindergarten. Durch Elternabende und Kindergartenbasare waren sie sich nähergekommen. Henri hatte bei solchen Aktivitäten nie mitgemacht. Er war oft einfach zu müde gewesen von seiner Arbeit. Wenn er am Wochenende zu Hause gewesen war, hatte er sich ausgeschlafen. Sie hatten zusammen in ihrer Wohnung gelebt und doch hatte Sonja mit den Kindern ein eigenes Leben geführt. »Selbst deine Eltern sind fortschrittlicher als du«, hatte sie Henri vorgeworfen, weil sie gefunden hatte, dass er ein Familienmodell hatte leben wollen, das Sonja an die Sechzigerjahre erinnert hatte. Sie musste sich oft beschwert haben, aber Henri hatte auf der Leitung gestanden. Wenn er ehrlich war, dann war es noch schlimmer gewesen, er hatte nämlich überhaupt nichts verstanden. Er hatte einfach keine Ahnung gehabt, was Sonja ihm hatte sagen wollen. Sie hatten sich doch geliebt. Nur, dass eben die Kinder Sonja so in Beschlag genommen hatten. Er hatte es vermisst, mit ihr auszugehen und so unbeschwert zusammen zu sein wie in den ersten Jahren.

Er war an seinem Auto in der Tiefgarage angekommen und stieg ein. Er wollte schnell nach Hause fahren und dann noch einen Spaziergang machen, denn das war tausendmal besser, als den Abend auf dem Sofa zu verbringen.

Zu Hause legte er nur seinen Rucksack ab, zog einen Pullover über und ging von seiner Wohnung in der Marktstraße zum Sternschanzenpark. Er wollte weg vom Biertrinken. Auch wenn er sich tagsüber oft danach sehnte, endlich am

Abend auf seinem Sofa ein Bier zu öffnen und zu genießen, wie sich diese Schwere in ihm ausbreitete und ihn zufrieden machte. Nur wusste er inzwischen zu gut, dass er sich damit irgendwann endgültig selbst abschießen würde. Wenn er so weitermachte, würde es nicht mehr lange dauern. Dann wäre er draußen aus allem, auch aus seiner Arbeit. Im Moment hatte er eigentlich nichts anderes mehr als sie. Er musste aufhören, sich in seinem Unglück zu vergraben.

Als er in den Park einbog, ging er schneller und hatte das Gefühl, er könnte die Luft über die Lungenspitzen bis in die Beine ziehen. Sein Psychotyp hatte ihm gesagt, dass es viele Männer gibt, die die Signale ihrer Partnerin nicht verstehen. Immerhin war er also nicht der Einzige, der nichts mitbekam. Er hatte nicht die geringste Ahnung, welches die ersten Anzeichen waren. Sonja war eine tolle Frau, sie hatte sich bestimmt nicht von einem Tag auf den anderen entschieden, sich von ihm zu trennen. An dem Freitagmorgen, Lukas war im Kindergarten, Alina bei der Tagesmutter und Henri hatte Bereitschaftsdienst gehabt, als Sonja es ihm gesagt hatte, war sie ganz ruhig gewesen, aber er war aus allen Wolken gefallen.

»Dass du jetzt so überrascht bist, bestärkt mich darin, dass es richtig ist«, hatte Sonja zu ihm gesagt. Noch nicht einmal das hatte er verstanden. Sein Psycho hatte versucht, ihm den Satz zu erklären. Das war mühsam, Henri verstand einfach nicht, was er hatte sagen wollen, und hatte sogar bezweifelt, dass sein Psycho begriffen hatte, worum es ging. Aber jetzt in der klaren Nachtluft, über zwei Jahre später bei der Runde durch den Sternschanzenpark, da verstand er zum ersten Mal wirklich. Plötzlich wurde ihm klar, wie schlimm es für Sonja gewesen sein musste. Sie hatte bestimmt oft versucht, mit ihm darüber zu reden. Aber er war noch nicht mal im Nachhinein in der Lage, sich an Sonjas Gesprächsinitiativen zu erinnern. Er hatte sich nur zurückgewiesen gefühlt. Die Traurigkeit kam jetzt erst nach und nach. Er hatte Sonja vorgeworfen, dass sie ihn nie geliebt hatte. Wie unglaublich blöd.

Er wollte Sonja sofort anrufen und sich für sein Verhalten entschuldigen. Aber die Uhrzeit war nicht gut. Es ging auf dreiundzwanzig Uhr zu und das Ganze lag lange zurück. Sonja schlief jetzt vermutlich, neben sich ihr neuer Mann. Was für ein vernagelter Typ ich war, dachte Henri, als er den Park verließ und nach Hause ging, um zu schlafen. Aber seinem Psycho hätte er am liebsten sofort von diesem neuen Gefühl erzählt. Plötzlich war es ihm klar. Er war erleichtert und fühlte sich irgendwie glücklich.

## 14

Der Mann, den Markus Neubauer in seinem Wohnzimmer gefilmt hatte, hieß Nikolaus Levantin. Er war Anwalt in einer renommierten Sozietät. Die schlicht und elegant eingerichtete Kanzlei lag in einer Seitenstraße, in einer der teuersten Lagen der Hamburger Innenstadt. Auf dem Schild standen zwei Namen und das Wort Kollegen. Levantin war wohl als Kollege dabei und hatte es noch nicht zu seinem eigenen Namen auf dem Schild gebracht. Lena und Henri standen im Eingangsbereich, Lena schätzte, dass allein der Schreibtisch und die weiße Regalkonstruktion viele Tausend Euro gekostet hatten. Sie bat die genauso elegant aussehende Empfangssekretärin, sie bei Levantin anzumelden.

»Sie haben keinen Termin?«, fragte die Frau.

»So ist es.« Lena lächelte und hielt ihr den Dienstausweis hin. »Es ist vertraulich, bitte führen Sie uns zu Herrn Levantin.«

Die Telefonanlage leuchtete auf. »Entschuldigen Sie, das ist wichtig.«

»Wir sind wichtiger«, sagte Lena.

»Ja, Herr Levantin hat Ihren Anruf erwartet. Selbstverständlich … Er wird sich wegen seiner Rede bei Ihnen melden.« Die Frau sah Lena an, bevor sie endlich auf eine Taste des großen Displays drückte, das fast ihren gesamten Schreibtisch einnahm. Dann verschwand sie durch eine Tür, die sie hinter sich schloss. Kurze Zeit später kam sie wieder heraus. »Herr Levantin lässt bitten.«

»Das müsste er gar nicht«, brummte Henri.

Levantin saß an einem riesigen weißen Schreibtisch, zwei geöffnete Aktenordner vor sich. Seinen Laptop schob er langsam zur Seite, wie um Zeit zu gewinnen.

War er überrascht? Sein Gesichtsausdruck war schwer zu deuten, nicht unfreundlich, aber vielleicht war er besonders abgebrüht. Lena ging noch mal die Personenüberprüfung durch: fünfzig Jahre alt, geboren in Hannover, lebte seit seinem Studium in Hamburg. Er sah gut aus, war schlank, das volle Haar war kurz geschnitten und noch überwiegend braun. In einer anderen Situation hätte er sie durchaus neugierig machen können.

»Herr Levantin, wir ermitteln im Fall des Puppenmörders.« Lena strich über ihr Tablet und öffnete das Phantombild. Die hohe Stirn, der Abstand der Augen, die Mundpartie, sie war sich nicht sicher und reichte Henri das Gerät.

Levantin machte eine ruckhafte Kopfbewegung, dabei war er offensichtlich bemüht, seine Überraschung nicht zu zeigen.

»Sagen Sie uns bitte, wo Sie an den folgenden Tagen waren und was Sie gemacht haben.« Sie nannte ihm der Reihe nach die Daten. Sonntag, 4. September: Annikas Verschwinden. Die Nacht vom 7. auf den 8. September, als Annikas Leiche in der Elbe abgelegt worden war. Der 14. September, an dem Markus Neubauer Levantin gefilmt hatte. Der 23. oder 24. September, als Nicole verschwanden war. Die Nacht vom 28. auf den 29. September, in der ihre Leiche in der Elbe abgelegt wurde. Und für die Nächte, in denen die Frauen getötet wurden.

Henri sah abwechselnd auf den Bildschirm in seiner Hand und zu Levantin.

»Dazu brauche ich meinen Terminkalender, das kann ich nicht aus dem Kopf.« Levantin öffnete seinen Aktenkoffer.

»Bitte. Ihre beruflichen Termine können wir natürlich von Ihrer Assistenz abgleichen lassen.«

Levantin hob alarmiert den Kopf.

Lena sprach ruhig weiter. »Alles lückenlos, Sie kennen sich ja mit den Abläufen aus.« Ihr fiel sein Hemd auf, ein Seidenhemd. Auch der Stoff seines Sakkos war mit viel Geschmack ausgesucht, offensichtlich maßgeschneidert.

»Die beruflichen Termine bitte mit mir direkt, das ist wohl klar.«

Levantin fuhr mit einem teuren Füller über die Daten in seinem Kalender. Am Mittwoch, 7. September, hatte er eine Abendveranstaltung in der Anwaltsvereinigung gehabt, am 23. September war er abends allein zu Hause gewesen. Den Mittwochabend des 28. September hatte er im Ruderclub verbracht.

Aber auch wenn diese Alibis bestätigt würden, nachts wäre noch genügend Zeit gewesen, die Leichen zum Hafen zu bringen.

»Wir werden Ihre Angaben überprüfen.«

»Sicher.«

»Es fehlen Ihre Informationen für den 4., 7., 14. und 24. September.« Lena ließ ihn nicht aus den Augen.

»Da war nichts Besonderes, ich war abends allein zu Hause.«

»Wer bezeugt das?«, fragte Henri. Er gab ihr das Tablet zurück und wiegte den Kopf. Er schien zu bezweifeln, dass Levantin der Mann auf dem Phantombild war.

»Für diese Abende haben Sie kein Alibi. Haben Nachbarn Sie gesehen?«

»Das weiß ich nicht.« Levantin lächelte angestrengt.

»Hatten Sie an diesen Abenden Besuch?«

»Nein.«

»Uns interessiert besonders der Abend des 14. September«, hakte Lena nach. Das war der Abend, an dem Markus Neubauer Levantin gefilmt hatte. Sie mussten wissen, wer die Frau in Levantins Wohnung war.

»Das habe ich doch schon gesagt, ich war zu Hause.« Er zögerte. »Nach Feierabend habe ich ein paar Kleinigkeiten eingekauft und danach bin ich gleich nach Hause gefahren.« Sein Lächeln wirkt wie hingeschweißt, dachte Lena.

»Sie hatten Besuch.«

»Nein! Ich war allein, wie gesagt.«

»Ein Nachbar aus Ihrer Straße hat Sie an diesem Abend in Ihrem Wohnzimmer mit einer Frau gefilmt.« Sie machte eine Pause.

»Was? Ich meine, es war niemand da, das wüsste ich, wenn mich jemand gefilmt hätte.« Farbe und Lächeln waren aus Levantins Gesicht verschwunden.

»Von draußen durchs Fenster gefilmt«, sagte Lena. Ihr fiel der unruhige Blick des Anwalts auf. Levantin war auf dem Film zwar nicht frontal zu sehen, aber seine Reaktion ließ keinen Zweifel zu, dass er selbst es war, der sich in seiner Wohnung aufgehalten hatte, und dass er auch der Mann auf dem Handyfilm war. »Wer war die Frau?«

»Wer will mich gefilmt haben? Das ist doch Quatsch.«

»Wer war bei Ihnen?«

»Das sage ich nicht. Das ist privat.« Er rutschte auf seinem Stuhl hin und her.

»Durch den Film nicht mehr.«

»Dann wissen Sie doch, wer auf dem Film ist. Was soll das jetzt?«

»Für Sie ist es besser, wenn Sie offen mit uns sprechen.«

»Jeder kann irgendeinen kleinen Film machen und einem Nachbarn was anhängen. Was soll das beweisen? Vor Gericht funktioniert das nicht.«

»Vor Gericht funktioniert genau das, was passiert ist.«

»Was werfen Sie mir vor? Was soll das Ganze?«

Lena öffnete die Datei. Sie ließ Levantin Zeit, sich den Film anzusehen, und beobachtete ihn. Er wollte ihn kein zweites Mal sehen. »Und? Sagen Sie uns einfach, wer diese Frau ist.«

»Was soll ich Ihnen erzählen?« Erst jetzt schien ihm aufzufallen, dass Henri auch da war. Er erwiderte seinen Blick, ohne eine Miene zu verziehen.

»Was war, sollen Sie sagen«, nickte Henri.

»Es war nichts und ich hatte keine Frau zu Besuch.«

»Wer ist dann auf der Filmaufnahme?«, fragte Lena.

Levantin schwieg.

»Ich … ich«, setzte er schließlich an, »ach, nichts.«

»Besser, Sie sagen uns, wer sie ist. Sie hätten dann für diesen Abend ein Alibi.«

Lena fragte sich, ob Levantin schon die ganze Zeit diese dunklen Ringe unter den Augen hatte und sie sie nur nicht bemerkt hatte.

»Wir ermitteln in zwei, vermutlich sogar in drei Mordfällen und Sie sind Gegenstand unserer Ermittlungen.«

Levantin wich ihrem Blick aus.

»Herr Levantin, halten Sie sich zu unserer Verfügung.« Lena stand auf. »Wir können Dinge schneller klären, wenn wir gleich eine Speichelprobe von Ihnen nehmen«, sagte sie und zog ein Röhrchen aus der Tasche. Sie hatte es schon im Präsidium beschriftet und musste nur noch den sterilen Stab über Nikolaus Levantins Zunge führen. »Das geht ganz schnell.«

»Als hätte das eine Bedeutung, dass es schnell geht«, sagte Levantin gereizt. »Also bitte, tun Sie, was Sie für nötig halten!« Er machte seinen Mund auf, als Lena neben seinen Stuhl trat.

»Haben Sie außerhalb Ihrer Wohnung und Ihrer Straße eine Garage oder einen Lagerraum oder etwas dergleichen angemietet?«, fragte Henri.

Levantin sah auf seine Uhr.

»Haben Sie? Antworten Sie!«, sagte Henri.

»Nein, habe ich nicht, zum Kuckuck!«

Als Lena und Henri wieder am Auto waren, zögerte Lena einen Moment. »Wir machen es so, Henri«, sagte sie dann, »wir fahren jetzt zu Levantins Wohnung und befragen dort die Nachbarn und auf dem Weg rufe ich Conny an, damit sie ihn für morgen früh aufs Präsidium bestellt.« Sie drehte den Zündschlüssel herum. »Und das Phantombild? Denkst du, er ist es?«

Henri zuckte mit den Schultern. »Die Aushilfe aus dem *Balzac*, nach deren Beschreibung das Phantombild angefertigt wurde, hat dauernd betont, wie unsicher sie sei. Er könnte es sein. Die Augen, der ganze Ausdruck«, er seufzte, »er könnte es sein, aber ich bin mir nicht sicher.«

Levantin wohnte in einer Seitenstraße zwischen Sierichstraße und Außenalster, in einem Teil des weißen Hamburgs mit Gärten um die Häuser oder mit Grünflächen, die sich bis zum Alsterufer erstreckten. Eine Gegend, in der wohlhabende Selbstständige, Manager, Unternehmer, Kreative und viele reiche alteingesessene Hamburger wohnen. Lena wohnte auf der anderen Seite des Mühlenkamps, wo ganz normale Leute ihre Wohnungen hatten, zumindest überwiegend normale Leute. Sie liebte ihr neues Quartier und sie war erleichtert, dass sie zwischen Mühlenkamp, Stadtpark, Goldbekufer und Barmbeker Straße ein bezahlbares Zuhause gefunden hatte. Aber auch dort gab es inzwischen einen Trend zu überteuertem Wohnraum.

»Wie kann man mit ehrlicher Arbeit so viel Geld verdienen, dass man hier wohnen kann?«, fragte Henri. »Aber würde man hier wohnen wollen, selbst wenn man es sich leisten könnte?«

Lena wusste, dass Henri finanziell nicht viel Spielraum hatte, weil er für seine beiden Kinder Unterhalt bezahlte und für seine Wohnung im Karoviertel die Miete aufbringen musste. Auch dort musste man Glück haben, wenn man noch eine günstige Wohnung finden wollte.

Sie parkte direkt vor Levantins Adresse in der Körnerstraße. Das vierstöckige Haus sah von außen gepflegt aus und es hatte große Fensterflächen mit Balkonen, die an der Seite des Hauses über dem Garten schwebten. Das Wohnzimmer, in dem Markus Neubauer den Mann gefilmt hatte,

hatte mehrere Fenster zur Straßenseite und zum Garten. Lena öffnete den kleinen Film in ihrem Handy, um sicher zu sein, dass es sich um dasselbe Fenster handelte.

»Ob der Puppenmörder seine Opfer in eine solche Gegend bringt?« Lena sah Annika und Nicole vor sich. »Kann man hier tagelang junge Frauen verstecken, ohne dass jemand etwas mitbekommt?«

Henri musterte das Haus von oben bis unten und schüttelte den Kopf. »Wohl kaum.«

»Wie sollte der Täter von hier aus die Leiche verschwinden lassen? Es kann viel zu viel schiefgehen. Andererseits«, sagte sie, »es ist möglich.« Bei vielen Ermittlungen, die sie schon geführt hatte, war es so: abgeschnittene Gliedmaßen, zerstörte Augäpfel, mordende Väter, Brüder, Ehemänner, Freunde und Freundinnen – es war alles möglich, sie hatte es gesehen und wusste, es ging immer noch grausamer. »Ein Versteck woanders wäre sicherer.«

Sie drückte die Klingel neben der von Levantin. Vermutlich war es die Nachbarwohnung. Sofort ertönte der Öffner und eine Tür im Erdgeschoss wurde geöffnet. Sie zeigten ihre Dienstausweise. Lena gab als Grund für ihr Kommen nur an, dass sie ein paar Fragen hatten, aber nicht, in welchem Fall sie ermittelten. Die Nachbarn mussten vorerst nicht mitkriegen, dass sie hier den Puppenmörder suchten.

Der Mann im Türrahmen war um die sechzig. Die grauen Haare standen in alle Richtungen, er trug Jeans und einen dunkelblauen Pullover, der teuer gewesen sein musste. Wie eine Uniform der älteren wohlhabenden Hamburger, dachte Lena.

»Habe ich was ausgefressen?« Er strahlte über das ganze Gesicht.

»Das weiß ich nicht.« Lena sah ihn freundlich an. »Dürfen wir reinkommen?«

Sie wurden in eine schlichte Wohnküche geführt, die mit

Möbeln und Accessoires aus den Sechzigerjahren ausgestattet war und trotzdem ganz neu wirkte. Den angebotenen Kaffee lehnten sie ab.

»Ist Ihnen hier im Haus an zwei Mittwochabenden, vor drei und vor vier Wochen, etwas aufgefallen?« Lena lächelte den Mann an.

»Was denn aufgefallen?« Er sah auf einen Kalender an der Pinnwand, auf dem Lena auf den siebten und dann auf den vierzehnten September zeigte.

»War etwas anders als normal? War es laut, hat jemand laut gerufen? Gab es Streit? Hatten die Nachbarn ungewöhnlichen Besuch, solche Dinge?«, fragte Henri.

»Ich hatte keinen Besuch und keinen Streit. Aber ich bespitzle doch meine Nachbarn nicht, was denken Sie von mir?« Der Mann zwinkerte Lena zu.

»Sie wissen schon«, Lena zwinkerte zurück, »manchmal kriegt man von den Nachbarn etwas mit, was man gar nicht wissen wollte, und im Nachhinein wundert man sich darüber.«

»Was sollte das sein?«

»Das frage ich Sie.«

»Was für Leute wohnen hier denn so, Ihr Nachbar zum Beispiel?«, wollte Henri wissen.

»Den Nikolaus meinen Sie?«

»Sind Sie befreundet?«

»Das nicht unbedingt, aber wir duzen uns hier alle, falls Sie das meinen. Das ist eine gute Hausgemeinschaft.«

»Und Herr Levantin, hat er eine Freundin?«

»Muss man das jetzt schon bei der Polizei anmelden?«

»Nein, natürlich nicht.« Lena versuchte, entspannt zu wirken.

»Warum stellen Sie denn all diese Fragen? Was ist passiert?«

»Reine Routine, nichts Schlimmes. Bitte denken Sie noch

einmal über die genannten Tage nach. Wenn Ihnen etwas einfällt, rufen Sie mich an.« Lena schrieb auf die Rückseite ihrer Visitenkarte die Daten und reichte sie ihm.

»Hat Herr Levantin eine Freundin oder kommen manchmal Frauen zu ihm?«, fragte Henri.

»Eine Beziehung hat er im Moment nicht, soweit ich weiß. Eine Putzfrau hat er und auch ein paar Freunde, mich zum Beispiel.«

»Eben sagten Sie doch, Sie sind nicht befreundet.« Henri knibbelte mit seinem Daumennagel an seinem Zeigefinger herum.

Levantins Nachbar zuckte mit den Schultern.

Eine Pause entstand.

»Sind Ihnen in der letzten Zeit im Haus Leute aufgefallen, die nicht hier wohnen?«

Lena sah sich unauffällig in der Küche um. Aber sie entdeckte nichts Verdächtiges, keine Einträge in dem großen Kalender oder irgendetwas, was sie hier wirklich weiterbrachte.

»Ich habe manchmal Besuch, der nicht hier wohnt, ja, sicher. Aber dazu, was meine Nachbarn privat machen, kann ich nichts sagen.«

Lena betrachtete das Gesicht des Mannes, der sie nun mit einer Verstärkung seines Dauerlächelns bedachte und leicht die Schultern hob. Hier stießen sie auf Granit. Vielleicht waren sie im Haus des Puppenmörders und sprachen mit seinem Nachbarn, ohne dass es zu irgendetwas führte.

»Ein besonderes Exemplar hanseatischer Klasse«, sagte Lena, als sie wieder im Auto saßen.

»War doch ein witziger Typ, allein die Frisur. Glaubst du, dass er etwas verheimlicht?«, fragte Henri.

»Zumindest ist er gut darin, nichts zu sagen.«

Weitere Bewohner des Hauses hatten sie an diesem Vormittag nicht angetroffen. Sie beschlossen, die Befragungen am Nachmittag von den Kollegen vorzunehmen zu lassen.

»Mittagessen in der Kantine?«

»Nein, lass uns zum Mühlenkamp gehen, dort gibt es den besten Döner in der ganzen Stadt. Ist ja gleich um die Ecke. Wir lassen das Auto hier stehen.«

»Du isst Döner?« Henri war fassungslos.

»Es gibt die Wahl zwischen Huhn, Kalb, Lamm und Falafel.«

Ihr Fahrrad wollte sie lieber stehen lassen und mit dem Dienstwagen nach Hause fahren, als sie endlich Feierabend hatte. Auch wenn es kein echter Feierabend war, weil sie an nichts anderes denken konnte als daran, wie sie dem Puppenmörder auf die Spur kommen könnte. Obwohl alles so aussichtslos erschien, musste sie ja vielleicht doch schnell zu einem Einsatz.

In der Tiefgarage des Polizeipräsidiums war es ruhig um diese Zeit, die meisten Kollegen waren zu Hause. Am Ende des Ganges, in dem ihr Wagen stand, bog gerade der Mercedes-Zweisitzer ein, der aussah wie Dirks Auto. Er war es wirklich und fuhr langsam in ihre Richtung. So spät sah man ihn hier selten. Er musste wegen eines anderen Falls hier zu tun gehabt haben. Manchmal fuhr er die kurze Strecke zwischen Butenfeld und Polizeipräsidium mit dem Fahrrad, aber in der letzten Zeit hatte Lena sein Auto häufiger in der Tiefgarage bemerkt. Er parkte oft in demselben Gang wie Henri und sie, obwohl diese Plätze für die Kripo reserviert waren.

»Kann ich dich mitnehmen?«, fragte er sie durch das offene Seitenfenster und klopfte mit der Hand auf den leeren Beifahrersitz, als würde sich Lena durch diese Geste eingeladen fühlen, in sein Auto zu steigen.

Lena tat, als hätte sie ihn gar nicht gehört, nickte ihm mit einem kurzen »Hi, Dirk, einen schönen Abend!« zu und stieg eilig in ihr Auto ein. Im Rückspiegel beobachtete sie, wie er im Schritttempo Richtung Ausfahrt rollte.

Zu Hause stellte sie nur ihr Auto im Hof ab. Sie hatte noch keine Lust, in ihre Wohnung zu gehen. Irgendeine kleine Ablenkung brauchte sie einfach noch nach diesem langen Tag. Sie hatte außerdem das Gefühl, Dirk hätte sie in der Tiefgarage abgepasst. Das war merkwürdig. Dazu der Druck, dass sie überhaupt nicht weiterkamen. Alles war so verwirrend. Sie ging in den Budni auf dem Mühlenkamp. Der feine Duft einer sauberen Welt, in der es für jedes Anliegen des Alltagslebens eine bezahlbare und gut riechende Lösung gab – das war jetzt genau das Richtige. Wo kaufte der Täter Kleider, Schuhe und Nagellack? Sie streifte durch die Gänge und fand sich vor den Konsolen mit Lippenstiften, Nagellack und Augen-Make-up wieder. Sie testete einen Lippenstift auf ihrem Handrücken, schnupperte an einem anderen Lippenstift, der nach Vanille roch, und plötzlich fiel ihr ein, wie befreit sie sich damals gefühlt hatte, als sie den Entschluss gefasst hatte, zur Polizei zu gehen. Und noch großartiger, als sie spürte, dass sie nicht mehr den Drang hatte, in Geschäfte zu gehen und Sachen mitgehen zu lassen. Als hätte das einen Zusammenhang gehabt: nicht zu stehlen und Polizei. Ihr Therapeut hatte ihr gesagt, dass eine Heilung schnell gehen kann, wenn sich der Stehlzwang noch nicht stark verfestigt hat. Sie hatte Glück gehabt.

Sie nahm ein Fläschchen Nagellack und hielt die Flasche an den Kunststoffnagel in derselben Farbe, um zu sehen, ob die Firma es schaffte, dieselbe Farbe aus Plastik hinzukriegen. Wie war der Täter bloß auf die Idee gekommen, Nagellack auf die Lippen seiner Opfer aufzutragen? Hatte seine Mutter roten Nagellack benutzt?

Ein paar Monate lang ging sie damals regelmäßig zu ihrem Therapeuten. Ein ruhiger, zurückhaltender Mann, sprach nur an den entscheidenden Punkten und steuerte sie gekonnt durch das Chaos. Erst da löste sich brachial die Traurigkeit, die sie über den Tod ihrer Mutter und Franks empfand.

Eigentlich war sie bis heute traurig, dachte sie und stellte den Nagellack zurück. Und dann war auch noch das mit dem Kind dazugekommen.

Lena war heilfroh, dass alles damals in Göttingen stattgefunden hatte. Es gab keine Verbindung zwischen dem Stehlen und dem Landeskriminalamt Hamburg. Niemand wusste, dass Kriminalhauptkommissarin Lena Holland eine zwar relativ kurze, aber intensive Laufbahn als Kleptomanin hinter sich hatte.

Lena sah sich um, nur ein paar Mädchen, die Lidschatten ausprobierten. Dann ging sie nach Hause.

***

Henri drückte gegen die Tür, als der Türöffner summte. Es war das erste Mal, dass Lena ihn zu sich nach Hause zum Essen eingeladen hatte. Wenn er ehrlich war, war es allerdings keine richtige Einladung.

Lena war kurz vor ihm nach Hause gegangen, als Henri seinen Rucksack packte, das Büro für heute verlassen und endlich mal wieder ins Sportcenter gehen wollte. Im selben Moment hatte Lennard angeklopft und Lena einen Umschlag mit dem Aufdruck *Streng vertraulich, nur Empfänger darf öffnen* auf den Schreibtisch gelegt.

Es war auch das erste Mal, dass Henri Lena auf ihrer privaten Festnetznummer angerufen hatte.

»Hat Lennard nichts dazu gesagt? Dann ist es wahrscheinlich das Ergebnis von Dirks Kaffeetasse.«

Sie hatte ihm spontan vorgeschlagen, bei ihr vorbeizukommen und ihr den Umschlag mitzubringen. Henri war selbst neugierig zu sehen, was *streng vertraulich* war. Wenn er Lust habe, könne er gern zum Essen bleiben. Und ob er Lust hatte. Zum Sport konnte er auch morgen noch gehen.

Es war also kein geplantes Abendessen. Wir sind Kollegen,

zwei Kripomenschen, die beim Essen zusammen über einen Fall nachdenken. Ganz unkompliziert, fand er. Er freute sich dennoch, dass das Kaffeetassenergebnis so spät gekommen war.

Er ging langsam die Treppen hoch und nahm die Atmosphäre des Hauses bewusst auf. So bald würde er wahrscheinlich nicht wieder hierherkommen. Als er über das Geländer aus der ersten Etage nach oben und ins Treppenhaus schaute, glaubte er unten an den Briefkästen einen Schatten zu sehen. Fast hätte er »Lena!« gerufen. Aber sie hatte ihm gerade über die Sprechanlage gesagt, er solle in den vierten Stock kommen, da konnte sie jetzt unmöglich plötzlich dort unten sein. Er sah hinter sich und noch einmal ins Erdgeschoss, nirgends war jemand zu sehen. Er musste sich getäuscht haben, weil er wirklich ein bisschen nervös war.

»Bei der Kripo und so eine Wohnung!«, platzte er heraus, als Lena ihn über den Flur durchs Wohnzimmer in die Küche führte. »Wenn man keine Kinder hat, hat man einfach mehr Geld.« Sofort bereute er, dass er damit auch seine eigene Situation angesprochen hatte. Außerdem liebte er seine Kinder. Lena musste denken, dass sie für ihn hauptsächlich ein Kostenfaktor waren.

»Ich hatte ein bisschen gespart und habe einen Kredit aufgenommen, ganz normal. Den muss ich jetzt eine Weile abzahlen.«

Lena erzählte ihm offen, dass sie schon immer nebenher gespart habe und während des Medizinstudiums viele Nachtwachen übernommen habe, die gut bezahlt seien, es sei meist wenig los gewesen und für sie sei es bezahlte Zeit zum Lernen gewesen. Ihr Vater hatte ihr schon vor ein paar Jahren einen größeren Betrag aus der Erbschaft gegeben. Als sie nach der Trennung von André einen Kassensturz gemacht habe, sei sie selbst überrascht gewesen, wie viel es insgesamt gewesen sei. Sie habe nur noch zusätzlich einen kleinen Kredit für die

Wohnung aufnehmen müssen. Beim Wohnen wolle sie keine Kompromisse eingehen und in Winterhude habe sie schon immer leben wollen.

Henri genoss ihre Offenheit und befürchtete einen Moment lang, sie könnte sie gleich bereuen. Er hatte sie noch nie mit Kollegen über ihre finanzielle Situation sprechen hören. Aber vielleicht wollte sie auf ihn nicht den Eindruck eines wohlhabenden Einzelkinds machen.

»Ich habe nicht eingekauft, deshalb improvisiere ich etwas. Es wird aber bestimmt lecker.«

»Ich bin flexibel«, grinste Henri. Ihm war klar, dass Lena ihn, was Essen betraf, für total festgefahren hielt, er trug ja seine Vorliebe für Fast Food vor sich her. Er genoss ihren überraschten Blick.

»Wirklich?«

Henri kramte in seinem Rucksack und gab Lena den Umschlag.

Sie riss ihn sofort auf. »Die DNA, die an Dirks Kaffeetasse war, stimmt nicht mit der an Nicoles Mund überein.« Lena überlegte. »Wenn Dirk etwas mit den Opfern zu tun hat, dann muss er Angst haben, dass das Partikel an Nicoles Mund von ihm stammt. Ich hoffe, ich irre mich. Aber«, fuhr sie fort, »er könnte auch ein anderes Partikel zur Untersuchung schicken. Niemand kontrolliert, was Dirk ans Labor weitergibt.«

»Dirk ist nicht mein bester Freund, aber ich hoffe, er ist nicht unser Mann.«

»Es wäre schlimm, ja, aber wir müssen ihn trotzdem überprüfen.«

»Bis auf ein bisschen DNA, die auf niemanden passt, haben wir wenig«, sagte Henri. »Unser Puppenmörder ist vorsichtig. Szabo behalten wir weiter im Auge. Ihm fehlen für mache Tage Alibis, vielleicht, weil er niemanden privat kennt. Und warum sagt uns Levantin nicht, wer die Frau ist?« Henri seufzte und betrachtete die Sachen, die Lena aus Kartons und aus dem Kühlschrank hervorholte.

Sie hatte alles auf der Arbeitsfläche ausgebreitet, es war nicht gerade viel: gemahlene Mandeln, Möhren, Reis, aus dem Kühlschrank noch Eier. In ihrer Küche stand ein Holztisch mit zwei Stühlen. Henri gefiel es hier. »Ich frage mich, ob der Täter wirklich so perfekt ist oder ob wir einfach eine Menge übersehen«, sagte Lena, während sie mit den Lebensmitteln hantierte.

»Vielleicht beides.«

Sie nickte ihm über den Tisch hinweg zu, holte einen Kochtopf und stellte einen Teller vor Henri. »Du kannst die Möhren schneiden. Ein Stück Ingwer habe ich auch noch. Für ein Möhrencurry reicht es.«

»Dann übernehme ich das Gemüse.« Henri schnitt die Möhren in Stifte. Dann ließ er in einem Topf etwas Butter schmelzen und gab einen Teelöffel Currypulver, frisch gemahlenen Pfeffer und den gehackten Ingwer dazu. Ein köstlicher Duft durchzog die Küche.

»Das riecht ja toll!«

Lena hätte ihm bestimmt nicht zugetraut, dass er kochen konnte. Es wunderte ihn selbst, schließlich hatte er erst vor ein paar Wochen damit angefangen.

»Darf ich fragen, ob du auch was zum Nachtisch hast? Sonst könnte ich uns Eis vom Mühlenkamp holen.«

Lena stand vor dem offenen Schrank. »Hier sind noch getrocknete Aprikosen, ich weiß nicht, was man daraus machen könnte.«

»Mit Joghurt oder Sahne kann ich was zaubern.«

»Ich dachte, du isst nur Döner und Pizza.« Lena schien überrascht.

»Das geht sogar ohne Zucker, falls du keinen dahast.« Henri stellte die Aprikosen mit etwas Wasser auf den Herd. »Was machst du eigentlich als Hauptgericht?«

»Mandelfrikadellen. Habe ich gerade erfunden, es ist nichts anderes da.«

In einer Pfanne garten inzwischen Zwiebeln, deren Duft sich mit dem Curryaroma vermischte. Dann vermengte Lena die gemahlenen Mandeln, die abgekühlten Zwiebeln, ein paar Esslöffel Mehl und verrührte das Ganze mit zwei Eiern, Salz und Pfeffer. »Scharf?«, fragte sie mit der Chilimühle in der Hand.

»Scharf. Sag mal, kann es sein, dass die Nachbarn zur Tür rausspionieren, wenn du Besuch bekommst?«

»Ist mir bisher nicht aufgefallen. Wieso?«

»Als ich die Haustür aufgemacht habe, ist schnell eine Wohnungstür im Erdgeschoss zugefallen. Und als ich im ersten Stock war, lief unten jemand herum.«

»Das war bestimmt Marvin, der Junge aus der Erdgeschosswohnung.«

Nach zwanzig Minuten stand ein leckeres Essen auf dem Tisch.

Sie hatten gerade anfangen zu essen, als Lenas Handy klingelte. Auf dem Display konnte Henri *Ame* entziffern. »Entschuldige kurz, iss ruhig weiter«, sagte Lena zu ihm. »Hallo Amely, wie geht's?«

Henri aß weiter, es schmeckte hervorragend.

»Das freut mich sehr. Auf deine Eltern kann man sich doch immer verlassen«, sagte Lena erleichtert.

Plötzlich spürte er einen Schluckauf hochsteigen. Zuerst versuchte er gleichmäßig zu atmen, dann trank er hastig einen Schluck, aber es war zu spät. Er hickste laut und stand auf. Dabei hustete er. Lena sollte bloß nicht denken, dass er wegen dem bisschen Chili gleich Schluckauf bekäme.

»Amely, im Moment passt es nicht so gut, ein Kollege ist da und wir müssen noch ein bisschen arbeiten. Ich melde mich in den nächsten Tagen bei dir, ja?« Lena legte auf. »Das war eine Freundin, eigentlich die Tochter von Freunden. Sie hat jetzt ihren Freund ihren Eltern vorgestellt und alles ging gut. Sie mochten sich alle auf Anhieb.«

Henri hatte nicht erwartet, dass Lena ihm eine solch private Information gäbe, und sie schien den Anruf gleich wieder vergessen zu haben.

Er hickste noch ein paarmal, Lena schenkte ihm Wasser ein und nach ein paar Schlucken beruhigte er sich. »Ich habe ein Stückchen Chili in die falsche Röhre gekriegt«, krächzte er und räusperte sich laut.

Sie kam auf die Arbeit zurück. »Levantin. Wir werden ihn uns ganz genau ansehen.«

»Conny hat heute Nachmittag bei den Hausbewohnern nichts Auffälliges über ihn gehört. Das heißt natürlich gar nichts«, sagte Henri.

»Wie es aussieht, hat er keine Beziehung. Und dass unser Puppenmörder keine normale Beziehung hat, ist aus psychologischer Sicht so gut wie sicher.«

»Ja, aber keiner wollte etwas über ihn preisgeben. Conny meinte, alle hätten empfindlich reagiert, dass die Polizei überhaupt etwas von Levantin wollte. Sie hat nicht gesagt, um welchen Fall es geht. Keiner konnte sich vorstellen, dass Levantin der Anlass für polizeiliches Herumfragen ist.« Henri aß vorsichtig weiter.

»Und sonst? Irgendwelche Neuigkeiten?«

»Eine Nachbarin aus der zweiten Etage hatte Levantin im Café Junge auf dem Mühlenkamp beobachtet, wie er eine Frau angebaggert hat. Levantin war der Nachbarin zuerst durch sein Verhalten aufgefallen, erst dann war ihr bewusst geworden, dass es ja Levantin war. Ihr sei sofort klar gewesen, diese Frau wolle nichts von ihm. Was die Nachbarin seltsam fand, war, dass Levantin so drangeblieben sei. Er habe immer wieder das Gespräch gesucht. ›Irgendwie aufdringlich, dabei aber gleichzeitig diskret und unauffällig, so ein Typ, der echt penetrant ist‹, hat die Nachbarin zu Conny gesagt.« Henris

Stimme war jetzt wieder normal. Er nahm noch einen Schluck Wasser.

»Es kann natürlich eine alltägliche Situation sein, in der ein Mann nicht so viel mitkriegt.«

Sah Lena ihn vielleicht auch als Mann, der nicht viel mitbekam? »Sicher, das ist die Regel, dass Männer einfach nichts mitkriegen.« Henri stellte die Herdplatte für das Gemüse noch einmal an.

Lena nickte nur und aß weiter.

»Später war Conny noch mit Fotos von Levantin und von Annika und Nicole im Café Junge, um nachzufragen, ob man Annika oder Nicole dort mit ihm gesehen hat.«

»Hm«, machte Lena und kaute genüsslich.

»Alle Mitarbeiter konnten sich an Levantin erinnern, aber Annika und Nicole wurden dort nie bemerkt. Die Mitarbeiter des Cafés meinten, Levantin lese hier regelmäßig Zeitung oder arbeite an seinem Laptop.«

Lena grübelte. »Aber würde er seine Opfer in sein Stammcafé bringen?«

Henri holte den Topf vom Herd und gab Lena noch einen Löffel auf. Den kleinen Rest Gemüse schob er auf seinen Teller. »Er ist woanders auf Opfersuche.«

»Und am 14. September ist niemandem im Haus etwas aufgefallen?«

»Angeblich hat keiner der Nachbarn etwas gehört oder gesehen. Alle waren sich sicher, dass sie die Haustür, die immer laut ins Schloss fällt und beim Schließen quietscht, nach neunzehn Uhr nicht mehr gehört haben. Und die Frau in dem Handyfilm ist wahrscheinlich freiwillig in seine Wohnung gekommen.« Henri stand auf. »Ich mach dann mal den Nachtisch.«

»Espresso?« Lena fand die Espressotassen und die kleine Kanne in einem Karton, der unter dem Fenster stand, und füllte Kaffeebohnen in die Kaffeemühle, während Henri die gekochten Aprikosen mit einer Gabel pürierte, weil der Pürierstab nicht zu finden war. Er hatte das Gefühl, dass Lena ihn dabei beobachtete.

»Das mit der Tür ist seltsam, auf so was achtet man doch normalerweise nicht. Außerdem ist das ein Haus, in dem eine quietschende Tür oder ein lautes Schloss sofort geölt wird.« Lena füllte den Filtereinsatz der Espressokanne.

»Stimmt.« Henri schlug mit einer Gabel Joghurt mit etwas Vanillezucker, bis er schaumig aussah. Dann hob er das Aprikosenpüree vorsichtig unter und füllte die weiß-bräunlich marmorierte Masse in Schälchen, die Lena in einer anderen Kiste gefunden hatte.

»Levantin ist nicht verheiratet und war es auch nie. Wir haben nichts Kriminelles in seiner Biografie gefunden. Er ist so weit ein unauffälliger Bürger und ein angesehener und erfolgreicher Anwalt dazu.« Lena goss Kaffee in die winzigen Tassen und reichte Henri den Zucker. »Nicht gewalttätig, nur viele Punkte in Flensburg.«

»Er verhält sich so seltsam.«

»Als ob er etwas verbergen würde«, sagte Lena. »Irgendetwas stimmt nicht mit ihm. Er steht unter Mordverdacht und druckst total rum. Wenn er nichts mit den Morden zu tun hat, warum legt er nicht einfach alles offen? Morgen werden wir ihn richtig unter Druck setzen.«

Später wollte Lena Henri überreden, ein Taxi zu nehmen, weil er so müde aussah. Sie wollte ihn sogar mit ihrem Auto nach Hause bringen. Die Versuchung, dieses Angebot anzunehmen, war groß, fast hätte er zugestimmt. Aber sie sah selbst total erschöpft aus. Wenn er ehrlich war, traten sie bei den Ermittlungen auf der Stelle. Sie spekulierten nur herum, allein das zehrte. Aber wenigstens Levantin würden sie morgen früh knacken. Es gab die Filmaufnahme von Markus Neubauer, es gab eine Frau, die am Mittwochabend in seiner Wohnung war. Levantin behauptete einfach, dass der Handyfilm nicht vor Gericht verwendet werden könnte, aber das sah der Staatsanwalt Rasso Riedenburger völlig anders. Besonders logisch hörte sich die Puppenmörder-Theorie zwar nicht an. Irgendwie akademisch, fand Henri. Dr. Loeding hatte sicher seine Freude dran. Aber er selbst war nun mal kein Psychologe, er hatte Gefühle, Instinkte und so was, klar. Und meistens lag er damit richtig. Auch wenn er keine komplizierten Theorien heranziehen konnte, um seine Vermutungen zu begründen. Psychologen wollten immer alles erklären und möglichst früh durch Statistik draufkommen, wie sich jemand verhalten wird.

Aber das hatte Grenzen, das sah er doch an sich selbst, er war kein bisschen vorhersehbar, überhaupt nicht berechenbar. Im Gegenteil, er musste ja immerzu über sich selbst staunen, weil er nach Jahrzehnten Dinge plötzlich anders machte.

Er hatte Lena gesagt, dass er die U-Bahn am Borgweg nehmen wollte, um so schnell wie möglich ins Bett zu kommen. Aber er hatte nicht vor, öffentlich zu fahren.

Henri schlug von Winterhude aus den Weg ins Karoviertel ein, um die ganze Strecke zu Fuß zu gehen. Gerade weil er so müde war, war Gehen die beste Methode gegen die ewige Grübelei. Er lief schnell, atmete tief und gleichmäßig. Das hatte er neulich auf einer Yoga-Page im Internet gelesen: atmen und quasi meditieren, das ging auch im Gehen. Atmen muss man ja sowieso. Es hatte eine Weile gedauert, bis er verstanden hatte, warum beim Yoga so viel Wert auf die Atmung gelegt wurde. Weil man sowieso die ganze Zeit atmen musste und nicht, wie er immer völlig verquer gedacht hatte, obwohl man atmete.

Die Außenalster glitzerte und von der Krugkoppelbrücke aus sah er, wie sich die Lichter der Häuser am Ufer im Wasser spiegelten. Das Wasser lag flach und unbewegt da. Es ging schon auf Mitternacht zu und selbst zu dieser Zeit rannten noch Jogger herum.

Heute Abend hat Lena ein paar persönliche Sachen erzählt, aber es war immer deutlich, dass die Arbeit die Hauptsache war, und sie mochte ihre Arbeit. Und sie war echt gut. Sie hatte sogar so eine Art fotografisches Gedächtnis und musste nur einmal auf einen Stadtplan sehen, dann fuhr sie die Strecke auswendig. Henri dagegen war froh, wenn er unter Druck überhaupt richtig Auto fahren konnte. Spätestens seit Lena dem Drogenkönig von St. Georg, der in Frankreich und Polen aktiv war und auch einen Mädchenhandel betrieb, nicht nur auf die Spur gekommen war, sondern ihn dingfest gemacht hatte, gehörte sie zu den besten Kripoleuten in Europa. Allerdings verstand er nicht, warum eine so tolle Frau bei der Kripo arbeitete. Sie hätte doch eine große Karriere machen können, als Ärztin oder in einem ganz anderen Feld. Aber das war nur seine private und echt unkorrekte Sichtweise. Lena schien so was wie Karriere sowieso nicht so wichtig zu sein.

Er atmete die kühle Nachtluft tief ein und ging schneller.

***

Endlich saß er in seinem Auto. Alles wie geplant. Jetzt konnte er die letzten entscheidenden Arbeiten erledigen. Er fuhr durch Wohnstraßen, die Häuser lagen ruhig da, hin und wieder sah er in einem hell erleuchteten Wohnzimmer mehrere Personen, die herumstanden oder herumsaßen. Außer ihm schienen alle Hamburger das lange Wochenende durchgefeiert zu haben. Aber es nahm kein Ende. Nun ging es aufs nächste Wochenende zu und immer noch Feiern und Einladungen zum Essen. Fenster und Terrassentüren standen offen. Lachen wehte durch das heruntergelassene Seitenfenster. Diese aufgesetzte Fröhlichkeit ging ihm auf die Nerven.

Der Fahrtwind an seinem Gesicht tat gut. Auf einer Party kostbare Zeit zu vertun, das fiele ihm nicht ein. Die ganze

Stadt war völlig durchgedreht, nur weil es um diese Jahreszeit fünfzehn Grad wärmer war als sonst. Für die nächste Woche war endlich normales Herbstwetter angesagt. Er ließ die Scheibe auf der Beifahrerseite herunter. Immer wieder Partylärm und lautes Stimmengewirr wie aus einer anderen Welt. Musik schwoll an und klang wieder ab, Hamburg stand kopf. Immerzu sah er auf seine Uhr, weil sogar er in dieser großen Party sein sonst so sicheres Zeitgefühl verloren hatte. Ja, die Zeit passte. Er atmete durch und spürte die Kraft durch seinen Körper pulsieren.

Permanent vergewisserte er sich mit Blicken auf den Tacho, dass die Anzeige nicht über fünfzig ging. Jetzt von der Polizei kontrolliert zu werden, nur weil er zu schnell fuhr – das würde ihm nicht passieren. Zumindest heute Nacht nicht. Irgendwo feierten sicher auch seine Kollegen, standen mit Bierflaschen um einen Grill herum, tanzten auf einer Outdoorparty und zeigten stolz ihre attraktiven Frauen. Er und seine Kollegen, das würde sich sowieso bald ändern. In Kürze würde er einen großen Karriereschritt machen.

Wenn alle mit sich beschäftigt waren und ihnen dafür schon so einfache Dinge genügten, war ihm das gerade recht. Er bog von der Bundesstraße ab und fuhr die kleine Zufahrtstraße entlang. Endlich hatte er die Einfahrt erreicht.

Auf den letzten Metern fuhr er ohne Scheinwerferlicht. Niemand war um diese Zeit hier. Aber sicher war sicher, aus etwas größerer Entfernung konnte man das Licht sehen und dann gäbe es doch dumme Fragen. Es war auch so hell genug. Er hielt auf dem von Büschen verdeckten Platz und stellte den Motor ab. Hier würde niemand ein Auto vermuten. Er lauschte. Es war absolut ruhig. Eine helle Nacht, sternenklar, es war noch Zeit bis Mitternacht.

Auch Jogger konnten von der anderen Seite des hohen Zaunes nicht zu nah an das abgelegene Gebäude herankommen. Um die Außenalster joggten Leute zu jeder Tages- und

Nachtzeit, hier draußen war es sicherer, aber man wusste natürlich nie. Der Boden auf der anderen Seite war unwegsam und weitläufig mit Gestrüpp zugewachsen, der nächste Joggingtrail war ein paar Hundert Meter entfernt. Es war ohnehin klug von der Leitung, diesen Ort auszuwählen, der nicht zu schnell von Bebauungsplänen eingekreist werden würde. So konnten auf Jahre die Kosten gehalten werden.

Er nahm den Staubsauger von der Ladefläche. Vor ein paar Tagen hat er nachts den Boden zuerst gefegt, dann feucht gebürstet und gewischt, danach die Tür des Kellerraums zur Treppe hin offen gelassen, damit der Boden gründlich trocknen konnte. Er war zufrieden mit der Vorbereitung, die Mühe hatte sich gelohnt, an seiner Fingerkuppe blieb kein Körnchen Staub haften. Wenn er hier war, allein oder mit einem Mädchen, kam es ihm immer so vor, als verginge die Zeit rasend schnell. Für die weiteren Arbeiten musste er jeden Handgriff vorher durchdenken, damit er alle Utensilien dabeihatte. Vorbereitung und Planung waren alles. Das hatte er schon als kleiner Junge verstanden, obwohl er damals nicht die Kontrolle hatte.

Er war noch keine fünf Jahre alt gewesen, als er sich fest vorgenommen hatte, immer alles selbst zu planen, sobald er alt genug wäre, damit sein Vater, aber auch sonst niemand mit ihm etwas machen konnte, was er selbst nicht wollte. Auch seine Mutter nicht. Und wie seine Mutter immer an der Haustür gestanden hatte mit diesem Lächeln, er hatte es damals gehasst und er hasste sie dafür immer noch. Seine ganze Kindheit lang hatte sie es sich mit diesem Lächeln und mit ihrer ewigen Migräne eingerichtet. Sie hatte Angst vor dem Vater gehabt. Sie hatte ihn den Männerausflügen ausgeliefert. Auch wenn er das als kleines Kind nicht so klar hätte sagen können, er hatte es immer gewusst. Obwohl er so klein war, hatte er sich geschworen, dass er niemals wieder eine solche Angst haben würde. Endlich erwachsen zu sein und dann die Kontrolle zu übernehmen, das hatte er eine ganze lange Kindheit hindurch mit quälender Ungeduld erwartet.

Immer hatte er Angst vor dem nächsten Sonntag gehabt, an dem er wieder einen Ausflug mit seinem Vater machen musste. Als dann der Nachmittag plötzlich wieder da war, einfach begann und er zu seinem Vater ins Auto steigen musste, als wären seine Bemühungen, alle Uhren verschwinden zu lassen oder wenigstens ihre Zeiger anzuhalten, umsonst gewesen, grübelte er tagelang darüber nach, was er falsch gemacht hatte. Dann hatte er durch Zufall entdeckt, dass sein Vater auch eine Uhr im Badezimmerschrank aufbewahrte. Natürlich hatte es an ihm selbst gelegen. Er hatte wieder eine Uhr vergessen.

Heute wollte er den Boden mit dem Industriestaubsauger zur Sicherheit noch mal gründlich absaugen. Das war möglicherweise eine übertriebene Vorsichtsmaßnahme, aber es machte ihn ruhiger.

Er sah auf die Uhr. Ein Uhr früh, kein Mensch war in der Nähe, alle auf diesen albernen Partys. Den Staubsauger hatte er offiziell mitgenommen, weil er zu Hause seinen Keller sauber machen wollte. Das war keine private Nutzung von Firmenbesitz, ab und zu lagerte er auf Wunsch seines Chefs einige Dinge bei sich zu Hause. Dagegen wollte er sich spontan wehren, als sein Chef zum ersten Mal auf diese dumme Idee kam, weil er ja so viel im Gebiet unterwegs war und immer gleich fehlende Dinge mitnehmen konnte, auch wenn er von zu Hause aus zu seinen Terminen startete. Eine völlig idiotische Idee seiner Meinung nach, typisch sein Chef. Aber sein Instinkt hatte ihn davor bewahrt, das abzulehnen.

»Sehr gute Idee«, hatte er nur gesagt. Seinem Chef hatte er, wenn irgend möglich, immer das Gefühl gegeben, super Ideen zu haben und ein genialer Vorgesetzter zu sein. Der brauchte das ständig. Aber in wenigen Wochen wäre das endlich vorbei, dann waren sie auf gleicher Stufe – zumindest, wenn alles klappte. Hätte er die Sachen nicht im Keller, wäre eine private Nutzung des Firmenstaubsaugers komplett indiskutabel, es war verboten und er hat solche Vorschriften noch nie übertreten, er war schließlich nicht blöd.

Die nächtliche Stille durchdrang alles. Hier draußen war es immer ruhig. Als er einmal zufällig später hier war und ihm plötzlich aufging, wie ideal dieser Ort für die Mädchen war, fuhr er sofort nach Hause und packte eine Ölflasche ein, um als Erstes die Türen zu ölen. Er hatte es gar nicht ausprobiert, aber er hatte natürlich richtig vermutet, die Tür im Keller quietschte, ebenso die Eingangstür und die gut abschließende Zwischentür.

Das Wichtigste war, dafür zu sorgen, dass hier draußen niemand den Lärm hören könnte, der in seiner Abwesenheit gemacht wurde. Er hatte die Wände mit Styroporplatten isoliert und die Türen mit schweren Vorhängen abgehängt. Bevor er das erste Mädchen hierhergebracht hatte, hatte er Geschrei aus einem Actionthriller hier unten abgespielt – Boxen am Laptop angeschlossen und maximal aufgedreht. Er hatte die Türen verschlossen und sich in die Dunkelheit draußen vor das Gebäude gestellt. Es war nichts, wirklich nichts zu hören gewesen. Auch als er die Eingangstür wieder geöffnet hatte, war alles ruhig gewesen. Auf dem Weg in den Raum gab es noch zwei weitere Türen, die er isoliert hatte. Erst unten vor der Tür des Verstecks war ein undefinierbares Geräusch wie aus großer Ferne zu ihm gedrungen.

Er war einfach gründlich, egal, was er anfasste, immer spitze. Jetzt ging es nur noch darum, dem Raum den letzten Schliff zu geben. Er stellte den Staubsauger an.

Das feine, aber leider zu schrille Surren des Hightechstaubsaugers zersägte die Stille, während er die elf Quadratmeter mit dem Saugaufsatz in parallelen Bewegungen sorgfältig abfuhr. Erst längs, dann noch mal quer, zweifach war sicherer. Sehr gut, er war zufrieden. Das Gerät war für den kleinen Raum völlig übertrieben, aber die absolute Gründlichkeit, mit der er vorging, war genau richtig. Keine Ausrutscher mehr. Kein Staub mehr, kein Fussel, nichts. Jetzt den Staubsauger sofort ins Auto zurückbringen, den Keller zu Hause hatte er sicherheitshalber auch gesaugt, dann war das Gerät morgen früh im Auto und jeder konnte sehen, wie er es von zu Hause wieder mitbrachte.

Aber das mit dem letzten Mädchen! Was war nur in ihn gefahren? Er hätte warten müssen. Und diese penetranten Schlagzeilen, er wollte weggucken, sie nicht beachten. Das war ihm nicht geglückt, sie hieß Nicole. Er las normalerweise kaum Zeitung, aber wenn so etwas passierte, dann zogen ihn die großen Überschriften magnetisch an. Sogar online hatte er darüber gelesen. Er war dafür extra in ein Internetcafé gegangen. Den Namen der anderen hatten sie auch in der Zeitung erwähnt. Er wollte unter keinen Umständen Namen mit einem Mädchen verbinden. Namen störten ihn dabei, das Mädchen so zu erleben, wie es wirklich war. Die langen Haare waren wie etwas Allgemeines, man konnte sie auch öffentlich sehen, in den Straßen und Cafés, sie waren etwas Ewiges, das er haben durfte, weil es seinen Weg kreuzte und weil er sich das nehmen konnte. Er hatte sie perfekt ausgewählt, o ja. Jetzt war es doch passiert und die Namen hatten sich in sein Hirn gebrannt, quälten ihn wie Ohrwürmer, die man jahrelang nicht aus dem Kopf bekam. Nicht mit dem Mädchen selbst hatte er einen Fehler gemacht. Aber der Zeitpunkt war falsch. Seine Vorbereitungen waren nicht abgeschlossen.

Er wurde das Gefühl nicht los, dass auch unter ihren Fingernägeln irgendetwas war. In der Erinnerung sah er es, dunkelbraun oder schwarz, nicht weiß wie bei der anderen. Das Bild entstand unkontrollierbar vor seinen Augen, selbst bei der Arbeit bohrte dieser nicht aushaltbare Gedanke, diese Unsicherheit in ihm. Hatte das Mädchen etwas unter den

Fingernägeln, unter Zeige- und Mittelfinger der rechten Hand? Oder hatte sie nicht? Und was war mit der anderen vor ein paar Wochen, Annika? Spielte seine Einbildungskraft verrückt? »Konntest du nicht warten, ist es wieder mit dir durchgegangen? Reiß dich doch mal zusammen«, schalt die Stimme seiner Kindheit ihn. Aber er hatte sich doch vollständig im Griff. Vorher jedenfalls und jetzt auch. Er hasste sich für diese Unsicherheit, das Ganze war unverzeihlich.

Er stellte den Staubsauger aus, atmete tief durch und reckte sich. Vielleicht hatte er sich das mit den Fingernägeln nur eingebildet. Er fühlte sich erleichtert, aber nur für einen kurzen Moment. Er hatte es dann ja gesehen. Der Fußboden des Kellerraums war voller Staub aus Mörtel und Dämmmasse. Doch wie sollte etwas davon unter ihre Nägel gekommen sein, schließlich war sie gefesselt. Bloß, was war es sonst? Es machte ihn völlig verrückt, dass er es nicht mit absoluter Sicherheit sagen konnte: Bevor er das nächste Mädchen auch noch hierher hätte holen dürfen, hätte er den Fußboden gründlich versiegeln müssen, so, wie er es jetzt tat.

Die Schönheit des Gesichts, der Haare, der schlanke Körper, das alles war nicht einzigartig, es gab diese Mädchen tausendfach. Trotzdem suchte er lange und gründlich, alles musste stimmen. Die Größe, Körperform, Proportionen, Haare … und vor allem das ebenmäßige, perfekte Gesicht, Augen mit langen geschwungenen Wimpern, die einzeln zu erkennen waren und nicht aneinanderklebten, dabei dicht und dunkel. In den letzten Jahren gab es zu viele dicke Mädchen. Mit so einer, das konnte er sich überhaupt nicht vorstellen.

Das erste Mädchen damals war zwar nicht völlig schlank gewesen, aber auch nicht unförmig, eigentlich nicht mal dick. Sie hatte vielleicht fünf Kilo zu viel gehabt, aber die waren gleichmäßig verteilt gewesen, ohne den Körper schwammig zu machen, im Gegenteil, sie war fest und gut geformt gewesen. Sie hatte seine Anforderungen auf eine geschmeidig-widerstandslose Art erfüllt, obwohl sie am Anfang ein großes Theater gemacht hatte. Im ersten Moment hatte er natürlich gedacht, das Mädchen hätte ihn mit einem Fingernagel gekratzt. Dann hatte er bemerkt, dass es mit der Kante eines Armreifs passiert war. Er hatte ihn ihr gleich abgenommen. Noch zwei Wochen nach ihrer letzten Begegnung hatte er die Kratzer am linken Unterarm und wann immer er die verblassende dünne Spur auf seiner Haut wahrnahm, durchlief ihn die Erinnerung wie eine Welle. Jetzt lag der Armreif an einem besonderen Ort.

Er strich sich über sein T-Shirt und spürte zufrieden seinen durchtrainierten Bauch unter dem Stoff. Das Begehren in ihm war unbändig. Aber er wusste, dass es gar nicht der Sex war, nicht das Eindringen, worauf er aus war. Er wollte mit den Mädchen zusammen sein, sie in seiner Nähe haben, zumindest für eine Zeit in dem kleinen alten Haus, immer dann, wenn es ihn unwiderstehlich zu ihnen zog. Zu eng sollte es aber nicht werden.

Wenn er bei ihr war, ließ er sich von seiner Lust quälen, ohne ihr nachzugeben, obwohl er das hätte tun können, er hatte die Kontrolle. Er konnte mit ihr tun und lassen, was er wollte. Er konnte es einfach erzwingen und so wie es ihm gerade in den Sinn kam, sich hart und unmissverständlich in sie stoßen, wie auch immer er es wollte, wann er es wollte und sooft er es wollte. Nur gab ihm das nichts. Er verachtete dieses kopflos Gierige, das auch seine Kollegen an den Tag legten, wann immer attraktive Frauen in der Nähe waren. Nein, er hatte sich im Griff.

Aber das jetzt hätte nicht sein dürfen, er hätte warten müssen. Schließlich war alles sicher, kein Grund, überstürzt vorzugehen. Wenn ihm keine Unbedachtsamkeit unterliefe, dann könnte er sein ganzes Leben unentdeckt bleiben und weitere Mädchen hierherholen. Wenn er jetzt eine Spur hinterlassen hatte, die die Polizei auf ihn brachte? Das würde er sich niemals verzeihen, schließlich war es völlig unnötig. Die Polizei war ja blöd genug, sodass schon ein paar grundlegende Vorsichtsmaßnahmen ausreichten.

Eine Kunststoffversiegelung konnte man unter keinen Umständen mit den Fingernägeln aufkratzen. Außerdem hatte er immer noch das schöne Gesicht der Blonden vor sich. Er hatte nicht vorgehabt, ihr so schnell untreu zu werden. Sie war lange bei ihm gewesen und er hatte sie schön gefunden, auch begehrenswert. Aber er hatte sie nicht zum Sex gezwungen. So was machte er nicht mehr. Er wollte sie nur anschauen und berühren und warten. Sie ewig anschauen und erst, wenn sie wirklich bereit war, ohne dass es noch einen Zweifel gab, also wenn überhaupt kein Widerstand mehr zu erwarten war, erst dann drang er in sie ein. Es war eine ungeheure Lust, eine Welle, eine Überflutung von Lust und Gier, das konnte er nur haben, wenn er so lange wartete. Etwas zu erzwingen, das war für ihn nicht mehr möglich, er war nicht mehr zwanzig. Ihr Gesicht war dann unfassbar schön, wenn sie nichts mehr dagegen hatte und sich nicht mehr wehrte.

Er hätte es gelassen angehen sollen, denn längst hatte er herausgefunden, dass die schöne Braunhaarige noch fast zwei Jahre ihrer Ausbildung vor sich hatte. Sie hätte allerdings in eine andere Filiale versetzt werden können. Er hatte vorgehabt, sich erst im Frühjahr wieder ein Mädchen zu holen. Was hatte ihn nur so kopflos werden lassen? Nächstes Jahr im Sommer wäre noch besser gewesen, sonst war es für ihn zu kalt in dem Kellerraum, der nicht geheizt werden konnte. Dabei war es eine besondere Fähigkeit von ihm, den richtigen Zeitpunkt abzupassen, lieber zu warten, um garantiert einen Treffer zu landen.

Wie im Sommer, als er bei einem Brainstorming-Wochenende spontan eine komplette Gesamtstrategie entwickelt hatte. Sein Chef hatte große Augen gemacht. Natürlich hatte niemand gemerkt, dass es ihm in diesem Moment eigentlich nur darum gegangen war, seinen Boss noch mehr für sich einzunehmen. Die Leute kriegten ja nie viel mit, weil jeder immer nur mit sich selbst beschäftigt war. Dabei war die Kernidee gar nicht seine eigene gewesen, er war im Internet darauf gestoßen, hatte quasi die Grundidee einer US-Firma so abgewandelt, dass er daraus seine eigene gebastelt hatte, schön angepasst. Er hatte es rübergebracht, als wäre es seine frische, neue, ureigene Idee gewesen. Sein Chef hatte angebissen. Klar, eine seiner Stärken lag in der Strategieentwicklung und die war quasi in Echtzeit während seines Redebeitrags vor Chef und Kollegen abgelaufen.

O ja, strategisch konnte ihm keiner das Wasser reichen. Das mit dem Fußboden brachte er heute Nacht einen Schritt weiter. Er musste nur einmal so viel Tiefgrund auftragen, dass der Zementestrich ausreichend abgedeckt war, dann einen Tag trocknen lassen und danach kam der Flüssigkunststoff darauf.

Er freute sich auf die perfekt versiegelte, sichere Oberfläche. Keine unnötigen Sorgen mehr, keine Grübeleien über Staub unter Fingernägeln. Und wenn alles fertig war, würde er trotzdem noch warten. Nie wieder würde ihm ein solches Missgeschick passieren.

Aber jetzt musste er sich beeilen. Auch wenn mal wieder viele Leute bis in den nächsten Tag alkoholisiert sein würden – sicher war sicher. Er wollte vor halb fünf wieder in seiner Wohnung sein, es gab zu viele dieser Frühaufstehertypen mit ihren Hunden, die an allen Wochentagen und sogar an einem Freitag weit vor Tagesanbruch unterwegs waren.

Er richtete sich auf, in seinem Rücken knackte es angenehm. Eine Situation aus seiner Kindheit, an die er nie mehr gedacht hatte, fiel ihm plötzlich ein. Er war noch ziemlich klein gewesen, als er sich ins Badezimmer seiner Eltern geschlichen hatte. Er hatte etwas tun müssen, er hatte nicht mehr warten können. Seine Eltern hatten mit Freunden auf der Terrasse gesessen, die Hollywoodschaukel hatte leise und gleichmäßig gequietscht. Alle bis aufs Blut genervt von dem Geräusch, aber seinem Vater war das egal gewesen. Sein Vater hatte bestimmt, die Hollywoodschaukel dürfte nicht geölt werden, weil er das Geräusch gemütlich gefunden hatte. Dazu die Stimmen, immer wieder das Gute-Laune-Lachen seiner Mutter.

Er hatte gelauscht, im Haus war es still gewesen, dann hatte er die alte Armbanduhr aus der Schublade des Badezimmerschranks genommen und sie langsam über die Oberfläche des Schränkchens geschoben. Er hatte die Uhr nur mit den Fingerkuppen berührt. Langsam und gründlich, damit die Zeit es auch mitkriegte. Es war die letzte Uhr im ganzen Haus gewesen. Zum Glück hatte sein Vater nie eine Uhr getragen. Konnte die Zeit nicht stehen bleiben? Morgen wäre sonst wieder Sonntag. Er hatte die Uhr bis an den Rand des Schränkchens geschoben. Er hatte die Uhr in die Ritze zur Wand geschoben. Dann hatte er das Schränkchen wieder fest an die Wand gedrückt, bis er ein Knirschen gehört hatte.

Sein Vater saß jetzt wahrscheinlich zufrieden mit sich selbst vor dem Fernseher oder mit einem Buch unter der Leselampe. Er hasste ihn. Und die Mutter immer dabei. Er wusste nicht, wen er mehr hasste.

Aber dann war doch wieder ein Sonntagnachmittag gekommen, wieder hatte er mit seinem Vater raus in die Natur fahren müssen. Den Mann, der sie an dem Teich gesehen hatte, hatte er später kennengelernt. Der hatte sich für einen Superpädagogen gehalten. Eigentlich war er sogar ganz in Ordnung gewesen.

Aber er hatte ihm trotzdem nicht getraut. Warum hatte er damals nichts gesagt? Er hätte doch sagen können, dass es verboten ist, Kinder an einem kalten Junitag ins Wasser zu drücken. Der Mann hatte bestimmt auch Angst vor seinem Vater gehabt. Sein Vater und der Mann hatten sich von Weitem kurz gegrüßt, dann hatte sein Vater ihm den Kopf unter Wasser gedrückt. Er hatte geglaubt, dass er ersticken würde, und an seine Mutter gedacht. Was hätte sie getan, wenn der Vater ihn tot vom Ausflug zurückgebracht hätte? Aber dann wäre es sowieso zu spät gewesen.

Er war nicht gestorben, sein Vater hatte ihn wieder auftauchen lassen, hatte ihn dafür gelobt, dass er nicht herumgeschrien habe, nur weil es ein bisschen rauer gewesen sei. Wie ein richtiger Mann, hatte er gesagt. Das stimmte, er hatte nur nach Luft geschnappt, sein Herz hatte gerast. Dass er gedacht hatte, er müsse sterben, das hatte er nicht gesagt. Er hatte keinen Laut von sich gegeben. Im Hals ein Kloß und der rasende Herzschlag.

Aber er hatte nicht weinen wollen. An diesem Junisonntag hatte er sich vorgenommen, nie wieder mit seinem Vater zu sprechen. Und er hatte sich gewünscht, sein Vater würde in den Teich fallen und tot sein.

Damals hatte er noch nicht gewusst, dass der Mann Rainer geheißen hatte und er bald mit ihm zu tun haben würde. Rainer hatte ihm später gesagt, er sei das größte Talent, das er in seiner Laufbahn hatte entdecken dürfen. Vor zwei Jahren war Rainer gestorben, einfach so, Herzinfarkt, obwohl er sportlich und drahtig gewesen war. Solange er gelebt hatte, hatten sie sich ab und zu getroffen, sogar manchmal in Hamburg. Als Rainer plötzlich tot gewesen war, hatte er das Gefühl gehabt, nun völlig einsam zu sein. Aber an dem Nachmittag hatte Rainer nichts gesagt. »Sag mal, darf ich dich was fragen?«, hatte er ihn irgendwann gefragt.

Nein, durfte er nicht. Rainer hatte aber trotzdem gefragt. Er erinnerte sich an diese Situation mit seinem Vater am Teich. Es habe so ausgesehen, als ob der ihm den Kopf unter Wasser gedrückt hätte.

Er hatte nichts darauf geantwortet. Was ging ihn das an? Und wenn er es gesehen hatte: Was sollte seine blöde Frage?

Als er mit seinem Vater von diesem Ausflug zurückgekommen war, hatte seine Mutter vor dem Haus gestanden, sie war mit einer Gartenarbeit beschäftigt gewesen. Er wollte zu ihr und in ihre Arme laufen und für immer darin verschwinden. Als er ihr entgegengestürmt war, hatte sie ihr lautes Lachen gelacht, hatte kühl gesagt »O je, was ist denn los?« und sich gleich mit der Gartenschere in der Hand wieder dem Rosenstrauch zugewandt.

Unter den Fingernägeln konnten keine Hautfetzen von ihm selbst gewesen sein, das war beruhigend. Es hatte ja keine direkten körperlichen Berührungen gegeben, jedenfalls nicht so. Sie hatte sich nicht körperlich gewehrt, weil das nicht mehr gegangen war, als sie aufgewacht war. Die Bänder und Fesseln hatten zu festgesessen, um auszuholen. Und als er zu ihr gegangen war, um einfach bei ihr zu sein, da war er überall vermummt, sie hatte nie sein Gesicht gesehen. Wenn er wollte, könnte er ein Mädchen jederzeit wieder gehen lassen. Es gab keine Gefahr für ihn, es wäre ihr unmöglich, ihn wiederzuerkennen. Er behielt in jedem Augenblick jede Freiheit.

Der Tiefgrund war aufgetragen. Jetzt noch den Boden trocknen lassen und mit dem Flüssigkunststoff versiegeln. An den Mädchen wäre keine Spur ihres Aufenthaltsorts mehr zu finden, egal, wie gründlich so ein Rechtsmediziner arbeitete. Ohnehin würde er erst im nächsten Sommer wieder ein Mädchen hierherbringen. Er war ja irgendwie durcheinander und bis dahin hatte er sich bestimmt wieder im Griff. Er war zufrieden. Er strich sich die Haare aus der Stirn. Sie war nass, er schwitzte stark.

## 15

Es klopfte an der Tür und Martin trat ein. Lena hatte den Techniker noch nie anders erlebt als in bester Laune, auch jetzt lächelte er. Mitte dreißig, Styling casual, als wäre er Softwareprogrammierer bei Microsoft. Teure Sneakers, Edeljeans, T-Shirts aus London, sein Haarschnitt sah nach Trendfriseur aus. Er war der Spitzen-EDVler des Hamburger Landeskriminalamts und manchmal auch der LKAs in anderen Bundesländern.

Lena hatte gehört, dass ein Headhunter ihn für eine große Softwarefirma anwerben wollte. Martin hatte das Angebot abgelehnt, trotz des sechsstelligen Startgehalts. Er wollte bei der Kripo sein und er liebte London nicht genug, wo er dann überwiegend gearbeitet hätte. Er hatte sowieso keine Geldsorgen, weil er von seinen Eltern mehrere Mietshäuser in guter Lage geerbt hatte.

Lena kam es oft vor, als würde es gar nicht zu Martin vordringen, was für brutale Dinge er untersuchte. Jedenfalls hatte sie noch nie erlebt, dass er betroffen gewesen wäre, wenn er ihr die Ergebnisse seiner Arbeit präsentierte. Immer war er begeistert darüber, was er mithilfe der Technik herausfand. Allerdings konnte er häufig nur bestätigen, was sie ohnehin schon wusste.

»Darf ich?«, fragte er, ohne Lenas Antwort abzuwarten, und steckte den USB-Stick in den Laptop auf dem Tisch. »Ihr werdet staunen.«

»Hoffentlich«, sagte Lena. »Wir können ein paar neue Infos gut gebrauchen.«

Henri rollte auf seinem Schreibtischstuhl heran.

»Sorry, dass es länger gedauert hat als sonst, aber ich wollte noch was untersuchen und die Software hat gezickt.« Martin klickte stehend über den Laptop gebeugt, bis der Film von Markus Neubauer ablief. »Ich habe den in einzelne Sequenzen unterteilt und von einigen Bildern Vergrößerungen gemacht«, sagte er und blendete sie parallel ein.

»Wir brauchen das Gesicht der Frau, hast du etwas Brauchbares gefunden?«, fragte Lena, ahnte bereits die Antwort.

Martin schüttelte erwartungsgemäß den Kopf. »Ich habe das Handy komplett untersucht, nicht nur den Film, den Neubauer gezeigt hat. Trotzdem kann man ein paar Schlüsse ziehen. Hier«, er wies mit seiner schmalen Hand auf ein Bild, das eine starke Vergrößerung des linken Unterarms der Frau in Nikolaus' Wohnung zeigte, »fällt euch was auf?«

»Nicht wirklich«, murmelte Henri.

»Perfekte Haut, völlig ebenmäßig«, fand Lena.

»Ganz genau. Die Haut weist überhaupt keine Schattierungen, keine Flecken auf, nichts.« Er klickte weiter und zeigte auf ein neues Bild.

»Keine Pigmentflecken, keine Narben, vermutlich eine sehr junge Frau«, sagte Lena. »Die Härchen an den Armen müssen rasiert sein.«

»Euer Mann steht auf junge Frauen«, sagte Martin.

»Das wussten wir«, sagte Lena.

»Hier seht ihr nochmals eine Vergrößerung des Unterarms.«

Lena beugte sich vor und sah sich die Aufnahmen genau an. »Das ist eine so ebenmäßige Haut, es sieht aus, als hätte jemand etwas wie ein Make-up, Theaterschminke oder so, aufgetragen.«

»Aber Dirk hat auf der Haut von Annika und Nicole nichts gefunden.«

Schweigend betrachteten sie eine Weile die Bilder an der Wand.

»Du hast ja gar nichts zum Staunen«, stichelte Henri.

»Was ihr aber auch immer erwartet«, sagte Martin und zog den Stick aus dem Laptop.

Lena betrachtete die Fotos an der Wand. »Wir müssen

wissen, wer die Frau in Levantins Wohnung ist und wo sie sich aufhält«, sagte sie. »Und ob sie noch lebt.«

***

Oliver Cullen liebte das Möwengeschrei. Es hörte sich an wie Heimat. Er ging am Wasser entlang, in einer Stadt mit über zweitausend Brücken war überall Wasser. So was gab es bei ihm zu Hause nicht, obwohl das ganze Land von Wasser umschlossen war. Seine Frau wollte unbedingt wieder nach Hamburg zurück. Zwanzig Jahre hatten sie in Oxford gelebt. Und das gar nicht so schlecht, jedenfalls die meiste Zeit nicht. In den letzten zwei Jahren war es schwierig geworden, sehr schwierig, aber er hätte am liebsten einfach so weitergemacht. Barbara war da anders. Sie konnte so nicht weiterleben. Ihre Ehe funktionierte doch nicht mehr, hatte sie gesagt. Sie wollte mit den Kindern nach Hamburg gehen. Von dort war sie vor über zwanzig Jahren gekommen. Sie hatten sich in London kennengelernt.

Er ging von den Marco-Polo-Terrassen Richtung Elbphilharmonie. Die Ausmaße des Hafens überraschten ihn immer wieder. Er war oft mit Barbara hier, wenn sie ihre Eltern besuchten. Aber er konnte sich nie merken, wie groß alles war. Das ging ihm mit London auch so.

In einem Coffee Shop holte er sich einen Latte macchiato und lehnte sich neben der Terrasse an das Geländer. Das Wasser schlug plätschernd an die Mauer, Möwen kreischten. Tränen stiegen in ihm auf. Es war ein Abschied für immer, das spürte er. Auch wenn sie sich wiedersehen würden wegen der Kinder, war dieser Teil seines Lebens vorbei. Es tat gut, einfach mal draufloszuheulen, und hier kannte ihn schließlich niemand. Er nahm einen Schluck aus dem Pappbecher, der ihm um ein Haar aus der Hand geglitten wäre, und starrte ins Wasser. Die Wellenbewegungen beruhigten ihn. Darin schillerte es grau, braun und manchmal grün. Es gab sogar einen dunkelrot-lila Farbtupfer. Die Farbe wirkte schwächer. Er wischte sich die Tränen ab. Eine solche Farbe konnte es hier im Hafenwasser in Hamburg eigentlich nicht geben. Dann erkannte er, dass es kein Farbspiel des dreckigen Hafenwassers war. Dort schwamm ein Schuh. Ob der mit den grausamen Frauenmorden zu tun hatte, bei denen die Polizei um Mithilfe gebeten hatte? Er tippte *110* in sein Handy.

***

»Setzen Sie sich!« Lena platzierte Nikolaus Levantin so, dass er sie frontal ansah und sich von Henri, der an seinem Schreibtisch saß, seitlich beobachtet fühlen musste. Auch wenn das Ergebnis des DNA-Tests noch nicht da war, sie mussten weitermachen.

»Sie haben meine Nachbarn nach meinem Liebesleben befragt!« Levantin sah Lena gekränkt an.

»Sie haben eins?« Lena erwiderte seinen Blick, dieses Flucht-nach-vorn-Manöver würde ihm nichts nützen. Sie sagte eine ganze Weile erst mal nichts. »Haben Sie darüber nachgedacht, dass es besser sein könnte, offen mit uns zu sprechen?«, fragte sie schließlich.

»Dasselbe wie gestern, Frau Holland.«

»Sie sollten Ihre Meinung ändern«, sagte Henri.

»Also, die vier Abende: 4., 7., 14. und 24. September!« Lena lehnte sich in ihrem Stuhl zurück und schlug die Beine übereinander.

Levantin holte betont langsam seinen Kalender aus der Aktentasche und schlug ihn auf.

»Fangen wir mit dem Abend des 14. September an, an dem Sie Besuch hatten. Wer war die Frau?«

»Niemand.«

»Am 4. September ist eine Frau verschwunden, deren

Leiche sechs Tage später gefunden wurde. Für den 24., an dem eine weitere Frau verschwunden ist, haben Sie ebenfalls kein Alibi. Auch diese Frau ist ein paar Tage später tot aufgefunden worden. Also, wo waren Sie an diesen Tagen?«, beharrte Lena.

»Ich kann mich nicht mehr erinnern.«

»Wer ist die Frau, die bei Ihnen war?«

»Weiß ich nicht.«

»Sie könnte Ihnen doch für diesen Tag ein Alibi geben.«

»Sie haben ein schwaches Gedächtnis«, warf Henri ein.

Levantin tat so, als hätte er es nicht gehört.

»Ist die Frau tot?« Lena ließ Levantin nicht aus den Augen. Aber sein Ausdruck war undurchdringlich. »Beschreiben Sie uns, was Sie am Abend des 14. September gemacht haben.«

»Was wollen Sie denn immer mit diesem Abend? Das habe ich doch schon gesagt!«

»Sie haben nichts gesagt. Nach dem Einkaufen abends zu Hause«, sagte Henri, »und jetzt detailliert alles, was Sie dann gemacht haben.«

Levantin schwieg.

Lena wartete und ließ ihn schmoren. Dann eben mit einem anderen Thema, er musste doch aus der Reserve zu locken sein. »In Ihrer Kanzlei sagte man, dass Sie ausnahmslos mit dem Bus ins Büro kommen, manchmal mit dem Fahrrad, aber nie mit dem Auto. Warum sind Sie am 28. September mit dem Auto zur Arbeit gefahren? Wollten Sie etwas transportieren, das niemand sehen sollte?«

In der Nacht vom 28. auf den 29. September war Nicole im Hafenbecken abgelegt worden.

Über seiner Oberlippe glänzte Schweiß. »Nur so. Ich habe die ganze Zeit viel Sport gemacht und ich war müde.«

»Haben Sie das Auto genommen, um Ihr Opfer darin wegzubringen?« Lena taxierte Levantin durchdringend.

»Ich hatte einfach Lust, ins Auto zu steigen.« Auf seinem Gesicht hatte sich wieder sein starres Lächeln eingegraben.

»Sagen Sie uns den Namen der Frau, die auf dem Film ist!«

»Ihr kleiner Film hilft Ihnen vor Gericht nichts.«

»Der Staatsanwalt ist anderer Meinung«, sagte Henri kühl und Lena bemerkte, wie es um Levantins Augen zuckte.

»Also reden Sie!«, drängte Henri.

»Ich habe schon alles gesagt.«

Lena drehte den Bildschirm so, dass Levantin genau darauf sah, und ließ ihm Zeit, sich den Film anzusehen. Sie ließ ihn immer wieder von vorn laufen und schwieg.

»Sagen Sie uns einfach, wer diese Frau ist.«

Levantin war plötzlich weiß, seine Augen wirkten noch dunkler und er hatte starke Augenringe.

»Ich«, setzte er schließlich an, »ich … ach, nichts.«

»Wer ist die Frau?« Henri lehnte sich vor.

»Ich muss jetzt wirklich gehen. Und halten Sie meine Kanzlei außen vor.« Levantin packte seinen Kalender wieder in die Aktentasche und stand auf.

»Sie machen hier keine Ansagen«, sagte Lena. »Die Kanzlei, in der Sie arbeiten, hat in Bergstedt ein Archiv angemietet. Sie haben einen Schlüssel dafür. Unsere Kollegen sind in diesem Moment vor Ort, um sich ein Bild von den Räumlichkeiten dort zu machen.«

Levantin riss die Augen auf, »Sie haben aber keinen Durchsuchungsbefehl«, rief er und es hörte sich an wie eine unsichere Frage.

»Den Durchsuchungsbefehl zu kriegen war ganz leicht«, behauptete Henri.

»Und da Sie uns nicht sagen, wer die Frau in Ihrer Wohnung war, werden wir Ihre gesamte Umgebung auf den Kopf stellen. Verlassen Sie sich darauf, wir werden sie finden.«

Ohne Lena oder Henri noch eines Blickes zu würdigen, verließ Nikolaus Levantin das Büro.

»Der lässt ja gar nichts raus«, seufzte Lena.

»Ich werde nicht schlau aus ihm. Ist er einfach nur ein merkwürdiger Typ oder ein brutaler Mörder?« Henri klickte in seinem Laptop herum.

»Er wurde immer unruhiger, obwohl er geübt darin ist, seine Gefühle nicht zu zeigen. Gleichzeitig wirkt er extrem gefasst.« Lena strich sich die Haare aus der Stirn. »Und irgendwie eiskalt.«

»Er hat Angst, dass wir mehr wissen, als wir sagen.«

»Wenn er uns den Namen der Frau nennen würde, wäre doch sein Alibi klar. Wahrscheinlich ist sie tot.«

»Andererseits wurde, soweit wir wissen, im Oktober keine weitere Person vermisst gemeldet.«

»Er könnte eine Frau versteckt halten, die – wie Nicole – bisher nicht vermisst wird.«

Henri nickte.

»Wenn er sein nächstes Opfer bereits irgendwo versteckt hat, dann vermutlich nicht in seiner Wohnung.«

»Ohne Vermisstenmeldung kriegen wir keinen Durchsuchungsbefehl für seine Privatwohnung. Aber dort wird er niemanden verstecken, das wäre viel zu riskant.«

»Aber es liegt ein dringender Tatverdacht vor. Ich werde eine Beschattung beantragen.« Lena sah auf ihren Kalender, dann zu Henri hinüber. »Er hat was zu verbergen. Als er ging, war er kreidebleich und wirkte wie eingefroren.«

***

Er hatte es anders geplant, aber als er das Mädchen die Straße entlanggehen sah, kam es ihm plötzlich vor wie ein Wink, nicht länger zu warten. Auch das warf er sich jetzt vor. Glaubte ausgerechnet er an das Schicksal? Wegen eines einparkenden Autos musste er anhalten, sonst hätte er sie auf dem Gehweg gar nicht bemerkt. Vielleicht war sie privat hier in der Gegend. Er hatte sie schon seit Wochen beobachtet und es war gar nicht ihre Zeit und eigentlich auch nicht ihr Tag. Er stellte sein Auto ab, ging ihr nach, sah sich um, als suchte er nach etwas, und sprach sie an. Es lief ab, als wäre alles vorher längst festgelegt. Sie standen an der Ecke Grindelhof/Rappstraße, ein normales nettes Gespräch einer schönen jungen Frau mit einem Mann, wie es nicht weiter auffällt. Auch im Nachhinein wunderte er sich, wie leicht es wieder war.

»Entschuldigung, ich kenne mich in dieser Gegend nicht aus, wie komme ich denn von hier zur …?«

Er nannte eine bekannte Straße in der Nähe der U-Bahn-Station Schlump, die ihm zufällig einfiel. Auch das war ein Fehler. Wie konnte er so ungeplant vorgehen? Es war ein unfassbares Glück, dass trotzdem alles so funktionierte, als hätte er seinen Plan Stück für Stück umgesetzt.

Sie sah ihn freundlich an, lächelte leicht, mehr mit den Augen als mit dem Mund. Frauen mochten ihn. »Hm, am besten du gehst, hm, schwer zu erklären.« Zwischen den Augenbrauen hatte sie eine kleine Steilfalte.

Er sagte, er habe sein Handy nicht dabei, aber es liege ein Stadtplan im Auto. Bereitwillig begleitete sie ihn die paar Meter. Sie schien es nicht eilig zu haben und schlug auch nicht vor, in ihrem Handy nachzusehen. Sie sprachen über dies und das und dann hatte er dieses sichere Gefühl, dass es klappen würde oder sie nicht Nein sagen würde – und er fragte sie einfach, ob sie nicht noch eine Kleinigkeit trinken gehen wollten. Sie überlegte einen Augenblick. Er befürchtete schon, ihr Freund wartete auf sie.

»Ja, warum nicht?«, sagte sie dann und schlug selbst den *Balzac*-Coffeeshop vor, in den er ab und zu ging und der ein Stück den Grindelhof hinunter lag. Sie hatte einen perfekten Mund, fein geschwungene, volle Lippen, dunkle Augen, die Bezeichnung »Kulleraugen« fiel ihm ein. Ihre Wimpern waren dicht und schwarz, südländische Augen, dachte er.

Die dunkelbraunen Haare glänzten, waren leicht gewellt und reichten weit über die Schulter. Er musste sich beherrschen, nicht einfach in ihre Haare zu greifen, sie gehörten ihm doch bereits. Am liebsten hätte er mit den Fingerspitzen ihre Lippen und ihr Gesicht berührt. Ihre Brüste hatten genau die richtige Größe, sie passten zur Taille. Er zwang sich, wieder in ihr Gesicht zu sehen, damit sein Blick nicht an ihrem Ausschnitt und den nackten Oberarmen hängen bliebe. Eine unbedachte Berührung im falschen Moment würde alles kaputt machen.

Er hatte das Mittel dabei, weil er es lieber in seinem Versteck aufbewahren und es bei Gelegenheit dorthin bringen wollte. Neulich hatte er es frisch gemischt, für alle Fälle. Aber in diesem Moment dachte er noch, dass er es auf keinen Fall tun sollte, er würde sie heute nur kennenlernen. Mitnehmen würde er sie erst später, wenn alles vorbereitet war. Aber dann dachte er wieder, wie ideal die Situation war, sein Auto stand nur ein paar Meter entfernt, sie konnten draußen sitzen und Iced Caffè Latte trinken, wie alle anderen auch. Der Platz gegenüber dem Kino war so belebt, niemand würde sich an ihn erinnern.

Die Sonne schien, als wäre Hochsommer. Das Mädchen hatte ihren Namen gesagt und er hatte es geschafft, ihn nicht zu behalten. Er sagte den Vornamen seines Cousins, den er vor über zwanzig Jahren das letzte Mal gesehen hatte, Jochen. Er war sich sicher, dass niemand sie beachtet hatte, obwohl das Mädchen eigentlich zu schön war, um nicht aufzufallen. Aber die anderen Gäste waren mit sich selbst beschäftigt.

Er hatte die Getränke geholt, das Mädchen ging auf Toilette. Selbst er hätte es nicht besser planen können. Er beherrschte es, die Hand mit der geöffneten Flasche aus der Tasche zu nehmen, ein paar Tropfen versanken in ihrem Caffè Latte und für einen zufälligen Beobachter sah es aus, als hätte er den Becher nur angefasst, um ihn etwas beiseitezustellen.

Als er die erste Frau damals mit dem Auto nicht nach Hause, sondern in sein Versteck gebracht hatte, hatte die ein riesiges Geschrei gemacht. Zum Glück hatte niemand etwas davon mitbekommen, er hatte vorsorglich das ganze Auto verriegelt, sodass sie nicht an einer roten Ampel aussteigen konnte. Aber danach hatte er diese Geste geübt, abends auf dem Sofa, am Esstisch, tausendfach, bis sie saß. Seinen eigenen Becher stellte er auch etwas um.

Das Mädchen kam wieder, lächelte und trank mit dem Strohhalm von ihrem Latte. Es ging alles völlig glatt. Aber wenn er sich ehrlich befragte, war es doch so, dass er sich hatte hinreißen lassen. Es war, als wäre das Ganze einfach ohne sein Zutun abgelaufen. Es war noch nicht lange her, da war sie noch bei ihm. Und er war bei ihr und hat sich genommen, was er haben wollte.

Nach einer Viertelstunde stand er auf und sagte, er müsse jetzt gehen, seine kleine Tochter warte schon auf ihn. Ein alleinerziehender Vater zu sein, das gab Vertrauen, sehr gute Idee, dachte er.

»Aber ich kann dich gern noch ein Stück mitnehmen«, schob er hinterher, als sie sich neben seinem Auto verabschiedet hatten. Er musste sie jetzt nur noch ein paar Momente in ein Gespräch verwickeln. Gleich würden die Tropfen wirken, er hatte sie richtig gut gemischt.

»Danke, nein, nein«, sagte sie und wollte weitergehen. Dann griff sie sich an die Stirn und blieb wieder stehen. »Mir ist …«, begann sie, sprach aber nicht weiter.

Blitzschnell öffnete er die Beifahrertür. »Setz dich lieber hin«, sagte er und wusste, dass er fürsorglich wirkte. Das Mittel zeigte schon seine Wirkung.

Das Mädchen zögerte einen Moment, aber sie schwankte und setzte sich dann doch. »Wenn du mich bis zur U-Bahn-Station Kellinghusenstraße mitnehmen könntest, das wäre gut.« Sie sprach langsamer, mit schwerer Stimme.

Sie saß jetzt im Auto und er schloss die Tür. Als er auf die Fahrerseite hinüberging, sah er, dass sie den Sicherheitsgurt befestigen wollte. Das alles hatte nur wenige Sekunden gedauert. Was für ein Glück, dass gerade niemand vorbeigekommen war.

Er stieg ein und schnallte sie richtig an. Sie war so gut wie bewusstlos. Er stellte die Rückenlehne des Beifahrersitzes nach unten, es sah so aus, als würde auf dem Beifahrersitz eine junge Frau schlafen. Was ja auch so war. Als sie an einer roten Ampel standen, drehte sie ihm den Kopf zu und ihr Atem wehte zu ihm herüber, er roch nach Kaffee, vielleicht auch nach Zigarettenrauch. Sie sah unfassbar schön aus. Sie war perfekt.

***

Der verführerische Essensduft aus der Wohnung im Erdgeschoss hatte Lena bewusst gemacht, wie hungrig sie war. Es war schon spät, sie hatte keine Lust, sich noch etwas zu kochen. Im Kühlschrank waren sowieso nur noch drei Tomaten. Sie wählte schnell Amelys Handynummer. Sie hätte sie längst zurückrufen sollen. Es kam nur die automatische Ansage. Lena zog sich kurz um, nahm ihr Portemonnaie und ging zum Döner-Imbiss am Mühlenkamp. Nach einem Falafelteller steuerte sie direkt Levantins Wohnung an, die nur eine Straße weiter war.

Was fiel Jürgen eigentlich ein, dass er die Beobachtung Levantins nicht umgehend angeordnet hatte? Er kam schließlich nach allem, was sie bisher wussten, als Täter absolut infrage. Wenn jetzt das nächste Mädchen verschwände, nur weil Jürgen Hartmann Formalitäten gern umständlich anging? Sie musste sich unbedingt selbst ein Bild machen, vielleicht hatte Jürgen doch ein paar Kollegen vor Levantins Wohnung postiert. Seit der Täter sie damals in dem Gebäude festgehalten hatte, war sie nie wieder allein in eine Gefahrensituation gegangen. Es war sowieso verboten, das wusste jeder, der bei der Kripo oder der Schutzpolizei arbeitete. Sich nicht daran zu halten war idiotisch. Sie wollten zu dritt in das Gebäude gehen, aber dieser Typ war schneller. Vor Levantins Haus blieb Lena auf der gegenüberliegenden Seite stehen und sah sich um. Keine Streife in Sicht, auch keine schlecht getarnten Zivilen. Typisch Jürgen.

Die Vorhänge in Levantins Wohnung waren zugezogen, dahinter war Licht. Lena ging an die rechte Seite des Hauses, es blieb dunkel, zum Glück kein Bewegungsmelder. Vielleicht gab es einen Kellereingang.

Als sie damals die Tür geöffnet und der Mann sie in das leer stehende Gebäude gezogen hatte, hatte er sofort einen Pistolenlauf auf ihr Gesicht gerichtet und ihr ihre Waffe abgenommen.

»Schöne Sache, so eine Waffe.« Er hatte ihre Jacke mit einem Messer aufgeschnitten, ihr den Pistolengurt abgenommen und ihr damit die Hände auf dem Rücken gefesselt. Dabei hatte er mit seiner entsicherten Pistole herumgefuchtelt. Noch nie in ihrem Leben hatte sie solche Angst gehabt.

»Sie werden damit nicht durchkommen«, hatte sie zu dem Mann gesagt.

Wie hätten die Kollegen hier eindringen wollen, ohne dass der Mann sie erschießen würde? Das Gebäude hatte zehn Etagen und eine enorme Grundfläche. Stand leer, seit die Versicherung in ein neues Gebäude umgezogen war.

»Schnauze, du redest nur, wenn ich es sage.« Er hatte Lena von oben bis unten kalt gemustert. »Mit dir könnte man auch andere Sachen machen.« Er hatte an ihre Brust gegriffen und ihr den Revolver vors Gesicht gehalten.

Lena hatte versucht, ruhig zu bleiben und tief zu atmen. Hatte Todesangst gehabt und nur an ihr Kind gedacht.

»Wieso bist du überhaupt bei der Kripo?«

Keine Antwort.

Er hatte sie vor sich die Treppe hochgestoßen, viele Stufen. Sie hatte die Stockwerke gezählt. Den Pistolenlauf hatte er in ihren Rücken gebohrt und sie immer wieder damit geschlagen. Die ganze Zeit hatte sie seinen Blick auf sich gespürt. Was hatte er vor?

Auch an den Seitenfenstern von Levantins Wohnung waren die Vorhänge zugezogen.

»Hallo?«

Lena presste sich an die Hauswand, ihr Puls raste. War das Levantin, der frische Luft schnappen wollte? Als der Mann sie durch das Gebäude geschoben hatte, war sie minutenlang nicht in der Lage gewesen, klar zu denken und einen Plan zu entwickeln. Er war sehr stark. Hätte sie an der Situation auch so lange geknabbert, wenn das mit André nicht passiert wäre? Erst dieser Einsatz hatte ihm bewusst gemacht, wie gefährlich Lenas Beruf war. Ab da war es schwierig zwischen ihnen geworden und irgendwann unmöglich. Denn eines war Lena immer klar: Niemals würde sie ihren Beruf aufgeben. Und Innendienst kam für sie nicht infrage.

»Lena?«

Ihr stockte der Atem. Wenn Levantin sie jetzt bemerkte, dann hatte sie ein Problem. Was tat sie auch hier? Mögliche Erkenntnisse, die man durch unerlaubtes Herumschnüffeln gewann, waren sowieso nichts wert. Sie drückte sich noch dichter an die Hauswand unterhalb eines seitlichen Fensters, das wahrscheinlich zu Levantins Wohnung gehörte. Aber es war zu spät. Auf dem Gehweg stand ein Mann und sah zu ihr herüber.

»Lena«, hörte sie es wieder flüstern. Sie duckte sich noch tiefer und war von der Straße aus bestimmt nicht mehr zu sehen. Vorsichtig drehte sie ihr Gesicht Richtung Straße. Jan stand dort.

Mit dem Finger auf den Lippen schlich Lena von der

Hauswand zum Gehweg. »Mann, hast du mich erschreckt«, sagte sie, als sie weit genug von Levantins Haus entfernt war, und umarmte ihn. Jan war ihr ältester Freund in Hamburg. Sie hatte ihn bei der Zimmersuche in den Neunzigern kennengelernt.

»Was machst du hier?«

»Das wollte ich dich fragen. Was machst du in einem fremden Garten, meine Liebe?« Er sah Lena aufmerksam an. »Du siehst zwar total mitgenommen aus, aber das Käppi steht dir.«

In diesem Moment wurde ihr klar, dass sie sich genauso angezogen hatte wie früher in Göttingen, wenn sie klauen ging: Sportschuhe, faltbare Regenjacke und Schirmmütze.

## 16

Hochnebel überzog in dichtem Grau den Himmel, für den Nachmittag war Regen angesagt. Der Nebel reichte in Lenas Straße bis an die Dächer der Häuser. Sie schloss gerade im Hof das Fahrrad auf, als ihr Handy vibrierte.

»Eine neue Vermisstenmeldung heute Morgen um 7:05 Uhr. Der Name: Amely Philippi, einundzwanzig Jahre alt, Studierende der Medizinischen Fakultät.« Uwe Hardt war am anderen Ende, »Dieses Mal wollte ich es dir persönlich sagen.« Sein Ton war alarmiert.

Lena sah plötzlich Sophies Puppengesicht vor sich. Aber Uwe hatte Amely gesagt. »Amely Philippi, bist du sicher?« Ihr wurde schlecht.

»Kein Zweifel.«

»Wer hat die Vermisstenmeldung aufgegeben?«

»Timo Möller, ein Kommilitone.«

Ein paar Sekunden lang glaubte Lena, das Ganze wäre eine Sinnestäuschung, ein schlechter Traum. Es konnte doch nicht wahr sein. Amely, ihre Freundin Amely. In Amelys WG wohnte ein Timo.

»Und sind Susanne und Christian schon …?«

»Was? Lena, was ist los, bist du noch dran?«

»Ich glaube, ich kenne die Vermisste, Amely ist …« Sie drückte das rote Telefonsymbol und scrollte sofort Susannes Nummer, im selben Moment ging ein Anruf von ihr ein.

»Ich dachte, alles löst sich von allein auf.« Susanne weinte. »Aber als ich Amely heute Morgen wieder nicht erreicht habe, sagte mir Timo, dass Amely seit Sonntagvormittag nicht mehr in der WG war. Zumindest glaubt er das, er war selbst meistens unterwegs. In der WG hat wohl auch tagelang niemand übernachtet. Timo wollte uns beruhigen, hatte aber schon eine Vermisstenanzeige aufgegeben.«

Gleich eine Vermisstenanzeige! Hatte er da nicht überreagiert? Woher hatte er gewusst, dass Amely länger nicht da war, wenn er selbst gar nicht zu Hause gewesen war, überlegte Lena. Hatte er versucht, Amely anzurufen? Sie würde ihn so schnell wie möglich danach fragen.

»Zuerst haben sie in Amelys WG gar nicht daran gedacht, dass etwas passiert sein könnte. Und der Puppenmörder …« Sie brach ab und schluchzte.

»Kann es nicht sein, dass sie bei ihrem Freund ist?«, fragte Lena, während sie krampfhaft überlegte, wie sie Susanne beruhigen konnte. Aber ihr fiel nichts ein. Hatte der Puppenmörder Amely? Wenn es so war, dann hatte er wieder einen Riesenvorsprung. Mindestens seit gestern Abend, aber wahrscheinlich schon ein paar Tage länger. Sie mussten erst einmal prüfen, ob Amely wirklich seit Sonntag nicht mehr gesehen worden war.

»Andreas, das ist ihr Freund, hat gesagt, Amely wollte am Dienstag in ihre WG und danach in die Uni gehen«, fuhr Susanne unter Weinen fort. »Sie wollte mich am Dienstagnachmittag anrufen. Aber sie hat sich nicht gemeldet. Er war auch völlig aufgelöst. Wir hätten schon gestern etwas unternehmen müssen.«

»Susanne, wir tun alles, um Amely zu finden«, Lena hörte selbst, wie matt sich das anhören musste. »Vielleicht klärt sich alles bald auf.«

»Stell dir nur vor, wenn dieser kranke Puppenmörder sie hat.«

Lena hatte es sich schon vorgestellt. Heute nach der Arbeit würde sie zu Susanne und Christian fahren. Und mit ihnen reden. Und mit Nele.

»Wir werden sie finden. Mein Kollege und ich kommen nachher bei dir vorbei. Schreib schon mal auf, was dir wichtig ist.«

Bevor Lena auf ihr Fahrrad stieg, rief sie Rasso Riedenburger an, sie brauchte die Unterschrift für eine Wohnungsdurchsuchung von ihm. Sie mussten sofort Levantins Wohnung durchsuchen. Und sie musste ihm sofort sagen, dass sie mit Amely und ihren Eltern befreundet war.

Bei Levantin würden sie alles auf den Kopf stellen, jede seiner teuren Fliesen rausreißen und umdrehen, wenn es sein musste. Außerdem sollten die Kollegen sofort zu Szabo fahren. Er musste noch einmal verhört werden.

***

Maik bog in den Campus ein und stellte sein Rad in den Fahrradständer. Er studierte wie Amely, Timo und Anna im dritten Semester Medizin, nur dass zwischen Amely und ihm etwas gelaufen war. Im Moment glaubte sie zwar, dass sie auf diesen älteren Typen stünde, dachte Maik, aber sie konnte ihm doch nicht ernsthaft einen so alten Kerl vorziehen. Die Monate mit ihr waren der absolute Knaller gewesen. Sie hatte zwar ihren eigenen Kopf gehabt und es war unmöglich gewesen, ständig mit ihr rumzuhängen, weil sie dauernd etwas zu tun gehabt hatte. Aber wenn sie sich dann gesehen hatten, war er wie auf Wolken geschwebt. Maik war sich sicher, dass das für Amely genauso gewesen war.

Er hatte nicht den Hauch eines Zweifels. Allerdings war es zu blöd, dass er das gemacht hatte. Er hatte keine Ahnung, wie er es lösen könnte. Beim Treffen der Arbeitsgruppe würde er einfach so tun, als wäre nichts. Das war noch immer das Beste. Er hatte seit Sonnabend zweimal in ihrer WG angerufen. Soweit er wusste, hatten die anderen aber bis heute keine Ahnung, was da zwischen ihm und Amely gegangen war. Er merkte plötzlich, dass ihn das ärgerte. Warum sollte er nicht eine so tolle Frau haben können? Dass dieses verdammte Handy dauernd klingeln musste! Gut, dass er es sofort in Sicherheit gebracht hatte. Aber die Strahlenschutzbox war nur eine vorübergehende Lösung. Noch vor der

Arbeitsgruppe musste er es verstecken, wenn man ihn damit erwischte, hätte er ein echtes Problem.

Erst mal alles gut, alles cool. Wie immer eben. Von Weitem erkannte er Timo, der ihn aber nicht bemerkte. Vielleicht wegen der neuen Mütze. Er fühlte trotzdem ein Pochen in der Magengegend. Das Fahrradschloss rastete hörbar ein. Er überprüfte den Reifendruck und sah unter dem Mützenschirm, dass Timo auf dem Platz nicht mehr zu sehen war. Zuerst würde er das Handy verschwinden lassen und dann die anderen treffen. Er musste sich beeilen, er war spät dran.

***

Durch die verlassene Kanzlei klingelte es laut aus der Telefonanlage im Empfang. Nikolaus Levantin war froh, dass er allein hier war. Dabei war es nur ein vages Gefühl, dass gleich etwas passieren würde, das niemand mitbekommen musste. Er drückte eine Taste, um das Gespräch entgegenzunehmen. »Kommen Sie zur Haustür, wir nehmen Sie mit zur Durchsuchung Ihrer Wohnung.«

Sein Herz wollte explodieren. Gerade hatte er sich mit einem Kaffee an seinen Schreibtisch gesetzt, um endlich mit der Rede für die Anwaltsvereinigung weiterzukommen.

Sich zu weigern war zwecklos. Immerhin hatten sie es unauffällig gemacht. Zum Glück waren seine Kollegen im Gericht und auf Außerhausterminen und die Empfangsmitarbeiterin hatte an diesem Vormittag einen Arzttermin. Er schickte eine Nachricht auf die Telefondisplays der Kollegen, dass er überraschend wegmusste. Das würde nicht gut ankommen. Ausgerechnet jetzt, wo sie doch zeitnah über seine Aufnahme in die Sozietät entscheiden wollten. Aber es war das Einzige, was er machen konnte, wenn er mitten am Tag einfach die Kanzlei verließ, ohne einen Gerichts- oder Mandantentermin zu haben.

Er trat aus der Kanzlei und als er die Tür abschloss, stand auch schon ein Polizist im Flur. Ein kurzes Kopfnicken, wortlos begleitete er ihn hinaus.

In diesem Moment blieb ihm nichts anderes übrig, als in das Auto einzusteigen, in dem Holland und ihr Kollege schon auf ihn warteten. Er musste mit ihnen zu seiner Wohnung fahren. Niemals hätte er geglaubt, dass sie ihm so nah kommen könnten. Auch wenn er es immer wieder befürchtet hatte. Danach würde er wieder in die Kanzlei gehen, normal zurückkommen wie von einem üblichen Außentermin. Er dachte daran, was sie finden würden, und Angst stieg in ihm auf.

Vor seiner Wohnung stand der Wagen der beiden Polizisten, die ihm heute Morgen in die Kanzlei gefolgt waren. Die glaubten wahrscheinlich, er hätte es nicht bemerkt. Im Treppenhaus waren mindestens acht weitere Polizisten. Er hasste es, davon abhängig zu sein, was andere vorhatten.

Er schloss seine Wohnungstür auf und ein Haufen Leute bahnte sich den Weg in seiner Wohnung. Am liebsten hätte er sie alle hochkant hinausgeworfen. Aber er musste seine Wut unter Kontrolle bringen, er konnte nichts gegen die Eindringlinge tun. Holland wollte ihn vernehmen, sie fragte sofort, wo sie reden könnten. Er fühlte sich in die Enge getrieben, warum musste er sich das gefallen lassen? Er setzte sich aufs Sofa. Sollte er versuchen, ihnen alles zu erklären? Alles natürlich nicht, aber gerade so viel, wie unbedingt nötig wäre?

Holland und Stefanski folgten ihm ins Wohnzimmer. Holland sah sich das Fenster zur Straße und auch den Vorhang aufmerksam an.

»Setzen Sie sich bitte mit hierher!«, forderte sie ihn in seiner eigenen Wohnung auf und machte eine Geste Richtung Esstisch, der in einem abgeteilten Teil des großen Wohnzimmers stand. Die beiden Kripoleute öffneten die Schränke im

Wohnzimmer und sahen den Inhalt grob durch. Die Feinarbeit würden später ihre Kollegen übernehmen.

Levantin fragte sich, wie lange es dauern würde, bis einer den Schrank im kleinen Zimmer geöffnet hätte.

»Herr Levantin«, begann Holland mit ihrem Tablet in der Hand, »wo waren Sie Sonnabend, Sonntag, Montag und gestern? Alles komplett!«

Er schwieg. Aber was sollte er tun? Er musste etwas angeben.

»Lena!«, rief plötzlich jemand, »das musst du dir ansehen!«

Er blieb sitzen und stellte sich vor, wie die Kripoleute in Schutzanzügen und Handschuhen vor seinem riesigen Schrank standen.

»Na, schau mal an!«, hörte er eine Männerstimme.

Jetzt sahen sie es: Der ganze Schrank war voller Puppen.

Der Schrank war eine Maßanfertigung, exakt nach seinen Vorstellungen, er füllte eine Wand von vier Meter fünfzig Breite und einer Höhe von vier Meter vollständig aus, aus Birkenholz gefertigt und sehr elegant. Hinter den äußeren Holztüren waren Türen aus entspiegeltem Glas. Levantins Puls pochte bis in den Hals. Er hörte das Erstaunen in den Stimmen, konnte aber nicht verstehen, was sie sprachen. Er wollte am Esstisch sitzen bleiben, aber er hielt es nicht aus, sprang auf und lief zu seinem Puppenschrank.

Holland, Stefanski und ein paar von der Spusi in ihren Schutzanzügen starrten in den geöffneten Schrank. Sie glotzten seine Puppen an. Da saß die kleine Blonde, neben ihr die kleine Braunhaarige, alle anderen Puppen auf ihren Plätzen und er konnte nichts für sie tun. Es schnitt ihm ins Herz. Was konnten sie denn dafür, dass sie in eine solche Situation geraten waren? Es war unerträglich. Er sah Holland an, sie ließ sich nichts anmerken. Diese Kripofrau war cool und in diesem Moment wünschte sich Levantin, irgendjemand würde laut aufschreien oder sagen, wie pervers das hier sei. Aber alle starrten nur die Puppen an. Er hielt es kaum aus.

»Achtung, die sind wertvoll!«, hörte er sich mit gepresster Stimme rufen, als zwei Männer nach den Puppen griffen.

Es half nichts. Die Männer kümmerte das gar nicht und die fremden Hände begannen, die Puppen zu untersuchen, griffen nach den Haaren, berührten die Gesichter und hoben die Kleidchen hoch. Ein Mann zog die winzigen Lederschuhe aus, untersuchte sie von innen und legte sie achtlos zurück ins Regal.

Immer noch herrschte diese unerträgliche Stille. Die Holland überlegte bestimmt, welche Fragen sie ihm gleich stellen würde. Levantin wusste nicht, was schlimmer für ihn war: dass die kleine Blonde und die kleine Braunhaarige den Blicken der Polizisten ausgeliefert waren und von Fremden berührt wurden oder dass die Kripotypen ihn gleich befragen würden.

An dem Tag, als er die Puppen gefunden hatte, war seine Mutter am frühen Abend nach Hause gekommen. Sein Vater war nicht da gewesen. Für Nikolaus war alles anders geworden, denn er hatte jetzt gewusst, dass nur wenige Meter über ihm die Puppen gewesen waren. Von der Haustür aus hatte sie ihn angeblafft, wieso er noch kein Abendbrot gegessen habe. Dabei war es noch nicht mal halb sechs gewesen. Nach dem Mittagessen hatte sie zu ihm gesagt, er solle auf jeden Fall mit dem Abendbrot auf sie warten, sie bringe etwas Gutes mit. Sie hatte aber nichts dabeigehabt und aus Erfahrung hatte er gewusst, dass er besser gar nicht danach fragte. An diesem Tag war Nikolaus so glücklich gewesen, dass ihm alles andere nichts ausgemacht hatte.

Wo war eigentlich damals sein Vater an den vielen Abenden gewesen? Er hatte nicht ahnen können, dass Nikolaus die Truhe mit den Puppen behalten hatte. Er hatte von ihrer Existenz vermutlich gar nichts gewusst.

Holland und Stefanski nahmen ihn mit ins Wohnzimmer, er musste sich wieder an den Esstisch setzen.

Nach dem Tod seiner Mutter hatte der Vater ihm mit sofortiger Wirkung das Haus mit allem Drum und Dran überschrieben und war in eine Wohnung am entgegengesetzten Stadtrand gezogen. »Du kannst mit den Sachen, dem Haus und dem Grundstück machen, was du willst. Wenn du Geld für einen Entrümpler brauchst oder andere Unkosten hast, sag Bescheid. Alle Erlöse gehören dir.« Hatte er damit etwas wiedergutmachen wollen?

»Herr Levantin, was ist da drüben in der Truhe?«, fragte Holland, als sie wieder im Wohnzimmer waren. Sie zeigte auf die alte Holztruhe mit Intarsienarbeiten. »Öffnen Sie bitte den Deckel!«

Er hob den Deckel hoch und setzte sich wieder hin. In der Truhe lagen Puppenkleider und die kleinen Lederkoffer. Koffer und Kleidchen hatte er neulich wie in einer Schaufensterauslage arrangiert, gekonnt wie von einem Dekorateur. Die Kripoleute starrten darauf. Holland räumte die Sachen aus und hob den Boden des Geheimfachs hoch. Das Versteck war doch nicht gut genug, wenn es diese Kripofrau auf Anhieb fand.

»Lena, hier geht es noch weiter«, rief jemand.

Die Polizisten mussten die große Braunhaarige gefunden haben, die Nikolaus im Moment noch in seinem Kleiderschrank untergebracht hatte. Er blieb auf seinem Stuhl sitzen. Es war klar, sie hatten sie gefunden. Er starrte aus dem Fenster. Ins Nirgendwo. Aber er wollte mitkriegen, was die Kripoleute sprachen, und rannte hinter ihnen her.

»Die sieht ja aus wie die Vermisste«, sagte Stefanski überrascht.

»Mach ein Foto von dem Gesicht«, sagte Holland zu einem Kollegen. »Die Puppe hat die gleiche Frisur wie …« Sie sah ihn an. »Und Sie kommen wieder mit, wir sprechen weiter.«

Seiner Mutter gegenüber war er an diesem Tag wortkarg gewesen, damit er sich nicht verplappern würde. Sie hatte nicht merken dürfen, dass er so glücklich gewesen war wie nie vorher. Denn die Puppen waren ohne jeden Zweifel für ihn bestimmt gewesen. Obwohl er natürlich gewusst hatte, dass seine Mutter die Truhe für immer unzugänglich gemacht hätte, wenn sie nur geahnt hätte, was vor sich ging. Wo die beiden hergekommen waren, wer sie so ausstaffiert hatte, wer sie in die Truhe gesetzt haben mochte, das alles würde er vielleicht nie erfahren. Unter keinen Umständen hatte er seine Mutter danach fragen können. Auch seinen Vater nicht. Der hätte ja nicht verstanden, was das Ganze zu bedeuten hatte. Und irgendwann hätte er der Mutter doch erzählt, dass Nikolaus ihn danach gefragt hatte. Und was hätte sein Vater gemacht, wenn er von seinem Interesse für die Puppen etwas mitbekommen hätte? Wenn seine Mutter erfahren hätte, dass Nikolaus allein auf dem Dachboden gewesen war, hätte sie den Dachbodenschlüssel an sich genommen. Er würde so vorsichtig und so klug vorgehen, dass er die Puppen würde behalten können. Holland kam zurück ins Esszimmer, Stefanski im Schlepptau. Sie setzten sich ihm gegenüber.

»Herr Levantin, Sie haben eine große Puppensammlung.«

Als wüsste er das nicht selbst. Er schwieg, er würde nichts sagen, nichts erklären, nichts kommentieren, nichts beschwichtigen. Nichts, nichts, nichts. Sein Herz hämmerte wild in seiner Brust, er hatte das Gefühl, die beiden Kripoleute müssten es hören.

»Bestimmt stehen Sie auf Frauen, die aussehen wie schöne Puppen.« Stefanski sah ihn durchdringend an.

Er schwieg.

»Sie brauchen einen Anwalt«, sagte Holland.

Levantin erwartete Spott in ihrem Ausdruck, aber sie sah ihn ernst an. Ein anderer Anwalt, ein Kollege, das fehlte ihm gerade noch. Er schüttelte entschieden den Kopf. »Ich bin Anwalt.«

Seit er die Puppen auf dem Dachboden entdeckt hatte, war nur noch ein Gedanke in ihm gewesen: Wie könnte er es schaffen, die Blonde und die Braunhaarige mit in sein Zimmer zu nehmen, ohne das es jemand mitbekommen würde? Wenn er sie nicht dauerhaft mitnehmen könnte, dann wenigstens für einen Abend. Im Morgengrauen würde er sie zurückbringen, keiner würde etwas merken, alles wäre wie vorher.

Es müsste gelingen. Zuerst hatte er nicht gewusst wie, aber er würde es schaffen. Die Puppen kämen gleich mit in sein Zimmer. Die Truhe würde so aussehen wie immer. Nur wohin mit den Puppen in seinem Zimmer? Seine Mutter und Anna machten sich immerzu an seinem Kleiderschrank zu schaffen. Groß genug wäre der gewesen, er hätte ein Fach umbauen können, dann würden die Puppen hinter den Stapeln von Hemden und Pullovern nicht auffallen. Er hätte dann nur aufpassen müssen, dass nicht plötzlich einer von Annas Großreinemachtagen anstünde. Aber er hatte nicht durchschaut, warum sie völlig überraschend alle Schrankfächer ausräumte und auswischte.

In seinem selbst entworfenen Schrank für die Puppen waren die Regalfächer aus geeistem Glas und er entstaubte sie regelmäßig. In seine Wohnung durften fremde Menschen nur, wenn er zu Hause war. Sein Puppenschrank hatte zur Sicherheit einen Schließmechanismus. Aber die Angst, er könnte vergessen haben, den Schrank mit den Puppen abzuschließen, wenn irgendjemand kam, war ständig da. Er musste den Puppenschrank umorganisieren, damit die große Puppe darin Platz hatte und weggeschlossen war.

»Herr Levantin, reden Sie mit uns.« Holland wieder, begriff die immer noch nicht? »Ihre Schwierigkeiten werden nur größer, wenn Sie nichts sagen.«

Was wusste die von seinen Schwierigkeiten.

Damals dachte er pausenlos nur an die Puppen. Zunächst hatte er sie zurücklegen müssen und die beiden hatten wieder wie vorher dort oben gesessen: mit ihren kleinen Koffern, wunderschön angezogen, aber im Dunkeln. Er hatte seine belegten Brote an diesem Abend mit großem Appetit gegessen, in sich gekehrt. Seine Mutter hatte nicht mitgegessen, sie war im Haus hin und her gelaufen und schien irgendetwas vorzubereiten. Nikolaus hatte keinerlei Erinnerung mehr daran, ob sie etwas gesprochen hatten und wann sein Vater an diesem Abend nach Hause gekommen war.

Beim ersten Mal wollte er nur eine Puppe mit in sein Zimmer nehmen. Das war ungefährlich. Das Schwierigste war gewesen, sie überhaupt unbemerkt vom Dachboden bis in sein Zimmer zu schaffen. Wenn er nur eine Puppe herbringen würde, dann könnte er sie in einen Karton legen, in dem die Gleise seiner Eisenbahn aufbewahrt worden waren. Nur über Nacht würde er eine der beiden mitnehmen, dann könnte er sie die ganze Nacht betrachten, ihre Haare kämmen, ihr Gesicht und ihren schönen Mund streicheln. Er würde vorsichtig versuchen, ihr das Kleid auszuziehen. Als er sich das vorstellte, rieselte über seinen Rücken dieses Prickeln. Aber musste man nicht für das seidige Haar, wie es die Blonde und die Braunhaarige hatten, eine feine Bürste haben?

Eine wäre immer enttäuscht, wenn sie allein auf dem Dachboden bleiben musste, wie sollte die Blonde verstehen, dass er die Braunhaarige mitnähme? Sie müsste denken, dass er die Braunhaarige lieber hätte. Aber das war nicht wahr. Und wenn er die Blonde mitnähme, dann wäre die Braunhaarige unglücklich, er sah ihr Gesicht vor sich und ihren Schmerz.

Wie die beiden wohl hießen? Dass sie es ihm nicht sagen konnten, quälte ihn lange. Sie waren nur die blonde und die braunhaarige Puppe. Das ging natürlich nicht. Am Abendbrottisch fiel ihm plötzlich ein, dass er vor Aufregung völlig vergessen hatte nachzusehen, was überhaupt in ihren Koffern war. Vielleicht hatten sie ja kleine Pässe, etwas, worauf ihre Namen standen. Aber selbst wenn – er würde ihnen neue Namen geben. Erst später wurde ihm klar, dass für die beiden keine Namen gepasst hätten.

Als Erwachsener hatte Nikolaus endlos darüber gegrübelt, ob alles anders gekommen wäre mit ihm, wenn seine Mutter den Unfall zu jener Zeit gehabt hätte, als er die Puppen gefunden hatte? Da war er acht oder neun gewesen. Wenn es da schon passiert wäre, wäre sein Leben bestimmt besser verlaufen.

Als es dann passiert war, war Nikolaus mit seiner Mutter in der Stadt einkaufen gewesen. Und das war immer gleich abgelaufen. Sie waren mit ihrem Auto von zu Hause in die Innenstadt von Hannover gefahren. Dort hatte sie in der Nähe des Bahnhofs geparkt. Die Fußgängerzone hatte es damals noch nicht gegeben. Sie waren dann mit ein paar Taschen, die Nikolaus getragen hatte, in der Bahnhofsstraße und in der Georgstraße herumgelaufen und dauernd am Kröpcke vorbeigekommen. Ein stark befahrener Platz. Busse, Autos, Fahrradfahrer, Fußgänger, ein dichtes Gewimmel.

Wenn seine Mutter Lust dazu gehabt hatte, waren sie nach dem Einkaufen ins Holländische Kakaostübchen gegangen. Das war allerdings selten vorgekommen. Nikolaus hatte immer den Eindruck gehabt, er wäre seiner Mutter gerade beim Einkaufen besonders lästig gewesen, aber trotzdem hatte er nicht zu Hause bleiben dürfen.

Nikolaus hatte ein paar Taschen getragen, seine Mutter nur ihre elegante Lederhandtasche. Sie hatten zum wiederholten Mal die Georgstraße am Kröpcke überquert. Busse und Autos waren an den Fußgängern vorbeigesaust.

Es war alles so schnell gegangen. Sie hatten hinter einem Bus die Straße überqueren wollen. Das war dumm gewesen, denn der Verkehr war nicht zu überblicken gewesen. Seine

Mutter hatte ihn am Ärmel mitgezogen und war dann gestolpert. Sie war in dem Augenblick gestürzt, als das Taxi vorbeigeschossen war. Abrupt war das dumpfe Aufschlagen gewesen, begleitet von dem gellenden Aufschrei. Plötzlich war alles zum Stillstand gekommen. Die dunkelblaue Handtasche hatte einige Meter von ihr entfernt auf dem Asphalt gelegen. Niemand hatte sie aufgehoben. Seine Mutter hatte geröchelt, ihr Brustkorb hatte sich gehoben, sie hatte noch geatmet. Was tun? Vermutlich müsste man in einer solchen Situation neben seiner Mutter in die Hocke gehen und ihre Hand halten. Er hatte sich nur neben sie gestellt. Die Passanten hatten ihn angestarrt.

Nikolaus hätte seine Mutter rechtzeitig zurückziehen müssen. Aber seine Mutter hatte es nicht leiden können, wenn andere für sie entschieden, schon gar nicht Nikolaus. Niemand hatte nach seinem Knöchel gefragt und woher die Prellung und der nach ein paar Tagen dunkelviolette Bluterguss gekommen war. Nikolaus war es bis heute nicht klar.

Sie hatte auf dem Rücken gelegen, ihr Kopf war zur Seite gedreht, ihr rechter Arm abgespreizt, vielleicht die Schulter ausgerenkt. So klein und schmal. Es hatte lange gedauert, bis der Notarzt eingetroffen war. Die Bewegung in ihrem Brustkorb hatte aufgehört. Mit großer Überraschung hatte er die Tränen auf seinen Wangen gefühlt. Die Umstehenden hatten ihn mitleidig angesehen. Nikolaus hatte gespürt, dass es Tränen größter innerer Erschütterung waren, ein Sturzbach, er hatte jahrelang nicht geweint. Seine Mutter tot, auf dem Asphalt am Kröpcke. Endlich frei. Er hatte gezittert und haltlos geschluchzt.

»Lena, hier gibt es eine interessante Unterlage!«, rief ein Kripomann aus seinem Arbeitszimmer. Levantin zuckte zusammen, er war weit weg gewesen. Waren die immer noch nicht damit fertig, überall rumzuschnüffeln?

Holland ging aus dem Zimmer und nach einem Moment

rief sie Stefanski. Levantin hörte sie mit den Kollegen sprechen, dann telefonierte sie. Er verstand ein paar Fetzen, Notarztwagen, Garage, Rahlstedt.

»Herr Levantin«, sagte Holland von der Tür aus, »Sie hatten uns gesagt, dass Sie außerhalb Ihrer Wohnung nichts angemietet haben.«

Auch darauf würde er nicht antworten.

»Sie haben einen Mietvertrag über eine Garage in Rahlstedt abgeschlossen. Vor fünf Jahren. Und Sie wollen uns erzählen, das hätten Sie vergessen?«

Keine Antwort.

Plötzlich kam Unruhe in die Leute. Sie unterhielten sich gedämpft im Flur. Dann drängten Holland und Stefanski zum Aufbruch. Er sah auf die Uhr. Sie waren fast zwei Stunden hier gewesen.

***

Sie hatten ihn. Lena atmete tief durch, ihr Herz klopfte schnell und hart. Sie hatten Levantin, er war es, er hatte Amely und er konnte nicht mehr entkommen. Aber lebte Amely wirklich noch? War es noch rechtzeitig genug? Wie würden sie sie vorfinden? Lena raste mit Blaulicht den Friedrich-Ebert-Damm entlang, bremste scharf und bog Richtung Ölmühlenweg ab. Henri saß verkrampft auf dem Beifahrersitz.

Levantins Gesicht sah sie im Rückspiegel, seinen toten Blick.

»Such die Nummer von Susanne und Christian raus!«, wies sie Henri an. Sie konnte es nicht erwarten, Amelys Eltern anzurufen. Aber in diesem Moment kam ein Anruf von Conny rein.

»Geh du ran«, rief Lena.

Kaum hatte Henri »Hallo, Conny« gesagt, fragte er schon: »Wo?«

Hatte Levantin sie etwa nicht in seiner Garage versteckt? Die Hoffnung flammte wieder auf, dass sich doch noch alles ganz einfach auflösen würde.

Levantin saß da, als hätte er mit allem nichts zu tun. Wenn die Handschellen nicht gewesen wären.

»In einer Ritze neben den Schließfächern? Okay, Spurensicherung und zwei Leute von uns sollen umgehend hinfahren.« Henri beendete das Gespräch. »Amelys Handy wurde in der Uni gefunden. Die Kollegen sind gleich dort.« Er legte Lenas Handy weg, es piepte sofort wieder, Connys Name erschien erneut auf dem Display des Autos. Die Alibis überprüft, gut.

Es musste um die Alibis von Levantin gehen. Aber mit Levantin im Auto würde ihr Henri das Ergebnis erst mitteilen, wenn sie ausgestiegen wären.

Die Garage, die Levantin seit Jahren angemietet hatte, lag in einer Wohnstraße, ein Haus mit Garage auf einem Grundstück in zweiter Reihe. Auch hier schon Verdichtungsarchitektur, weil die Grundstücke ursprünglich sehr groß gewesen waren. Das Ganze immer noch ausreichend groß, beide Häuser von einem eigenen Garten umgeben. Die Zufahrt von der Straße zum hinteren Haus verlief an der Seite des Grundstücks.

Levantins Garage gehörte zu einem Haus aus den Sechzigerjahren und der Besitzer, auch das hatte Conny rausgefunden, hatte bis vor zwei Jahren das Haus selbst bewohnt, war dann in ein Altenheim gezogen und vor einem Jahr gestorben. Die Kinder hatten sich noch nicht zu Verkauf oder Sanierung entschließen können.

Levantin konnte also seit zwei Jahren in der Garage ein und aus gehen. Das verlassene Wohnhaus und die Garage hatten einen großen Abstand zu den umliegenden Grundstücken und sie waren durch die wild wuchernden Bäume und Sträucher des ungepflegten Gartens zusätzlich geschützt.

Mit ein bisschen Vorsicht war es ganz leicht, hier jemanden zu verstecken.

Im Rückspiegel sah sie, wie Levantin schwitzte. Er schwitzte nicht nur einfach, nein, der Schweiß lief von seinem Gesicht auf Hemd und Anzug, wo sich dunkle Flecken ausgebreitet hatten.

Als sie in die Straße einbogen, sah Lena schon von Weitem das Blaulicht der Polizeiautos und des Notarztwagens. Die Zufahrt zur Garage wurde freigehalten und der Notarztwagen fuhr gerade rückwärts den schmalen Weg auf dem Grundstück entlang.

Sie stellte ihr Auto auf der Straße ab. Zwei Schutzpolizisten kamen und nahmen Levantin mit zur Garage.

Lenas Handy piepte schon wieder. Sie zog es aus der Jackentasche: Susanne. Gleich würde sie sie zurückrufen, zuerst mussten sie Amely befreien.

»Levantins Alibi für gestern, für die Zeit, in der Amely verschwunden sein muss.«

Lena konnte sich nicht konzentrieren. Sie verstand nicht, was Henri ihr erklären wollte.

Die Kollegen von der Spurensicherung hatten die Garage schon geöffnet, es war eine Doppelgarage ohne Zwischenwand. Sie war voller Stapel von Kartons und Regalen, die überquollen. Die Lampe funktionierte nicht. Die Lichtkegel von Taschenlampen bewegten sich schnell durch die Garage. Die Sanitäter und der Notarzt standen mit einer Trage bereit.

Lena leuchtete ein Regal ab. Dahinter war ein Hohlraum, ein Versteck, groß genug für einen Menschen.

»Henri, hilf mir!«

Sie rückten zusammen das Regal zur Seite. In dem Hohlraum lag etwas unter einer karierten Wolldecke. Ein längliches Bündel. Lena hatte das Gefühl, ihr Herz würde gleich stehen bleiben. Sie nahm all ihre Kraft zusammen, kroch in das Kabuff und hob die Decke hoch.

Eine Schaufensterpuppe kam zum Vorschein, blond, langhaarig, gekleidet mit flachen Schuhen und einem geblümten Kleid.

»Verdammt!«, entfuhr es ihr.

Amely war nicht hier.

Tränen der Wut stiegen in ihr hoch. Levantin stand starr neben den Schutzpolizisten.

»Wo haben Sie sie versteckt?«, schrie Lena ihn an, aber Levantin schwieg.

Lena stieß tiefer in die Garage vor. Unter keinen Umständen durfte sie jetzt Zeit damit verlieren, dass sie hier heulte. Levantin musste Amely rechtzeitig woandershin gebracht und hier alles umgeräumt haben. Wenn Annika und Nicole auch hier gewesen waren, dann würden sie Spuren finden. Nur half ihnen das jetzt mit Amely nicht weiter.

»Was war mit Levantins Alibi?«

Henri berichtete ihr, was Conny rausgefunden hatte. Levantins Alibi war falsch. Er hatte einen Termin mit einem Mandaten genannt. »Und dieser Mandant hat Levantin seit einem Jahr nicht mehr gesehen.«

***

Schon beim Eintreten in ihr Büro erkannte Lena das Logo auf dem Schwarzweißausdruck: Auf ihren Schreibtisch hatte jemand einen Internetartikel aus »Unser Boulevard« gelegt: *Mädchen spurlos verschwunden, Kommissarin kann uns nicht schützen!* Daneben lag der Umschlag, hoffentlich mit der Nachricht, auf die sie schon tagelang gewartet hatte: die Untersuchung des Fotos, das ein Unbekannter unter ihrer Wohnungstür durchgeschoben hatte. Lena riss den Umschlag auf und überflog die Zusammenfassung: Und was sie da sah, passte zum Puppenmörder: keine Fingerabdrücke, keine verwertbaren Spuren.

Lena war am Boden. Den Weg von Rahlstedt zum Polizeipräsidium hatten sie schweigend zurückgelegt. Wenn sie Levantin in U-Haft nehmen würden, würden sie Amely auch nicht finden. Es war zum Verzweifeln und sie war einfach nur müde, genervt und kraftlos. Da brauchte sie diesen Quatsch in der Zeitung wirklich nicht.

»Amelys Freund ist da«, sagte Conny durch den Türspalt und Lena steckte das Schreiben schnell in eine Schublade.

Lena zeigte Conny den Zeitungsartikel. »Weißt du, wer mir das hingelegt hat?«

Conny schüttelte heftig den Kopf, »Was soll das denn? Ich werde deine Bürotür im Auge behalten.«

Lena drehte die Zeitung herum. Sie wusste, was zu tun war.

Andreas Riewert sah angespannt aus, als Conny ihn in Lenas Büro brachte. Er hatte tiefe Ringe unter den Augen und seine Lider waren geschwollen. Lena hätte Amelys Freund gern mit Amely bei einem gemütlichen Abendessen kennengelernt. Dass es nun unter solchen Umständen passierte, versetzte ihr einen Stich.

Lena bat ihn, auf dem Stuhl gegenüber Platz zu nehmen. Sie selbst saß wie Henri am Schreibtisch. Sie stellte Henri und sich vor, Riewert nickte. Sie erwähnte nicht, dass sie mit Amely und ihrer Familie befreundet war. Erst viel später fragte sie sich, warum sie Riewert das nicht gesagt hatte. Es war einfach dieses Gefühl, das sie immer hatte: Berufliches und Privates strikt zu trennen, das war das Beste für sie. »Wann haben Sie Amely das letzte Mal gesehen?«

»Wo ist sie? Sie müssen Sie finden!« Seine Stimme hatte einen flehenden Ton und seine Augen glänzten feucht. Verkrampft saß er auf dem Stuhl, kerzengerade, ohne sich anzulehnen. Er war schmal und durchtrainiert, knapp ein Meter achtzig groß, schätzte Lena. Seine grün-grauen Augen waren intensiv und dominierten das fein geschnittene Gesicht. Die gewellten hellbraunen Haare trug er etwas länger. Unter der Angespanntheit war er attraktiv, wenn auch erst auf den zweiten Blick. Im ersten Moment hatte er farblos auf sie gewirkt. Überhaupt, fand Lena, dass der berühmte erste Eindruck, der fast immer richtig sein sollte, meistens gründlich falsch war. Er trug klassische helle Chinos, die lässig, nicht zu weit und nicht zu eng saßen, dazu Timberland-Schuhe und ein Hemd in weiß-hellblauem Vichykaro mit dunkelblauem Leinensakko. Alles dezent und aus guter Qualität. Doch, sie konnte sich gut vorstellen, dass Andreas Riewert Amely gefiel.

Lena wartete auf seine Antwort.

»Das war gestern Morgen, wie ich es Ihnen ja schon am Telefon gesagt habe.« Riewerts Augen sahen manchmal grau aus, dann grüngrau, dann wieder schienen sie hellgrau zu leuchten. »Ich hätte sie hinfahren müssen.«

»Wohin denn? Bitte erzählen Sie uns alles ganz genau. Alle Details, auch Dinge, von denen Sie denken, sie seien nicht wichtig.« Sie lächelte ihm freundlich zu, sie hatte das Gefühl, ihm Mut machen zu müssen. »Ach, noch etwas, ist es okay für Sie, wenn wir unser Gespräch aufnehmen? Das ist für uns einfacher, als wenn wir mitschreiben müssen.«

Riewert nickte. »Ja, klar. Kein Problem.« Er atmete tief durch.

Sie schaltete das Aufnahmegerät an. »Amely und ich haben zusammen gefrühstückt. Das war früh, weil meine Tagung in Lüneburg um zehn Uhr anfing, und ich habe die Startveranstaltung geleitet.«

»Hat Amely bei Ihnen übernachtet?«

»Wir sind um halb sechs aufgestanden.«

»Was wollte Amely machen?«, fragte Lena.

»Sie wollte in ihrer WG etwas holen und danach irgendwann in die Uni gehen, wenn ich das richtig in Erinnerung habe.« Riewert sah völlig verzweifelt aus.

»Sind Sie mit dem Auto nach Lüneburg gefahren?«, war Henris erste Frage.

»Ja, weil die Strecke im Berufsverkehr antizyklisch ist, geht das meistens ohne Stau. Sicher kann man natürlich nie sein, deshalb habe ich gestern zweieinhalb Stunden für die Strecke eingerechnet.«

»Sie haben Amely nicht mit dem Auto nach Hause gebracht?«

»Genau das werfe ich mir die ganze Zeit vor. Eigentlich würde ich sie natürlich überall hinfahren, aber ich hatte Angst, dass ich nicht früh genug zur Tagung komme. Ich musste noch die Technik prüfen und meine Präsentation einspielen. Wenn man nicht alles selbst kontrolliert, passieren immer die dümmsten Sachen. Weil ich gestern nicht so viel Zeit hatte, hat Amely den Bus genommen. Und jetzt …« Riewert konnte nicht weitersprechen. Er hatte Tränen in den Augen.

»Und haben Sie sich für den Abend nach Ihrer Tagung mit Amely verabredet?«

Riewert rutschte zur Stuhlkante und wieder zurück und wischte sich mit der Hand über die Augen. »Ja … ich … Amely hatte am Morgen gesagt, dass sie am Abend lernen müsse.« Riewert konnte nicht weitersprechen. Er holte ein Taschentuch aus seiner Hosentasche und schnäuzte hinein. »Und dass wir uns erst heute oder am Wochenende wieder treffen könnten.«

»Um das zu verabreden, wollten Sie noch telefonieren?« Henris Stimme hatte etwas Beruhigendes, fand Lena.

»Genau, Amely hatte ihr Handy verloren. Ich habe trotzdem immer wieder ihre Nummer gewählt.« Er fuhr sich durch die Haare. »Ich habe die ganze Zeit gewartet, dass sie mich endlich anruft.«

»Wissen Sie, wo und wann Amely ihr Handy verloren hat?«

»Sie wusste es selbst nicht genau. Aber seit Sonnabend war es verschwunden.«

»Hat sich Amely zwischen Sonnabend und gestern bei ihren Eltern gemeldet?«, fragte Lena und für einen Moment flammte die Hoffnung in ihr auf, dass sich alles gleich auflösen würde.

Riewert sah überrascht auf. »Das nehme ich an. Sie hat ja eine sehr gute Beziehung zu ihren Eltern.«

»Kann es sein, dass Amely ihre Eltern von Ihrem Festnetz aus angerufen hat?«

»Das ist gut möglich, darauf habe ich allerdings nicht geachtet. Das sind Selbstverständlichkeiten zwischen uns.«

»Treffen Sie sich auch in Amelys WG?«, fragte Henri.

»Meistens sehen wir uns bei mir. Ich habe das Gefühl, Amely ist das lieber.«

»Wo haben Sie sich kennengelernt?«, fragte Lena.

»Auf einer Party, Amely hat mich angesprochen.«

»Ist das so ungewöhnlich?«, fragte Henri.

Andreas Riewert sah ihn mit großen traurigen Augen an. Henri wich seinem Blick aus und sah auf seinen Notizblock.

»Sie ist eine so tolle Frau. Ich weiß, dass der Altersunterschied zwischen uns groß ist. Und eigentlich kann ich mit so jungen Frauen nichts anfangen. Aber sie ist so viel weiter als andere in dem Alter. Am besten hätte ich ihr gleich am Sonnabend ein neues Handy besorgt. Das werfe ich mir jetzt auch vor.« Tränen liefen über seine Wangen. »Ich habe versucht, sie in ihrer WG anzurufen, ohne bestimmten Grund, wir haben oft telefoniert, wenn wir keine Zeit hatten, uns zu sehen. Natürlich dachte ich, alles ist in bester Ordnung. Bis zum Anruf ihrer Mutter.« Er räusperte sich und sprach mit belegter Stimme weiter. »Sie glauben doch nicht, dass ihr etwas Schlimmes passiert ist? Es gibt doch diesen Puppenmörder.«

»Im Moment können wir das nicht ausschließen«, sagte

Lena. »Aber glauben Sie mir, wir tun alles, um Amely zu finden.«

Riewert war noch blasser geworden. Er saß zusammengesunken da, sein Kopf war weit nach vorn gebeugt.

»Was machen Sie beruflich?« Lena fragte es fürs Protokoll, aber es interessierte sie auch persönlich.

»Von der Ausbildung her bin ich Betriebswirt, ich arbeite als leitender Angestellter im Management in einer Firma hier in Hamburg.« Andreas Riewert nannte den Namen. Die Firma hatte in Norddeutschland einen soliden Ruf.

»Und was leiten Sie?«, fragte Henri.

»Als ich dort Ende der Neunzigerjahre angefangen habe, war es meine Aufgabe, die Expansion zu steuern. An mich berichten die Gebietsleiter, über mir ist im Moment noch die Geschäftsführung. Die intensive Expansionsphase ist schon seit ein paar Jahren im Wesentlichen abgeschlossen, es kommen nur noch hier und da neue Standorte hinzu.« Er ist geschliffen, dachte Lena, sie sah ihn als Schulungsleiter vor sich. »Jetzt ist meine Aufgabe die Weiterentwicklung und Festigung unserer Marktposition, betriebswirtschaftliche Eckdaten, Key Performance Indicators, Verhandlungen mit Lieferanten, funktionierende Logistik, das Übliche. Der Verdrängungskampf wird ja ständig härter und deshalb wird es immer schwieriger, das einmal Erreichte überhaupt zu erhalten. Das ist in allen Branchen so, in denen der Markt bereits aufgeteilt ist.«

Lena erhob sich. »Fürs Erste sind alle Fragen beantwortet. Bitte melden Sie sich, wenn Ihnen noch etwas einfällt. Es ist möglich, dass wir bald weitere Fragen haben.« Sie verabschiedete Andreas Riewert an der Tür ihres Büros und sah ihm nach, wie er den langen Gang zum Treppenhaus ging. Er wirkt jungenhaft, sportlich und viel jünger, als er ist, dachte Lena.

»Hat der was mit den Augen?«, fragte Henri.

»Zuerst wusste ich auch nicht, was es ist. Aber er bewegt die Augäpfel lange nicht und dann ganz abrupt, sie gehen wie kleine Bälle hin und her.«

»Deswegen der durchdringende Blick«, sagte Henri.

»Wir müssen abwarten, ob die Spusi in Levantins Garage noch etwas findet.« Lena speicherte die Aufnahme des Gesprächs mit Riewert auf ihrem Laptop. Sie fühlte sich niedergeschmettert. »Es ist zum Kotzen. Gestern Vormittag ist Amely verschwunden. Was hat Levantin da gemacht? Er gibt uns ein falsches Alibi! Warum?«

Henri zuckte mit den Schultern.

»Aber es kann doch nicht wahr sein, dass die Durchsuchung von Levantins Wohnung uns keinen Millimeter weitergebracht hat und er nur immer verdächtiger wird. Irgendwo muss er sein Versteck haben. Er hat uns verschwiegen, dass er die Garage seit Jahren hat. Er gibt nur zu, was wir schon wissen.«

***

»Lennard, irgendwer plaudert über mich mit der Presse.« Lena versuchte gar nicht erst, ihre Wut darüber zu verbergen.

»Klar, du weißt wer, oder?« Lennard wich ihrem Blick aus.

»Wenn du es weißt, warum hast du es mir nicht gesagt?«

»Ich dachte, das steckst du weg. Sicher bin ich mir auch nicht.«

Lena platzte gleich vor Ungeduld. »Jetzt sag schon!«

»Einer deiner Konkurrenten damals bei der Besetzung meiner Stelle.«

Sie starrte ihn an. »Das ist vier Jahre her!«

»Jörg Naumann hat sich seitdem auf zwei weitere Hauptkommissarspositionen beworben. Aber es klappt bei ihm nicht.«

»Neulich habe ich einen Kaffee mit ihm getrunken, er sagte, er finde es super in seinem Team.«

»Vor ein paar Tagen hat er in der Kantine gesagt: ›Die Lena hat doch meine Stelle. Und jetzt sieht man, dass sie es nicht kann.‹«

»Er soll sich gern lächerlich machen, aber das mit der Presse geht nicht.« Lena überlegte. »Bitte überprüf seine Verbindungsdaten: Handy, E-Mail, Telefon.«

»Bin schon dran. Er braucht eigentlich Geld. Er hat sich ein bisschen vertan, als er vor acht Jahren ein Haus auf einem Erbpachtgrundstück gekauft hat. Das Haus zahlt er immer noch ab und er hat zu spät verstanden, dass das Haus ohne das Grundstück immer weniger wert ist. Die hundert Jahre Erbpacht sind bald rum. Das Grundstück steigt im Wert, aber es gehört ihm nicht. Und von seinem Gehalt könnte er es niemals kaufen. Seine Frau macht Druck. Aber nicht nur das. Sie arbeitet in einer großen Versicherung und ist tougher als Jörg. Sie kam vor zwei Jahren in den Vorstand und hat ein ganz anderes Gehalt als wir bei der Kripo – sie erwartet jetzt, dass Jörg nachzieht. Wenn schon nicht in Euro, dann wenigstens als Karriereschritt.« Woher Lennard das alles wusste, verriet er nicht. »Nur wer sein Pressekontakt ist, das ist mir nicht klar«, fuhr er fort und kratzte sich über dem rechten Ohr. »Er weiß ja genau, wie man es machen muss, damit ihm keiner draufkommt. Und«, er zögerte, »Frauen, die besser sind als er, kann er nicht besonders gut leiden.«

***

Am Abend joggte Lena durch den Stadtpark. Sie hoffte, einen klaren Kopf zu bekommen, und lief dieselbe Strecke wie neulich, bevor sie zu Thomas' Fest gegangen war. An der Stelle oberhalb des Lesecafés, an der der Mann mit der Sonnenbrille das Foto von ihr gemacht hatte, blieb sie kurz stehen.

Und Amely in den Fängen des Puppenmörders. Der Gedanke war unerträglich. Wenn sie Amely nicht retten könnte, dann würde sie ihre Arbeit bei der Kripo aufgeben. Sie würde sich etwas anderes suchen, vielleicht das Medizinstudium doch noch zu Ende machen. Und sie würde ihre Freunde verlieren. Susanne und Christian würden sie nie mehr sehen können, ohne daran zu denken, dass Amely tot wäre. Tot, weil Lena sie nicht gefunden hätte. Tot, weil Lena dem Puppenmörder nicht gewachsen gewesen wäre. Sie rannte weiter.

Wo war Amely, wo hielt er sie versteckt? Wie ging es ihr jetzt? Warum sollte sie überhaupt in der Lage sein, den Angriffen des Puppenmörders standzuhalten? Annika, Nicole und Melanie waren tot. Warum sollte Amely überleben? Sie machte sich etwas vor, wenn sie das glaubte. Wieso sollte Amely stärker sein? Wunschdenken. Aber selbst wenn sie überlebte, wie sähe es nach dieser Tortur mit ihrer Psyche aus?

Levantin hatte verheimlicht, dass er in Rahlstedt eine Garage hatte. Konnte man das Anmieten einer Garage vergessen?
Seit Dienstagmorgen hatte niemand Amely mehr gesehen, heute war Mittwoch. Doch, Amely konnte noch am Leben sein. Der Täter wich von seinem Wochentagsmuster ab. Warum? Er hatte sie auf dem Weg nach Hause oder auf dem Weg zwischen WG und Uni überwältigt. Aber wie? Kannte Amely ihn? Ging sie freiwillig mit, nichts ahnend wie die anderen? In Amelys Umfeld hatte Levantin niemand erkannt. Aber so war es ja auch bei den anderen Opfern, das hieß einfach nichts. Wo hatte er Amely versteckt? Es hämmerte ohne Pause in ihrem Kopf.

Ihr fiel ein, mit welchen Worten Dirk die Spuren der Gewalt beschrieben hatte: *Tödliche Halskompression mit den Händen, ohne Strangwerkzeug, Würgemale als kratzerartige Vertrocknungen, Blauverfärbung und Dunsung des Gesichts, punktförmige Blutungen in den schönen Gesichtern und auch in ihren Augen. Durch das Liegen im Wasser Blässe der Leiche, Gänsehaut, Aufrichtung der Brustwarzen wie bei frischen Wasserleichen üblich, Quellung und Runzelung der Oberhaut.* Nein, das durfte alles nicht sein. Amely lebte noch. Sie musste es einfach.

Inzwischen hatte Nieselregen eingesetzt. Lena lief die Südwestkurve ihrer Joggingstrecke zum zweiten Mal mit schnelleren Intervallen. Amelys Mitbewohner Nina und Timo hatten gesagt, dass Amelys Freund bisher nicht in die WG gekommen sei, Andreas Riewert hingegen, er habe das Gefühl, Amely sei das nicht recht. Hatte Amely Angst vor der Eifersucht ihres Mitbewohners? Aber vor wessen? Wirkte das alles nur so harmonisch? Timo hatte versucht, Amelys Mutter zu beruhigen, aber schließlich hatte er die Vermisstenmeldung aufgegeben. Lena hatte das Gefühl, in ihr formte sich eine Idee oder auch nur eine Frage, aber sie konnte es noch nicht greifen. Es musste irgendetwas sein, das in den vergangenen Tagen jemand gesagt hatte. Hing es mit Levantin zusammen? Hatte er etwas gesagt, bei dem sie nachhaken musste?

Was war mit Levantin? Während der Durchsuchung seiner Wohnung hatte er nur geschwiegen. Kein Wort von sich zu geben, wenn zehn Polizisten die eigene Wohnung umkrempeln, das schaffen die wenigsten. Obwohl Lena und Henri ihn provoziert hatten, hatte er über zwei Stunden diesen Gesichtsausdruck behalten, unbeweglich, erstarrt.

Lena hatte noch nie darüber nachgedacht, dass auch Männer sich für Puppen interessierten, ihnen Kleider nähten, dafür wertvolle Stoffe aussuchten. Das war ungewöhnlich, aber kein Verbrechen. Reichten ihm die Puppen nicht mehr, brauchte er jetzt junge Frauen, die er in Puppen verwandeln konnte? In Puppen nach seinem Geschmack?

Die Laborergebnisse der Spurensicherung in Levantins Garage standen noch aus. Man würde sehen, ob in seinen

Sachen Spuren der anderen Opfer waren. Nur für Amely wurde es verdammt eng. Mit jeder Minute, die verging, wurde es unwahrscheinlicher, dass sie überlebte. Lena machte einen Sprint Richtung Stadtparksee. Was bohrte bloß in ihrer Erinnerung? Es musste etwas in den Gesprächen mit Levantin gewesen sein, irgendein Widerspruch, aber sie kam einfach nicht darauf. Wie getrieben rannte sie nach Hause. In ihrer Wohnung griff sie nach dem Handy und wählte Henris Nummer. »Entschuldige, ich weiß, es ist Feierabend.«

»Bin im Kraftraum«, stöhnte Henri.

»Wenn du nichts vorhast, dann könnten wir noch mal die Fotos von Levantins Wohnung durchsehen. Vielleicht gibt es doch einen Hinweis, darauf, wo er Amely versteckt hält.«

»Hast du schon was gegessen?« Henri hatte selbst jetzt den Versorgerreflex. »Ich kann uns was ins Präsidium bestellen, es könnte Nichtpizza sein.«

Lena hätte lieber ein neues Currygericht ausprobiert.

Sie zog sich mühevoll die Joggingsachen aus. »Von mir aus auch Pizza. Ich bin in einer halben Stunde da.«

***

»Weißt du noch, wie die Möwen machen?« Der Junge aus der Wohnung im Erdgeschoss stand im Hof und machte ein schrilles, krächzendes Geräusch: »Iiilppiiilp.«

Lena fuhr zusammen, fasste sich aber sofort wieder. »Marvin, ich habe gerade keine Zeit für Möwen. Ich muss noch mal weg.«

»Vorhin hat ein Mann nach dir gefragt. Ist der auch Polizist?«

Henri konnte es nicht gewesen sein, mit ihm hatte sie gerade gesprochen. Außerdem war er beim Training. »Hast du den Mann hier schon mal gesehen?«

»Er war bestimmt nicht stark genug, um Polizist zu sein.«

»Hat er noch was gesagt?«

Marvin nickte. »Ob du zu Hause bist.«

Lena erschrak, wollte es Marvin aber nicht merken lassen. War das etwa der Typ von der Presse, der diesen Quatsch über sie schrieb? Aber dann fiel ihr ein, dass es eigentlich nur André gewesen sein konnte, ansonsten fragte zurzeit leider keiner nach ihr. André kannte ihre neue Wohnung noch nicht. Wahrscheinlich wollte er wegen der Versicherung etwas wissen, die sie gemeinsam abgeschlossen hatten. Dafür brauchten sie eine Lösung, bei der sie möglichst wenig Geld verlieren würden. Auf dem Weg zum Auto schrieb Lena ihm eine SMS.

***

Ihr Hals schmerzte, aber sie lebte. Würde er sie umbringen? Warum ließ er sie tagelang hier ausharren? Sie hatte versucht, die Wände abzutasten. Vielleicht gab es einen Lichtschalter. Aber die Fessel an ihrem Fußgelenk war zu kurz. Er machte kein Licht und daraus schöpfte sie Hoffnung. Wenn sie ihn nie gesehen hätte, könnte er sie gehen lassen. Er sprach auch nie, sie hätte noch nicht einmal seine Stimme wiedererkannt.

Sie wusste nicht, wie sie hierhergekommen war, es fiel ihr nicht ein, sosehr sie sich anstrengte. In der letzten Zeit war sie oft mit ihrem Freund zusammen gewesen. Es war alles so schön mit ihm, obwohl sie sich noch nicht lange kannten. Sie hatte ihn sogar mit zu ihren Eltern genommen. Sie malte sich aus, dass er käme und sie herausholte. Aber mit diesen kindischen Fantasien musste sie aufhören und überlegen, wie sie allein hier wegkam. Sie hatte versucht, mit dem Mann zu reden.

»Ich mache, was du …«

Sofort drückte er ihr wortlos die Latexhand auf ihren Mund.

Was konnte sie bloß noch tun? Wenn Lena wüsste, was passiert war, dann wäre die Polizei längst hier und hätte sie befreit.

Sie musste außerhalb der Stadt sein, vielleicht in einem Wald. Aber dort gab es normalerweise keine Keller. Wo war sie nur? Sie kannte in Hamburg keine Gegend, in der es so still war. Nur wenn er zu ihr hereinkam, kündigte ihn ein markerschütterndes Geräusch an. Wie wenn man ein schweres Möbelstück auf Steinboden verrückte. Sie hatte kein Zeitgefühl mehr.

Es roch nach Urin und Exkrementen, obwohl er immer den Eimer ausleerte. Sein Atem hörte sich an wie hinter einer Gummimaske. Als er zum ersten Mal zur Tür hereingekommen war und kurz graues Licht durch den Spalt fiel, glaubte sie, einen Mann im Taucheranzug zu sehen. Würde sie Andreas je wiedersehen? Er war so zärtlich und alles, wirklich alles mit ihm war neu und aufregend. Aber auch das war jetzt weit weg. Vor den Augen des Mannes glänzte etwas, eine Schwimmbrille vielleicht oder eine Sonnenbrille. Sie wunderte sich, dass er so vorsichtig war. Aber es machte ihr auch Hoffnung.

Sie schrak zusammen, war da ein Geräusch?

Wenn er da war, wusste sie nie, ob er eine Stunde oder eine ganze Nacht bliebe. Jeder Augenblick seiner Anwesenheit erschien ihr wie eine Ewigkeit. Manchmal blieb er an der Tür stehen. Sie glaubte, dass er sie anstarrte, obwohl es dafür eigentlich zu dunkel war.

Sie hörte wieder ein Geräusch an der Tür. War es besser, sich schlafend zu stellen, oder war es ihm sowieso egal, weil er mit ihr genau das tun würde, was er wollte, unabhängig davon, ob sie schlief, schrie, weinte oder schon tot war. Sie starrte Richtung Tür. Oder hatte sie es sich nur eingebildet? Ihr war kalt und sie zitterte. Sie wollte nicht sterben. Sie wollte leben! Sie versuchte, ihren Herzschlag zu beruhigen, indem sie tief und gleichmäßig atmete.

Ganz nah hinter der Tür war ein Rascheln, dann wieder das Verrücken eines schweren Möbelstücks auf Steinboden. Die Tür wurde geöffnet und schnell wieder geschlossen. Er war da, er stand unbeweglich an der Tür. Sie atmete lautlos, aber ganz tief. Es hörte sich an, als zöge er an seiner Gummikleidung herum, vielleicht saß der Anzug noch nicht richtig. Nach einer Ewigkeit kam er näher, sie hoffte, dass er sie nicht hörte. Sie glaubte, alles hinge davon ab, wie leise sie atmete. Plötzlich berührte er die Innenseite ihres Unterschenkels. Die Hand wanderte im Zeitlupentempo Richtung Knie, dann immer weiter, bis er plötzlich seine Faust unbeweglich zwischen ihre Beine stemmte. Dort blieb seine Hand eine Ewigkeit. Sie versuchte, sich nicht zu bewegen, keinen Millimeter, er sollte nicht glauben, dass diese Berührung eine Wirkung hatte. Gegen ihren Willen wurde ihr heiß. Er bewegte sich nicht, sein Kopf war über ihr. Sie hätte seiner Faust ausweichen können, aber sie wollte stark sein, sie dachte, seiner Hand auszuweichen, würde ihn reizen. Er rieb sie jetzt hart mit seiner Faust. Sie schaffte es, unbeweglich dazuliegen. Er sollte nicht merken, dass ihr Körper auf die brutale Berührung reagierte. Es fühlte sich an, als würde es nie enden, sie hielt es kaum aus. Und doch hatte sie Angst, er könnte aufhören, denn vor dem, was er danach tun würde, fürchtete sie sich noch mehr.

Abrupt löste er seine Hand. Fast hätte sie vor Erleichterung laut geseufzt. Was tat er? Stand er einfach nur da? Es war ihr vorher noch nicht aufgefallen, aber er hatte überhaupt keinen Geruch. Auch der Latex war nicht zu riechen. Oder nahm sie den Geruch nicht wahr, weil sie von ihrem eigenen Körpergeruch eingenommen war? Sie atmete bis in die Lungenspitzen und war unendlich dankbar darüber, wie gut sie ihre Atmung kontrollieren konnte.

Sie hörte ein Geräusch, das sie an die Einweghandschuhe im Krankenhaus erinnerte. Der Mann kniete jetzt neben ihrem Kopf. Gleich würden seine Hände ihren Hals suchen, ihn umfassen und plötzlich verstand sie. In diesem Moment begriff sie, dass sie doch etwas tun konnte, zumindest um Zeit zu gewinnen. Er war ganz nah. Seine Hände umfassten ihren Hals, langsam suchten sie die richtige Position. Er drückte mit den Daumen zu. Dann legte er seine Hände wie einen Ring um ihren Hals und zog sie gleichmäßig enger. Immer, wenn es ihr vorkam, er ließe von ihr ab, drückte er wieder zu. Sie spürte den Latex und sog so leise wie möglich die Luft ein.

Wieder machte er eine Pause. Dann drückte er unterhalb ihres Kehlkopfs. Es kam auf den richtigen Moment an, sonst würde er es merken. Lange genug aushalten, aber noch klar genug sein und dann, ja, ihr Körper erschlaffte, ihre Augäpfel ließ sie nach hinten kippen, ihr ganzer Körper war nun ohne jede Spannung, vollständig ermattet, ohne Widerstand lag sie auf der harten Unterlage, ihr Atem nicht hörbar.

***

Es war fast unmöglich, in so kurzer Zeit zu duschen, sich anzuziehen und von der Forsmannstraße ins Präsidium zu kommen, und doch saß Lena nur wenig später an ihrem Schreibtisch, hatte ihren Computer schon hochgefahren, als Henri mit den Pizzakartons durch die Tür kam.

»Da soll mal einer sagen, Holland wäre nicht schnell«, grinste er.

Lena verdrehte die Augen. Auf Henris Sprüche hatte sie keine Lust. Ihr Puls raste.

Henri schwenkte sofort um. »Sorry, dabei ist mir selbst auch nicht nach dummen Witzen zumute.«

In ihrem Schreibtisch hatte Lena ein rundes Pizzamesser, mit dem sie die beiden Pizzen – Frutti di Mare und Artischocke-Funghi – blitzschnell in Achtel teilte. Ganz selbstverständlich aßen Lena und Henri jeweils von beiden Sorten, dazu tranken sie Leitungswasser. Eine ganze Weile sagten sie nichts, kauten und betrachteten die Fotos von Levantins Wohnung, die Conny aus der Datenbank ausgedruckt und an die Wand in ihrem Büro gehängt hatte. Die Auswahl hatte Lena vorgegeben. Auf einem Blatt war Amelys Porträt, es war das neueste Foto, das ihre Eltern von ihr hatten. Die Aufnahme stammte von Thomas' Fest. Im Hintergrund waren die Tische auf der großen Terrasse schemenhaft zu erkennen. Amely lächelte glücklich in die Kamera, ihre Augen strahlten. Daneben hing das Bild der lebensgroßen Puppe, die sie in Levantins Wohnung gefunden hatten. War diese Puppe auf dem Film von Markus Neubauer? Hatte Levantin den Namen der Frau nicht genannt, weil sie nur eine Puppe war? Dann hätte er die Wahrheit gesagt.

Lena konnte das Puppenporträt kaum ansehen. Sie hatte das Gefühl, ihr Puls beschleunigte sich noch mehr. Aber es half alles nichts. Wie es ihr ging, spielte keine Rolle.

Dann die Fotos aus Levantins Wohnung. Gegenüber dem Puppenschrank war ein Fenster, dessen Rollladen heruntergezogen war. Nachbarn sagten, dass dieser Rollladen quasi immer geschlossen war. Vermutlich wollte Levantin nicht das Risiko eingehen, der Nachbarschaft den Blick auf seine Puppen freizugeben.

»Konnte er seine Opfer auch hier verstecken?« Lena erwartete keine Antwort. »Hat er Amely nur an einen anderen Ort gebracht, weil er damit gerechnet hat, bewacht zu werden?«

»Seine Wohnung als Versteck ist zu riskant.« Henri drückte die Pizzakartons in den Papierkorb und wischte sich mit einem Papierhandtuch den Mund und die Finger ab. »Wir beobachten ihn die ganze Zeit, aber er hat sie vielleicht vorher durch den Kellereingang weggebracht. Er hat keine Versuche unternommen auszubüchsen. Allerdings hatten die Kollegen von Anfang an den Eindruck, er wusste, dass er beschattet wird.«

»Er war schon vorbereitet, als wir das erste Mal bei ihm in der Kanzlei waren. Er hat nur überrascht getan. Wenn überhaupt.« Lenas Puls hatte sich nicht beruhigt, sie fühlte sich völlig ausgelaugt. Wann würde sie endlich wieder nach Hause gehen, sich ins Bett legen und richtig ausschlafen können? »Amelys Eltern, ihr Freund, ihre WG, Freunde, alle haben auf ihren Handys seit Sonntag die Anrufe zu Amelys Nummer und zu ihrem Festnetz. Keiner hat daran gedacht, dass sie ihr Handy verloren haben könnte, und niemand hatte die Telefonnummer von ihrem Freund, der seit Dienstagnachmittag versucht hat, sie zu erreichen. Am Sonntagvormittag hat sie kurz mit ihrer Mutter telefoniert. Danach hat sie sich nicht mehr gemeldet. Sie hat ihre Mutter nicht vom Festnetz ihres Freundes, nicht aus ihrer WG und nicht von einem öffentlichen Telefon angerufen.«

»Dass sie in der Nacht auf Dienstag bei Andreas übernachtet hat, muss ja bedeuten, dass sie dem Puppenmörder irgendwo zwischen Riewerts Wohnung, ihrer WG und der Uni begegnet ist. Morgens im Berufsverkehr, wenn jeder mit sich selbst beschäftigt ist. Unauffällig, das passt in sein Muster, neu ist, dass er sein Opfer an einem Dienstag in seine Gewalt bringt.« Henri überlegte. »Und« fügte er nachdenklich hinzu, »Levantin hat für den Vormittag kein Alibi. Er hat sogar etwas Falsches angegeben, was ganz leicht zu überprüfen war. Das heißt doch, dass ihm das Wasser bis zum Hals steht und er schon ganz durcheinander ist.«

»Oder hat der Puppenmörder sie vielleicht gar nicht?«, dachte Lena laut. Es gab überhaupt keinen Beweis dafür, dass Amely in seiner Gewalt war. Andererseits hatten sie in allen Krankenhäusern und Notaufnahmen in Norddeutschland nachgefragt. Eine Amely Philippi war nirgends eingeliefert worden. In Amelys E-Mails, Konto- und Buchungsdaten wie auch in ihren Telefongesprächen gab es keinen Hinweis auf eine Reise, einen Workshop oder irgendetwas, das sie gebucht hatte. Es wäre völlig untypisch für Amely gewesen, einfach wegzufahren, ohne etwas zu sagen. Sie hatten alles durchleuchtet. Es gab keine andere Erklärung dafür, dass Amely wie vom Erdboden verschluckt war.

»Übrigens hat Lennard nach Kellern und Lagerräumen gesucht, die vor 1970 eingerichtet wurden. Dazu hat er die Datenbank des Hamburger Bauamts genutzt. Es kommen 1.870 frei stehende kleine und große Lagerhäuser in Hamburg und Umgebung infrage, private Keller nicht mitgezählt. Im Großraum Hamburg dürften sie bei einer sechsstelligen Zahl liegen. Außerdem könnte das Gebäude, das wir suchen, auch in Schleswig-Holstein oder Niedersachsen stehen.« Lena seufzte und zog die Stirn in Falten.

»Die Analyse von Zementestrich-Gemischen bringt uns nicht weiter«, sagte Henri.

In diesem Moment klopfte es an der Tür. Lennard kam herein, eine Mappe in der Hand. »Ihr Außendienstler solltet euch das sofort vor Ort ansehen.«

»Was?« Henri sah überrascht auf.

»Das Hafengelände.« Lennard legte die Unterlage auf Lenas Schreibtisch. »Ihr wartet doch auf die Ergebnisse.« Er öffnete die Mappe und faltete einen riesigen Bogen Papier auseinander, auf dem unzählige feine Linien und Punkte waren. »Hier ist der gesamte Hamburger Hafen drauf. Jede Hundehütte, wenn es so was dort gibt.«

Lena schaute Lennard gespannt an. »Was hast du rausgefunden?«

»Das gesamte Gelände ist erfasst, kontrolliert und den Gesetzen effizienter hoch technisierter Logistik unterworfen. Es gibt quasi keinen Quadratmeter, der ungenutzt oder auch bloß nicht registriert wäre. Über neunundneunzig Prozent der Fläche können als Verstecke für unsere Opfer ausgeschlossen werden. Ich habe aber drei Orte gefunden, die im Vergleich zum Rest des Hafens eine Art Wildwuchs darstellen.«

»Die sollten wir uns sofort ansehen«, unterbrach ihn Lena.

»Allerdings. Es handelt sich in allen drei Fällen um Grundstücke von gastronomischen Betrieben.« Er zeigte nacheinander auf die drei markierten Punkte.

»Das würde bedeuten, unser Täter kennt einen der Inhaber gut genug, um einen Schuppen oder eine Garage nutzen zu können«, überlegte Henri.

Lennard nickte. »Die Schuppen liegen jeweils ein paar Hundert Meter vom Hauptgebäude entfernt.«

»Wir fahren gleich hin.« Lena griff nach dem Autoschlüssel. »Selbst wenn es nur eine geringe Aussicht gibt, wir fahren mit Notarzt und Spurensicherung hin. Ohne Sirenen, Blaulicht nur, wenn wir nicht schnell genug durchkommen.«

»Richtig, schreckt niemanden auf. Ihr könnt sofort starten. Die Spurensicherung ist schon auf dem Weg. Der Notarzt auch. Ihr startet bei diesem Gasthaus. Es liegt gegenüber dem Friedhof.« Er zeigte auf den ersten Ort. »Das Gelände ist das größte der drei und der einsam gelegene Schuppen ist hier.«

In der Dunkelheit rasten sie los zum Hafen. Als Studentin hatte Lena für ein paar Monate als Notarztfahrerin gejobbt. Seither konnte sie praktisch jede Strecke auch in dichtestem Stadtverkehr in kürzester Zeit zurücklegen. Sie kam nicht oft dazu, diese seltene Fähigkeit zum Einsatz zu bringen. Das flexible Blaulicht auf ihrem Dach erleichterte das Ganze zusätzlich, die meisten Autos fuhren sofort zur Seite, obwohl sie das Blaulicht ohne Sirenenton verwendete.

Lena musste grinsen, als sie sah, dass Henri sich in seinem Sitz festkrallte und seinen Sicherheitsgurt kontrollierte.

»Wo sind die anderen?«, fragte sie, als sie mit quietschenden Reifen vom Sandwisch in den Moorfleeter Kirchenweg einbog. Von der Spusi war nichts zu sehen.

Lena stellte das Auto am Friedhof ab und nahm das Blaulicht vom Dach. Niemand musste wissen, dass dies ein Polizeiauto war. »Komm, wir gehen schon mal«, sagte sie und sprang aus dem Auto.

Sie hatte Henri noch nie so weiß gesehen. Aber es war jetzt keine Zeit, sich damit zu beschäftigen. Henri war schließlich Kripomann, da musste er auch mal mit einem schnittigen Fahrstil zurechtkommen.

Er nickte nur und griff an seinen Pistolengurt unter der Jacke. »Alles klar«, sagte er mit belegter Stimme und stieg aus.

Lautlos schlichen sie an dem kleinen Gasthaus vorbei zum hinteren Teil des Geländes, wo sich der alte Schuppen befand.

»Wo bleibt ihr?«, flüsterte sie ins Funkgerät. »Henri und ich sichten schon den Schuppen.«

»Wartet«, sagte Lennard.

Lena schüttelte den Kopf. Nein, warten ging gar nicht. Wenn Amely hier versteckt war, kam es auf jede Minute an.

»Wir bleiben zusammen und decken uns gegenseitig, okay?«, flüsterte Lena Henri zu.

Henri nickte nur knapp.

Mit der Waffe im Anschlag gingen sie um das kleine Gebäude herum und sahen sich die Fenster an. Das Gebäude schien nicht unterkellert zu sein. Wieder am Eingang angekommen, richteten sie ihre Waffen noch einmal aus. Lena nickte Henri zu und drückte die alte Klinke runter. Ein schrilles Quietschen durchschnitt die Stille. Lena hielt den Atem an. Nichts rührte sich. Sie fischte die Taschenlampe aus ihrer Jackentasche, nickte Henri wieder zu und stieß die Tür auf.

Henri machte eine Kopfbewegung Richtung Straße. Die Spusi war eingetroffen.

Lena ging durch die Tür, Henri war dicht hinter ihr. Der Lichtkegel zeigte Ausschnitte eines Oldtimers, Lena erkannte sofort, dass es ein alter BMW V8 war, denn das Modell hatte auch ihrem Vater gefallen. Sie ließ das Licht der Taschenlampe über die Wände gleiten. Keine Türen. Keine Treppe, keine Leiter. Lena spürte, wie alle Hoffnung sie verließ. Plötzlich fühlte sie sich wieder unendlich müde und kraftlos. »Hier ist kein Versteck. Amely ist nicht hier.«

Sie ging mit Henri wieder hinaus, die Kollegen von der Spusi standen jetzt vor dem Schuppen.

Lena gab sich einen Ruck. »Wir müssen weiter zum nächsten Ort, er liegt hier um die Ecke.«

# 17

Der Fahrer des Autos sah immer wieder durch das Rückfenster zu Lena. Sie trat das Gaspedal durch, sie fuhr ein schnelles Auto und kam dicht an das Heck des Autos heran. Trotzdem gelang es ihr nicht, das Gesicht zu erkennen, nur schemenhafte Umrisse und ein Grinsen.

Lena wachte auf. Sie war durchgeschwitzt und ihr Puls raste. Wer sollte das sein? Wahrscheinlich war es nur ein wirrer Traum und der konnte auch von zu wenig Schlaf kommen. Gestern Nacht hatten sie drei Plätze im Hafengebiet durchsucht und nichts gefunden. Keine Spur von Amely. Gegen halb zwei war sie ins Bett gekommen.

Sie stand auf und machte sich einen Kaffee. Zwei Kardamomkapseln mit den Kaffeebohnen gemahlen, der Duft ließ alle Müdigkeit verfliegen. Sie setzte sich an den Küchentisch, aß einen Honigtoast und checkte ihre SMS. André hatte geantwortet. Er war schon seit zwei Wochen in London, zwischendurch würde er nur kurz nach Hamburg kommen und dann noch zwei Wochen dort bleiben. Wer hatte dann nach ihr gefragt, wenn es nicht André war? Das musste einer von diesen unverschämten Pressetypen gewesen sein. Es war so dreist, was die sich rausnahmen, nur weil sie von einem neidischen Kripokollegen angestachelt worden waren.

Der Toaster warf die nächste Scheibe heraus und plötzlich fiel Lena ein, was gestern beim Joggen in ihrem Hinterkopf gebohrt hatte. Sie stürzte den Kaffee hinunter, ließ den Toast liegen und rannte zum Auto.

***

Den Mann und die Frau vor seiner Wohnung hatte Levantin an diesem betont beiläufigen Herumstehen und Herumschauen sofort erkannt. Wenn er das Haus verließe, würden sich die zwei Zivilen sofort an seine Fersen heften. Er nahm die Fusselrolle aus der Garderobenschublade und fuhr ein weiteres Mal die gesamte Kleidung auf seinem Körper ab, zum dritten Mal an diesem Morgen. Wo kamen bloß immer diese vielen Fusseln her? Für den Rücken zog er das Sakko extra noch mal aus. Die Wohnungsdurchsuchung hatte zu viel zutage gefördert. Nicht alles, aber mehr, als er aushielt. Seine Hände zitterten wie bei einem Alkoholiker auf Entzug.

Er musste die Kripoleute ins Leere laufen lassen, indem er einfach nur noch schwieg. Auf seinem Ärmel entdeckte er in diesem Moment einen rosa Faden. Gerade dieser Stefanski tat doch nur so. Stur und beharrlich bleiben, das war immer das Beste. So wie er damals nicht aufgegeben hatte. Als er abends im Bett gelegen und von den seidigen Haaren der Puppen geträumt und in Gedanken mit dem Zeigefinger über ihre roten Lippen gestreichelt hatte. Er hatte nicht aufgegeben, daran zu glauben, dass er irgendwann die Blonde und die Braunhaarige über Nacht mit in sein Zimmer nehmen könnte. Die beiden schönsten Puppen, denen er nie Namen gegeben hatte. Und wenn es nur ein einziges Mal wäre, das musste einfach gelingen. Nie aufgeben, selbst, wenn es für alle Zeiten aussichtslos zu sein schien, das hatte er damals gelernt. Seit er die beiden Puppen entdeckt hatte, war eine unbezwingbare Sehnsucht in ihm gewesen, zu ihnen auf den Dachboden zu gehen und sie zu holen.

Er würde jetzt ganz normal wie jeden Tag in die Kanzlei gehen und so tun, als wäre nichts. Schließlich musste er arbeiten. Was sollte er nur machen mit dem Angebot seiner Chefs? Es war immer sein Traum gewesen, Teilhaber einer Sozietät zu werden. Dieser Sozietät. Er hatte sich alles so perfekt vorgestellt, es sollte eine runde Sache werden: die Rede vor der Anwaltsvereinigung und dann die Entscheidung für diesen wirklich gewichtigen Karriereschritt. Er wäre Teilhaber in einer der renommiertesten Kanzleien in Norddeutschland geworden. Die Entscheidung lag nicht bei ihm. Für ihn war klar, was er wollte. Seine beiden Chefs mussten sich entscheiden. Andererseits hatten sie es ihm angeboten, also wollten sie es doch wohl auch. Wenn er ehrlich war, war es noch kein richtiges Angebot, sie hatten es nur in Aussicht gestellt, aber sie würden sich bald entscheiden. Was das Bald genau hieß, war ihm nicht klar, schließlich hatten sie betont, dass sie seit Bestehen der Kanzlei, also seit über zehn Jahren, noch nie in Erwägung gezogen hätten, einen Kollegen gleichberechtigt aufzunehmen, obwohl dort mehrere angestellte Anwälte arbeiteten. Für ihn würde ein Lebenstraum in Erfüllung gehen.

Er zog das Sakko wieder an und betrachtete im Bad vor dem Vergrößerungsspiegel sein rechtes Auge. Es war nichts zu erkennen, aber er hatte immer noch das Gefühl, etwas darin zu haben. Wegen dem ganzen Durcheinander hatte er an der Rede nicht weiterarbeiten können. Übermorgen musste sie fertig sein. Er wusste nicht, wie er das schaffen sollte. Die Polizisten vor seiner Tür waren eine Katastrophe, dabei hatte er alles lückenlos abgesichert.

Eines Morgens beim Frühstück mit den Eltern hatte er zum ersten Mal davon gehört, dass seine Mutter ins Krankenhaus müsste. Mandeloperation, so plötzlich war alles gekommen. Das war Monate, nachdem er die Puppen gefunden hatte, an einem trüben Tag Ende November. Damals hatte er gelernt, auf den richtigen Moment zu warten. Es war noch dunkel gewesen, als er mit seinen Eltern gefrühstückt hatte. Darauf hatte seine Mutter streng geachtet, dass sie immer zusammen frühstückten.

Diese Wendung war so unerwartet gewesen, dass es ihn all seine Kraft gekostet hatte, seine Freude nicht zu zeigen. Seine Mutter war schon am nächsten Tag ins Krankenhaus gekommen. Nikolaus hatte es vor Ungeduld kaum ausgehalten, aber er hatte erst einmal rausfinden müssen, was sein Vater vorhätte, wenn die beiden allein zu Hause wären. Würde er abends noch mal in seinem Zimmer vorbeikommen? Er hatte sich nicht daran erinnern können, dass sein Vater jemals sein Zimmer betreten hatte. Und vor allem, was hatte sein Vater eigentlich abends immer gemacht? Wenn Nikolaus ein kurzes »Gute Nacht« ins Wohnzimmer gesagt hatte, hatte sein Vater aufgesehen und gleich wieder weitergelesen, manchmal Akten studiert oder einen Brief geschrieben. Er war lange aufgeblieben und hatte Radio gehört oder ferngesehen. Schon am zweiten Abend war es so weit gewesen, denn sein Vater hatte es genauso gehalten, wie wenn seine Mutter da gewesen wäre. Die Blonde und die Braunhaarige waren bei ihm gewesen.

Sie hatten den ganzen Abend in seinem Zimmer verbracht. Er hatte sie vorsichtig berührt, auch die Kleidchen, und er hatte die wunderschönen Haare gestreichelt, bei allem immer darauf bedacht, dass er seine Zärtlichkeiten gleichmäßig verteilt hatte. Er hatte sie von Anfang an beide gleich geliebt: gleich verzehrend und für immer und ewig. Und gerade weil er gespürt hatte, dass dieses Glück ihn für immer durchströmen würde, gerade deshalb hatte er an diesem Abend ein Ende gefunden und die beiden voller Sorgfalt, Umsicht und Hingabe zurück in die Truhe gebracht. Er war, die beiden Puppen in den Armen, die Treppe hinaufgeschlichen. Hatte sie auf der Kommode abgesetzt, um die Bodentür aufzuschließen, und war mit der kleinen Blonden und der kleinen Braunhaarigen im Dunkeln zu der großen Truhe geschlichen. Der Deckel war leicht aufgegangen. Jede einzelne Sekunde hatte er an diesem Tag sein Glück genossen.

Er hatte gerade seinen Laptop und die Autoschlüssel von der Kommode im Flur genommen, als er noch mal durchs Fenster sah, um die Lage vor seinem Haus zu prüfen. In diesem Moment fuhr eine zweite Zivilstreife vor, zwei Männer in Jeans und Kapuzensweatshirts stiegen aus. Einen Augenblick später klingelte es an seiner Tür. Man gab ihm noch die

Zeit, in der Kanzlei Bescheid zu sagen, dann wurde er zum Auto geführt. Wie entwürdigend. Konnte es sein, dass man in der Kanzlei längst wusste, dass Mordermittlungen gegen ihn liefen? Das war gar nicht auszudenken.

Seine Noch-Chefs, eigentlich so gut wie seine Partner in der Sozietät, hatten die bereits irgendwas mitbekommen? Aber das war nicht das Schlimmste. Natürlich gab es Tausende von Juristen, aber trotzdem kam ihm die juristische Welt klein vor. Und bestimmt gab es irgendwo eine undichte Stelle, wenn irgendwer mitbekäme, dass der renommierte Anwalt Nikolaus Levantin Puppen liebte. So wie irgendwer aus dem Polizeipräsidium Hamburg der Presse was zusteckte über die Hauptkommissarin Holland. Irgendwer, irgendein Verrückter, der noch eine offene Rechnung zu haben glaubte, fand sich doch immer. Die beiden Inhaber der Kanzlei, seine Kollegen, waren ja so perfekt, mit perfekten Frauen, perfekten Kindern, hundertprozentiger Perfektion im Auftreten, mit sauberen Hobbys, anspruchsvollem Freundeskreis. Er rieb sich das Auge und versuchte, gleichgültig ins Grün des Stadtparks zu blicken. Auf seinem Knie fiel ihm plötzlich ein Fussel auf. Magentafarben leuchtete er grell auf dem dunklen Untergrund seiner Hose aus hauchdünnem Wollstoff. Levantin nahm den Fussel und ließ ihn auf den Teppichboden des Autos schweben.

Dann diese Kommissarin, diese Holland. Er hatte nach dem ersten Gespräch mit ihr bei einem Kollegen, der sie aus Verhandlungen kannte, Informationen über sie eingeholt. Sie galt als Spitzenkriminalhauptkommissarin. Es musste ein Zufall sein, dass er sie noch in keinem Prozess erlebt hatte. So gut, wie sie aussah, hätte er sie unter anderen Umständen wahrscheinlich gar nicht übel gefunden. Aber jetzt hatte er andere Probleme.

Sie brachten ihn in ein Besprechungszimmer. Da saß auch wieder dieser Stefanski. Klar, dass die zu zweit waren. Das ärgerte ihn jetzt plötzlich. Er war zwar sein eigener Anwalt und daher sozusagen in Doppelfunktion hier. Aber eben allein.

»Herr Levantin, setzen Sie sich«, sagte Holland nicht unfreundlich.

»Was hat der DNA-Test ergeben?«

»Wie Sie ja wissen, stellen wir die Fragen.« Stefanski sah ihn streng an und fügte hinzu: »Das Ergebnis kommt in Kürze.«

Er durfte nicht so gereizt wirken.

»Als Sie zum Verhör hier waren, hatten Sie längst Ihr nächstes Opfer entführt.«

»Habe ich nicht.«

»Dann geben Sie das erste Opfer zu? Ihr Name war Annika.«

Glaubte diese Holland wirklich, dass das eine gute Taktik wäre? »Nein.«

Sein rechtes Auge juckte. Beim Händewaschen in der geschmacklosen Präsidiumstoilette hatte er im Spiegel flüchtig gesehen, dass es rot unterlaufen war. Er hätte es am liebsten mit Wasser gekühlt. Aber er ließ es, weil der Polizist dabeistand und wartete, um ihn in diesen Raum zu bringen. Und der hätte womöglich gedacht, dass er heulte. Jetzt würde es Holland bestimmt als Unsicherheit auslegen, wenn er sich am Auge herumrieb. Es kostete ihn seine ganze Kraft, die Hände auf dem Tisch liegen zu lassen.

»Ich bin unschuldig, ich bin nicht der Puppenmörder«, schob er hinterher. Hatte sich seine Stimme weinerlich angehört?

»Wieso sollten wir Ihnen das glauben?« Holland sah ihn durchdringend an. »Am Dienstagvormittag, 11. Oktober, ist wieder eine junge Frau verschwunden. Ihr Alibi ist geplatzt. Der Mandant, den Sie uns angegeben haben, hatte gar keinen Termin mit Ihnen.«

Er schwieg.

»Sagen Sie uns, was Sie zu dieser Zeit gemacht haben!«, bohrte Stefanski.

Darauf konnte er wirklich nicht antworten. Er schwieg.

»Bei der Durchsuchung Ihrer Wohnung und Ihrer Garage, die Sie uns verheimlicht haben, haben wir ein paar interessante Dinge gefunden.«

Gleich würde sie von den Puppen anfangen. Als wüsste er nicht, was sie dort gefunden hatten! Warum musste sie ihm das alles jetzt auch noch auftischen. Es war schon so unendlich kränkend, dass diese Hausdurchsucher die Puppen angefasst haben.

»Warum haben Sie uns bei Ihrem ersten Verhör verheimlicht, dass Sie eine Garage angemietet haben?«

Er versuchte, seine Verblüffung nicht zu zeigen. Sie erwähnte die Puppen gar nicht. »Das habe ich nicht verheimlicht, das habe ich einfach vergessen.«

»Das Problem ist nur, dass wir Sie ausdrücklich danach gefragt haben, ob Sie außerhalb Ihrer Wohnadresse weitere Räumlichkeiten entweder besitzen oder gemietet hatten oder aufgrund mündlicher Vereinbarungen nutzen.« Stefanski erwähnte die Puppen auch nicht. Wollten sie ihn gerade damit mürbe machen?

»In Ihrer Garage haben wir unter anderem einen Karton mit Nagellack in verschiedenen Farben gefunden. Wozu brauchen Sie Nagellack in sieben verschiedenen Rottönen?«, fragte Holland.

Darauf musste er nicht antworten.

»Also, wozu brauchen Sie den Nagellack?«

»Mit Nagellack kann man die Gesichter von Puppen aufarbeiten.«

»Die Gesichter?« Stefanski sah ihn überrascht an? »Die Lippen, meinen Sie doch wohl.«

»Ja, ja, klar.« Oder dachte dieser hemdsärmelige Kripotyp, dass man ein zartes Puppengesicht rot lackierte? Seine Antwort hatte sich pampig angehört. Er musste ruhig bleiben, das war jetzt das Wichtigste. Auf seinem Rücken bildete sich Schweiß und er glaubte, dass sein Kopf erhitzt aussähe.

»In Ihrem Wohnzimmer steht eine Holztruhe. Bei unserer Durchsuchung war das Geheimfach leer. Was haben Sie darin aufbewahrt und warum haben Sie es beiseitegeschafft, als klar war, dass die Polizei auf Sie aufmerksam wurde?«

Sein Auge brannte, er wollte sich beherrschen, aber dann griff er sich doch daran. Es war eine Befreiung, gegen den Juckreiz anzureiben, wenn auch nur für einen kurzen Moment. Danach juckte es noch beißender. »Leere Geheimfächer in antiken Möbeln sind kein Straftatbestand.« Levantin hoffte, seinen Tonfall wieder unter Kontrolle zu haben. Der Juckreiz an seinem Auge war unerträglich.

»Wir lassen die Truhe auf Spuren untersuchen: Fusseln, Gewebe, organische Spuren wie Speichel, Sperma, DNA, Spuren, die auf die Mordopfer zurückgehen.«

Er musste jetzt hier raus, er hielt das alles nicht länger aus. Seine Hände zitterten, er steckte sie in die Hosentaschen und drückte sie zu Fäusten geballt gegen seine Oberschenkel. »Bitte, wenn Sie glauben, das bringt Sie weiter. Hören Sie, ich muss in die Kanzlei, ich habe Termine.«

»Wir haben Ihre Termine absagen lassen. Sie bleiben, bis Sie uns gesagt haben, wo Sie Ihr neues Opfer versteckt haben.«

Holland sollte endlich aufhören mit diesen Fragen. Er konnte nicht mehr. »Was soll das? Lassen Sie mich endlich gehen.«

»Und danach müssen Sie nicht mehr in die Kanzlei.« Stefanski fixierte ihn.

»Ich bin nicht der Puppenmörder!«

»Dann also noch mal: Dienstagvormittag, was haben Sie gemacht? Wo waren Sie?«, fragte die Holland.

Er schwieg.

»Ihre Mutter ist bei einem Unfall ums Leben gekommen, bei dem Sie dabei waren.« Stefanski sprach jetzt mit weicher Stimme. »Was für ein Verhältnis hatten Sie zu Ihrer Mutter?«

Seine Mutter! Diese Frage kam völlig überraschend. Hatte er seinen Kopf ruckhaft hochbewegt? Er wusste es nicht genau, er durfte sich nicht aus der Fassung bringen lassen. »Was hat meine Mutter damit zu tun? Ich kann mir schon vorstellen, was Sie sich denken: ›Der Typ hat ein unnatürliches Faible für Puppen, der hatte doch bestimmt eine gestörte Mutterbeziehung.‹ So ein Quatsch, was wissen Sie schon!« Seine Stimme kam ihm viel zu dünn vor. Er wusste selbst, dass Stefanski – oder war es die Idee von dieser schönen Kripofrau? – damit irgendwo richtiglag. Aber juristisch war das abenteuerlich, der Unfall seiner Mutter lag Jahrzehnte zurück und der unerklärliche Bluterguss an seinem Knöchel wurde nicht in den Unterlagen erwähnt.

»Ganz so schlicht tickt auch die Kripo nicht«, sagte Holland. »Sie waren achtzehn, als Ihre Mutter starb, Sie waren bei dem Unfall dabei, blieben selbst aber unverletzt.«

Er hätte zu Hause mehr trinken sollen, sein Mund war staubtrocken. »Ja, ich war achtzehn. Kann ich ein Glas Wasser bekommen?« Es war ja wohl kein Verbrechen, bei einem Unfall unversehrt zu bleiben. Dass er selbst nach einem Glas Wasser fragen musste, war eine unzumutbare Erniedrigung.

»Selbstverständlich.« Holland nahm ein Glas aus dem Regal und füllte es mit Wasser aus einer Karaffe neben ihrem Laptop.

»Beschreiben Sie uns doch kurz, wie der Unfall ablief«, sagte sie.

Er spürte das bohrende Pochen in seinem Magen, auch in seiner Kehle war wieder dieses Pulsieren. Sein Auge tränte weiter. Seine Hand zitterte mit dem Glas zwischen den Fingern, er nahm einen großen Schluck Wasser, wischte dann über sein Auge und murmelte etwas von Allergie. Sonst dachten diese Kripotypen noch, er finge an zu weinen.

Es gab kein Dokument vom Unfalltod seiner Mutter, das ihn hier belasten konnte. Er durfte auf keinen Fall das mit dem Fuß erwähnen. Damals hatte ihn niemand danach gefragt. Hatte er seine Mutter ein kleines Stück vorgehen lassen? War sie über seinen Fuß direkt vor das Taxi gestolpert? Er wusste es selbst nicht genau und jetzt war das alles schon so lange her. Der Tod seiner Mutter war seine Befreiung gewesen. Das würde er der Kripo sicher nicht auf die Nase binden. »Meine Mutter war einen halben Schritt voraus, ging weiter, ohne richtig zu gucken, und wurde von einem vorbeirasenden Taxi erfasst.« Nikolaus straffte sich, in seinem Rücken knackte es hörbar.

»Wenn Sie zusammen die Straße überqueren wollten, warum ist Ihre Mutter vorgegangen?«, bohrte Stefanski.

»Woher soll ich das wissen? Sie hat immer gemacht, was sie wollte.« Hätte sie ihn sonst so verachtet und ignoriert und hätte er sonst diesen Vornamen bekommen? Von allen denkbaren Vornamen in den schrecklichen Sechzigerjahren musste er ausgerechnet Nikolaus heißen? Dazu war nur seine Mutter fähig. Ihr war es egal, dass er in der Schule verspottet wurde. Wie ihr überhaupt fast alles gleichgültig war, was außerhalb des Hauses passierte.

»Haben Sie das Taxi herankommen sehen und sie absichtlich vorgelassen?«, fragte Holland.

Er musste nicht antworten.

»Es ist besser, Sie arbeiten mit der Polizei zusammen. Wenn Ihr neues Opfer überlebt, wirkt sich das strafmildernd aus.«

Sein Gesicht entglitt ihm plötzlich, er grinste blöd. Die vergaßen dauernd, dass er als Anwalt diese Dinge genau wusste.

Holland und ihr Kollege schienen alle Zeit der Welt zu

haben. Sie saßen da, warteten, sahen ihn an. Holland betrachtete ihn in aller Ruhe. Es machte ihn halb wahnsinnig, dass sie sich auch seine zitternden Finger besah. Er vergrub seine Hände wieder in den Hosentaschen.

»Reden Sie mit uns«, sagte sie.

Er räusperte sich, dabei wollte er gar nichts sagen. Doch plötzlich spürte er, wie ihm Tränen übers Gesicht liefen. »Ich, ach Scheiße ...«

Vier Kripoaugen sahen ihn an. »Hören Sie, ich ...« Seine Stimme versagte ihm, er schluchzte auf.

»Wir wollen die ganze Zeit was hören.«

Er versuchte, tief zu atmen, und als das Schluchzen nachließ, brach alles aus ihm heraus: Die Puppen waren seine große Leidenschaft, er konnte nicht anders. Wenn seine Kollegen davon etwas mitbekämen, wäre er ruiniert. Aber denen würde vielleicht schon reichen, dass die Kripo sich ständig für ihn interessierte. Mit dem Einstieg in die Sozietät wäre es jedenfalls schon nichts mehr, wenn sie nur etwas davon mitbekämen, dass er mehrfach verhört wurde.

Aber das Schlimmste wäre, wenn seine Leidenschaft für Puppen publik würde und er nicht genau wüsste, wer alles davon wusste. Er würde das nicht aushalten.

Bei jedem Gespräch mit einem Mandanten, in der Anwaltsvereinigung, auf Tagungen und natürlich bei jeder Verhandlung würde er sich fragen: Weiß der Richter es, hat die Staatsanwältin davon gehört? Was ist schon bei dem Kollegen angekommen? War das Lächeln hämisch, zynisch, ironisch oder – am schlimmsten – mitleidig? War eine Bemerkung wirklich auf den Fall, den Angeklagten, bezogen? Oder doch gegen ihn, gegen Nikolaus Levantin, der in die berühmteste, renommierteste Anwaltskanzlei in Norddeutschland hätte einsteigen können, wenn er nicht Puppen über alles lieben würde, ihnen Kleider nähte, ihre Münder rot nachmalte, ihre Haare mit teuren Echthaarborsten bürstete?

Er konnte nichts anderes als Jura, er wäre am Ende, wenn das rauskäme.

***

Lena lief in ihrem Büro auf und ab, es war alles so verworren. Wo war der rote Faden, das richtige Ende, um daran weiterzuarbeiten? Sie klickte in der Datenbank herum, ging zur Pinnwand. Der Einzige, der nicht mehr unter Verdacht stand, war Szabo. Seine Arbeitgeber hatten seine Alibis bestätigt und sogar ein Angestellter vom Ohlsdorfer Friedhof gab an, dass er Szabo dort bei stundenlangen Spaziergängen beobachtet hatte.

Was war mit Dirk?

Auch mit Maik, dem Kommilitonen von Amely, musste sie noch einmal sprechen.

Und Levantin – war sein Ausbruch echt? Musste er nicht irgendwann doch zu Amely fahren? Die Tränen wirkten authentisch, das schon. Aber das Schluchzen, war das nicht eine Nummer zu theatralisch? Levantin war ein mit allen Wassern gewaschener Anwalt. Und warum sprach er nur immer von den Puppen? Und heulte dabei wie ein kleiner Junge? Er müsste sich viel mehr darüber sorgen, unter Mordverdacht zu stehen. Erwähnte er das nicht, um abzulenken? War er so gerissen?

Und jetzt musste sie endlich mit Henri noch über etwas anderes sprechen.

»Henri, es gibt etwas in dem Gespräch mit Andreas Riewert.«

»Mit Riewert? Haben wir denn jetzt Zeit dafür? Levantin hat doch eine große Show abgezogen, findest du nicht?«

»Ja. Aber heute Morgen habe ich noch mal das Gespräch mit Riewert angehört und ich weiß jetzt, was mir seltsam vorkommt.« Sie machte die Datei auf. »Hier: Hast du das auch gehört, dass Riewert laut atmet, als er sagt, dass sie sich auf einer Party kennengelernt haben?«

Henri nickte.

»Auf dem Fest, auf dem mir Amely von ihrem neuen Freund erzählt hat, hat sie gesagt, sie hat ihn in der Uni-Cafeteria angesprochen. Sie hatte doch keinen Grund, mir nicht die Wahrheit zu sagen. Und dieses schwere Atmen. Vielleicht lügt er.«

»Das ist aber ziemlich vage.«

»Das weiß ich auch.« Lena rollte die Augen und klickte eine andere Sequenz an. »Er sagt zweimal: ›Wo ist Amely? Finden Sie sie!‹ Das hört sich so an, als hätte er sich vorgenommen, das unbedingt anzubringen.«

»Ja, schon«, sagte Henri, »aber er stand unter Schock, er hat sogar geweint.«

»Und später wirft er uns vor, unsere Zeit mit ihm zu verschwenden, anstatt Amely zu suchen.« Lena fragte sich, ob sie hysterisch klang. Bildete sie sich nur ein, dass hier etwas nicht stimmte?

»Er war verzweifelt.«

»Ich weiß. Aber er war irgendwie auch finster.«

»Kein Wunder. Seine Freundin ist schließlich spurlos verschwunden.«

»An der Stelle, als ich ihn frage, ob sie sich für ein Treffen nach der Tagung in Lüneburg verabredet hätten«, Lena stellte den Cursor an die richtige Stelle, »räuspert er sich und atmet schwer. Man merkt es fast nicht, aber es ist, als wäre er überrascht.« Lena spielte die Passage noch einmal ab. »Er gibt sogar einen unkontrollierten Laut von sich, diesen Mix aus Em, Äh und Schluckgeräuschen.«

»Das sind nicht gerade Beweise«, wandte Henri ein. »Und er hat praktisch von Dienstagnachmittag bis nach Mitternacht versucht, Amely anzurufen. Nicht anders als ihre Eltern und ihre Mitbewohner.«

»Und die Pause, bis er sagt, Amely wollte am Abend zu ihm kommen, ist ziemlich lang. Er hat so gewirkt, als würde er viel reden, aber eigentlich hat er nicht viel gesagt. Nur, als es um seine Arbeit ging, hat er richtig aufgedreht. Riewert ist der Einzige, der Amely nach Sonntag gesehen hat. Es ist seltsam, dass sich Amely zwischen Sonntag und Dienstag bei niemandem gemeldet hat, obwohl alle versuchten, sie zu erreichen.«

»Sie hat ihr Handy verloren. Sie ist eine erwachsene junge Frau, die doch nicht täglich ihre Eltern anrufen muss.«

»Sicher. Und trotzdem brauchen wir einen DNA-Test von Riewert. Und wir müssen noch mal mit ihm reden. Bei unserem flächendeckenden Test haben wir Riewert nicht erfasst, er hat ja einen anderen Beruf. Es muss umgehend jemand bei ihm vorbeifahren, um eine Speichelprobe zu holen. Am besten machst du das. Nimm zwei Kollegen mit. Und alles ganz unauffällig. Sag Riewert, es ist eine Routine, wir testen Amelys Umgebung. Auch ihre Eltern.«

***

»Ich komme gleich«, antwortete Lena auf den Anruf von der Pforte, als sie und Henri vom Essen kamen. Eine Frau hatte das Kommissariat angerufen. Sie stand kurz darauf schon am Eingang und bestand darauf, mit der ermittelnden Kommissarin zu sprechen. Lena holte die Frau unten ab und führte sie in ihr Büro.

»Setzen Sie sich«, sagte Lena freundlich.

Die Frau wirkte verängstigt und rutschte auf dem Stuhl gegenüber Lenas Schreibtisch hin und her. Oder hatten die langen Flure des Polizeipräsidiums sie eingeschüchtert? Lena warf Henri einen Blick zu, der verstand sofort, dass die junge Frau sich eingeschüchtert fühlte, und verließ mit einem genuschelten »Ich brauch mal einen Kaffee« das Büro.

Die Frau biss auf ihre Unterlippe und sah sich in Lenas Büro um, als wollte sie überprüfen, dass außer ihnen wirklich niemand da war. Lena nahm die Personalien auf. Sie hieß Kerstin Momberg, war fünfunddreißig Jahre alt, von Beruf Physiotherapeutin und lebte in Wandsbek.

»Ich wollte es Ihnen unbedingt selbst sagen, ohne dass ich vorher mit einem anderen Polizisten sprechen muss. Ich weiß gar nicht, wie ich es erklären kann. Vielleicht ist es auch unwichtig. Aber …« Kerstin Momberg schluckte. »Ich meine … also …«

»Fangen Sie einfach an.« Lena nickte Kerstin aufmunternd zu.

»Ich habe die Schlagzeilen gelesen und das mit dem Puppenmörder im Internet gesehen. Neulich schon, als die Mädchen an der Elbe gefunden wurden. Vielleicht hätte ich viel früher kommen sollen. Aber ich hatte einfach keine Zeit.«

Lena schob die aktuelle Zeitung vor Kerstin auf den Tisch: *Puppenmörder hat neues Hamburger Mädchen – Kommissarin verniedlicht Opfer.* Noch hatte Lennard nichts Konkretes gegen Jörg in der Hand. Aber es war nur noch eine Frage der Zeit, wann sein geheimer Draht zur Presse ans Licht käme.

»Meinen Sie das?«, fragte Lena und zeigte auf die Headline.

»Ja, genau«, sagte sie, »das mit den Puppen hat mich plötzlich an etwas erinnert. Ich meine, es ist nur so ein Gedanke und vielleicht sagen Sie eh, dass es Quatsch ist.«

»Das sehen wir dann.« Lena wusste nur zu gut, dass manches, was entscheidend war, sich schnell wieder entzog, oder man vergaß es, weil man es für unbedeutend hielt. Erst wenn alles aufgeklärt war, zeigte sich, dass dieser winzige Hinweis schnell zum Ziel geführt hätte. Sie musste dafür sorgen, dass die junge Frau alles, was sie bewegte, auch sagte. »Soll ich uns einen Kaffee holen?«

»Danke, ja, ich meine, nein, ich bin schon so aufgewühlt.« Sie krallte ihre Finger in die Tasche auf ihrem Schoß, sodass ihre Nägel ganz weiß wurden.

»Vor über fünfzehn Jahren wurde ich vergewaltigt«, platzte es aus ihr heraus. »Es gab kein Gerichtsverfahren. Aber ich habe die Untersuchungen machen lassen, es wurden Proben genommen. Wie lange werden denn die Proben und so was eigentlich aufgehoben?« Kerstins Hände bewegten sich unruhig auf der Tischplatte. Übrig blieben Schweißspuren.

»Proben, Protokolle, es wird alles aufgehoben. Wann war das?«

»Im Herbst. Ich war in der Ausbildung. Oje, das ist achtzehn Jahre her.« Kerstin konnte nicht weitersprechen.

»Warum kam es nicht zu einer Gerichtsverhandlung und einer Verurteilung?« Lena glaubte, die Antwort schon zu kennen.

»Ich musste für meine Prüfungen lernen, deshalb hatte ich keinen Kopf dafür.« Sie senkte den Kopf. »Und es hätte ja nichts geändert.«

»Am besten, Sie versuchen, alles so genau wie möglich zu erzählen. Ich mache mir Notizen.«

»Aber das geht dann doch nicht an die Zeitung, oder?«

»Was? Nein, Sie müssen sich keine Sorgen machen. Alles, was wir besprechen, ist vertraulich.« Lena hoffte, dass das reichte, um Kerstin Momberg zu beruhigen.

»Damals habe ich eine Ausbildung zur OP-Schwester gemacht. An den Wochenenden war ich mit anderen aus der Ausbildung oft in der Roten Flora im Schanzenviertel, wir waren echt wild damals. Später habe ich noch eine Ausbildung gemacht, jetzt habe ich eine eigene Physiotherapie-Praxis und gehe nur noch selten aus. Na ja, damals jedenfalls haben wir viel gefeiert und ich …«

»Und der Bericht über den Puppenmörder erinnert Sie an

jemanden, den Sie damals kannten?« Lena sah sie gespannt an.

Kerstin nickte. »Im Herbst kannte ich mal einen Typ, nur so von einer Party. Ich habe ihn mit nach Hause genommen. Dabei habe ich mir gar nichts gedacht, weil ich ihn voll aufregend fand. Und damals war ich ziemlich locker drauf. Irgendwie habe ich dann doch schnell gemerkt, dass das ein Fehler war und … na ja, wir waren kaum in meinem Zimmer, da hat er mich vergewaltigt.« Sie hielt einen Moment inne.

Lena nickte.

»Auf der Party war er total anders«, fuhr sie dann fort, »aber als wir bei mir waren, war der plötzlich so, ich meine, er war nicht mehr nett und lustig. Er hatte so was Seltsames, ich weiß nicht, wie ich sagen soll, er war echt merkwürdig.«

»Und warum erinnern Sie die Berichte über den Puppenmörder an ihn?«

»Dieser Mann damals – ich habe lange Jahre nicht an ihn gedacht – er hieß Michael, an den Nachnamen kann ich mich nicht mehr erinnern, ich glaube, ich kannte ihn gar nicht. Na ja, der hatte so eine Eigenart, die mir jetzt wieder eingefallen ist. Er wollte, dass ich mich mit einem knallroten Lippenstift schminke, davon hat er schon auf der Party geredet, dass ich unbedingt roten Lippenstift nehmen sollte. Und das Seltsame war, dass er einen nagelneuen Lippenstift dabeihatte, den ich benutzen sollte.«

Lena bemerkte, wie sich die Härchen auf Kerstins Armen aufstellten. Michael war ein Allerweltsname, ohne Nachnamen war es aussichtslos, diesen Mann zu finden. Aber in den Unterlagen zu dem Fall würde ja alles aufgenommen sein. Eigentlich merkwürdig, dass sie den Nachnamen nicht wusste.

»Zuerst war ich geschockt, weil ich dachte, er ist ein Mann, der Frauenkleider anzieht und so, und ich habe mir vorgeworfen, dass ich doch vorher hätte bemerken müssen, wie schräg der drauf ist. Aber er wollte den Lippenstift nicht selbst benutzen.« Sie zog den linken Ärmel ihres Sweatshirts über das Handgelenk und schob ihn gleich wieder hoch.

»Hat der Lippenstift auch bei der Vergewaltigung eine Rolle gespielt?«

»Als wir bei mir waren, sollte ich unbedingt den Lippenstift auftragen und er wollte zuschauen.«

»Wie war das genau?«

»Er wollte, dass ich den Lippenstift trage, den er dabeihatte. Ich durfte keinen von mir nehmen. Er wollte ihn mir selbst auftragen. Ich stand vor dem Spiegel und er war hinter mir und hat mich abrupt zu sich umgedreht.« Kerstin standen plötzlich Tränen in den Augen. »Er hat mir den Lippenstift aus der Hand genommen und meine Hände festgehalten. Er war ziemlich grob.«

»Und dann?«

»Ich hatte Angst und gleichzeitig fand ich es cool und verrückt oder so. Ich habe gesagt, dass er es machen kann. Aber er hätte es sowieso gemacht, auch wenn ich nicht einverstanden gewesen wäre.«

»Wie hat er Sie gezwungen?«

»Er hat mich festgehalten und gegen die Kommode gedrückt. Ich hatte dann immer mehr Angst vor ihm und war wie gelähmt.« Kerstin war blass geworden. »Und als er mir den Lippenstift aufgetragen hat, hat er ihn immer wieder abgewischt und wieder aufgetragen. Das eigentlich Irre war sein Blick, als er das gemacht hat: Lippenstift auftragen und wieder abwischen, weil es nicht perfekt genug war. Sein Blick war so, dass ich dachte, er merkt gar nicht mehr, dass ich an dem Mund dran bin, dass das der Mund einer echten Person ist.«

»Ich verstehe«, sagte Lena. »Daran mussten Sie jetzt bei den Schlagzeilen wieder denken.«

Kerstin nickte, sie wirkte erleichtert.

»Und danach hat er Sie vergewaltigt. Sagen Sie mir, wie es passierte.«

Kerstin schwieg eine Weile, es kam Lena wie eine Ewigkeit vor.

»Er hat gesagt, dass ich viel besser aussehe mit Lippenstift, viel heißer.« Kerstin sah aus dem Fenster.

Dann gab sie sich einen Ruck und erinnerte sich, wie Michael sie aus dem Flur in ihr Zimmer gezogen hatte und alles passiert war. Er hielt ihre Hände auf dem Rücken fest und drängte Kerstin vor sich her ins Zimmer. Er riss ihr Jeans und T-Shirt herunter und sagte, sie solle BH und Slip anbehalten. »Leg dich aufs Bett«, herrschte er sie an, »und mach keine Zicken.« Kerstin brachte kein Wort heraus. Sie wollte schreien, aber sie wusste, dass ihre beiden Mitbewohner noch auf der Party waren und es eh niemand hören würde. Ihre Kehle war wie zugeschnürt. Das Zimmer lag im Halbdunkel. Er stand da, schien zu warten, bis sich seine Augen an das Dämmerlicht gewöhnt hatten. Sie erkannte den Kaffeebecher auf ihrem Schreibtisch, die Unterlagen, mit denen sie am Nachmittag noch gelernt hatte, und der Anblick dieser harmlosen Dinge verschlimmerte noch ihre Angst. Erst im Nachhinein war ihr aufgefallen, dass auch Michael völlig verstummt war. Er war in seiner eigenen Welt, er spulte eine ganz eigene Sache ab.

Er sah auf Kerstin hinunter. Er schien nur noch ihren Körper und ihren Mund zu sehen und sagte nichts. Er stand wie versteinert da, betrachtete sie ausgiebig und rieb sich dabei immer wieder über seine Hose. Kerstin bemerkte seine Erektion und rechnete jede Sekunde damit, dass er sich auf sie werfen und sie vergewaltigen würde. Wie naiv sie war, auf der Party hatte sie noch gedacht, dass er ihr gefallen würde, auch sexuell. Sie war erschüttert darüber, wie wenig Menschenkenntnis sie besaß. Nach einer Ewigkeit öffnete er seinen Gürtel. Kerstin schloss die Augen, sie würde es über sich ergehen lassen, die Hauptsache war, sie kam hier wieder heil raus. Aber Michael öffnete nicht den Reißverschluss.

Kerstin versuchte zu begreifen, was er tat, ohne ihre Augen zu öffnen. Er war dabei, seinen Gürtel aus der Hose zu ziehen. Was hatte er damit vor? Kerstin glaubte, dass er sie schlagen wollte oder ihr damit zumindest drohen, falls sie sich wehren wollte. »Deine Hände«, sagte er schroff und zog ihre Hände vor ihren Körper, ohne ihre Reaktion abzuwarten. Das war nicht mehr die weiche Stimme von der Party, die sie sexy gefunden hatte, jetzt war sie kalt, irgendwie metallen. »Halt die Handgelenke so.« Dabei legte er ihre Handgelenke über Kreuz. Mit einer Geschicklichkeit und Geschwindigkeit, durch die Kerstin gar nicht gleich begriff, was er tat, band er ihre Handgelenke mit dem Gürtel zusammen. Sie konnte ihre Hände nicht mehr bewegen und auch nicht aus der Fessel herausziehen, so fest hatte er den Gürtel zusammengezurrt. Sie hatte davon tagelang Schürfspuren an beiden Handgelenken.

Als Kerstin an diesem Punkt angekommen war, weinte sie. Lena legte ihr eine Hand auf den Arm und wartete, bis sie sich wieder beruhigt hatte. Sie schnäuzte laut in ein Taschentuch, das Lena ihr gereicht hatte. Bevor sie weitersprach, nahm sie einen Schluck Wasser. Lena befürchtete schon, Kerstin würde es heute nicht schaffen, ihr auch den Rest zu erzählen.

Michael kniete sich neben sie auf das Bett. Er stierte sie an. Irre, irre, irre, musste Kerstin denken, er ist irre. Er fing an, mit den Fingerkuppen über ihre Lippen zu streichen. Wieder und wieder betastete er ihren Mund. Nach einer Weile wischte er sich den Lippenstift von den Fingern. Kerstin war wie gelähmt, unfähig zu sprechen. »Ich dachte, er bringt mich um«, sagte sie zu Lena. »Noch nie in meinem Leben hatte ich eine solche Angst.« Dann holte er den Lippenstift wieder aus seiner Tasche und drehte ihn heraus. Er betrachtete ihn eine Ewigkeit. Als er endlich aufhörte, den Lippenstift anzustarren, war es, als fiele ihm gerade erst wieder ein, dass Kerstin auch da war.

Als er sich über sie beugte, roch sie seinen Schweiß und spürte, dass sein Körper eine enorme Wärme erzeugte. Er setzte den Lippenstift an. Zunächst zeichnete er die Konturen nach, so schien es ihr, wischte Farbe ab, trug erneut auf, besah sich das Ergebnis. Dann rieb er wieder an seiner Hose herum. Kerstins Rücken war schweißnass. Schließlich malte Michael Kerstins Lippen ganz aus. Er starrte ihren Mund an. Wie lange das alles dauerte, wusste Kerstin nicht.

Ganz langsam, aber mit einer einzigen Bewegung zog sich Michael das T-Shirt aus und legte es ihr über die Augen. Soweit sie es sehen konnte, wendete er nicht einmal den Blick von Kerstins Mund. Dann war es dunkel.

Kerstin hörte von Michael an diesem Abend nur noch diesen einen Satz: »Du rührst dich nicht!« Die Stimme schneidend.

Er nahm eine Schere und durchtrennte ihr Höschen. Als er in sie eindrang, umfasste er mit einer Hand ihr Kinn. Kerstin spürte seinen Atem auf ihrem Hals und ihrem Mund, sie glaubte, dass er auf ihren Mund starrte, bis er schließlich laut aufstöhnte. Sie hörte, wie ein Reißverschluss geschlossen wurde, fragte sich, was er mit seinem T-Shirt tun würde, ob sie ihn noch mal ansehen musste. Dann drehte er sie zur Seite, sodass ihr Gesicht der Wand zugewendet war. Er öffnete seinen Gürtel, ihre Handgelenke waren wieder frei. Fast gleichzeitig nahm er sein T-Shirt von ihrem Gesicht. Kerstin blieb reglos liegen. Die Tür ihres Zimmers fiel ins Schloss, gleich darauf die Wohnungstür.

Lena schenkte ihr ein Glas Wasser ein. Sie hatte das Gefühl, Kerstin Momberg hatte noch mehr zu erzählen. Sie sah sie auffordernd an, aber die Frau schwieg.

»Ist das alles?«, fragte Lena.

Sie nickte.

Lena machte sich Notizen. »Bitte kommen Sie auch noch mal zu einer Gegenüberstellung ins Präsidium. Wegen des Termins rufen wir Sie an, vermutlich gleich morgen früh.«

Lena wischte ein paarmal über das Trackpad ihres Laptops. »Bevor Sie gehen, schauen Sie sich bitte noch das hier an.« Sie schob Kerstin den Laptop mit dem Foto von Nikolaus Levantin hin. Daneben stellte sie das Phantombild von dem Mann, der im *Balzac* gesehen wurde. »Erkennen Sie Michael? Sehen Sie sich die Bilder in Ruhe an.«

Kerstin starrte auf den Bildschirm. Sie sah von einem Bild zum anderen. Lena war sich nicht sicher, ob das schließlich ein Kopfschütteln wurde. »Es ist so lange her«, sie wandte ihren Blick nicht ab. »Der Mann auf dem Foto … ich weiß nicht.«

Lena glaubte, dass Kerstins Blick an dem Phantombild klebte. Hatte sie wirklich alles erzählt?

Lena rannte über den Gang und fand Henri bei Lennard, beide mit einer Kaffeetasse in der Hand.

»Selbst im Hafen nichts«, sagte Lennard resigniert. »Dabei war der Hafen der heißeste Ansatz …« Er brach ab.

»Dafür habe ich etwas«, sagte Lena und erklärte Henri und Lennard, was Kerstin ihr erzählt hatte. »Wir laden diesen Michael vor, am besten für heute Nachmittag, also jetzt. Er muss sofort hierherkommen. Lennard, Conny sucht die Unterlagen des Vergewaltigungsfalls raus, dann hast du den vollen Namen. Ich hoffe in Hamburg. Eine Streife, von mir aus in Zivil, falls er bei der Arbeit ist, soll ihn abholen. Wer übernimmt das? Kerstins Vergewaltiger von vor siebzehn Jahren hatte eine seltsame Fixierung auf rote Lippen.« Sie wusste, wie sich das anhörte. Es war nur etwas mehr als nichts, weniger als eine Info. Es war ein Gefühl.

Henri sah Lena überrascht an. »Du glaubst, dieser Michael ist der Puppenmörder?«

Lennard sah sie ernst und entschlossen an. »Wir wissen noch nicht, wer und wo er ist. Mit einem Nachnamen wäre es einfacher.« Lennard versprach nichts, was er nicht halten konnte.

***

»Es gibt keinen Fall Momberg.« Conny sah untröstlich aus, als sie in Lenas Bürotür erschien. »Lennard hat auch nichts gefunden.«

»Das kann nicht sein. Hast du Kerstin Momberg und ihre Angaben überprüft?« Lena bezweifelte allerdings nicht, dass Conny alles unternommen hatte, um die Unterlagen zu finden.

»Was denkst du denn?«

»Das darf nicht wahr sein.« Sie wussten noch nicht mal, wie dieser Michael aussah, da verflüchtigte er sich schon wieder. Es war zum Verrücktwerden.

»Die Zeugin muss sich doch an den Nachnamen des Mannes erinnern, sie hat ihn schließlich angezeigt, auch wenn sie die Anzeige dann wieder zurückgezogen hat«, sagte Conny genervt, sonst immer die Ruhe selbst.

»Das gibt es doch gar nicht! Wir müssen Kerstin Momberg überprüfen.«

»Vielleicht ist sie eine Trittbrettfahrerin, die ein bisschen Aufmerksamkeit braucht«, sagte Conny.

»Oder sie hat einen anderen Namen angenommen. Aber wieso sollte man selbst vergessen, dass man inzwischen anders heißt. Schwer vorstellbar. Wir brauchen die Unterlagen. So kommen wir nicht weiter.«

Lena sah Amely vor sich. Lebte sie noch? War sie stark genug, hatte sie überhaupt eine Chance? Die Zeit verging so rasant schnell und mit jeder Stunde wurde Amelys Überleben unwahrscheinlicher. Wenn sie wirklich in der Gewalt des Puppenmörders war! Lena hoffte immer noch, dass sich alles ganz einfach auflöste. Aber es passte nicht zu Amely, dass sie sich nicht meldete und niemandem sagte, wo sie war.

»Kerstin Momberg war ganz aufgelöst, als sie davon erzählt hat. Ich kann mir nicht vorstellen, dass sie das gespielt hat. Und warum auch?« Lena griff zum Telefon. »Wir brauchen Lennard noch mal.«

Lennard nahm sofort ab. Lena erklärte ihm die neue Lage.

»Wenn es weiter nichts ist. Kerstin Momberg hat vergessen, dass sie mit zwanzig geheiratet hatte und eineinhalb Jahre verheiratet war. Zum Zeitpunkt der Vergewaltigung war sie schon geschieden, hieß aber noch Trzaskul, ihren Mädchennamen nahm sie erst Jahre später wieder an.«

»Damit finden wir doch sofort die Unterlagen zu dem Fall«, sagte Conny und setzte sich an Lenas Laptop. Sie tippte hektisch. »Kerstins früheren Namen gebe ich in allen möglichen Schreibweisen in die Datenbank ein.« Sie wartete, tippte erneut. »Seltsam, trotzdem kein Ergebnis«, sagte sie enttäuscht.

»Aber das kann doch nicht sein!« Allerdings dämmerte Lena, dass das sehr wohl sein konnte. Kerstin Tzraskuls Vergewaltigung fiel in eine Zeit, als man noch nicht damit begonnen hatte, grundsätzlich alle Fälle in die elektronische Datenbank einzupflegen. Man hob die Unterlagen im Archiv auf: viel Papier in Regalen. Irgendwo in einem alten Aktenordner mussten die Unterlagen liegen, vielleicht falsch beschriftet oder richtig beschriftet und ins falsche Regal gestellt. Beides Dinge, die es offiziell nicht gab, die aber passierten. »Wir müssen Andreas Riewert und Amelys Kommilitonen fragen, ob Amely einen Michael erwähnt hat«, sagte Lena.

»Alles klar«, sagte Conny.

»Außerdem«, sagte Lena, »muss Kerstin Momberg diesen Michael unserem Phantombildzeichner beschreiben. Auch, wenn das schon so lange her ist, da hilft alles nichts. Kannst du das veranlassen?«

***

Lena schwirrte der Kopf, aber bis zum nächsten Gespräch hatte sie etwas Zeit. Sie musste unbedingt an die frische Luft, etwas anderes sehen und durchatmen. Eigentlich wollte sie nur ein Stück laufen, aber dann saß sie plötzlich in ihrem Auto. Sie hatte gar nicht weiter nachgedacht und war in Gedanken in die Tiefgarage gegangen. Jetzt fuhr sie das kurze Stück zum Winterhuder Markt.

Der Platz war nichts Besonderes, aber sie mochte ihn vielleicht gerade deshalb. Wenn sie Zeit hatte, stöberte sie in der Mittagspause manchmal in den Regalen der Bücherhalle. Jetzt ging sie in den Drogeriemarkt. Warum hatte Dirk sich so seltsam verhalten? Der Verdacht gegen Dirk hatte sich nicht erhärtet. Darüber hätte sie eigentlich erleichtert sein müssen, aber im Moment empfand sie nichts. Und Levantin? Sie kam mit ihm nicht weiter. Sie nahm ein Fläschchen Nagellack aus einem Fach. Das Rot war genau der Farbton von Nicoles, von Annikas und von Melanies Lippen.

Und wenn Amelys Mund und ihr Gesicht jetzt auch schon … Heute war Donnerstag, Mittwochnacht hat er die Frauen getötet. Gestern. Sie wollte losheulen, aber das ging nicht, daran durfte sie nicht denken. Sie musste Amely lebend finden.

Ihr Handy vibrierte. Rassos Nummer, sie drückte das Gespräch weg. Sie konnte jetzt nicht mit dem Staatsanwalt sprechen. Sie ging an den Regalen entlang. Am Ende des Gangs fiel ihr ein Mann auf, der sie ansah. Er kam ihr bekannt vor. Ihr wurde heiß und kalt zugleich. In ihrer Jackentasche fühlte sie das kühle Glas der Nagellackflasche. Sie hatte sie gestohlen und sie hatte es nicht gemerkt. Was für eine dumme Idee, in einen solchen Laden zu gehen. Das war ja wie früher in Göttingen, wenn sie unter Druck war. Aber es war nicht nur das. Sie war verzweifelt, genauso verzweifelt wie damals. Warum konnte sich nicht alles mit einer einfachen Erklärung auflösen?

Sie machte sich an einem anderen Regal zu schaffen und probierte einen Stift aus. Der Mann sprach jetzt mit einer Angestellten und stellte sich so, dass er Lena unauffällig beobachten konnte. Jetzt wusste sie, woher sie ihn kannte. Er hatte früher auch im LKA gearbeitet, den Namen hatte sie vergessen, ein früherer Kollege von Lennard, der vor Jahren zu einem Sicherheitsdienst gegangen war. Nun war er also Ladendetektiv. Sie zog den Nagellack aus ihrer Tasche, stellte ihn so unauffällig wie möglich in ein leeres Fach, sah noch einmal konzentriert auf die Stifte und Tuben und ging dann zügig zur Kasse. Sie kaufte eine Packung Kaugummi und machte, dass sie wegkam.

Endlich stand sie draußen und atmete durch. Das war noch mal gut gegangen, der Ladendetektiv war ihr nicht gefolgt. Hatte er sie erkannt? Ob er noch Kontakt zum LKA hatte und erzählen würde, wie merkwürdig sich Lena Holland am helllichten Tag in einem Drogeriemarkt verhalten hatte? Warum war sie überhaupt hier? Ihr Handy klingelte, Lena zuckte zusammen. Auf dem Display war schon wieder die Nummer von Rasso. Sie wischte über das grüne Kreuz.

»Jürgen Hartmann hat mich schon zweimal angerufen, er sagt, Sie seien befangen in dem Fall des Puppenmörders«, begann er.

»Wir haben doch für heute einen Termin, um das zu besprechen.« Lena spürte ihren Herzschlag im Hals.

»Zwei Sachen, Frau Holland: Ich kann den Termin heute nicht einhalten. Zweitens, wenn der leiseste Verdacht besteht, dass die private Beziehung zum Opfer Ihre Arbeit beeinträchtigt, entziehe ich Ihnen den Fall. Wir sprechen morgen. Bis dann.« Die Verbindung war unterbrochen.

Lena steckte ihr Handy in die Jackentasche. Sie musste endlich zurück. Sie hielt die Angst um Amely nicht mehr aus. Fast hätte sie geklaut, das erste Mal seit Göttingen. Sie fühlte sich hundsmiserabel.

***

Maik Reschmann war groß, sah nicht besonders gut aus und wirkte auf Lena arrogant. Sie hoffte, sie täuschte sich. Schließlich war er ein Freund von Amely, noch vor ein paar Wochen sogar ihr Freund. Sie konnte sich gar nicht richtig an ihn erinnern, obwohl sie ja in Amelys WG mal zusammen Fußball geschaut hatten. Lena traute Amely bei der Auswahl ihrer Freunde ein gutes Urteilsvermögen zu. Maik Reschmann war einer der zehn Bewohner des Studentenwohnheims, die durch die Ortung von Amelys Handy ermittelt wurden, da ihre Zimmer in dem zehnstöckigen Gebäude übereinanderlagen. Amely hatte Lena bei Thomas' Fest gesagt, dass sie am Sonnabend mit weiteren Freunden bei Maik zum Frühstück verabredet sei. Er konnte bei dieser Gelegenheit an Amelys Handy gekommen sein. Bei der Vernehmung durch die Kollegen am Vortag gab er schließlich zu, es versteckt zu haben. Maik konnte natürlich nicht wissen, dass Amely ihr von ihrer Beziehung zu ihm erzählt hatte. Sie saß mit Henri in ihrem Büro, als Conny ihn hereinführte.

»Herr Reschmann, gestern haben Sie zuerst gesagt, dass Sie nie eine intime Beziehung mit Amely hatten, und später haben Sie erwähnt, dass Sie mit Amely zusammen gewesen seien. Erklären Sie uns das bitte!«

»Das sagt man doch so.«

»Was sagt man wie?«, fragte Henri.

»Es läuft mal was auf einer Party, aber das ist ja nicht gleich eine Beziehung.« Maiks Stirn legte sich in drei gleichmäßige parallele Querfalten.

Gestern Morgen hatten Lena und Henri mit den drei Kommilitonen aus Amelys Arbeitsgruppe, Timo, Nina und Maik, gesprochen. Gleich am Vormittag nach der Vermisstenmeldung wurden die drei in einem zivilen Polizeiwagen vom Campus abgeholt und ins Polizeipräsidium gebracht. Gestern hatte sich Maik in Widersprüche hineingeredet. Er schien selbst nicht zu wissen, ob er Amely gut kannte, in sie verliebt war, ob er eine Beziehung mit ihr gehabt hatte oder eine haben wollte. Und am Mittwoch konnte für einen Moment Amelys Handy in Maiks Studentenwohnheim geortet werden, mit fast hundertprozentiger Sicherheit genau in Maiks Zimmer. Das waren für Lena genug Gründe, ihn für heute noch einmal ins Präsidium zu bestellen.

»Wann lief etwas zwischen Ihnen und Amely, bitte genauer?«, hakte Lena nach.

»Bei der Semesterabschlussparty im Juli.«

»Und Sie hätten gern eine richtige Beziehung mit Amely gehabt? Aber sie wollte nicht?«, fragte Henri in kameradschaftlichem Ton.

»Quatsch.«

»Herr Reschmann«, sagte Lena, »wir haben Amelys Handy sofort nach der Vermisstenmeldung geortet. Zunächst erfolglos. Wie kann es sein, dass es am Mittwochmorgen in Ihrem Zimmer reagiert hat, obwohl Amely seit Tagen nicht mehr bei Ihnen war?«

Er senkte den Blick. »Ich kann mir vorstellen, was Sie denken.«

»Was, meinen Sie, denken wir?«

»Ich kann das erklären«, sagte Maik mit rauer Stimme.

»Dafür haben wir Sie ins Präsidium bestellt.« Henri wirkte gleichzeitig tough und vertrauenerweckend. Er sah Maik interessiert an.

»Amely und ich, wir …«

»Hatten Sie eine Liebesbeziehung mit Amely?« Lena fiel

ein, was Amely über Sex mit gleichaltrigen Männern gesagt hatte.

»Nicht so. Oder nicht mehr.«

»Was meinen Sie mit ›nicht so‹?«, fragte Henri, »Liebesbeziehung ist Liebesbeziehung.«

»Sie hat ja jetzt diesen Freund.«

»Sie meinen, Amely hat einen anderen Mann vorgezogen und sich nicht für Sie entschieden.«

Henri konnte knallhart sein, dachte Lena. Das war natürlich genau die Erfahrung, die Henri mit seiner Frau gemacht hatte. Die hatte sich ebenfalls für einen anderen Mann entschieden. »Gestern haben Sie uns gesagt, dass Sie Amely nur in der Arbeitsgruppe sehen und Sie sich darüber hinaus nicht privat mit ihr treffen.«

»Das stimmt ja auch.«

»Herr Reschmann, Sie hatten Amelys Handy in Ihrem Zimmer. Amely ist verschwunden. Verstehen Sie, dass Sie das verdächtig macht?« Lena wurde ungeduldig. »Ihr Handy war erst in Ihrem Zimmer und dann taucht es plötzlich in der Uni in einer Ritze neben den Schließfächern auf. Warum haben Sie es nicht ausgestellt?«

»Ich wollte sehen, wer sie so anruft. Ich habe das Handy in eine Spezialbox getan, damit man es nicht orten kann.« Maik Reschmann hob die Augenlider, er sah aus, als müsste er erst mal nachdenken.

»Sie sollten offen mit uns sprechen, das ist besser für Sie.« Lena drehte ihren Stuhl, sodass sie Maik jetzt frontal gegenübersaß. »Wann haben Sie Amely zum letzten Mal gesehen?«

»Das habe ich schon gesagt, das war Sonnabend.« Es schien immer schwieriger für ihn zu werden, Lena oder Henri anzusehen.

»Wer war noch dabei?«, fragte Lena.

»Amely, Nina und Timo sind bei mir vorbeigekommen, weil wir manchmal samstags zusammen bei einem von uns frühstücken, und ich war an der Reihe. Aber die anderen waren nicht die ganze Zeit da. Das hatte ich gestern vergessen.«

»Das heißt, Sie waren allein mit Amely und das haben Sie angeblich vergessen? Ihre Freundin Amely ist seit Tagen verschwunden. Wie kann es sein, dass Ihnen so etwas entfallen ist? Das glauben Sie doch selbst nicht«, sagte Henri kühl.

»Nina und Timo mussten noch für eine Party was vorbereiten und ich habe Amely gefragt, ob sie noch ein bisschen bleibt.«

»Haben Timo und Nina das mitgekriegt?« Lena fragte sich, ob Maik glaubte, er passte als Partner zu Amely.

»Ich glaube nicht, weil sie sich verabschiedet haben und es erst so aussah, als ginge Amely auch gleich. Als die beiden weg waren, habe ich sie gefragt, ob sie noch bleibt.«

»Und dann?«, fragte Lena.

»Wir saßen in meinem Zimmer, ich auf dem Bett und Amely auf meinem Schreibtischstuhl und wir haben eine Weile geredet. Es ist ... Ach, wir hatten mal eine Beziehung und ich wollte, dass sie ihren neuen Freund verlässt und wieder zu mir zurückkommt. Das habe ich ihr gesagt. Aber sie konnte es sich nicht vorstellen. Nach einer halben Stunde ist Amely gegangen. Seitdem habe ich sie nicht mehr gesehen.«

»Und das Handy?«

»Muss ihr aus der Tasche gerutscht sein.«

Die Antwort kam wie auf Knopfdruck. Vorbereitet, dachte Lena.

»An Amelys Handy haben wir Ihre Fingerabdrücke gefunden.«

»Ich habe es vom Boden aufgehoben.« Maik bekam Schweißtropfen auf der Oberlippe.

Lena holte ein Handy aus ihrer Schublade, das für Demonstrationszwecke dort lag, und gab es Maik. »Zeigen Sie uns bitte, wie das Handy auf dem Boden lag und wie Sie es aufgenommen haben. Konzentrieren Sie sich, lassen Sie sich Zeit. Machen Sie es wie am Sonnabend.«

Maik stand auf und legte das Handy auf den Boden.

»Jetzt heben Sie es einfach so auf wie am Sonnabend«, sagte Lena.

Maik bückte sich und hob das Handy auf.

Lena klickte auf ein Symbol auf ihrem Bildschirm, öffnete ein Foto und zeigte darauf: »Herr Reschmann, sehen Sie sich das Foto genau an. So sind die Fingerabdrücke angeordnet, wenn man das Handy aufhebt, wie Sie es gerade getan haben, an den schmalen Seiten. Aber Ihre Fingerabdrücke«, Lena zog das Bild auf die linke Seite des Bildschirms und stellte ein zweites daneben, »sind auf Amelys Handy so angeordnet, sehen Sie, Ihre Abdrücke sind vorn und hinten. Ich vermute, als Sie Amelys Handy erst zu Hause und dann in der Uni versteckt haben, haben Sie dazu Ihre Jackenärmel über die Hände gezogen.«

»Was?«

»Ist Ihnen klar, was man darauf sieht? Sie haben das Handy vorn und auf der Rückseite angefasst, vorn der Daumenabdruck, hinten Zeigefinger und ein Stück vom Mittelfinger. Sie haben das Handy aus Amelys Tasche genommen.«

***

Durch irgendeine Ritze kam doch Tageslicht bis hier unten, jedenfalls war die Dunkelheit etwas weniger undurchdringlich. Vielleicht bildete sie sich das auch nur ein. Wenn es nur nicht so entsetzlich kalt wäre. Und ihre Kehle war so trocken, dass sie immerzu husten musste.

Die Zeit, die er nicht hier war, erschien ihr länger als bei den ersten Malen. Sie streckte sich in Richtung der Stelle, an der er die Wasserflasche abgestellt hatte. Vielleicht war er hier, als sie schlief, und hatte neues Wasser hingestellt.

Aber sie wusste sofort, dass das nicht sein konnte. Wenn er wiedergekommen wäre, wäre sie jetzt tot.

Er war dreimal da gewesen. Oder viermal, in der Erinnerung verschwamm alles, auch weil sie dauernd geschlafen hatte. Manchmal war sie bewusstlos. Ihr Hals schmerzte innen und außen. Sie hatte das Gefühl, in ihrer Kehle war ein riesiger Kloß. Darin hämmerte die Angst. Sie hustete und versuchte, in ihrer ausgetrockneten Mundhöhle irgendwie Speichel zu sammeln, damit sich die kleinen Papillen auf der Zunge durch das Herunterschlucken wieder anlegten und der Hustenreiz verschwand.

Wie fühlte es sich eigentlich an, von einem Tag, den man als gestern empfand, in einen Tag überzugehen, der plötzlich heute war? Sie wusste nicht einmal mehr, wie sich ein paar Stunden anfühlten. Sie hatte keine Kraft mehr und ihr war schwindelig. Sie fuhr mit der Zunge über ihre Zähne. Ihre Zunge glitt nicht wie früher geschmeidig an den Zähnen entlang, weil sie zu trocken war, sie stolperte über die Zahnreihen und fühlte sich steif an. Auf den Zähnen war eine pelzige Schicht aus Bakterien.

Sie tastete mit der Hand über den kalten Fußboden. Nichts, wo war die Wasserflasche? Ihr Herzschlag kam ihr jetzt schwächer vor, ein leichtes Pulsieren in der Magengegend. Sie hustete. Sie würde verdursten und vorher wäre sie verwirrt, wenn nicht völlig schwachsinnig. Wenn sie sterben würde, bevor er wiederkäme, könnte er sie nicht töten. Plante er es oder käme es einfach über ihn? Vielleicht hatte er das Interesse verloren oder ihm war etwas zugestoßen. Sie würde hier verwesen. Lena würde es nicht mehr schaffen, sie zu finden.

Es war bitterkalt. An Kälte kann sich der menschliche Körper nicht gewöhnen, nicht so jedenfalls wie die Nase an Gestank. Die Stoffwechselaktivitäten der Bakterien wandelten Körpersekrete um. Es war einfach: Der Abbau langkettiger Fettsäuren zu kürzeren Ketten wie Buttersäure und Ameisensäure, das roch einfach nicht gut, das war Stoff aus dem ersten Semester. Die Bakterien hatten Lebenszyklen, die wie Uhrwerke abliefen. Es war erstaunlich, wie viele Lebewesen ohne Licht hervorragend existieren können. Aber sie brauchte Licht. Sie bewegte ruckhaft ihre Schulter, dadurch entstand eine kleine Anballung von Geruchsmolekülen und jetzt konnte sie für ein paar Sekunden ihren eigenen Gestank riechen.

Neben ihr lag etwas Hartes, das vorher nicht da gewesen war. Sie drehte sich, damit sie mit der Hand danach greifen konnte. Es war die Wasserflasche. Der Deckel fehlte, sie war leer. Amely schloss die Augen, sie wusste, dass es nicht mehr lange dauern würde.

# 18

»Ich weiß gar nicht, wohin mit mir, es ist so schrecklich.« Andreas Riewert spürte, wie warm sein Handy nur dadurch wurde, dass er hineinsprach. Sein Atem heizte das Gerät auf. »Ich bin völlig verzweifelt.« Er hatte Amelys Mutter angerufen, wie schon mehrmals, seit Amely verschwunden war. »Frau Philippi, ich rufe Sie wieder an. Die Kripo kann ja hoffentlich aus Dingen, die uns banal erscheinen, wichtige Schlüsse ziehen. Wir müssen warten.« Er wollte Amelys Mutter beruhigen, bezweifelte aber, dass es ihm gelang. Er öffnete sein Auto und stieg ein.

Susanne Philippi konnte nicht sprechen, Andreas hörte sie atmen und er glaubte, ein unterdrücktes Schluchzen zu hören. Er wiederholte: »Ich rufe Sie wieder an, okay?«

Räuspern, dann mit leiser Stimme ihre Antwort: »Ja, machen Sie das und kommen Sie doch heute Abend zu uns. Zusammen kann man diese schreckliche Situation besser ertragen.« Susanne schluchzte auf.

Andreas spürte einen Stich in der Magengrube. Seit Amely ihn ihren Eltern vorgestellt hatte, hatte er sie nicht mehr gesehen. Sie telefonierten zwar und es hatte sich so ergeben, dass er dann mit Amelys Mutter sprach. Aber er war der Aufforderung, abends vorbeizukommen, bisher nicht gefolgt. »Ich bin mir nicht sicher, ob ich das schaffe«, antwortete er mit belegter Stimme. »Ich habe großen Druck und durch diese ganze Sache ist bei mir viel Arbeit liegen geblieben. Ich kann mich im Moment unmöglich krankschreiben lassen. Ich melde mich noch mal.« Dann beendete er das Gespräch. Er hatte einen stechenden Kopfschmerz, vom wenigen Schlaf.

Jetzt war er auf dem Weg ins Polizeipräsidium, die Kripo hatte angerufen, es gebe weitere Fragen. Zwar hatte er schon einen genauen Bericht gegeben, aber natürlich konnte er gern alles wiederholen. Der eine Polizist war bei ihm gewesen und hatte eine Speichelprobe genommen. Und ihm gesagt, routinemäßig sollte er an einer Gegenüberstellung teilnehmen. Außerdem hätten sich noch ein paar Fragen ergeben. Er war gespannt, was das sein würde. Sein Auto parkte er in einer gegenüberliegenden Querstraße. Die Tiefgarage des Polizeipräsidiums mied er. In Tiefgaragen fühlte er sich immer klaustrophobisch.

***

Diese Kripoleute hatten ihn zu einer Gegenüberstellung einbestellt und ihm war nicht klar, ob in der Kanzlei nicht doch durchgesickert war, dass er dauernd bei der Polizei war. Es war nicht zum Aushalten. Zuerst tagelang die Bewacher vor seinem Haus und jetzt sollte er sich mit irgendwelchen Typen vor der Glaswand aufstellen. Aber ihm fiel nicht ein, wie er es hätte abwenden können. Er war nicht so naiv, einfach zu flüchten. Also setzte er sich in den Zivilwagen und fuhr wieder mit aufs Präsidium. Damals hatte es auch so ausgesehen, als könnte er es niemals schaffen, die blonde und die braunhaarige Puppe abends mit in sein Zimmer zu nehmen. Aber dann der glückliche Umstand: Seine Mutter musste ins Krankenhaus. Konnte nicht jetzt auch etwas Unerwartetes passieren?

Die Polizisten schwiegen unterwegs, er sah aus dem Fenster. Die kleinen Münder der Blonden und der Braunhaarigen hatten ihn damals verfolgt. Damals war er ja noch klein. Er verglich die Lippen der Mädchen in seiner Klasse mit denen der Puppen. Es gab durchaus Ähnlichkeiten zwischen den Puppen und den echten Mädchen. Aber bei keinem Mädchen aus der Schule war der Mund so perfekt, so wohlgeformt, so geheimnisvoll. Es hatte ihn damals geschmerzt, dass die Blonde und die Braunhaarige ihm nicht sagen konnten, wo sie herkamen. Die Mädchen aus seiner Klasse plapperten un-

unterbrochen. Was sie sagten, war allerdings völlig uninteressant.

***

»Wenn Sie gleich die Männer anschauen«, sagte Lena, als sie mit Kerstin Momberg den Raum hinter dem venezianischen Spiegel betrat, »dann lassen Sie sich Zeit.«

Hatte sich Levantin vielleicht früher als Michael ausgegeben? Tat er es immer noch, wenn er Frauen kennenlernen wollte? Würde Kerstin ihn nach so langer Zeit wiedererkennen?

Henri war schon dort, er nickte Kerstin freundlich zu. »Sind Sie bereit?«

Sie stellten sich nebeneinander. Dann zog Henri den Vorhang zur Seite. An die Sakkos und Sweatshirts der Männer waren die Ziffern eins bis vier geheftet.

Kerstin schwankte, Lena reagierte blitzschnell und fasste sie am Arm. »Alles okay?«

Kerstin starrte auf die Nummer zwei, es gab keinen Zweifel, sie starrte auf Andreas Riewert. Was hatte das zu bedeuten? Lena sah Henri an, auch er sah überrascht aus.

»Michael«, flüsterte Kerstin kaum hörbar, sie war kreidebleich.

»Nummer zwei ist Michael?«, fragte Lena leise nach. Ein Kälteschauer überlief ihren ganzen Körper.

Kerstin nickte, ohne ihren Blick von Riewert abzuwenden. Sie wirkte abwesend, wie weggetreten.

»Es ist wichtig, alle Personen in Ruhe anzusehen.« Lena tippte mit dem Zeigefinger leicht auf Kerstin Mombergs linken Unterarm. Konnte sie Kerstin ernst nehmen? War sie psychisch stabil? Was sollte das jetzt?

»Ja«, reagierte Kerstin mechanisch, »ja, ja.« Nach einer Weile löste sie ihren Blick von Riewert.

In diesem Moment vibrierte das Handy, das auf dem Tisch hinter ihnen lag. Lena sah flüchtig darauf »Sonja ruft an«, stand auf dem Display. Es ging wahrscheinlich um Henris Kinder. Henri nahm das Handy verlegen an sich, drückte den Anruf weg und heftete seinen Blick wieder auf die Männer hinter dem venezianischen Spiegel.

Kerstin betrachtete jetzt den Kandidaten mit der Eins. Es war Levantin. Sie zeigte keine Reaktion, kein Zeichen des Wiedererkennens.

»Haben Sie die Nummer eins schon einmal gesehen?«

Der ausgesprochen gepflegt wirkende Mann sah ernst aus, grimmig, dabei selbstbewusst. Er war der größte der fünf Männer, schlank. Seine Kleidung aus exklusiven Stoffen atmete teuerstes Understatement. Er trug maßgeschneiderte Schuhe. Wenn Nikolaus Levantin früher noch nicht so aufgetreten war, dann konnte Kerstin ihn vielleicht nicht so leicht wiedererkennen. Kerstins Augen wanderten seine Statur ab. Dann betrachtete sie ausgiebig seine Hände. Als hätte er die Aufmerksamkeit bemerkt, verschränkte er die Arme vor seiner Brust, während die anderen Männer reglos dastanden.

»Wenn Sie möchten, dass er seine Hände richtig zeigt, sagen Sie es uns, das können wir veranlassen«, sagte Henri leise.

Lena fragte sich, ob Kerstin überhaupt mitbekam, dass sie von Lena und Henri beobachtet wurde. Wahrscheinlich nicht. Sie hatte ihre Aufmerksamkeit voll und ganz auf die Männer hinter der Glaswand gerichtet. Sie war jetzt bei Nummer drei. Günther Szabo sah aus wie ein alter Mann. Sie hatten ihn untersucht, beobachtet, befragt und seine Alibis überprüft. Sie hatten nichts gefunden, was den Verdacht bestätigte, und Lena bezweifelte inzwischen, dass er überhaupt noch in der Lage wäre, solche Taten zu begehen. Kerstin hielt sich nicht lange mit ihm auf. Sie schüttelte kaum merklich den Kopf. »Die anderen habe ich noch nie gesehen.«

»Welchen der Männer haben Sie schon mal gesehen?«

Sie sah wieder zu Riewert. Lena bemerkte, dass Kerstins Hände zitterten. Vielleicht war ihr nur kalt, der Raum war kühler als die übrigen Büros. Trotzdem bemerkte Lena einen feinen Schweißfilm über Kerstins Oberlippe.

»Es ist wichtig, dass Sie auch Nummer vier ansehen.« Henri holte Kerstin zur Gegenüberstellung zurück.

»Okay.« Nummer vier war Markus Neubauer, der Mann, der Levantin in seinem Wohnzimmer gefilmt hatte. Lena hatte ihn zur Sicherheit dazugebeten. Wie Andreas Riewert, der zur Kontrolle dabei sein sollte. Zeugen machten bei Gegenüberstellungen oft die abenteuerlichsten Angaben. So war es sicherer, damit sie nicht zu viel Zeit verloren, falls Kerstin nur Unbrauchbares beitragen konnte oder sich als unseriöse Zeugin herausstellen sollte. Riewert hatte sofort zugesagt, er sei froh, wenn er dazu beitragen könnte, Amely zu finden. Gern auch eine Gegenüberstellung, ganz egal, was es sei.

»Bitte sehen Sie sich noch mal die Nummer eins an«, sagte Henri, »sind Sie sicher, dass Sie ihn nicht kennen?«

Kerstin sah Henri überrascht an und schüttelte langsam in den Kopf.

»Was sagen Sie?«, fragte Lena.

»Nummer zwei ist Michael.«

»Absolut sicher? Es ist lange her.«

Kerstin Momberg standen Tränen in den Augen. Sie konnte den Blick nicht von Riewert abwenden, räusperte sich und sagte mit fester Stimme: »Ganz sicher.«

Lena gab dem Kollegen das Signal, dass die Gegenüberstellung beendet war. Andreas Riewert sollte als Einziger im Raum hinter der Spiegelwand bleiben und an einem Tisch, der wieder dorthin geschoben wurde, wo vorher die Männer standen, auf das Gespräch mit Lena warten. Sie ließ Kerstin einen Moment allein hinter dem venezianischen Spiegel und ging mit Henri auf den Flur.

»Riewert bleibt, wo er ist«, sagte sie dem Kollegen von der Schupo, der vor der Tür wartete.

Sie fröstelte und eine Gänsehaut überlief sie, als ihr klar wurde, was sie durch und durch erschaudern ließ. Amelys neuer Freund könnte der Puppenmörder sein! Oder fing sie an zu spinnen? War sie einfach zu durcheinander, war alles zu viel? Aber darum ging es jetzt nicht. Das Wichtigste war, Amely zu finden. Nur musste das in den nächsten Stunden passieren, sonst wäre es für sie zu spät.

»Henri, schick sofort einen Kollegen mit einem Foto von Riewert in den *Balzac*-Coffeeshop. Conny muss alles zusammenstellen, was wir über Riewert haben. Und sofort eine Durchsuchung bei ihm!«

»Alles klar!« Henri lief Richtung Büro.

Ob Amely Andreas Riewert gesagt hat, dass sie bei der Kripo ist?, schoss es Lena durch den Kopf. Sollte sie ihm von der Einladung bei Lena Zuhause erzählt haben? Womöglich wusste er längst, wo sie wohnte. Er hatte vielleicht auch das Foto von ihr im Internet gefunden und wusste, wie sie aussah. Das hatte Lennard ja noch vor dem Fest bei Thomas entdeckt. Konnte Riewert der Mann sein, der Marvin nach ihr gefragt hatte? Hatte er sie beim Joggen fotografiert und das Foto mit der Botschaft unter ihrer Wohnungstür durchgeschoben? War das der Pressekontakt von Jörg? Oder brachte sie jetzt alles durcheinander?

War das alles wirklich möglich?

Henri kam zurück. »Läuft alles, Conny ist auch dran«, sagte er und wollte wieder in den Raum hinter dem venezianischen Spiegel gehen.

»Warte!« Lena hielt Henri am Arm fest. »Auf dem Fest habe ich Amely mit ihrem neuen Freund zu mir zum Essen eingeladen. Noch nicht mit Termin, aber jetzt frage ich mich, ob sie ihm erzählt hat, dass ich bei der Kripo bin und ob sie ihm meinen Namen gesagt hat.«

»Und dass du gegen den Puppenmörder ermittelst.« Henri runzelte die Stirn und Lena sah, wie sich seine Kiefermuskulatur bis in die Wangen hinein anspannte.

»Amely weiß, dass alles, was ich tue, der Schweigepflicht unterliegt. Aber auf dem Fest war der Puppenmörder ein Riesenthema und ...« Plötzlich fand es Lena selbst unglaublich schwierig, klar zu trennen. Amely hatte sie gefragt, ob sie im Fall des Puppenmörders ermittelte. Lena hatte darauf nicht geantwortet und Amely hätte glauben können, dass gerade das ein Ja war.

»Den Antrag für die Durchsuchung von Riewerts Wohnung und dem Areal um seine Wohnung herum hat Riedenburger unterschrieben«, sagte Conny. »Er war eh gerade hier.«

»Sehr gut.« Der Staatsanwalt war zwar nicht als Zögerer bekannt, aber für seine Unterschrift waren immer viele Worte und Argumente notwendig. Im Fall der verschwundenen Amely war er allerdings bereit, sich an jeden Strohhalm zu hängen. Wie sie selbst. Auch darüber, dass Lena das verschwundene Mädchen kannte, hatte er nichts mehr gesagt. Das hieß allerdings nichts. Er konnte sich jederzeit dazu melden. Und ihr jederzeit den Fall entziehen.

»Die Kollegen sollen sofort mit der Durchsuchung anfangen. Henri und ich kommen sobald wie möglich nach.« Sie hatte entschieden, dass Andreas Riewert bei der Durchsuchung seiner Wohnung nicht anwesend sein sollte, sondern zunächst in dem Raum hinter dem venezianischen Spiegel blieb. »Wir sprechen noch mal mit Kerstin Momberg und lassen Riewert warten. Wir brauchen mehr Infos über ihn.«

»Der Ordner wurde gefunden«, sagte Conny, »aber die Proben sind unauffindbar.«

»Was steht drin?«, fragte Henri.

»Riewert war angeklagt, er ist identisch mit unserem Andreas Riewert: Foto, biografische Daten, kein Zweifel.«

»Aber warum Michael?«, fragte Lena.

Conny stand unter Strom, sie erklärte alles blitzschnell. »Die Anzeige wurde zurückgezogen, wie Frau Momberg es gestern zu Protokoll gegeben hat. Ihre Aussagen passen zu den Angaben in den Unterlagen«, sagte sie. »Der Vergewaltiger heißt Andreas Michael Riewert, alles eindeutig belegt, aber diese Aussage ist nicht durch einen DNA-Test abgesichert worden, das alles ist zwanzig Jahre her, man konnte noch nicht automatisch DNA-Tests machen.« Conny sprach unglaublich schnell, sie vergeudete wirklich keine Zeit. Das schätzte Lena an ihr.

»Die Proben bringen uns im Moment sowieso nicht weiter, es war ja bereits erwiesen, dass Riewert der Vergewaltiger war. Auch wenn gesichert ist, dass Riewert Kerstin vergewaltigt hat, heißt das noch längst nicht, dass er der Puppenmörder ist.« Henri sah sie zweifelnd an.

»Weiß ich«, sagte Lena gereizt. »Trotzdem. Wir müssen Riewert so unter Druck setzen, dass er Amelys Aufenthaltsort verrät. Und wir brauchen dringend das Ergebnis seines DNA-Tests.«

***

Kerstin sah nur kurz auf, als Lena mit Henri zurückkam. Dann heftete sie ihren Blick wieder auf Andreas Riewert. Bestimmt hatte sie ihn die ganze Zeit angestarrt, dachte Lena. Der konnte nicht ahnen, dass Kerstin hinter dem Spiegel saß.

Lena setzte sich zu ihr, Henri wählte einen Stuhl, der etwas abseits in einer schwach ausgeleuchteten Ecke des Raums stand. Riewert saß bewegungslos im Profil zum venezianischen Spiegel. Sicherlich wusste er, dass er beobachtet wurde. Da saß er, sie hatte den Puppenmörder. Ja, er war es, Lena war sich sicher. Eine Gänsehaut überlief sie und sie atmete tief ein. Für Amely wünschte sie, dass es nicht wahr wäre.

Wenn er der Puppenmörder war, dann hätte er genau in den Wochen, in denen er Amely kennengelernt und mit ihr eine Beziehung gehabt hatte, zwei Frauen entführt und getötet. Kalter Schweiß lief an ihren Armen entlang und ihr Puls raste. Sie musste etwas aus ihm herauskriegen, das sie zu Amely brachte. Wenn diese Spur auch ins Nichts führte, dann wäre es für Amely endgültig zu spät. Noch konnte sie leben, wenn es ihr nur gelang durchzuhalten.

»Wir rufen in Ihrer Praxis an«, sagte Lena, »um Ihren Termin abzusagen.«

»Ich bin froh, dass meine Meldung vielleicht doch weitergeholfen hat. Kann ich jetzt nicht gehen?«

»Gleich, vorher sollten Sie uns erzählen, was damals noch passiert ist.« Lena sah Kerstin auffordernd an.

Kerstin sah überrascht auf.

»Denken Sie daran, eine junge Frau ist wahrscheinlich in seiner Gewalt. Je mehr Sie uns über Michael sagen, desto wahrscheinlicher ist es, dass wir sein Opfer retten können.«

Kerstin räusperte sich, sah wieder zu Riewert hinüber. Dann strich sie sich eine Strähne aus dem Gesicht. Lena musste sich beherrschen und schlug ungeduldig die Beine übereinander.

»Ich, es …« Kerstin hustete. »Das habe ich doch schon alles erzählt.«

»Warum nimmt es Sie so mit, Michael wiederzusehen? Die Vergewaltigung liegt viele Jahre zurück. Das müssten Sie inzwischen verarbeitet haben.«

Wieder krallte sie ihre Finger in ihre Tasche.

»Sie kannten Michael schon vor der Party.« Lena folgte Kerstins Blick, der sich wieder Riewert zuwandte.

Kerstin nickte. »Es war nicht nur die Vergewaltigung, ich …«

»Bitte reden Sie!« Sie hatten keine Zeit mehr für ein langes Hin und Her. »Was war vorher?«

Riewert saß unbeweglich da. Kerstin strich sich wieder eine Strähne aus der Stirn. Allerdings sah Lena gar keine Haare.

»Michael war meine große Liebe«, sagte sie leise. Sie hustete. »Auch wenn ich zum Schluss einsehen musste, dass er ein mieses Arschloch war.«

»Und Sie haben lange gebraucht, um darüber hinwegzukommen?«

»Ewig. Es war einfach eine so wunderbare Zeit mit ihm. Wir haben uns in der Roten Flora kennengelernt, aber schon viel früher, schon über ein Jahr vor der Party.«

»Und seitdem waren Sie zusammen?« Lenas Kopf arbeitete auf Hochtouren. »Und Sie kannten seinen vollen Namen?«

Kerstin nickte. »Andreas Michael Riewert.«

»Gestern haben Sie so getan, als hätten Sie Ihren Vergewaltiger nicht gekannt. Das hat uns unnötig Zeit gekostet.«

»Es ist immer noch so schwer für mich. Schließlich bin ich auf einen so kranken Typ reingefallen.«

»Das verstehe ich, aber versuchen Sie, alles so genau wie möglich zu erzählen. Lassen Sie sich bitte nicht zu viel Zeit, eine Frau ist in Lebensgefahr. Haben Sie ihn noch mal wiedergesehen?«

»Erst heute.« Lena merkte, dass sich Kerstin Momberg etwas entspannte. »Er hat sich überhaupt nicht verändert, nur dass er etwas älter aussieht. Fast unheimlich – wie damals, während ich mich total verändert habe. Ich hätte ihn überall wiedererkannt.«

»Hat er Sie damals verfolgt?«

»Er … ja.«

»Wie sah das aus?«

»Nach der Vergewaltigung stand er oft nachts vor meinem Fenster. Ich hatte Angst.«

»Wie war Ihre Beziehung vor der Vergewaltigung?«

»Ich kannte vorher keinen Mann, mit dem es so war.«

»Was? Sex?«, fragte Lena.

»Ja.«

»Wie war es?«

»Michael war der zärtlichste und leidenschaftlichste Mann, den ich kannte. Mit ihm war es so, dass ich dachte, vorher hätte ich noch nie richtig Sex gehabt. Obwohl das natürlich nicht stimmte. Aber es war anders, als könnte er einem unter die Haut gehen. Aber nicht nur beim Sex, es war in allem so, als wüsste er immer schon, was mit einem ist, was man denkt, worauf man Lust hat, einfach alles. Ich habe auch später niemanden mehr getroffen, der immer alles wie im Vorhinein verstehen, sehen, ahnen konnte. Ich wäre nie auf die Idee gekommen, dass ich vor ihm so eine irre Angst haben könnte.« Kerstin konnte nicht weitersprechen. Lena reichte ihr ein Taschentuch und Kerstin putzte sich die Nase.

»Warum haben Sie Ihre Anzeige zurückgezogen?«

»Er hat behauptet, dass ich sowieso mit jedem schlafen würde.«

»Das zu tun oder nicht zu tun, können alle selbst entscheiden.«

»Jetzt ist das alles anders, aber damals hatte ich Angst, dass der Richter Michael glauben würde und nicht mir. Ich hatte eine Höllenangst vor dem Verfahren. Erst dachte ich, dass ich das durchstehe. Deshalb habe ich ja auch gleich die Untersuchungen machen lassen.« Kerstin seufzte. »Aber dann habe ich doch einen Rückzieher gemacht, aus Angst vor ihm. Ich war vorher so blöd gewesen, wenn es um Männer ging, ich habe mit zwanzig geheiratet, weil ich allen Ernstes dachte, dass das romantisch ist und diese Beziehung bestimmt mein ganzes Leben hält. Sie hielt keine eineinhalb Jahre und nach zwei Jahren waren wir schon wieder geschieden. Meinen Mädchennamen habe ich nach der Sache mit Michael wieder angenommen, damit er mich nicht findet.«

Riewerts Brustkorb hob sich, ansonsten saß er bewegungslos auf dem Stuhl. Kein Mensch, dachte Lena, konnte so lange so starr sitzen wie Riewert.

»Ist Ihnen bis zu dem Abend mit der Vergewaltigung nie etwas an ihm aufgefallen, das Ihnen seltsam vorkam?«

»Damals nicht, nein.« Kerstin hatte sich wieder gefasst. »Michael hat auch nie etwas abgelehnt oder verurteilt. Man konnte mit ihm über praktisch alles reden. Er war komplett offen und verständnisvoll. Zumindest dachte ich das. Vielleicht wollte ich ihn auch nur so sehen. Ich wäre nie auf die Idee gekommen, dass er gewalttätig sein könnte.«

Kerstin trank einen großen Schluck Wasser. Dann drehte sie ihren Stuhl so, dass sie Andreas Riewert den Rücken zuwandte. Lena gab Henri ein Zeichen und er schloss den Vorhang, sodass die Scheibe zum Gegenüberstellungsraum verdeckt war.

»Erst Jahre später ist mir bewusst geworden, dass er von sich selbst nichts erzählt hat und er überhaupt nicht offen war, es schien nur so, wenn es um andere ging. Er hat das irgendwie gut getarnt, ich meine, ich bin ja nicht unsensibel. Aber es ist mir erst nach Jahren wie Schuppen von den Augen gefallen, dass ich quasi nichts über ihn wusste. Ich glaube, dass er niemandem vertraut hat, zumindest mir damals nicht. Aber weil er so verständnisvoll war, ist mir das nicht aufgefallen. Er konnte eine so irre Nähe herstellen. So was wie mit ihm habe ich nie wieder erlebt.«

Das erinnerte Lena daran, wie Amely ihr auf Thomas' Fest das Zusammensein mit Andreas Riewert beschrieben hatte. »Er wird Ihnen aber doch von seinen Eltern oder von irgendetwas aus seinem Leben erzählt haben?«

»Seine Eltern mochte er nicht, ich bin mir sicher, dass er sie beide gehasst hat. Die Mutter vielleicht sogar am meisten. Aber er hat mir nicht erzählt, warum. Das Einzige, wovon er irgendwie gern geredet hat, war seine Tischtenniskarriere in

Hamburg-Harburg. Er muss richtig gut gewesen sein. Aber wenn ich dazu Fragen gestellt habe, hat er zugemacht.«

»Hat er mit dem Tischtennisspielen wieder aufgehört?«

»Er hatte einen schweren Fahrradunfall mit einer Schulterverletzung. Deshalb konnte er nicht weiterspielen. Aber es hat sich angehört, als wäre er auf dem Weg zu einer Weltklassekarriere gewesen. Ich habe von Tischtennis überhaupt keine Ahnung, ich konnte mir damals schon nicht merken, welche Preise er alle geholt hat. Aber er war wohl eine ziemlich große Nummer.«

»Wissen Sie, wie alt er bei dem Fahrradunfall war?«

»Jung. Vielleicht vierzehn, fünfzehn, ich weiß es nicht mehr genau.«

»Hat sein Vater ihn in die Tischtenniskarriere gedrängt oder waren es beide Eltern?«

»Es hat sich so angehört, als hätte er sich durch seinen Erfolg im Tischtennis von seinen Eltern befreit. Michael hat ja kaum was erzählt und Nachfragen ging gar nicht. Dann machte er dicht.«

»Haben Sie Freunde von ihm kennengelernt?«

»Das ist auch so ein Punkt. Damals war mir das nicht klar, aber er wollte überhaupt keine anderen Kontakte. Auch nicht mit meinen Freunden. Er wollte niemanden kennenlernen und ich sollte seine Freunde nicht treffen. Ich weiß nicht, ob Michael überhaupt Freunde hatte.«

»Und erst durch die Vergewaltigung ist Ihnen klar geworden, welche dunklen Seiten er hat?«

»Noch lange danach dachte ich, dass das alles ein Irrtum gewesen wäre, ein Ausrutscher, und dass wir wieder zu unserer Beziehung zurückkehren können. Bei der Polizei hatte ich ein Beratungsgespräch wegen der Vergewaltigung. Die Frau sagte, ich soll mich in Acht nehmen, weil es so aussieht, als wäre Michael gefährlich. Trotzdem habe ich Jahre gebraucht, das zu akzeptieren und ihm nicht mehr nachzuhängen. Eigentlich habe ich mir gewünscht, wir sähen uns wieder und alles würde wieder so wie vorher. Es war schwer.«

Lena stand auf, jetzt wusste sie, wo sie bei Riewert ansetzen konnte.

***

Riewert saß seit gut einer Stunde hinter der Spiegelwand. Kerstin war gegangen und als Henri den Vorhang wieder geöffnet hatte, saß Riewert in derselben Haltung da wie vorher. Seine Hände waren in den Hosentaschen verborgen. Von der Seite sah es so aus, als hätte er die linke Hand zur Faust geballt. Lena beobachtete ihn und auch Henri sah immer wieder zu ihm hinüber. Ihr schien es, als wäre ihm die ganze Zeit bewusst, dass er beobachtet wurde. Andere Menschen in dieser Situation stehen auf, gehen herum, demonstrieren Genervtheit oder scheinen zumindest ab und zu völlig zu vergessen, dass sie beobachtet werden. Andreas Riewert dagegen wartete wie versteinert in derselben Körperhaltung. Lena erinnerte das an Kinder, die sich verstecken und glauben, dass sie unsichtbar sind, wenn sie sich hinter einer Tür still verhalten.

Und wenn sie sich doch täuschte? Nur weil er ein Vergewaltiger ist, musste er noch lange nicht der Puppenmörder sein. Riewert hatte bei ihrem ersten Gespräch geweint, er hatte mit Amelys Eltern Kontakt gehalten. Seine Versuche, Amely anzurufen, waren in seinen Handydaten. Es war nur ihr Gefühl, sie hatte nichts gegen ihn in der Hand. Henri war nicht überzeugt, dass es richtig war, was sie tat. Aber er versuchte auch nicht, sie zu bremsen. Sie musste es jetzt drauf ankommen lassen.

»Ein bisschen soll er noch schmoren.«

»Klar.« Henri stand mit einem Becher Kaffee an der Wand. Er sah blass aus, übernächtigt, am Kinn hatte er vom Rasieren eine kleine verkrustete Schnittwunde.

»Er hat von seinem Handy Amelys Nummer gewählt: Dienstagmittag, Dienstagabend und in der Nacht zu Mittwoch, wie er es angegeben hat. Das stimmt mit den Anrufen auf Amelys Handy überein.« Sie sah zu Riewert hinüber, sie konnte keine Bewegung an ihm feststellen, noch nicht einmal, dass sich beim Atmen sein Brustkorb hob. »Aber das kann eine Täuschung sein.«

»Kann es.«

»Conny hat sein Handy und sein E-Mail-Postfach nach Kontaktdaten durchsucht.«

»Was für Kontakte hat er?«

»Nur solche, die tödlich ausgehen.« Lena sah Amely vor sich und fühlte sich hundeelend. Ihr Puls raste. »Keine privaten Kontakte angelegt, die Ergebnisse hat Conny gerade gemailt.« Lena wischte über den Screen ihres Handys. »Ausschließlich berufliche Kontakte, seine Eltern und drei Männer, die Riewert aus dem Studium kannte. Und Amelys Nummer, ihre E-Mail-Adresse und die Telefonnummer ihrer Eltern sind natürlich dabei. Das ist alles. Er hat auch kein Facebook-Profil.«

Henri sah Lena ratlos an.

Lena wusste, dass sie sich auf dünnem Eis bewegte. Sie hatte nur Vermutungen, keine Beweise, nichts. Nur der DNA-Abgleich von Riewert und dem Partikel auf Nicoles Lippe stand noch aus. Trotzdem würde sie ihn jetzt unter Druck setzen.

»Als ich die Speichelprobe von ihm genommen habe, da war er total entspannt«, sagte Henri.

Lena sah durch die Scheibe. »Das Ergebnis des Tests müsste heute kommen. Sobald es eintrifft, soll Conny einfach reinkommen.«

Henri nickte.

»Wenn in dem Partikel seine DNA nicht nachgewiesen werden kann, heißt das aber nicht, dass er es nicht war«, sagte sie.

Für eine Sekunde blieb ihr Blick an Riewerts Mundpartie hängen. Er hatte einen feinen Mund, schmale, aber doch sinnlich geschwungene Lippen. In diesem Moment fuhr er sich darüber. Es war die erste Bewegung, seit er dort saß, und es lag etwas Zärtliches, Erotisches darin. Er legte die Lippen weich aufeinander und erstarrte wieder.

»Und weißt du was?« Lena sprang auf. »Amely wollte mir doch was sagen oder über etwas mit mir sprechen, was Andreas betraf. Einmal war das auf der Party, auf der sie mir zum ersten Mal von ihrer neuen Beziehung erzählt hat. Wir wurden aber unterbrochen. Das zweite Mal war es, als du bei mir zum Essen warst. Da habe ich ihr gesagt, ich hätte gerade keine Zeit, weil ein Kollege da wäre und wir arbeiten. Erinnerst du dich?«

»Ja, ich erinnere mich an die Situation in deiner Küche. Vielleicht kam ihr doch irgendetwas merkwürdig vor an ihrem neuen Freund und sie wollte ihre erfahrene ältere Freundin um Rat fragen.«

Im ersten Moment dachte Lena, Henri hätte das ironisch gemeint, aber er sah sie ernst an.

»Darüber, wie sie sich kennengelernt haben, hat er eine andere Version erzählt. Amely hat mir auf dem Fest gesagt, sie habe Andreas in der Uni-Cafeteria angesprochen, weil er so interessant ausgesehen hätte. Er war ihr aufgefallen, sie hatte ihn dort schon ein paarmal gesehen. Uns hat Riewert aber gesagt, dass er Amely auf einem Fest kennengelernt hat. In beiden Versionen hat Amely Riewert angesprochen. Aber mit dem Fest wollte er vermutlich davon ablenken, dass er versuchte, in der Uni-Cafeteria neue Opfer zu finden.«

»Wir sollten denken, er wäre ein netter Typ, den jemand einlädt.«

»Wer sollte ihn zu einem Fest eingeladen haben? Für Riewert hatte es eine Bedeutung, dass Amely ihn angesprochen hat, sonst hätte er es nicht erwähnt.«

»Hat sich Amely nicht gefragt, was er in der Uni eigentlich zu tun hatte? Hat sie davon in eurem Gespräch nichts gesagt?«

»Keine Ahnung, ich habe sie das nicht gefragt. An dem Abend wäre ich nicht auf die Idee gekommen, dass Amelys neuer Freund der Puppenmörder sein könnte.«

Henri nickte.

»Dr. Loeding hat doch vermutet, dem Täter sei etwas Ungewöhnliches passiert, etwas, das sein System durcheinandergebracht hat. Es könnte die Beziehung mit Amely gewesen sein. Es war schon eine Abweichung, dass sie ihn angesprochen hat. In diesem Punkt hätte er sogar die Wahrheit gesagt.«

In Henris Kopf arbeitete es.

»Es muss zwischen den beiden etwas stattgefunden haben, auf emotionaler Ebene meine ich, was ihm zumindest für eine kurze Zeit ermöglicht hat, eine Beziehung zu haben. Er hat sogar Amelys Eltern kennengelernt. Alles war quasi normal.«

»Vielleicht hat er gehofft, er könnte davon loskommen, Frauen umzubringen«, überlegte Henri.

»Dazu würde die Botschaft auf dem Foto passen. *Lass die Finger vom Puppenmann, dann wird alles gut,* hatte darauf gestanden. Wenn diese Nachricht vom Puppenmörder gewesen ist? Als könnte er durch die Beziehung zu Amely wieder in ein normales Leben zurückfinden? So bekäme die Nachricht auf dem Foto einen Sinn: Ich sollte die Ermittlungen in den Fällen Annika, Nicole und Melanie fallen lassen. Aber dann ging es am Wochenende mit ihm durch und er brachte Amely wie seine anderen Opfer in seine Gewalt.«

Henri nickte. »Amely war plötzlich nur noch ein Mädchen, das er umbringen musste, und alles lief ab wie bei den anderen Frauen.«

»Doch, ja.« Henri nickte langsam. »So könnte es sein.«

Konnte das wirklich sein? War das nicht komplett verrückt? Verstieg sie sich in diese Ideen, weil sie seit Wochen nur hilflose, nutzlose Ermittlungen ohne Ergebnisse führte? Mit jeder Minute wurde es unwahrscheinlicher, dass Amely noch lebte.

***

Lena rief Conny an, um sich kurz abzustimmen und ihr den Auftrag für die Kollegen zu geben: Die sollten Riewerts Auto ausfindig machen und es mit einem Sender ausstatten.

Als Conny eintrat, riefen aufgeregte Kinderstimmen auf dem Gang immer wieder: »Papa!«

Henri zuckte zusammen.

»Das ist Alina.«

Er murmelte »Sorry« und ging hinaus.

Sie erklärte Conny, wie sie vorgehen sollte, und folgte Henri. Dort stand eine Frau mit zwei Kindern, jedes hatte neben sich einen Rucksack. Die Frau musste Henris Ex sein, mit den Kindern Lukas und Alina.

Die Kinder umklammerten Henris Beine. Henri nahm Alina auf den Arm und streichelte Lukas' Kopf.

»Sonja, was soll das?« Er sprach so leise, dass Lena ihn kaum verstand.

»Das frage ich dich. Heute fängt dein Kinderwochenende an und du gehst nicht ans Handy.«

»Es tut mir leid, ich …«

»Mir tut es auch leid. Meine Mutter ist heute Morgen ins Krankenhaus gekommen, ich muss jetzt nach Hildesheim. Lukas und Alina bleiben bei dir.«

Henri wurde blass. Erst in diesem Moment schien ihm aufzufallen, dass Lena und Conny dabeistanden.

Lena stellte sich und Conny vor. »Wir haben seit zwei Tagen ein neues Opfer in einem schwierigen Fall und sind ziemlich unter Druck.«

»Das ist mir egal, ich kann nicht dauernd Henris Probleme lösen«, sagte Sonja wütend.

Henri stellte Alina wieder auf den Boden. Er sah aus, als wollte er sich in Luft auflösen.

Lena hätte Henris Ex und die Kinder am liebsten weggeschickt, sie einfach hinausgeworfen. Sie hatten jetzt keine Zeit für private Dramen.

»Erinnert ihr euch an mich?« Conny ging in die Hocke und strahlte die Kinder an.

Alina drückte sich an Henris Bein und versuchte, sich zu verstecken.

»Ihr beide wart doch vor ein paar Wochen hier, wisst ihr noch, ich habe euch das Polizeipräsidium gezeigt, wo euer Papa arbeitet.«

»Du hast gesagt, dass du uns beim nächsten Mal die Pistolen zeigst«, sagte Lukas.

Conny nahm die beiden Kinderrucksäcke und stand auf. »Euer Papa muss einen gefährlichen Mann suchen und ihr kommt mit mir. Ihr beide könnt ihm sogar ein bisschen helfen. Und nachher zeige ich euch die Pistolen und den Schießraum.«

»Au ja!«, rief Lukas begeistert.

Alina sah etwas skeptisch aus, klatschte dann aber in die Hände.

Conny führte die Kinder in ihr Büro.

Als die Tür zu war, lieferten sich Henri und Sonja ein heftiges Wortgefecht, von dem Lena nichts verstand.

»Ich muss jetzt weiterarbeiten«, sagte Henri schließlich. Er war sehr gereizt, ließ Sonja stehen und ging zurück in den Raum hinter dem venezianischen Spiegel.

Sonja machte auf dem Absatz kehrt und rauschte den Gang hinunter.

Lena folgte Henri, sie würde ihn später darauf ansprechen. Jetzt war dafür keine Zeit.

Conny öffnete die Tür und als hätte es den Vorfall eben nicht gegeben, sagte sie: »Das Labor hat mir vorhin gesagt, es dauere noch eine Viertelstunde, dann bekäme ich das Testergebnis per Mail.«

»Gut. Ich will Riewert verunsichern, er muss nervös werden. Ich halte ihn mindestens so lange fest, bis der Sender in seinem Auto eingebaut ist.«

»Alles klar, Lena. Ich kümmere mich um die beiden, Henri. Lukas und Alina können heute bei mir übernachten. Bei uns im Haus ist genug Platz.« Conny wohnte in einer eigenen Wohnung ihrer Mutter in Langenhorn, in dem Haus, in dem sie aufgewachsen war.

»Danke, Conny, danke.« Henris Stimme war rau und er sah sehr mitgenommen aus.

»Ich fange an und du hörst erst mal von hier aus zu.« Lena stand auf und nahm Nicoles Schuh mit, den ein Passant zufällig in der Hafencity gefunden hatte und der jetzt in einem Beweismittelbeutel steckte.

***

Lena betrat das Vernehmungszimmer. Riewert bewegte seine Augen, ohne den Kopf zu heben. Sie setzte sich ihm gegenüber, legte den durchsichtigen Beutel mit dem auberginefarbenen Schuh in die Mitte des Tisches und startete das Aufnahmegerät.

»Hätten Sie gedacht, dass dieser Schuh wieder auftaucht?« Ihr kam es gar nicht seltsam vor, Amelys Freund nun wie einen Verdächtigen zu vernehmen. Dabei war es nur ihr Gefühl. Noch hatte sie nichts, gar nichts in der Hand.

In Riewerts Miene war nicht zu erkennen, ob er den Schuh erkannte. Auch zeigte er keine Überraschung darüber, von Lena nicht mehr als Freund des neuesten Opfers angesprochen zu werden. Er hätte doch empört sein müssen, dachte Lena. Er war unbeweglich, irgendwie brütend, dachte sie.

Riewert wurde von einer Kamera, die ihn frontal aufnahm, und einer, die die Perspektive des Raums hinter dem venezianischen Spiegel erfasste, registriert. Sie würden alles später analysieren.

»Ich trage keine Damenschuhe.« Er verschränkte seine Arme vor der Brust.

»Aber Sie kaufen Damenschuhe, um sie Ihren Opfern anzuziehen.«

Riewert sah kurz auf den Schuh, richtete den Blick aber gleich wieder auf seine verschränkten Arme. »Sind Sie verrückt geworden?«, sagte er wütend. »Ich bin hergekommen, weil Sie Amely nicht finden. Meine Freundin wird vermisst, in der Stadt läuft ein hochgefährlicher Irrer rum und Sie haben nichts Besseres zu tun, als mir abstruse Dinge zu unterstellen!«

Nun also doch eine kleine Aufgeregtheit. Lena blieb cool und nahm das Foto vor, das ihr am Abend von Thomas' Fest unter ihrer Tür durchgeschoben worden war. »Sie haben mich fotografiert und mir das Foto bis zu meiner Wohnung gebracht«, wagte sie sich weit vor.

Riewert starrte auf seine Arme.

»Sie haben groß darauf geschrieben: *Halt dich raus, dann wird alles gut.* Sie wollten sicher sein, dass ich die Nachricht nicht übersehe.«

Riewert fixierte die Tischplatte vor sich.

»Wollten Sie mir drohen, damit ich nicht weiterermittele und Amely nichts von Ihren Taten erfährt?«

Er antwortete nicht.

»Anders als Sie uns bei der Aufnahme Ihrer Personalien gesagt haben, ist Ihr vollständiger Name: Andreas Michael Riewert.«

Riewert bewegte ruckhaft den Kopf. »Meine Namen sind

kein Geheimnis, sie stehen in meinem Ausweis. Den hat Ihre Kollegin doch gesehen.«

»Meiner Kollegin sagten Sie auf ihre ausdrückliche Frage nach Ihrem vollständigen Namen: Andreas Riewert.«

Er wich ihrem Blick aus.

»Sie wurden früher schon erkennungsdienstlich behandelt …«

»Was soll der Schwachsinn, sind Sie schwer von Begriff?«, platzte Riewert der Kragen. »Ich bin hergekommen, weil meine Freundin verschwunden ist und Sie endlich etwas unternehmen sollen.« Sein Blick war auf ihre Augenbrauen gerichtet.

»Sie sind aufs Präsidium gekommen, weil wir Sie herbestellt haben. Noch mal – Sie wurden früher schon erkennungsdienstlich behandelt. Dadurch ist ein alter Fall an die Oberfläche gespült worden, in dem Ihr Name auftaucht. Damals nannten Sie sich allerdings Michael, Andreas kam erst später. Warum haben Sie das getan?«

»Wo haben Sie das denn her? Steht so was in Ihren alten Unterlagen? Das ist völliger Quatsch.« Er schien ehrlich überrascht zu sein.

Er durfte nicht erfahren, dass Kerstin Momberg sich bei der Kripo gemeldet hatte. Falls Lena ihn nicht festnageln könnte und Riewert frei herumliefe, wäre das zu gefährlich für sie.

»Was soll das denn für ein Fall sein?«

»Sie haben eine Frau vergewaltigt.«

»Niemals.« Riewerts Blick war auf die Tischplatte gerichtet.

»Wir haben alles in den Unterlagen. Alles schwarz auf weiß. Das Opfer hat damals Anzeige erstattet. Ihr Name war Kerstin Trzaskul. Aber sie hat die Anzeige zurückgezogen. Haben Sie eine Ahnung, warum sie das getan haben könnte?«

»Woher soll ich das wissen? Wahrscheinlich war ihr selbst klar, dass es keine Vergewaltigung war.«

»Auch die medizinische Untersuchung hatte bestätigt, dass es eine Vergewaltigung war. Sie hatten damals schon eine große Vorliebe für roten Lippenstift.«

Riewerts Augen sprangen ruckhaft hin und her.

»Sie haben einen Lippenstift zu Ihrem Opfer mitgebracht, mit dem Sie der Frau den Mund angemalt haben.«

Riewert presste die Kiefer zusammen.

»Es ist für Sie nicht genug, dass eine Frau Lippenstift trägt. Sie wollen ihn selbst auftragen. Sie arbeiten in der Verwaltung einer Drogeriemarktkette. Sie haben uns gesagt, Sie seien Betriebswirt. Vor dem Zusatztraining BWL, das Sie über eineinhalb Jahre in Abendkursen absolviert haben, haben Sie Chemie studiert. Ihre Firma hat Sie als Diplom-Chemiker eingestellt. Als Sie dort schon in fester Anstellung waren, haben Sie den kleinen BWL-Abschluss gemacht. Das haben Sie uns verschwiegen.«

»Mein Chemiestudium ist doch gar nicht wichtig für meine Arbeit.«

»Aber dafür, wie Sie junge Frauen in Ihre Gewalt bringen.« Lena machte eine Pause. »Haben Sie sich eine Arbeit in dieser Branche ausgesucht, weil Sie dann Ihren Neigungen besser nachkommen können? Die Nähe junger hübscher Frauen, Lippenstifte, Rouge, falsche Wimpern, Nagellack, mit dem Sie Ihren Opfern den Mund rot anmalen? Sie waren ja nicht von Anfang an im Management. Vielleicht war es auch umgekehrt und Ihr Arbeitsumfeld hat Ihre Fantasie angeregt, aber diese Frage ist hier nicht wichtig.«

Riewert starrte an Lenas Kopf vorbei auf die Wand.

»Melanie Weigand war Auszubildende in derselben Firma, in der Sie seit Ende der Neunzigerjahre arbeiten. Melanie war Ihr erstes Opfer.«

»Wer soll das sein?«

»Wo halten Sie Amely gefangen?«

»Was soll das, warum suchen Sie sie nicht?«

»Sie haben uns gesagt, Sie haben Amely am Dienstagmorgen das letzte Mal gesehen.«

Riewert hob den Blick.

»Alle anderen Personen aus Amelys Umfeld haben sie am Sonnabend zuletzt getroffen. Spätestens ab Sonntagnachmittag hat Amely mit niemandem mehr telefoniert. Sie sind der Einzige, der angibt, noch am Dienstagmorgen mit ihr zusammen gewesen zu sein.« Die Hoffnung, dass Amely erst seit Dienstag in der Gewalt des Puppenmörders war, hatte sich zerschlagen. Drei lange Tage mehr war sie ihm schon ausgeliefert.

Mit einer beinahe unmerklichen Bewegung rutschte Riewert Richtung Stuhlkante und reckte seinen Oberkörper.

»Ich glaube, dass Sie in diesem Punkt sogar die Wahrheit sagen«, fügte Lena hinzu. »Aber Amely war nicht bei Ihnen zu Hause.«

Ohne anzuklopfen, betrat Conny den Raum, gab Lena ein paar DIN-A4-Blätter und ging sofort wieder raus. Lena überflog die Seiten und fand die Info, das Ergebnis, auf das sie gewartet hatte. Ihr Gefühl hatte sie nicht getäuscht. Sie spürte eine riesige Erleichterung, die sie sich nicht anmerken ließ.

»Meine Kollegin hat mir gerade das Ergebnis Ihres DNA-Tests gegeben.«

»Was soll denn dabei rausgekommen sein?«

»An der Leiche von Nicole Aydin haben wir einen Hautfetzen gefunden.«

»Was hat das mit mir zu tun?« Riewert saß aufrecht, sein Gesicht war unbeweglich.

»Als Sie Nicoles Oberlippe mit Nagellack bestrichen haben, ist Ihnen ein Fehler unterlaufen.«

Riewert erstarrte.

Lena holte tief Luft. »Dieser Hautfetzen stammt von Ihnen.« Wenn Riewert jetzt leugnete, dachte Lena, musste er verrückt sein.

»Das haben Sie sich ausgedacht! Das glauben Sie doch selbst nicht!«

»Hier«, Lena hielt die Papiere hoch, »ist der Beweis! Sagen Sie uns, wo wir Amely finden. Ein Opfer weniger, das wirkt sich vor Gericht positiv aus.« Lena sah ihn gespannt an, erwartete aber keine Antwort.

»Sie ...«

»Ja?«

»Nichts.«

Lena musste ihn aus der Fassung bringen, aber selbst die Nerven bewahren. »Warum haben Sie sich ab Mitte der Neunzigerjahre Andreas genannt?«

»Ich habe mich nicht Andreas genannt, ich heiße so, Andreas Michael.« Seine Augen schnellten hin und her.

»Sie haben sich mindestens fünfundzwanzig Jahre lang Michael genannt, für Ihre Eltern waren Sie Michael, für Schulkameraden, für Kommilitonen an der Uni, aber dann haben Sie plötzlich Andreas zu Ihrem Rufnamen erklärt, wann war das genau? Soweit wir es in der kurzen Zeit eruieren konnten, mit dem Start in Ihre jetzige Firma.«

Riewert schwieg. Ihr selbst kam es vor, als dauerte das Gespräch eine Ewigkeit. Sie warf ständig Blicke zur Wanduhr. Sie hatten kaum noch Zeit.

»Das ist doch völlig egal, wann das war«, sagte er schließlich.

»War es leichter, mit der abgebrochenen Karriere als Tischtennisspieler zurechtzukommen, wenn Sie nicht mehr den Namen benutzten, von dem Sie geglaubt hatten, er würde einmal zu den Weltspitzenspielern im Tischtennis gehören? Michael Riewert, der Weltklassespieler?«

Riewert riss die Augen auf. Damit hatte er nicht gerechnet. Er sackte in sich zusammen. »Was wissen Sie schon?«, sagte er mit versteinertem Gesichtsausdruck.

»Es ist erstaunlich, dass Sie mit vierundzwanzig Jahren

noch nicht darüber hinweg waren, dass es mit der Tischtenniskarriere nicht geklappt hat. Bei dem Fahrradunfall waren Sie vierzehn oder fünfzehn.«

Wieder antwortete Riewert nicht. Seine Sakkoärmel waren hochgerutscht und die Manschetten seines weißen Hemdes schauten komplett daraus hervor.

»Sie haben da einen Fleck an Ihrer Manschette, sieht aus wie oft gewaschene rote Lackfarbe.« Sie stutzte einen Moment, weil sie gesagt hatte Lackfarbe und nicht Nagellack. Sie sah das Baumhaus vor ihrem geistigen Auge. Ihr Vater hatte es ihr gebaut, als sie neun Jahre alt war. Die Tür durfte sie selbst rot anstreichen und hatte dabei zwei Flecke auf ihre sandfarbene Cordhose bekommen. Die Hose liebte sie danach noch mehr, sie trug sie noch, als sie schon längst zu kurz war. Der Fleck überstand unzählige Wäschen, aber irgendwann war er blass und nicht mehr als Lackfarbe zu erkennen, nur noch als glanzlos ausgewaschenes Rotbraun. Ging die Fantasie mit ihr durch oder trug Riewert ein Hemd mit einem Nagellackfleck? Eine Trophäe?

Sie ließ einen Kollegen kommen, Andreas Riewert musste sein Hemd ausziehen und es verschwand in einem sterilen Plastikbeutel. Als Riewert gerade sein teures Jackett direkt über dem Unterhemd wieder anziehen wollte, sagte Lena: »Nein, das prüfen wir auch. Sie bekommen gleich ein Sweatshirt von uns.«

Riewert war durchtrainiert und sehnig. Sein Hals und die Partie um die Schlüsselbeine waren wie seine nackten Arme besonders muskulös. Lena glaubte, er würde gleich vor Wut explodieren.

Ein Schutzpolizist kam herein und gab Riewert wortlos ein Sweatshirt. Der zog es sofort über.

»Wo haben Sie Amely versteckt?« Endlich piepte Lenas Handy, eine SMS von Conny. Der Sender war in Riewerts Auto installiert.

Riewert reagierte nicht und zog sich nur angewidert die Ärmel über die Hände.

»Gut, Sie wollen es nicht anders. Sie bleiben hier.« Lena stand auf und holte die beiden Schutzpolizisten herein, die vor der Tür gewartet hatten und in ihren Plan eingeweiht waren.

***

»Wenn wir uns irren und Riewert nicht zu Amelys Versteck geht, dann verstreicht kostbare Zeit«, gab Henri zu bedenken.

»Ich weiß, es bleibt ein Risiko.« Lena nahm die Autoschlüssel von ihrem Schreibtisch. »Aber wir haben keine andere Wahl, wenn er nicht redet.« Sie trank den Rest Kaffee aus dem Becher, der noch vom Morgen neben ihrem Laptop stand. »Gehen wir.«

»Lass uns noch kurz einen Kaffee und belegte Brötchen aus der Kantine holen«, bat Henri. »Wenn wir schon für ein richtiges Essen keine Zeit haben. Ich falle gleich um vor Hunger und der Tag kann lang werden.«

Lena zögerte, aber andererseits hatte sie seit Stunden nichts im Magen und sie war schon einmal bei einem Einsatz wegen Unterzucker fast umgekippt. »Okay, wir fahren kurz am Mühlenkamp vorbei.« Auf ihrem Schleichweg von Winterhude nach Eimsbüttel zur Durchsuchung von Riewerts Wohnung holte sie die paar Minuten locker wieder heraus.

»Wenn Riewert aus dem Präsidium fliehen kann, wird er zu Amely gehen. Er denkt, dass sie nichts von seinen Taten erfahren muss, wenn er Amely freilässt und wir ihn laufen lassen. Nur wenn er sich unbeobachtet fühlt und wir ihn nicht verfolgen, glaubt er, dass wir darauf eingehen.«

»Die Kollegen mussten sein Auto erst suchen, er hat es ziemlich weit von den Überwachungskameras abgestellt.« Henri überlegte. »Warum sollte das jemand tun, der nichts zu verbergen hat? Warum hat er nicht auf dem Besucherparkplatz geparkt?« Er nickte, wie um seine eigenen Gedanken zu unterstreichen.

Lena öffnete ihr Auto, zögerte dann aber. »Lass uns mit beiden Autos fahren, falls wir flexibel sein müssen. Wir treffen uns beim Kaffeeholen.«

Henri ging zu seinem Dienstwagen hinüber und während Lena schon aus der Tiefgarage fuhr, rief Conny an. »Die Verwaltung der Firma, in der Riewert arbeitet, liegt im Osten von Hamburg. Das ist die gepflegte Zentrale eines expandierenden Unternehmens. Riewert hat an etwa zehn Tagen im Jahr im Schulungszentrum in Lüneburg zu tun. So weit erst mal.« Conny brach die Verbindung ab.

Den besten Kaffee in Lenas Viertel gab es in einem kleinen schwedischen Café. Eigentlich den besten Kaffee in ganz Hamburg. Lena stand schon davor, als Henri in die Straße einbog.

»Stell dein Auto ab, wir fahren doch besser zusammen«, sagte Lena, als Henri sein Fenster herunterließ. »Ich denke, Riewert ist zu gefährlich, und es darf keiner von uns irgendwas allein machen.«

»Aber es dauert zu lange, mein Auto wieder ins Polizeipräsidium zu bringen, und hier gibt es keine Parkplätze«, wandte Henri ein.

»Hol du den Kaffee und was zu essen für unterwegs. Ich bringe dein Auto zu mir in den Hof. Bin gleich wieder da.«

Gerade als Lena Henris Auto abgestellt hatte, piepte ihr Handy. Rasso Riedenburger. Lena spielte mit dem Gedanken, den Anruf nicht zu bemerken. Aber dann würde er versuchen, über Jürgen Kontakt mit ihr aufzunehmen. Dann lieber selbst.

»Ja«, sagte sie.

»Frau Holland, ich habe große Zweifel, dass es gut geht, wenn Sie den Fall des Puppenmörders weiter bearbeiten«, kam Rasso Riedenburger gleich zur Sache.

Lena glaubte Ihren Ohren nicht zu trauen. »Wie kommen Sie denn darauf?«

»Nicht nur, weil ich gehört habe, dass Sie kaum noch schlafen.«

»Als ob es hier um mich ginge.«

»Ihnen fehlt die Distanz, weil Sie mit dem Opfer befreundet sind. Dadurch bringen Sie sich selbst und andere in Gefahr.«

»Hören Sie, Herr Staatsanwalt, ich bringe niemanden in Gefahr, im Gegenteil, ich weiß, wer der Täter ist.«

»Kennen Sie ihn vielleicht auch privat?«

Vermintes Gelände. Lena musste vorsichtig sein. »Lassen Sie mir den Fall, wir sind ganz nah dran. Wir haben den DNA-Test: Das Partikel von Nicoles Lippe stammt von Riewert.«

»Das weiß ich alles«, sagte Rasso.

Wie sollte er es auch nicht wissen, sie hatte Conny gebeten, ihn zu informieren. »Ich melde mich, wenn wir etwas Neues haben.«

Lena wusste, dass das kein Okay war, trotzdem legte sie auf, bevor er noch etwas hinzufügen konnte.

Er musste ihr den Fall schon persönlich wegnehmen. Wenn sie jetzt aufhörte, dann würde Amely sterben, das wusste sie. Sie musste alles tun, um sie zu retten. Und vielleicht war es dafür schon zu spät. »Dann verliere ich eben meinen Job«, murmelte sie und rannte zu dem Café, wo Henri schon wartete.

# 19

Wenn Lena eine Wohnung betrat, glaubte sie manchmal, sie könnte den Unterschied wahrnehmen, ob der Bewohner, der abwesend war, einfach nur nicht da war oder tot. Wenn er tot war, machte es keinen Unterschied, ob er auf eine gewalttätige Weise oder eines natürlichen Todes verstorben war. In der Regel rechnete man auch nicht damit, dass man nicht mehr nach Hause zurückkommen würde. Man legte sich irgendetwas für den Abend hin, eine Zeitung oder einen Zettel mit ein paar Dingen, die man erledigen wollte. Wenn solche Sachen einfach so dalagen und man wusste, dass ihr Besitzer nicht zurückkommen würde, wirkten sie plötzlich traurig, fand Lena.

Lena und Henri zogen sich die Schutzanzüge an. Sie gingen durch die Diele in Andreas Riewerts Wohnung, von dem sie wusste, dass er vor weniger als einer Stunde noch lebendig im Polizeipräsidium gesessen hatte. Seine Wohnung wirkte steril, als würde hier gar nicht richtig gelebt. Alles penibel aufgeräumt und sauber. Zu sauber, irgendwie abgestorben und tot, dachte Lena.

Wenn in dieser Wohnung Spuren der Opfer geblieben waren, dann würden sie sie finden. Heute war Freitag. Wenn Riewert mit Amely genauso vorging wie mit seinen anderen Opfern, dann war sie jetzt tot. Seit Mittwochnacht. Das Muster der Wochentage hatte er bei Melanie, Annika und Nicole eingehalten. Vermutlich hatte er ihre Leiche letzte Nacht in die Elbe gleiten lassen.

Sie strich sich die Haare aus der Stirn. Weg mit diesen Gedanken. Amely musste noch leben und Riewert musste sie zu seinem Versteck führen.

In der Küche stand kein benutztes Geschirr, die Arbeitsflächen waren aufgeräumt, das Spülbecken glänzte makellos. Nichts, einfach nichts stand herum.

»Das ist ja unnatürlich, wie sauber das hier ist«, brummte Henri.

Lena zog einen Latexhandschuh an und öffnete die Geschirrspülmaschine. Darin standen ein Becher, im unteren Fach zwei Teller, ein kleiner Kochtopf und im Geschirrkorb eine Gabel, ein Messer und ein Teelöffel. Alles sah sauber aus. Jens kam dazu, gab die Sachen in Beweismittelbeutel und beschriftete sie. Im Bad waren die wenigen Gegenstände in einem Spiegelschrank verstaut. Zuerst dachte Lena, es wäre nur ein Spiegel, und sie fragte sich, wo Andreas Riewert seine Badeutensilien aufbewahrte. Dann bemerkte sie den raffinierten Schließmechanismus. In dem Schrank, der in die Wand eingelassen war, stand eine Zahnbürste, zu der elektrischen Zahnbürste gab es zwei Aufsätze. In einem Fach fand Lena ein Eau de Toilette, von dem sie in Erinnerung hatte, dass es einmal Amelys Lieblingsduft gewesen war. Aber Amely war in den letzten Wochen oft hier gewesen und es bedeutete gar nichts, ihre Sachen in Andreas Riewerts Bad zu finden.

Die Kollegen von der Spurensicherung mussten herausfinden, ob die anderen Opfer hier gewesen waren. Oder ob an Riewerts Sachen Spuren von ihnen waren. Die Spusi würde alle Oberflächen prüfen, alles Greifbare analysieren. Haare finden, mit Klebestreifen aufnehmen und untersuchen. Schuhprofile sichtbar machen, Partikel von Schuhsohlen abnehmen und verstehen, ob sie auch an die Schuhe der Mädchen gekommen war. Dann wüssten sie endlich, wo Riewert die Opfer in seine Gewalt brachte.

Im Schlafzimmer stand ein breites Bett, rechts und links standen Nachttische. Auf einer Seite stand ein Wecker, auf dem anderen Tischchen stand ein Eierbecher, in dem ein Tischtennisball steckte.

Ein großformatiges Periodensystem hing in einem Rahmen mit entspiegeltem Glas an der Wand. Im Kleiderschrank waren Sakkos, Hosen und Hemden in dem Stil, den Riewert im

Polizeipräsidium getragen hatte. Riewert hatte Geschmack, seinen eigenen Stil. Alles war beige, sandfarben, braun, einfarbig hellblau, blauweiß kariert, gestreift, die Sachen waren aus Leinen, Wolle und Baumwolle. Hosen derselben Art, über zehn Sakkos, die alle ähnlich waren. Die Kleiderbügel hingen im exakt gleichen Abstand voneinander. Es sah aus wie bei einem anspruchsvollen Herrenausstatter.

Lena öffnete die obere Kommodenschublade. Sorgfältig tastete sie sich durch die Socken. Darunter fand sie vier kleine braune Flaschen, wie aus der Apotheke, aber ohne Aufschrift. Lena gab sie in sterile Plastikbeutel. Hinter den Socken lagen zwei Paar lange Sportunterhosen. Sie erkannte das Logo, sie hatte ein Paar von derselben Firma. Sie fand einen harten Gegenstand, einen hochwertigen kleinen Karton, eine Schachtel aus laminierter Pappe. Sie öffnete den Deckel und erkannte sofort, was da auf der dunkelblauen Samtfläche lag.

»Henri, sieh dir das an! Das ist der Armreif!«

Henri war damit beschäftigt, zwei Schubladen im Kleiderschrank zu durchsuchen. »Der Armreif?«

»Ja, Melanie Weigands Armreif, der damals nicht gefunden wurde. Aber da ist noch etwas drunter. Was ist das?«

Es war eine Schablone für einen perfekten Mund, geschnitten aus farbigem Plastik, vielleicht aus der Rückseite eines Schnellhefters. Rote Lackspuren säumten die ausgeschnittene Mundform. Sie hielt Henri die Schachtel mit der Schablone hin.

»Dass er das alles in seiner Wohnung hat – er muss sich sehr sicher fühlen«, sagte Henri.

***

Er hatte noch nie mit der Polizei zu tun gehabt, zumindest nicht so, dass er es hätte ernst nehmen müssen. Damals, das mit der Anzeige, das zählte nicht. Schließlich hatten sie unzählige Male Sex zusammen gehabt. Und dann plötzlich dieses Getue. Nur weil er ein bisschen weniger soft war, musste sie so übertrieben reagieren, mit Anzeige, Laboruntersuchungen und dem ganzen Drum und Dran, wie albern. Das hatte sie dann ja selbst gemerkt und den ganzen Quatsch abgeblasen.

Jetzt lief er völlig unbehelligt die Straße vor dem Polizeipräsidium entlang. Schlau, dass er sein Auto um die Ecke geparkt hatte, er wäre sicher nicht unbemerkt aus der Tiefgarage entkommen. Er hatte einfach den Moment im Vernehmungsraum genutzt, als der Uniformierte einen Anruf bekommen hatte und das Zimmer verlassen hatte. Diese Polizisten waren doch einfach zu blöd. Selbst wenn man schon bei ihnen war, konnten sie einen nicht halten. Ihn jedenfalls nicht.

Als der Beamte draußen gewesen war, war er aufgestanden und zur Toilette gegangen. Der Polizist war nicht mehr zu sehen gewesen und als er die Toilette wieder verlassen hatte, hatte niemand Notiz von ihm genommen. Also war er einfach aus dem Gebäude zu seinem Auto spaziert. In seine Wohnung wollte er jetzt natürlich nicht fahren, da lief die Wohnungsdurchsuchung. Er hatte dort eh alles erledigt. Und weil er immer so gut vorarbeitete, die Wohnung durchgängig nach seinen Vorstellungen eingerichtet und gepflegt war, konnte er heute Morgen ohne großen Aufwand das Haus verlassen. Für alle Fälle hatte er ein paar Sachen eingesteckt, die er brauchte, um ein bisschen unauffälliger auszusehen.

Er bog in den Möringbogen ein, wo sein Auto stand, und sah sich um. Kein Mensch folgte ihm. Das war doch nicht zu fassen, wie unfähig diese Polizisten waren. Er hatte sich noch nicht mal besonders beeilt. Es wäre zu sehr aufgefallen, wenn er aus dem Polizeipräsidium gerannt wäre, er wusste nicht genau, in welchem Umkreis das Gelände mit Kameras überwacht wurde. Deshalb ging er betont langsam, wie jemand, der alle Zeit der Welt hatte.

Aber er musste sich beeilen, das Mädchen brauchte Wasser. Diese Polizistin müsste nur die Klappe halten, dann würde noch alles gut. Sie konnten ihm nichts nachweisen. Das mit dem Hautfetzen musste ein Bluff gewesen sein. Und Amely musste nichts erfahren. Sie hatte ihn in dem Keller ja nie gesehen. Wenn er sie freiließe, würde sie nie erfahren, dass er sie festgehalten hatte.

***

Lennard starrte in die Überwachungskamera. Wo war der Kerl? Die beiden Schutzpolizisten hatten den Auftrag, ihm quasi freie Bahn zu lassen, wenn er den Raum verließe.

Riewert sollte denken, dass er abgehauen wäre, ohne dass es im ganzen riesigen Hamburger Polizeipräsidium jemand mitgekriegt hatte. Natürlich hatten sie ihn auf dem Schirm.

Aber jetzt war Riewert wirklich verschwunden, und zwar ohne dass es jemand bemerkt hatte. Die Polizisten, die ihm im Gebäude auf den Fersen bleiben sollten, bis die Kollegen draußen übernahmen, hatten schon im Präsidium seine Spur verloren.

Lennard hatte dauernd auf den Gang hinausgesehen, um zu überprüfen, wo Riewert war. Plötzlich konnte er ihn nirgends entdecken. Sofort lief er zur Toilette hinüber, aber auch dort war er nicht. Gleich sauste er zu seinem Bildschirm zurück und genau in diesem Moment setzte sich der Sender mit Riewerts Auto in Bewegung. Natürlich hatte er die beiden Zivilen hinter Riewerts Auto so postiert, damit sie gleich folgen konnten.

Gerade noch mal gut gegangen.

Die Bilder zeigten Riewert, als er aus dem Vernehmungszimmer gekommen war. Er nahm am Garderobenständer etwas aus seiner Jackentasche. Lennard konnte nicht erkennen, was es war. Vielleicht ein Stück Stoff. Damit ging er auf die Toilette. Lennard hätte gern selbst die Verfolgung aufgenommen. Das erste Mal seit er angeschossen wurde, verspürte er Lust dazu.

Die Überwachungskameras des Polizeipräsidiums hatten Riewert lückenlos aufgezeichnet, bis auf den Aufenthalt in der Toilettenkabine, in der er sich umgezogen hatte. In den Kabinen waren keine Kameras. Lennard begriff sofort, wie leicht man Riewert übersehen konnte, denn er hatte sich perfekt getarnt. Im ersten Moment erkannte er Riewert auf den Aufnahmen nur durch seine Bewegungen. Sein Aussehen hatte er total verändert.

Er setzte den Cursor wieder auf die Stelle, als Riewert aus der Toilettentür in den Flur trat. Er trug jetzt eine dunkelblaue Schirmmütze, den Kopf hielt er etwas gesenkt, das Gesicht zur Seite gewendet, natürlich musste er sich gemerkt haben, wo die Überwachungskameras waren. Er hatte eine dünne dunkelblaue Regenjacke über das Sakko gezogen. Hatte er sie in seiner Hosentasche versteckt? Er ging lässig mit federndem Gang, nicht zu schnell, aber auch nicht auffallend langsam aus dem Gebäude.

Obwohl er die Schirmmütze tief in die Stirn gezogen hatte. wirkte es so, als schaute er sich seine Umgebung interessiert an. Das Gegenteil von heimlichem Abhauen. »Gerissener Typ«, murmelte Lennard. »Aber es wird dir nichts nützen. Lena wird dich kriegen.« Er sah auf die Uhr. Allerdings musste sie sich beeilen. Falls das Mädchen überhaupt noch lebte. Er hatte Lena nicht gesagt, dass er sowieso nicht für möglich hielt, dass Riewerts Opfer so lange durchhielte.

***

Jens stand in der Tür zu Riewerts Schlafzimmer und zeigte Lena den doppelten Boden in Riewerts Werkzeugkasten. Darunter waren weitere Fläschchen aus Braunglas versteckt. »Damit hat er K.-o.-Tropfen hergestellt.«

In diesem Moment klingelte Lenas Telefon.

»Wir sind gerade losgefahren«, sagte einer der Kollegen, die Riewert verfolgten, »wir bleiben in seiner Nähe.«

»Wo ist er jetzt?«, fragte Lena.

»Tarpenbekstraße Richtung Süden.«

»Haltet genug Abstand, nicht vergessen, sein Auto hat einen Sender, ihr könnt ihn nicht verlieren. Wenn er euch bemerkt, dann geht die ganze Aktion schief. Meldet euch sofort, wenn ihr abseht, wohin er fährt. Wir kommen sofort dorthin.« Lena wartete die Antwort nicht ab und drückte das rote Telefonsymbol.

Nur wenige Minuten später piepte ihr Handy erneut.

Es war wieder der Kollege. »Riewert hat das Auto stehen lassen. Er ist weg.«

»Wo war das?« Das durfte ja wohl nicht wahr sein! Innerhalb von wenigen Minuten abgehängt!

»Am Taxistand am UKE.«

Wollte er nach Norden? Fuhr er zuerst Richtung Süden, bloß um die Kollegen zu täuschen? »Wahrscheinlich hat er schnell gemerkt, dass wir ihn beschattet haben. Lassen Sie sein Auto abschleppen und von der Spurensicherung untersuchen.« Lena sah zu Henri hinüber, der jetzt in Riewerts Schrank steckte, nur Po und Beine schauten heraus. »Die Kollegen haben Riewert verloren.«

Henri kroch aus dem Schrank. »Er kann nicht in seine Wohnung kommen, weil wir hier sind. Vielleicht fährt er nach Harburg, dort ist er aufgewachsen und seine Eltern wohnen ja noch da. Eventuell hat er da ein Versteck für seine Opfer. Vielleicht fährt er zu seinen Eltern?«

»Und vielleicht haben die eine Idee, wo das Versteck sein könnte.« Lena überlegte. »Wir fahren gleich zu ihnen.«

In der Kleinstadt in Niedersachsen, in der Lena aufgewachsen war, sahen die Wohnstraßen am Stadtrand genauso aus wie in Harburg. Die Häuser waren in den Fünfziger- und Sechzigerjahren gebaut worden. Die Gärten hatten kurz gemähten Rasen, darum herum Blumenbeete, alles gepflegt und langweilig. Lena schüttelte sich, sie dachte nicht gern an diese Zeit zurück. Es lag ihr einfach mehr, in der Großstadt zu leben.

Die Tür des Hauses wurde langsam geöffnet. Lena und Henri zeigten die Dienstausweise und Lena kam ohne Umschweife zum Zweck ihres Besuchs: »Wir suchen Ihren Sohn Andreas Riewert. Können Sie uns sagen, wo er ist?«

Herr Riewert musste über siebzig sein, ein großer Mann, dabei hager. Er wirkte streng, war schmal, aber größer als Andreas. Das volle wellige Haar war vollständig ergraut.

»Wir sehen unseren Sohn Michael nur alle paar Jahre, wir können Ihnen nichts sagen«, war Riewerts Antwort. Er wollte die Haustür gleich wieder schließen.

Blitzschnell stellte Henri seinen Fuß in die Tür. »So funktioniert das nicht, Herr Riewert. Sie lassen uns rein und beantworten uns unsere Fragen. Ist Ihre Frau auch da?«

Widerwillig öffnete Riewert die Tür.

Der Flur war so, wie sie es erwartet hatte. Sauber, ordentlich und charakterlos. Riewert senior führte Lena und Henri ins Esszimmer, er tat es wie eine lästige Pflicht. Keine Nachfrage zu seinem Sohn, noch nicht einmal das, was alle Eltern in einer solchen Situation sagen: »Unser Sohn hat bestimmt nichts verbrochen.«

Lena und Henri blieben stehen, sahen sich im Raum um, nachdem Andreas' Vater in die erste Etage gegangen war, um seine Frau zu holen.

Sie warteten und sprachen nicht. Lena merkte Henri an, dass er wie sie versuchte, die Atmosphäre aufzunehmen. Sie wollten das Elternhaus von Andreas Riewert begreifen, auch wenn es nun schon seit Jahren das Zuhause eines Rentnerehepaars war. Eine solche Kommode mit leicht nach außen laufenden Beinen wie die an der langen Wand des Esszimmers, hatte zwar nicht bei ihren Eltern gestanden, aber zu Hause bei Frank, bei dem sie mit achtzehn ein paar Monate ein und aus gegangen war. Auf der Kommode standen ein paar Bilder. Die Eltern Riewert und ihre beiden Söhne. Von Andreas gab es drei Kinderfotos und eins, das ihn als Erwachsenen zeigte. Auch das musste schon mindestens zehn Jahre alt sein. Lena schätzte ihn darauf auf Ende zwanzig. Der andere Junge, vermutlich der Jüngere der beiden, war auf acht Kinderfotos und auf vier Fotos als Erwachsener, mit eigener Familie und mit den Eltern. Auf diesen Fotos wirkte Herr Riewert senior weniger streng.

Lena dauerte alles zu lange. Sie ging in den Flur und rief in den ersten Stock: »Herr Riewert, bitte kommen Sie, wir haben wenig Zeit.«

Jetzt hörte sie, wie in der ersten Etage eine Tür geöffnet wurde. Endlich erschienen Andreas' Eltern im Esszimmer. Frau Riewert war etwas jünger als ihr Mann. Sie musste mal sehr schön gewesen sein. Sie hatte feine Gesichtszüge, war schlank, trug Jeans und ein graues Kapuzenshirt. Die hellen Augen mit den dunkelbraunen, geschwungenen Brauen erinnerten an Andreas und seinen intensiven Blick. Sie wirkte sympathischer und lebensfroher als ihr Mann.

»Wir ermitteln im Fall des Puppenmörders, Ihr Sohn Andreas Michael steht unter dringendem Tatverdacht. Wann haben Sie ihn das letzte Mal gesehen?« Lena hielt es absichtlich offen, wen sie direkt ansprach. Sie wollte beide Eltern reden hören.

»Michael, ja.« Seinem Vater schien gerade erst wieder einzufallen, dass er einen Sohn mit diesem Namen hatte. Er schwieg, sah an Lena vorbei und richtete seinen Blick dann auf seine Frau.

»Mein Gott! Er soll der Puppenmörder sein?« Frau Riewert sah Lena und Henri erschrocken an. Sie war jetzt kreidebleich, sie erstarrte. »Das ist ja …«

»Frau Riewert«, sagte Henri, »wissen Sie, ob Andreas Michael irgendwo eine Garage oder einen Schuppen gemietet hat, vielleicht auch ein Wochenendhäuschen, einen Schrebergarten irgendetwas in der Art?«

Riewerts Mutter wirkte völlig entgeistert.

»Sie tun sicher Ihre Arbeit, aber Michael hat bestimmt nichts damit zu tun«, sagte sie.

»Leider doch. Wir haben in seiner Wohnung etwas gefunden, das einem Opfer in der Nähe von Lüneburg gehörte. Außerdem haben wir ein eindeutiges Ergebnis eines DNA-Tests. Der Verdacht gegen Ihren Sohn ist stark. Denken Sie nach, wo könnte er Amely verstecken? In Harburg oder in der Region um Lüneburg?« Lena hielt es kaum aus, dass das alles so lange dauerte. »Vielleicht können wir die junge Frau noch retten.«

Frau Riewert war fassungslos. »Wir wissen so wenig von Michael. Er ist«, sie stockte, »er war lange nicht hier, das letzte Mal Weihnachten vor drei Jahren.« Sie sah Lena an. »Glauben Sie wirklich, dass er etwas so Schreckliches getan hat?«

Herr Riewert schüttelte den Kopf und trat näher zu seiner Frau und sagte: »Lass dich doch nicht verrückt machen, Marianne.« Lena bemerkte, dass Riewerts Vater an seiner Frau vorbeisah, während er mit ihr sprach.

Lena sah auf die Uhr. Sie waren schon eine Viertelstunde hier und noch keinen Schritt weiter. Mit jeder Minute sank die Wahrscheinlichkeit, Amely noch lebend zu finden. »Bitte, überlegen Sie! Hat Michael einen solchen Ort? Hat er einmal etwas Derartiges erwähnt? Bitte erinnern Sie sich!«

Andreas' Mutter schluchzte auf. Mit einer Mischung aus Verzweiflung und Hass sah sie zu ihrem Mann hinüber. »Andreas hat nie viel erzählt. Deshalb habe ich mir die wenigen Dinge, die er doch mal gesagt hat, besonders gut gemerkt. Als er das letzte Mal hier war, hat er erwähnt, dass er mehr Zeit für sich braucht und nicht mehr so viel mit anderen Leuten zusammen sein will. Mich hat das überrascht. Es war mir völlig neu, dass er viele Freunde hatte.«

»Haben Sie nachgefragt, was das für ihn bedeutete?«

»Michael kann man solche Sachen nicht fragen, er sagt dann gar nichts mehr. Jedenfalls suchte er schon länger ein kleines abgelegenes Haus in der Natur. Er hätte vor einiger Zeit ein Objekt dafür gefunden, sagte er, ein kleines einfaches Häuschen, aber schön gelegen. Er sagte, dass er oft täglich daran vorbeigekommen sei, aber erst jetzt verstanden habe, dass es für ihn passe. Er hat aber nicht gesagt, wo. Mein Mann war Architekt im Bauamt und er hätte ihn ja auch fragen können, ob er nicht etwas Passendes kennt.« Sie verstummte.

»Warum wollte Andreas seinen Vater nicht fragen?«, hakte Lena nach.

»Mein Mann war zwar in Harburg, aber er kennt bis heute den gesamten Raum Hamburg, weil ihn das ganze Bauwesen so interessiert. Aber Michael«, sie schien nach Worten zu suchen, »er, na ja, er hat eigentlich nicht mit meinem Mann gesprochen. Auch über andere Dinge nicht.«

Herr Riewert sah seine Frau kalt an. Konnte es sein, dass die Eltern Andreas im ersten Stock versteckt hielten, schoss es Lena durch den Kopf. Sie verwarf den Gedanken aber gleich wieder. Es war völlig unwahrscheinlich, dass Riewert seine Eltern aufsuchte.

»Wir haben mehr Kontakt zu unserem jüngeren Sohn«, sprach Frau Riewert weiter. »Martin war schon immer viel anhänglicher. Die beiden waren von Anfang an völlig verschieden. Michael ist ein Einzelgänger.«

»Kennen Sie seine Freundin Amely?«

Herr Riewert senkte den Blick und schwieg.

»Nein. Den Namen habe ich noch nicht gehört«, sagte Frau Riewert.

»Gibt es jemanden, mit dem wir über ihn sprechen können? Was ist mit seinem Bruder, haben die beiden Kontakt?«

Frau Riewert schüttelte den Kopf.

»Gibt es sonst jemanden, der ihn von früher kennt und der wissen könnte, wo sein Versteck ist?«

»Herr Schmidt kannte ihn gut«, sagte Frau Riewert tonlos. »Er war sein Tischtennislehrer, ein netter Mann, er hat sich um Michael gekümmert. Sie haben auch Ausflüge in die Gegend gemacht. Aber er ist vor einiger Zeit gestorben. Sonst weiß ich niemanden.«

Frau Riewert begleitete Lena und Henri hinaus, während ihr Mann zurückblieb. Lena wunderte sich zunächst, als die Frau bis zum Auto mitging.

»Das mit dem Puppenmörder«, schluchzte Frau Riewert tränenüberströmt, als sie auf dem Gehweg waren, »als ich davon in der Zeitung gelesen habe, Gott, es ist so furchtbar, ich …«

»Ja? Was?«

»Ich habe an Michael gedacht.« Sie zitterte am ganzen Körper.

»Warum? Bitte sagen Sie uns alles!« Vielleicht würden sie doch noch einen Hinweis bekommen.

»Mein Mann … ich … Ich meine, Michael war so ein zarter Junge. Ich glaube, er war ganz normal. Heute sind viele Kinder so. Aber mein Mann … ach.«

»Was hat Ihr Mann gemacht?« Lena wollte nicht drängen, um Frau Riewert nicht zu verschrecken, aber es musste jetzt schnell gehen. Sie hatten schon zu viel Zeit verloren.

»Michael sollte ein starker Rabauke sein, ein Kraftprotz, ein … na ja, ein typischer Junge.«

»Das wollen viele Väter.«

»Nein«, schüttelte Frau Riewert den Kopf, »was mein Mann wollte, das wollen nicht viele Väter«, Frau Riewert rang um Fassung. »Einmal, als meine Schwester mit ihren zwei Töchtern zu Besuch war, da hat Michael den ganzen Nachmittag mit den beiden Mädchen gespielt, sie haben sich im Garten einen Zoo gebaut und alle Stofftiere rausgebracht und die Mädchen hatten ihre Puppen dabei. Ich glaube, das war der letzte Tag, an dem Michael wie ein normales Kind gespielt hat. Danach war er verändert. Er …«

»Was ist passiert?«, fragte Lena.

»Mein Mann hat ihn mit einer Puppe gesehen und er …«, sie weinte wieder heftiger, »aber das ist nicht das Schlimmste. Ich …«

Lena wartete.

»Mein Mann hat Michael vom Wohnzimmer aus gesehen und ist nach draußen gestürmt. Er hat ihn aus dem Spiel gerissen und ihn vor den Augen seiner kleinen Cousinen, meiner Schwester, seines Bruders und mir angeschrien, was ihm einfiele, mit Puppen zu spielen, und er hat ihn geschlagen. Ich …«

Lena legte ihr eine Hand auf den Unterarm.

»Als mein Mann von ihm abgelassen hat, lief Michael auf mich zu. Ich werde nie vergessen, wie verzweifelt er geweint hat. Er war ja noch klein und hat sich an mich gedrückt. Weil er so geweint hat, konnte er nicht sprechen und ich, mein Gott, ich habe ihn weggestoßen und bin ins Haus gegangen.« Sie schloss die Augen und brach weinend zusammen.

***

Lena setzte sich ins Auto und zündete den Motor. So schnell wie möglich raus aus Harburg. Ihr Kind war achtzehn Jahre, vier Monate und einundzwanzig Tage alt, es war erwachsen und sie hoffte, dass es gute Eltern bekommen hatte, nicht solche emotionalen Krücken wie die Eltern von Andreas Riewert.

»Alles klar?«, fragte Henri.

»Die verkorksten Eltern von einem noch verkorksteren Sohn«, sagte sie und atmete tief durch. »Gut, dass wir die Durchsuchung seines Wohnblocks schon angeordnet haben.«

»Wir fahren jetzt zu Riewerts Wohnung«, sagte Lena entschieden, als sie auf die A 253 auffuhren. »Die Kollegen haben schon angefangen, den ganzen Block zu durchkämmen, alle Keller, Dachböden, alles. Auch, wenn es die ganze Nacht dauert. Mit seiner Wohnung ist die Spusi durch.«

Das Handy klingelte, Lena nahm den Anruf über die Freisprechanlage entgegen. »Lennard, was gibt's? Habt ihr Riewert gefunden?«

»Nein, was anderes: Das Labor hat den Fleck an Riewerts Hemd untersucht. Es ist Nagellack, wie du vermutet hast. Dieselbe Marke und Farbe wie bei Melanie Weigand.«

»Danke. Das hatte ich erwartet.« Sie legte auf.

»Lennard hat gestern Abend noch die Baupläne des Wohnblocks untersucht. Laut Plan gibt es keine Verbindungen der Wohnhäuser in seinem Wohnblock auf Ebene der Keller oder Dachböden«, sagte Henri.

»Man kann nachträglich Wände einziehen, Durchgänge einrichten, versteckte Türen anlegen.« Lena verwarf diese Ideen gleich wieder. »Riewert ist aber viel zu vorsichtig, er würde nie das Risiko eingehen und Baulärm verursachen. Außerdem hätte er dann einen Komplizen gebraucht. Vielleicht lebt Amely noch.« Lena trat das Gaspedal durch.

»Oder sie ist noch schneller tot«, sagte Henri tonlos. »Riewert ist ein Einzelgänger, er macht das allein.«

»Wir müssten eine Großfahndung nach ihm rausgeben, aber …«, Lena zögerte.

Henri nickte und sagte tonlos: »Hm, na ja.«

»Riewert würde Amely sterben lassen«, sagte Lena.

Henri nickte. »Wir müssen ihn finden, bevor es zu spät ist.«

»Wenn er unbemerkt in der Nacht von Dienstag auf Mittwoch von Lüneburg nach Hamburg zu seinem Versteck gefahren ist, dann kann es sein, dass er Amely noch mal Wasser gegeben hat.« Sie starrte auf die Straße vor sich. »Oder er hat Amely Dienstagnacht umgebracht und wir haben nur ihre Leiche noch nicht gefunden.«

»Er kann auch Mittwochnacht bei ihr gewesen sein. Dann hätte er es genauso gemacht wie bei den anderen Frauen.«

»Ich weiß«, sagte Lena. Sie hatte alle Varianten durchgespielt.

Lena steuerte das Auto schnell durch den dichten Berufsverkehr. Ihr Handy klingelte, Henri erkannte eine Vorwahl aus Niedersachsen. Sie nahm das Gespräch über die Freisprechanlage ab. »Ihr Vater«, sagte jemand am anderen Ende. Das musste ein Anruf aus dem Pflegeheim sein. Lena sah angespannt aus.

»Was ist mit ihm?«

»Er ist heute Morgen ohnmächtig geworden, wir haben ihn sofort in die Klinik gebracht, aber es war kein Schlaganfall. Er ist noch schwach, aber bei vollem Bewusstsein.«

»Gut, danke.« Lena atmete erleichtert auf. »Sagen Sie ihm, ich melde mich.«

Immerhin hatte Lena auch private Sachen, die nicht einfach waren. Mit einem Schlag fiel Henri wieder ein, dass seine Kinder im Präsidium waren. Was hätte er ohne Connys Hilfe überhaupt gemacht? Wegen dieser Sache könnte er sofort vom Dienst suspendiert werden und er wusste immer noch nicht, was Lena überhaupt dazu sagen würde. Ein gründlicher Absturz bei Nadia, das wär's jetzt. So viel trinken, bis er nichts mehr spürte. Wenn das hier zu Ende war, würde Lena ihm nahelegen, sich eine andere Arbeit zu suchen.

Hatte sie denn alles im Griff? Gab es nicht irgendetwas, womit sie auch nicht klarkam? Er sah zu ihr herüber, Lena raste an Wilhelmsburg vorbei, hinter ihrem Kopf der Hafen. Sie wählte die Kurzwahl und fragte bei Conny nach, ob die Kollegen in Riewerts Wohnblock schon fündig geworden waren. Und wie die Suche nach Riewert lief.

»Sie haben noch nichts gefunden und Riewert ist wie vom Erdboden verschluckt.«

»Danke, Conny, melde dich sofort, wenn du was Neues weißt.«

»Eh klar«, sagte Conny und war aus der Leitung verschwunden.

Henri griff sich mit der rechten Hand unter die Jacke, um zu überprüfen, was er schon wusste.

Seine Dienstwaffe war nicht im Holster. Er war ein Loser. Er würde seinen Job verlieren. Einen solchen Fehler konnte Lena nicht tolerieren. Das durfte sie gar nicht.

»Lena«, Henri räusperte sich, »meine Waffe ist nicht da.« Er war heiser.

Lena bog an der nächsten Kreuzung ab, ihre Augen fest auf die Straße gerichtet.

»Wo ist sie?«

»Keine Ahnung. Heute Mittag im Präsidium, als wir losgefahren sind, hatte ich sie noch.« Ihm wurde heiß. So was ging gar nicht. Er wusste es. Er wusste auch, dass Lena das wusste. Er konnte sich nicht vorstellen, was sie damit machen würde. Sie war seine Vorgesetzte. Blöder ging es nicht.

»Es gibt nicht viele Möglichkeiten«, sagte Lena gereizt. »Wir sind heute mit zwei Autos aus dem Präsidium gefahren, wir waren auf dem Weg zu Riewerts Wohnung. Du hast sie wahrscheinlich in deinem Auto liegen lassen und das steht bei mir im Hof. Dann machen wir es jetzt anders. Wir fahren nördlich um die Außenalster und du setzt mich bei mir ab. Du fährst mit meinem Auto weiter zu Riewert, ich hole dein Auto und komme sofort nach.«

Henri sah aus dem Fenster. »Gute Idee«, brummte er. Er

hatte keine Ahnung, was Lena dachte. Weil er in der heißesten Phase der Ermittlungen gegen einen eiskalten Mörder nicht wusste, wo er seine Dienstwaffe war.

***

Lena stieg vor der Hofeinfahrt zu ihrer Wohnung aus. Henri gab ihr seinen Autoschlüssel, wechselte auf den Fahrersitz und fuhr sofort los. Marvin stand an der Haustür. Er hatte einen Zeigefinger an den Mund gelegt und deutete auf ihre Wohnung. In seinem Gesicht lag Angst. War irgendetwas mit ihrer Wohnung? Was meinte der Junge bloß?

Lena tippte sich mit einer Hand leicht an die Stirn, als hätte sie etwas vergessen, und ging zu Marvin hinüber.

»Vor deiner Wohnung ist ein Mann«, flüsterte er. »Er ist über die Feuertreppe gekommen und er hat am Türschloss rumgekratzt.« Marvins Augen waren weit aufgerissen. »Er ist schon ganz lange da.«

»Ruf 110 an und verlang Henri Stefanski, er soll sofort kommen«, sagte Lena leise. Sie konnte nicht telefonieren, ohne dass der Mann vor ihrer Wohnung es bemerkt hätte. »Geh in eure Wohnung, ruf sofort an und komm nicht mehr raus.«

Unter ihrer Jacke entsicherte sie ihren Revolver. Marvin schlüpfte vor ihr durch die Tür und lief zu seiner Wohnung.

Es konnte nur einer sein, der vor ihrer Wohnung auf sie wartete. Lena straffte sich und atmete tief ein. Sie zwang sich, ruhig zu bleiben und die Treppen nicht zu schnell zu laufen, so, als hätte sie nur etwas vergessen.

Unten hörte sie immer noch Marvin. Warum war er nicht längst bei seinem Vater? Was tat er bloß?

»Ilpiiillp«, machte es plötzlich. Lena hielt inne. Marvins Möwenschrei war leiser als sonst, er musste doch längst in der Wohnung sein. Sie sah nach unten, von Marvin war nichts zu sehen. Hatte er sich ausgesperrt? Hoffentlich brachte er es fertig, die Kollegen sofort anzurufen.

Ihr Handy vibrierte. Lena las die SMS von Conny: Riewerts Firma hatte eine Lagerhalle und ein eigenes Logistikzentrum im Norden von Hamburg, die Adresse stand dabei. Riewert arbeitete im Hauptsitz der Firma im Hamburger Osten, aber er hatte regelmäßig auf dem Lagergelände mit dem dortigen Logistikleiter zu tun.

Lena ging weiter. Gleichmäßig nahm sie Stufe für Stufe und versuchte sich zu bewegen, wie jemand, der ganz normal vom Auto zu seiner Wohnungstür geht. Am liebsten wäre sie gerannt. Wenn er sie von oben beobachtete, sollte er glauben, dass sie völlig ahnungslos wäre. Es war beunruhigend still.

Lena vermutete, dass er hinter dem Mauervorsprung neben ihrer Wohnung stand. Dort, wo Marvin auch einmal auf sie gewartet hatte. Wenn sie jetzt zu langsam ginge, würde er Verdacht schöpfen, wenn sie zu schnell wäre, wäre sie oben mit ihm länger allein, bis Hilfe käme. Das war viel zu gefährlich. Henri und die anderen wären frühestens in einer Viertelstunde hier.

Beim letzten Treppenabsatz nahm Lena flüchtig einen Schatten auf ihrer Etage wahr, der aber sofort wieder verschwand. Er stand also hinter dem Mauervorsprung bei ihrer Wohnung. Lena ging zu ihrer Wohnungstür und tat so, also würde sie sie aufschließen, jedoch drehte sie sich mit dem Rücken zur Tür, die rechte Hand an ihrer Dienstwaffe. Mit einem lautlosen Satz sprang Riewert hinter der Mauer hervor. Um seinen Mund zuckte es. Er war überrascht, dass sie ihm frontal zugewandt war.

Lena atmete so ruhig wie möglich, Riewert kam nah an sie heran. Ihre Waffe ließ sie im Holster und langsam, als hätte sie sich an den Rippen gekratzt, nahm sie die Hand unter ihrer Jacke hervor. Er hatte aber etwas in seiner Hand. Es sah nach Watte aus oder einem zusammengeknüllten Tuch.

»Was machen Sie hier und wo haben Sie Amely versteckt?«

»Sie können mich ja festnehmen.« Er hob lächelnd die Hand und zielte Richtung Lenas Gesicht.

Sie trat einen Schritt zurück. Wollte er sie betäuben oder war das nur ein Bluff? In seinen Augen flackerte etwas, was sie bisher noch nicht bemerkt hatte. Er ist krank, dachte sie, verrückt. Sie durfte jetzt keinen Fehler machen, sonst war Amely verloren.

»Ich weiß nicht, ob die Schöne noch lange durchhält.« Er sah in Lenas Richtung, an ihr vorbei in eine weite Ferne. »Es ist unwahrscheinlich, dass Sie ihre Leiche je finden.«

»Was soll das? Was wollen Sie hier?«

Sein Blick war jetzt starr auf sie gerichtet. »Sie können Amely noch retten«, sagte er. »Es ist knapp, aber es liegt bei Ihnen. Vielleicht schaffen Sie es.«

»Was wollen Sie?« Sie spielte in Gedanken blitzschnell durch, wie sie Riewert festhalten könnte, bis die Kollegen kämen. Dann würde sie ihn die ganze Nacht in die Mangel nehmen. Aber das hätten sie im Präsidium ja schon tun können. Es würde nichts helfen, das Risiko, dass er schwieg und sie Amely nicht finden, durfte sie nicht eingehen.

»Ich habe strategisch mehr drauf als die ganze Hamburger Kripo zusammen. Wenn Sie Amely retten wollen, dann tun Sie, was ich Ihnen sage.«

»Und?« Lena sah ihn durchdringend an und in diesem Moment war ihr klar, wo Amely war. »Oft täglich« sei er daran vorbeigekommen, hatte er zu seiner Mutter gesagt.

»Sie lassen mich gehen und weder Sie noch Ihre unfähigen Kollegen folgen mir.«

»Warum sind Sie sich so sicher, dass wir noch nicht wissen, wo das Versteck ist?«

Riewert stutzte. »Das glauben Sie doch selbst nicht. Ich lasse Amely frei, wenn Sie mir zusichern, dass sie und auch ihre Eltern nie erfahren, dass ich sie gefangen gehalten habe.« In seinem Blick ein Flackern.

»Wir haben mit Ihren Eltern gesprochen.«

»Ach die«, sagte Riewert und machte eine abfällige Handbewegung.

»Und Melanie, Annika und Nicole?«

»Sie können gar nichts beweisen. Es wäre besser, Sie verschwenden keine Zeit mehr. Sichern Sie mir zu, was ich will, dann lasse ich Amely noch heute Nacht frei.« Er sah sie an. »Und keine Tricks. Wenn Sie unsere Vereinbarung nicht einhalten, dann überlebt vielleicht Amely. Aber irgendwann verschwindet ihre hübsche kleine Schwester.« Riewert machte eine Pause, »Amely ist nicht so unschuldig, wie Sie glauben«, grinste er. »Ihr gefällt es, wenn es härter wird.«

Lena überlegte fieberhaft.

Sie musste so schnell wie möglich hier weg, sie musste einen Notarzt zum Lagergelände schicken, Henri und die Kollegen sofort informieren.

»Ihren Versagerkollegen sagen Sie nichts von unserem kleinen Gespräch. Und Amely wird nach kurzer Zeit wieder zur Tagesordnung übergehen, sie ist stark. Jemand, der so nette Eltern hat, hat viel Kraft. Sie wird alles vergessen.« Er starrte Lena an. »Die kleine Nele ist noch hübscher als Amely, finden Sie nicht?«

»Hat Amely genug Wasser? Wann waren Sie das letzte Mal bei ihr?«

»Das ist schon eine Weile her. Es ist die Schuld der Kripo, dass ich nicht mehr zu Amely konnte.« Riewert ging einige Schritte rückwärts Richtung Feuertreppe.

»Wenn Sie mir folgen oder mir Ihre Kollegen hinterherschicken, dann ist Amely noch heute tot. Wie gesagt, falls sie überhaupt noch lebt.« Er blieb stehen. »Ich gehe jetzt. Ich halte mich an meinen Teil der Abmachung.«

Es kam Lena vor, als hätte er sie eine Ewigkeit ohne

einen einzigen Lidschlag angesehen. »Die Polizei hat alles vermurkst. Deshalb überlegen Sie lieber gut, was Sie unternehmen.«

Zählte er sie gar nicht zur Polizei oder hatte sie es ebenfalls vermurkst? »Und die anderen Opfer?«

Riewert überhörte ihre Frage.

»Falls Sie jemals auf die Idee kommen sollten, Amely alles zu erzählen, dann geht es auch Ihnen nie wieder gut. Ich denke, wir haben uns geeinigt.«

»Amely braucht sofort medizinische Hilfe, wenn Sie sie freilassen. Sie muss in die Notaufnahme!«

»Ist eingeplant. Verstehen Sie immer noch nicht? Ich rette Amely!«

Riewert stieg die Feuertreppe hinunter, während Lena das Treppenhaus hinunterrannte. Sie durfte keine Zeit mehr verlieren, sie musste los.

Marvin stand unten. Von ihren Kollegen keine Spur.

»Der Mann hat neulich nach dir gefragt. Er hat mich nicht bemerkt.«

»Gut gemacht, Marvin. Hast du die Polizei angerufen?«

Marvin schüttelte den Kopf. »Ich hatte mich ausgeschlossen. Mein Vater ist eben erst nach Hause gekommen.«

Lena schrieb schnell Henris Nummer auf einen Zettel. »Ruf Henri an, sag ihm, dass er zum Lagergelände kommen soll.«

Für alle Fälle, sie würde Henri gleich selbst anrufen.

»Kann ich mitkommen?« In diesem Moment startete ein Auto vor der Hofeinfahrt, das musste Riewert sein. Vermutlich hatte er sich einen Firmenwagen geholt, damit er bei einer Autovermietung im Fall einer Fahndung nicht auffiel.

»Du gehst jetzt in eure Wohnung und bleibst zu Hause. Der Mann ist sehr gefährlich.«

Lena rannte zu ihrem Auto, fuhr mit Vollgas aus der Forsmannstraße, überfuhr drei rote Ampeln und war froh, in

Henris Auto zu sitzen. Das kannte Riewert nicht. Gleichzeitig rief sie Lennard an und sagte ihm, wo das Versteck wäre, dann wählte sie Henris Nummer. Henri ging nicht dran, die Mailbox sprang ebenfalls nicht an. Wahrscheinlich war er im Keller von Riewerts Wohnblock und hatte keine Handyverbindung. An der nächsten roten Ampel hielt sie und schrieb eine SMS.

Das Handy piepte, als sie weiterraste. *Warte auf uns, geh nicht allein rein*, lautete Henris SMS.

*Verstärkung und Krankenwagen, keine Sirenen, kein Blaulicht. Größte Vorsicht!*, antwortete sie.

Egal, ob die anderen da waren, sie konnte nicht warten, sie musste Amely finden.

Nach dem Abzweig in Hoisbüttel hielt sie in einer Einfahrt und verschaffte sich auf dem Bildschirm des GPS einen Überblick über das Lagergelände. Zum Glück hatte sie ein wahnsinnig gutes Gedächtnis, wenn es um Karten und Bilder ging. Die große Halle war eingezeichnet. Ein paar Wege, der Rest der Fläche war grün, bis auf ein winziges Viereck im nordöstlichen Teil des riesigen Grundstücks. Das musste es sein. Ein kleines Gebäude, vielleicht ein altes Büro. Lena stellte ihr Handy stumm und kontrollierte ihre Waffe. Noch eine SMS an Henri: *Gebäude auf Gelände im Nordosten.* Das letzte Stück fuhr sie ohne Scheinwerfer. Sie atmete tief durch und wartete einen Augenblick, bis sich ihre Augen an die Dunkelheit gewöhnt hatten. Dann sah sie sich gründlich um, konnte aber Riewerts Auto nirgends entdecken. Wartete er schon auf sie? Wollte er sie zuerst in das Versteck gehen lassen, damit sie in der Falle säße?

Nachts wurde auf dem Lagergelände nicht gearbeitet. Hier draußen konnte man sich kaum vorstellen, dass die Großstadt nur wenige Kilometer entfernt war. Lena sah sich um. Es kam gar nicht darauf an, wo sie ihr Auto abstellte, Riewert würde hören, wo sie war. Aber Amely hoffentlich auch. Wenn sie noch in der Lage war zu verstehen, dass ein zweites Auto Hilfe bedeutete. Sie musste es schaffen, das Versteck zu finden, bevor Riewert bei Amely war. Lena stellte den Motor ab und setzte sich die dunkle Mütze auf, die sie immer in der Jacke hatte. Ihre hellen Haare könnten sie zu leicht verraten. Die Handschellen waren griffbereit in der Tasche. Sie kletterte über den Zaun. Riewert würde irgendwo in der Dunkelheit auf sie warten.

Lautlos schlich sie am Zaun entlang. Es war zu dunkel, um den Boden zu erkennen, trotzdem erreichte sie schnell die Rückseite der großen Lagerhalle. Seitlich mussten zwei Wege abgehen. Von hier aus waren es immer noch einige Minuten zu laufen. Vorausgesetzt, sie nahm den richtigen Abzweig. Ein Stück weit verliefen die Wege parallel, dann teilten sie sich. Laut Plan endete der eine auf einer Grünfläche, der andere führte bis in den entlegenen Bereich des Grundstücks durch eine Art Wald, wo das kleine Gebäude stand. Es musste der richtige Weg sein. Sie hoffte, ihr Gedächtnis würde sie nicht im Stich lassen. Nochmals im Handy nachzusehen war zu gefährlich. Selbst das Licht des kleinen Bildschirms konnte Riewert zeigen, wo sie war.

Sie bewegte sich schnell von einem Baum zum nächsten und drückte sich immer wieder an einen Baumstamm, bevor sie weiterlief. Alles war still, aber unter ihren Füßen knackte es. Schließlich erkannte sie das Gebäude. Dort drinnen musste Amely sein. Es war ein sehr kleines Haus, vielleicht früher ein Verwaltungsgebäude. Davor war ein freier Platz. Das Geräusch, wenn sie auf die Zweige trat, schien kilometerweit durch die Stille zu dröhnen. Amely musste durchhalten. Wenn sie noch lebte.

Sie lief geduckt unter Bäumen entlang um den Platz herum. Hinter einem Baum blieb sie stehen, sie war nur noch wenige Meter von der Eingangstür entfernt. Sie lauschte. Wo war Riewert? Leise bewegte sie sich zum nächsten Baum. Sie musste es wagen. Sie sah sich noch einmal um. Soweit sie es in der Dunkelheit erkennen konnte, war niemand zu sehen und sie lief zur Eingangstür.

***

Als Henri in die Straße von Riewerts Wohnung einbog, war die ganze Straße voller Polizeiautos. Auch ein Hundeteam war da. Die Kollegen hatten schon mit der Durchsuchung des Wohnblocks angefangen. Er stellte das Auto ab und ging zum Haus. Lena schien noch nicht da zu sein, zumindest sah er sein Auto nicht.

Der Leiter der Spürhundabteilung stand an der Kellertür und hielt einem kräftigen Schäferhund eine Jeans vor die Schnauze. Das Tier beschnüffelte den Stoff mit großer Konzentration. Das Kleidungsstück hatte Conny von Amelys Eltern geholt. »Such!«, rief er und das Tier richtete sofort die Nase auf den Boden und lief die Kellertreppe hinunter.

Henri folgte mit den Kollegen. Es war ihre einzige Hoffnung, dass Amely da unten versteckt war. Sie suchten nach Hohlräumen und Verstecken und öffneten Türen, klopften an Wände, hebelten Fußbodenbretter auf und kratzten auf Betonböden herum.

Henri wählte Lenas Nummer und sah im selben Moment, dass er hier unten keine Verbindung hatte. Er musste Lena erreichen, wo blieb sie nur? Er lief nach oben. Sein Handy piepte. Endlich, eine SMS von Lena. Sie war auf dem Lagergelände von Riewerts Firma.

Er simste zurück und rief sofort Lennard an, der routinemäßig die Handys von Lena und Henri ortete, wann immer ein Verdächtiger frei herumlief oder entkommen war. Was Lena da tat, war sehr gefährlich.

Er rannte zum Auto, gab die Lageradresse, die Lennard ihm genannt hatte, ins Navi ein und fuhr sofort los.

Sein Handy vibrierte. An einer roten Ampel klickte er und las die Nachricht. Lena hatte gesimst: *Auto außen, auf Weg rechts von Einfahrt, offen wg. W., R. gefährlich, irre.*

Ja, Riewert war gefährlich, Lena wusste es selbst und fuhr allein los, um ihn zu kriegen. Das war Wahnsinn! Hoffentlich hatte sie das Auto wirklich offen gelassen, damit er seine Waffe aus dem Handschuhfach holen konnte.

Er aktivierte die Freisprechanlage, um mit Lennard in Kontakt zu sein, und raste Richtung Nordosten. Wie konnte Lena nur allein auf das Lagergelände gehen, um Amely zu suchen? Irgendwo dort war auch Riewert.

»Sie ist von zu Hause losgefahren«, informierte ihn Lennard, der in seinem Büro vor dem Bildschirm die Bewegungsdaten analysierte. »Lena war nur kurz zu Hause, warte! Sie hätte doch zur Durchsuchung von Riewerts Wohnblock fahren müssen. Seltsam.«

Henri atmete tief durch. Er musste sich auf den Verkehr konzentrieren. Lennard durfte nicht erfahren, dass Henri am entscheidenden Tag seine Waffe vergessen hatte.

»Sie ist hinter Hoisbüttel nordöstlich abgebogen. Dann ist sie gleich dort.«

»Wann war das?«, fragte Henri.

»Vor sechseinhalb Minuten. Aber, warte mal! Sie hat in einer Einfahrt angehalten. Auf dem Bildschirm sieht es nach einem Wohnhaus aus. Bleib in der Leitung, Henri, vielleicht wollte sie was nachgucken und hat deshalb gehalten. Dann weiter, sie fuhr links nach Westen ab, in die Straße Schnakenredder.«

Ob Riewert so leichtsinnig war, seine Opfer auf dem Grundstück seiner Firma zu verstecken? Henri konnte es nicht fassen.

***

Mit größter Vorsicht drückte Lena die Klinke der Eingangstür hinunter. Die Tür war nicht abgeschlossen. Wartete Riewert drinnen auf sie? Sie zog ihre Waffe. Die Scharniere waren geölt, kein Laut war zu hören. Sie schaltete die Taschenlampen-App an und suchte den Raum ab. Ein altes Büro, Schreibtische, Regale, nichts Auffälliges. Alles war staubig und in den Ecken waren Spinnenweben. An der linken Seite stand eine Tür offen, die im Lichtkegel den Blick auf ein weiteres Büro freigab. Auch hier war alles verstaubt. Aber es gab keine weitere Tür, keinen weiteren Raum, nichts. Das Gebäude bestand nur aus diesen beiden Räumen. Hatte sie sich doch geirrt? Sie wollte schon enttäuscht aufgeben, als ihr das Regal gegenüber der Eingangstür auffiel.

Selbst bei dem schummrigen Licht war gut erkennbar, dass es weniger verstaubt war als der Rest. Sie umfasste die beiden Außenbretter, aber die rechte Seite ließ sich auch ohne Kraftanstrengung bewegen. An der anderen Seite musste es mit Scharnieren an der Wand befestigt sein, es ließ sich ohne Quietschen wie eine Tür öffnen. Dahinter war eine Tür mit Knauf. Lena drehte an dem Knauf und die Tür ließ sich öffnen. Sie sah sich um.

Wo war Riewert, verdammt noch mal? Sie ging durch die Tür, dahinter war eine Treppe. Dort unten musste das Versteck sein. War Riewert schon da? Immer wieder drehte sie sich mit ihrer Walther im Anschlag zur Seite und nach hinten um, während sie langsam Stufe für Stufe die Treppe hinunterging. »Amely? Amely?« Unten war es stockdunkel und die Beleuchtung des Displays war zu schwach für die Finsternis. Lena suchte in ihrer Jackentasche den Laserpointer, es war sicherer, den Akku des Handys nicht aufzubrauchen. Jetzt sah sie, dass es hier unten keine Funkverbindung gab. Es half nichts, sie musste weiter.

Die Kellertreppe endete in einem Raum ohne Fenster, er schien noch einen Winkel links der Treppe zu haben, aber sie konnte es nicht genau erkennen. Von außen hatte sie keine Kellerfenster gesehen, möglich war aber, dass es ein Fluchtweg für sie sein könnte. Und für Amely. Auf dem Boden lag etwas, vielleicht Kleidung. Sie ließ den kleinen Lichtkegel darüber fahren und erkannte eine Schwimmbrille und einen Taucheranzug. Daneben war eine Tür.

Hinter der Tür glaubte sie ein schwaches Schaben zu hören. »Amely?« Aber vielleicht hatte sie sich das nur eingebildet, weil sie ein Geräusch hören wollte, irgendein Lebenszeichen, dass Amely durchgehalten hatte. Die Türklinke ließ sich keinen Millimeter bewegen. Lena tastete die Tür ab. Es gab keinen Schlüssel, aber in dem schwachen Licht erkannte sie, dass Riewert die Klinke mit einem viereckigen Zaunpfahl aus massivem Holz blockiert hatte. Falls es seiner Gefangenen gelingen sollte, von innen die Türklinke herunterzudrücken, würde der Holzpfahl nur noch fester zwischen dem Steinfußboden und der breiten Eisenklinke fixiert. Ein Entkommen war unmöglich. Maßlose Wut stieg in ihr auf und sie trat mit aller Kraft gegen den Holzpfahl. Aber anstatt den Holzpfahl umzuhauen, stürzte sie plötzlich zu Boden.

»Hier sehen wir uns also wieder.« Riewert hatte sie mit einem Tritt in die Kniekehle zu Fall gebracht. War er hinter ihr die Treppe runtergeschlichen oder hatte er hier unten auf sie gewartet? Sie hatte ihn nicht kommen hören. Er hockte neben ihr auf dem Boden und drückte ein Knie in ihre Magengrube. Eine Waffe war auf sie gerichtet. Beim Sturz war ihr der Laserpointer aus der Hand gefallen, er tauchte den Raum in ein diffuses, schwaches Licht, zu dunkel, um viel zu erkennen. Sie fühlte einen heftigen Schmerz an ihrer Wange, als wäre sie aufgerissen.

Das ist eine Polizeiwaffe, schoss es Lena durch den Kopf. Riewert musste Henris Walther aus dem Auto genommen haben. Dann hatte er sie von Anfang an beobachtet. Der Lauf zeigte auf ihre Stirn.

»Sie haben sich nicht an unsere Abmachung gehalten«, sagte er so leise, dass Lena ihn kaum verstand.

In ihrem Kopf arbeitete es rasend schnell und das Blut tropfte von der Wunde in ihrem Gesicht. »Nein, habe ich nicht.« Sie musste ihn überraschen, übertölpeln. Kannte Riewert sich überhaupt mit Schusswaffen aus? Er erwürgt seine Opfer und vorher setzt er sie mit Chemikalien k. o. Aber Waffen, nein. Bestimmt hatte er keine Ahnung. »Wie kommen Sie darauf, dass ich mit Ihnen etwas abgemacht hätte?«

Lena sah Riewert an, als erwartete sie von ihm eine Antwort. Dann schlug sie ihm mit einer blitzartigen Bewegung ihres rechten Ellbogens auf die Hoden. Riewert schrie auf und fiel zur Seite.

Lena hörte ein Schrappen, der Revolver war ihm aus der Hand geglitten und lag jetzt irgendwo auf dem dunklen Boden. Sie musste es schaffen, an die Waffe zu kommen.

Riewert griff nach Lenas Fußgelenk. Aber sie war schneller, riss mit einer Drehbewegung ihren Fuß aus seiner Hand, warf sich mit einem Satz auf den Boden, wo sie die Waffe vermutete. Und ja, es war Henris Waffe. Sie sprang auf und richtete die Walther auf Riewert.

Er stand blitzschnell auf. Glaubte er, sie würde nicht schießen?

Er hatte den Sicherungsbügel nicht scharf gestellt. Für den Bruchteil einer Sekunde war sie erleichtert. Er wusste nicht, wie man eine Waffe entsicherte.

»Es ist aus, auf den Boden. Los!« Mit einem metallischen Schnappen legte sie den Sicherungsbügel um. »Jetzt ist die Waffe scharf.«

»Sie erschießen mich nicht.«

»Hände auf den Rücken! Es ist aus.« Lena griff nach den Handschellen in ihrer hinteren Hosentasche, als Riewert plötzlich gegen ihren Arm trat.

Lena schrie auf. Die Waffe landete im hinteren Teil des Raums und ein Schuss löste sich.

»Aus, ja. Aber anders, als Sie denken«, sagte Riewert.

Sie standen sich gegenüber. Der Schmerz in Lenas Arm war stechend. Riewert keuchte und holte etwas aus seiner Jackentasche. K.-o.-Tropfen, schoss es Lena durch den Kopf. Mit all ihrer Wut rammte sie Riewert ihr Knie in den Magen. Er schrie auf und taumelte, versuchte aber noch, Lena ein Stück Stoff vor die Nase zu halten. Lena drehte sich weg, holte zum Faustschlag aus, traf hart sein Kinn und schlug in derselben Sekunde noch einmal ihr Knie in seine Magengrube. Riewert wankte ein paar Schritte zurück, fing sich sofort wieder und holte ebenfalls zum Schlag aus. Als würde sich das Brütende, Starre in ihm in Sekundenschnelle in Kraft verwandeln. Er vergeudete keine einzige Bewegung. Er war wirklich zäh.

Lena musste jetzt schnell sein, sonst hätte sie keine Chance gegen ihn. Mit einer blitzschnellen Bewegung trat sie mit aller Kraft gegen seinen rechten Fuß, Riewert verlor den Halt und stürzte zu Boden.

Wieder riss er sie sofort an ihrem Fußgelenk. Er war sehr schnell. Und stark.

Lena befreite ihren Fuß mit einem heftigen Tritt. Verdammt noch mal, wo blieben die anderen?

Es gelang ihr, Riewerts linken Arm zu greifen und ihn auf den Rücken zu drehen. Doch er wand sich und mit einem Ruck zog er ihr die Beine weg. Sie rangen auf dem Boden miteinander. Riewert war plötzlich über ihr. Er hatte starke Arme. Ihre Kraft würde nicht mehr lange reichen. Riewerts Rechte klammerte sich an ihre Schulter und arbeitete sich zu ihrem Hals vor. Sie schlug ihm von unten gegen seinen Ellbogen, mit geballter Kraft und einem lauten Schrei.

Es knackte laut in Riewerts Gelenk, er schrie gellend auf. Sie hatte ihm das Ellenbogengelenk gebrochen. Trotzdem versuchte er, Lena ins Gesicht zu schlagen, aber der Schmerz war zu stark und er sank auf den Boden. Lena gelang es gerade noch, zur Seite auszuweichen, sonst wäre er auf sie gefallen. Sie drehte ihn auf die linke Seite und drückte ihr Knie in seinen Rücken. In dem Moment, in dem sie die Handschellen einrasten ließ, hörte sie draußen Autos vorfahren.

Türen schlugen und Schritte kamen eilig näher.

»Lena!« Henri kam als Erster die Treppe heruntergerannt. Zwei Polizisten mit Waffen im Anschlag und großen Taschenlampen folgten ihm. Sofort kamen noch weitere Polizisten mit Waffen, Taschenlampen und Handschellen.

Auf dem staubigen Boden lag Riewert, er versuchte, aus der Bauchlage in eine seitliche Position zu kommen, aber er rutschte immer wieder zurück. Seine Augen rollten wild herum.

»Da, auf dem Boden!« Sie zeigte auf Henris Waffe und stand auf.

»Bist du okay?«, rief er erschrocken. »Du bist ja voller Blut.« Henri nahm schnell seine Walther vom Boden auf und steckte sie in das Holster unter seiner Jacke.

Lena wischte mit dem Handrücken über ihre Wange. »Nur ein Kratzer.«

Der Notarzt und zwei Sanitäter kamen die Treppe herunter.

Amely musste hinter der Tür sein. Henri versetzte dem Holzpfahl einen gezielten Tritt und er krachte in die Ecke.

Zwei Polizisten führten Riewert ab. Lena folgte Henri in den Kellerraum, den die Taschenlampen der Kollegen ausleuchteten. Da lag Amely. Sie hatten sie gefunden. Lena stiegen Tränen in die Augen.

Das Lager auf dem nackten Fußboden bestand aus einer alten Decke, die bestimmt nicht gegen die Kälte des Bodens isolierte. Amely war mit einer Eisenkette an einem Eisenring an der Wand fixiert. Ihre Hände waren gefesselt. Hier gab es kein Entrinnen. In der Ecke stand ein Eimer, daneben lag eine leere Flasche. Es roch nach Urin und Exkrementen. Es gab kein Fenster, nur Kälte und keine Hoffnung. Quälende Todesängste mussten die Mädchen hier erlitten haben.

Der Notarzt hielt die Taschenlampe vor Amelys Augen, fühlte ihren Puls und sprach sie an. Amely reagierte nicht.

Ein Polizist öffnete mit einem Bolzenschneider die Fesseln.

»Bewusstlos. Ihr Puls ist schwach, aber da«, sagte der Notarzt und klopfte auf Amelys Wange. »Hören Sie mich, Frau Philippi?«, fragte er immer wieder. »Hallo, hören Sie mich?«

Amely reagierte nicht und Lena glaubte, ihr Herz würde stehen bleiben. Sie musste noch leben. Aber wie sehr hatten die Würgeattacken ihr zugesetzt? Würde sie wieder so sein können wir vorher? Stark, intelligent, zielstrebig und lebensfroh?

»Sie muss leben«, sagte Lena mehr zu sich selbst und spürte plötzlich, wie sie selbst zitterte. Ihr liefen Tränen übers Gesicht.

Henri kam zu ihr und legte seinen kräftigen Arm um ihre Schultern. Es war ihr egal, dass sie jetzt noch mehr weinte. Sie konnte nicht mehr.

Sie brachte kein Wort heraus und sah zu, wie die Sanitäter Amely blitzschnell auf die Trage legten und nach draußen brachten.

»Sie darf Riewert nicht sehen, falls sie aufwacht«, sagte sie. Aber Henri rannte schon nach oben, um sich darum zu kümmern. Lena wusste noch nicht, wie sie Amely beibringen würde, dass ihr neuer Freund der Puppenmörder war.

# 20

Am Sonntagvormittag lag Lena in der Badewanne und sah in die Baumkronen. Inzwischen waren sie mit Gelb durchsetzt. Der Herbst war da, es war kühl und es regnete schon das ganze Wochenende.

Amely lebte. Das Gefühl unendlicher Erleichterung durchzog sie jedes Mal wieder bei diesem Gedanken. Auf dem Badewannenrand stand ein großer Becher mit ihrem Lieblingskaffee. Eine dunkle Kaffeeröstung, mit zwei Kardamomkapseln frisch gemahlen und in der Stabfilterkanne aufgebrüht. Göttlich.

Noch Freitagnacht war Lena zu Amelys Eltern gefahren, um ihnen sofort die Nachricht zu überbringen, dass ihre Tochter lebte. Sie war bewusstlos ins UKE gebracht worden. Alle hatten sie sich auf den Weg in die Klinik gemacht. Amelys Eltern und Nele fuhren in ihrem Auto, Lena allein in ihrem Dienstwagen. Vor der Station, in die Amely eingeliefert worden war, warteten sie. Und wenn es die ganze Nacht und den ganzen Tag dauern würde. Die Handys immer griffbereit, obwohl bestimmt umgehend jemand kommen würde, um ihnen Bescheid zu sagen, wenn Amely aufgewacht wäre.

Bis jetzt wusste niemand, auch die Ärzte nicht, in welcher Verfassung Amely sein würde, wenn sie, falls sie zu Bewusstsein käme.

Keiner konnte schlafen, auch Nele nicht. Immer wieder schwiegen sie über lange Strecken, dann wieder weinten sie vor Erschöpfung und Erleichterung. Am frühen Morgen hatte Nele plötzlich Hunger und Lena holte aus dem Kiosk in der Eingangshalle ein paar Sandwiches und Kaffee. Nele zwang lustlos ein halbes Sandwich herunter, die anderen rührten nichts an. Susanne hielt den heißen Kaffeebecher mit beiden Händen fest und Lena war sich nicht sicher, ob sie den Kaffee überhaupt bemerkte. Christian starrte die meiste Zeit vor sich auf den Fußboden.

Sie diskutierten, ob und wie sie Amely sagen würden, dass Andreas der Puppenmörder war.

Um sieben Uhr kam endlich eine Ärztin durch die Glastür. Amely war aufgewacht. Nach einer Nacht am Tropf, denn sie war völlig dehydriert gewesen. Sie sei in guter Verfassung.

Ihre Eltern und Nele rannten sofort in ihr Krankenzimmer. Lena war einem Zusammenbruch nahe und ging weinend zu ihrem Auto, stieg weinend ein und weinte noch lange auf dem Parkplatz. Erst als ein Mann offenbar aus der Nachtschicht kam und neben ihr in sein Auto einstieg, fuhr sie endlich nach Hause.

Den Sonnabend verbrachte Lena mit Spazierengehen und Schlafen, sie war viel zu kaputt, um irgendetwas anderes zu tun. Nur ihren Vater rief sie an. Es ging ihm etwas besser und sie würde ihn in den nächsten Tagen besuchen.

Lena sog das Aroma des Kaffees ein. Dass sie sich nach so langer Zeit selbst beim Stehlen erwischt hatte, schockierte sie immer noch. Sie musste etwas unternehmen und so bald wie möglich zu einem Psychologen gehen. Das Stehlen war wie ein Zwang. Wenn sie wieder damit anfinge, würde sie ihre Karriere gefährden. Und wenn sie etwas liebte, dann war es ihre Arbeit, das LKA, die Kollegen, selbst ihren täglichen Weg zum Polizeipräsidium. Die Erfolge natürlich auch. Die Genugtuung, wenn sie die richtigen Leute kriegten. Und die Mittagessen mit Henri in der Kantine.

Henris Waffe. Glücklicherweise hatte niemand bemerkt, dass Riewert sie gehabt hatte. Was für eine riesige Panne. Das war gerade noch mal gut gegangen.

Amely hatte überlebt. Aber Melanie, Annika und Nicole waren tot. Lena hatte sie nicht schützen können. Ihr einziger Trost war, dass sie es geschafft hatten, ihren Mörder zu fassen. Amely musste noch ein paar Tage im UKE bleiben, mehr zur Beobachtung, für Gespräche mit der Psychologin und damit sie sich stabilisierte. Ihr Zustand war erstaunlich gut. Fast unheimlich, fand Lena, dass sie auch psychisch stabil wirkte. Susanne hatte Lena später aus dem UKE angerufen. Amely war noch weiter untersucht worden.

Es schien schon sicher zu sein, dass Amely keinen Hirnschaden hatte. Und was ihre psychische Verfassung betraf, würde sie alle Unterstützung der Welt bekommen, um dieses grauenhafte Erlebnis zu verarbeiten. Die Ärzte wollten noch abwarten, ob sich die Folgen möglicherweise verzögert einstellten. Schließlich wusste Amely nicht, wer sie festgehalten und misshandelt hatte. Nicht dass ihr neuer Freund drei Frauen umgebracht hatte. Lange konnte man nicht mehr damit warten, es ihr zu sagen.

Heute Vormittag hatte Amely Lena angerufen. Sie hatte gesagt, dass es ihr schon wieder besser gehe. Auch hatte es ihr gut getan, mit der Psychologin zu sprechen, aber es nervte Amely, dass alle sie mit Samthandschuhen anfassten. »Ich bin ja nicht tot und das Heulen hat mehr geholfen als das ganze Reden. Mir geht es ganz gut.«

Lena glaubte, dass Amely ihre Kräfte überschätzte. Vielleicht war das sogar eine Folge dessen, was sie erlitten hatte. Was würde passieren, wenn sie alles erführe? Vor dem Moment, wenn sie es Amely sagen mussten, hatte Lena große Angst.

Sie zog sich an, Jeans und ein Shirt im Herrenhemdstil, ein bisschen Make-up gegen die Blässe und Mascara.

Ihr Handy meldete einen Anruf. Auf dem Display: Rasso Riedenburger. An einem Sonntag? Wollte der jetzt noch Stress machen?

»Hallo, Herr Staatsanwalt!«

»Entschuldigen Sie, dass ich Sie heute anrufe, Frau Holland. Ab Morgen habe ich zwei Wochen Urlaub.«

Sie wartete.

»Ich wollte Ihnen noch mal gratulieren, Sie haben den Puppenmörder gefasst und verhindert, dass er eine weitere Frau tötet. Das ist großartig.«

»Das war ich nicht alleine, ich habe Topkollegen.«

»Nicht so bescheiden.« Er machte eine Pause. »Eines noch, Frau Holland, Sie haben sich meiner Anweisung widersetzt, indem Sie weiter ermittelt haben. Sie sollten den Fall abgeben, weil Sie befangen waren. Und Sie haben zweimal meine Anrufe ignoriert. Das sind Dienstvergehen.«

»Ja, das weiß ich«, sagte Lena.

Sie würde ihm nicht sagen, dass sie ohnehin aus dem Polizeidienst ausgeschieden wäre, wenn Amely nicht überlebt hätte. Und ihre eigene Situation wäre noch das Geringste gewesen: Ihre Freundin wäre tot gewesen, Susanne und Christian hätten ihre Tochter verloren und für sie selbst wäre die Freundschaft mit Amelys Familie zu Ende gewesen. Darüber machte sie sich keine Illusionen. Nicht nur Christian und Susanne und Nele, auch sie selbst wäre nicht mehr dazu in der Lage gewesen, weiter mit ihnen befreundet zu sein, wenn Amely gestorben wäre.

»Allerdings … wenn Sie sich meiner Anordnung nicht widersetzt hätten«, sagte er fröhlich, »wäre Amely Philippi jetzt tot. Super Arbeit! Bis in zwei Wochen!«

Lena atmete tief durch. Riedenburger war wirklich ein pragmatischer Typ.

***

Es klingelte. Im Garderobenspiegel überprüfte Lena ihr Aussehen. Haare okay, aber sie sah müde aus, trotz Ausschlafen, Spazierengehen und Baden.

Sie hatte mit Henri verabredet, zusammen zu kochen und es irgendwie zu schaffen, einen Strich unter diesen Fall zu ziehen. Auch wenn Lena ständig Riewerts Gesicht vor Augen hatte und sie in der kommenden Woche noch die Berichte schreiben mussten.

»Hallo!« Henri hielt ihr einen Dahlienstrauß hin.

»Danke! Die sind sehr schön, aber du musst doch nichts mitbringen.« Sie stellte den Strauß vorerst zu einem anderen in die Vase auf der Kommode.

Henri ließ seinen Rucksack neben die Kommode auf den Boden fallen und eine Sekunde lang glaubte Lena, er wollte den Kratzer auf ihrer Wange berühren. Aber dann fuhr er sich nur über die Stirn.

»Was duftet denn hier so gut?«, fragte Henri und schnupperte.

Oje, es fiel ihr erst jetzt wieder ein, vor dem Baden hatte sie ein paar Sachen auf den Herd gestellt. »Oh, Mann, das muss die Currysoße sein. Ich habe vergessen, den Herd auszustellen, wahrscheinlich ist jetzt alles angebrannt«, sagte sie und lief in die Küche.

Henri folgte ihr.

»Die Platte hatte ich auf die kleinste Stufe gestellt.« Allerdings war das vor einer Stunde gewesen.

»Umso besser«, sagte Henri, »ich habe einen Mordshunger.«

»Du kannst helfen, wenn du willst.«

»Klar. Was ist zu tun?«

Sie kramte im Kühlschrank herum und holte Gemüse heraus.

Henri breitete das Gemüse auf dem Küchentisch aus und begann, es klein zu schneiden.

Lena rührte die Soße um. »Das duftet ja atemberaubend«, sagte sie. »Ich wollte das ultimative Curry-Kokos-Gericht zaubern.«

»Das könnte geklappt haben.«

Sie rührte über den Topfboden und gab Henri einen Löffel zum Probieren.

»Das ist umwerfend.«

»Der Geschmack kommt vom langen Schmoren«, sagte Lena. »Vorher war es nicht schlecht, aber kein Vergleich zu jetzt.«

»Verrätst du mir, was drin ist?«

»Eine Dose Kokosmilch, Erdnussmus, natürlich Sojasoße, Knoblauch … warte mal, was noch … ach ja, Ingwer … Zitronengras, schwarzer Pfeffer und scharfe Paprika.« Lena schenkte Wasser in zwei Gläser und holte dann eine Flasche Weißwein aus dem Kühlschrank. »Und Limette. Eigentlich ist das kein echtes Currygericht, zumindest fehlen einige typische Currygewürze.«

»Es schmeckt unbeschreiblich.«

»Dazu noch das Gemüse und ein bisschen Hühnerfleisch …«

Henri begann, das Gemüse zu waschen. Er ließ den Fall noch einmal Revue passieren. »Du bist schon auf Riewert gekommen, bevor sich Kerstin Momberg gemeldet hatte. Du hast Amely gerettet.«

»Es hat nicht viel gefehlt und sie wäre tot gewesen. Wir hätten früher draufkommen müssen, vor allem auf das Lagergelände.«

»Stimmt. Wie geht es ihr jetzt?«

»Schon wieder erstaunlich gut.« Lena schnitt das Hühnerfleisch in kleine Würfel. »Aber es war echt knapp. Sie hat Riewert bei den Würgeangriffen ausgetrickst, zumindest um ein paar Sekunden. In einem Moment, in dem sie noch bei vollem Bewusstsein war, hat sie so getan, als würde ihr ganzer Körper erschlaffen. Und sie hat schnell verstanden, dass der Täter sie nicht sofort töten wollte, sondern dass es ihm um die Wiederholung der Angriffe ging. Sie hat sich mit Yoga-Atemübungen auf die Angriffe vorbereitet.«

»Aber sie ahnt nicht, wer der Täter ist oder?«

Lena schüttelte den Kopf.

»Das Gemüse ist fertig, soll ich es scharf anbraten?« Er hielt seine Hände unter kaltes Wasser.

»Gute Idee, das passt zur Soße. Ich brate das Fleisch.« Sie gab einen Teelöffel Kokosöl in eine Pfanne und stellte sich neben Henri an den Herd.

»Möchtest du Wein zum Essen?«

»Lieber erst danach.« Dann sagte er: »Konntest du Amely schon fragen, ob sie damals mit dir über ihren neuen Freund sprechen wollte?«

Lena hatte diese Frage zu tarnen versucht, damit Amely nicht merkte, dass es Lena um Riewert ging. Sie hatte nur ganz allgemein gefragt, was sie damals hatte besprechen wollen. »Amely hatte bemerkt, dass Riewert extrem auf bestimmte Körperteile abfuhr.«

»Kommt beim Sex vor«, grinste Henri.

Lena hielt seinem Blick stand. »Sie fand es aber merkwürdig, dass er so auf ihren Mund fixiert war und ihr Lippenstift auftragen wollte. Sie wollte wissen, wie ich das finde.«

»Wie bei Kerstin, nur nicht so brutal.«

»Ich frage mich, was ich mit dieser Information gemacht hätte, wenn Amely mit mir darüber gesprochen hätte. Ob ich das als Hinweis auf den Puppenmörder verstanden hätte?« Sie wendete die Fleischstückchen. »Gar.«

Henri reichte ihr eine Gabel mit Gemüse. Um ein Haar hätte Lena den Mund aufgemacht, um sich von ihm füttern zu lassen. Im letzten Moment griff sie nach der Gabel.

»Der Reis! Ich habe den Reis vergessen!« Sie füllte Wasser in einen Topf und gab ihn hinein. »Übrigens hat Lennard mich gestern angerufen. Dirk hat nichts davon mitbekommen, dass wir ihn überprüft haben. Lennard hat das gesamte Recherchematerial vernichtet und alle elektronischen Spuren gelöscht.«

»Aber er musste überprüft werden. Schließlich gab es schon genug Täter aus diesem Umfeld … Übrigens … das mit meiner Dienstwaffe«, begann er zögernd, »ich …«

»Geschenkt. Es war auch ein bisschen meine Schuld, ich habe dieses Hin und Her ja verursacht. Zuerst zwei Autos, dann Kaffee, dann doch nur ein Auto.«

»Als ich mit den Polizisten zum Versteck gegangen bin, hatten wir vereinbart, nach Möglichkeit nicht zu schießen, weil es zu gefährlich wäre. Es dachten sicher alle, ich hätte meine Waffe ganz normal unter der Jacke.«

»Mich hat auch niemand gefragt, mit was für einer Waffe ich den Täter gestellt habe. Meine war die ganze Zeit im Holster unter der Jacke. Und das hat niemand bemerkt, noch nicht mal Riewert ... Von mir aus können wir das vergessen. Allerdings deine Kinder im LKA, das war nicht okay. Es kann sein, dass dazu noch was von Jürgen kommt. Er hat sogar von schriftlicher Abmahnung gesprochen.«

»Huuuh«, grinste Henri erleichtert. »Das krieg ich hin. Schließlich hat Sonja die Kinder ins Präsidium gebracht und nicht ich. Das ist nicht verboten.«

»Wie geht es deinen Kindern?«

»Heute Morgen wollte ich sie bei Conny abholen, wir haben zusammen gefrühstückt und irgendwann hat Lukas gesagt, dass sie noch bei Conny bleiben wollen.«

»Oh«, sagte Lena. »Ich wusste gar nicht, dass Conny so einen Draht zu Kindern hat.«

»Conny war sofort einverstanden und meinte, ich solle mich richtig ausschlafen. Heute Abend hole ich die beiden ab.« Henri schenkte Wasser ein. »Hast du eigentlich verstanden, warum Levantin für den Tag, an dem Amely verschwand, ein falsches Alibi angegeben hat? Schließlich stand er unter Mordverdacht. Das ist doch viel schlimmer, als wenn seine Kollegen mitkriegen, dass er auf Puppen steht.«

»Er hat durch eine Überweisung von seinem Girokonto rausgefunden, dass er an dem Tag einen Workshop bei einer Puppenmacherin besucht hat, sagt Lennard. Und er wollte unter keinen Umständen, dass irgendjemand davon erfuhr.«

»Dass er plötzlich ein Alibi brauchte, hat ihn total überrumpelt.«

»Und ihm fiel nichts Besseres ein als der Name eines Mandanten, mit dem er lange nichts zu tun hatte. Ganz schön blöd.«

»Manchmal ist es schwer, zu seinen eigenen Sachen zu stehen«, sagte Henri nachdenklich.

Als der Reis gar war, richtete Lena das Essen auf den Tellern an. Die goldbraun gebratenen Hähnchenstreifen, die gedünsteten Champignons, die scharf angebratenen Zucchinis und Zwiebeln, dazu Reis und die Kokos-Curry-Soße.

»Das haut mich um«, rief sie, als sie die erste Gabel probiert hatte.

Henri stieß mit seinem Wasserglas an und Lena nahm einen großen Schluck Veltliner.

Henri sagte nichts außer einem kurzen Cheers und ließ es sich schmecken.

Eine Weile aßen sie schweigend. Lena fühlte sich entspannt wie lange nicht mehr. Sie genoss es, mit Henri nicht pausenlos reden zu müssen. Das konnten sie eigentlich wirklich gut, dachte sie. Zusammen schweigen.

»Ich weiß gar nicht, wann ich das letzte Mal so gut gegessen habe«, sagte Henri nach einer Weile und nahm sich eine zweite Portion. »Das mit Lukas und Alina muss ich in den Griff kriegen. Übrigens fahre ich in meinem Urlaub mit den beiden zu meinen Eltern. Nächste Woche sind Herbstferien.«

Lena nickte. Sie würde endlich zu ihrem Vater fahren, wenn der Papierkram des Falles erledigt wäre. Dafür hatte sie sich ein paar Tage freigenommen.

»Kaffee? Nachtisch?«, fragte sie.

»Kaffee, danke.«

»Ich brauche unbedingt was Süßes.« Lena hielt Henri die Kaffeedose mit dem gemahlenen Kaffee vor die Nase.

»Was ist denn da noch drin?«

»Kardamom.«

Lena stellte Henri die Kaffeekanne hin und er begann, den Kaffee zu kochen. Sie bereitete einen großen Teller vor mit heller und dunkler Schokolade, Keksen, Mandeln, Walnüssen, Apfelspalten, Rosinen und frischen Feigen und legte zwei Gabeln dazu.

Auch Henri griff sofort zu.

Gerade hatte sie die Kaffeetassen hingestellt, als ihr Handy vibrierte. »Amely«, stand auf dem Display.

Es war genauso wie vor ein paar Wochen, als Henri abends bei ihr zum Essen gewesen war und sie zum letzten Mal mit Amely gesprochen hatte, bevor sie verschwunden war.

»Amely, wie geht es dir?«

Lena wäre am liebsten vor Freude in die Luft gesprungen. Heute schon der zweite Anruf von ihr! Das bedeutete, dass es ihr wirklich schon viel besser gehen musste. Sie sah zu Henri hinüber, auch er strahlte.

»Ziemlich gut. Meine Eltern haben die ganze Zeit an meinem Bett gesessen«, sagte Amely, »das ist so rührend. Jetzt gehen sie ein bisschen im Klinikpark spazieren.« Sie machte eine kleine Pause. »Lena, sag es mir ganz offen … ist Andreas der Puppenmörder?«

»Warum denkst du das?«

»Als ich in dem Keller war, hatte ich einmal das Gefühl, der Mann würde sich wie Andreas bewegen. Ich war mir nicht sicher, weil es so dunkel war, und es war nur ein winziger Moment. Ich war so in Panik und dachte, es ist eine Einbildung. Es ist mir erst gestern Nacht wieder eingefallen. Und …« Amely räusperte sich.

Lena schwieg und wartete.

»Und jetzt«, fuhr Amely mit fester Stimme fort, »kommt er nicht ins Krankenhaus. Meine Mutter hat gesagt, er hätte überraschend eine längere Dienstreise.«

So hatten sie es besprochen für den Fall, dass Amely einen von ihnen nach Andreas fragen würde.

»Er könnte mich anrufen, ich habe ja mein Handy wieder. Und wenn ich seine Nummer wähle, antwortet er nicht.« Sie hustete. »Lena, du bist die Einzige, die ich fragen kann. Die Ärzte haben sogar gesagt, es sei zu aufregend für mich, Zeitung zu lesen oder ins Internet zu gehen. Sie wollen doch bloß nicht, dass ich die Schlagzeilen sehe.«

Lena hatte die Meldungen im Internet und in den regionalen Medien gesehen: »Viertes Opfer des Puppenmörders gerettet«, »Lena Holland und Henri Stefanski fassen Puppenmörder.« Das war überall. In einer Online-Zeitung stand, dass der Täter mit seinem Opfer liiert gewesen war. In allen Blättern waren Fotos und Berichte und keine Zeitung schien sich daran zu erinnern, dass man die verantwortliche Kommissarin Lena Holland noch vor Kurzem für unfähig erklärt hatte, wie ein missgünstiger Kollege es einer Boulevardzeitung gesteckt hatte.

Es war ihr und Lennard nicht gelungen, Jörg Naumann der unerlaubten Informationsweitergabe an die Presse zu überführen. Wenn es wieder vorkäme, würde sie ihn erwischen.

»Wenn du nicht gewesen wärst, wäre ich jetzt tot«, sagte Amely plötzlich.

Lena war erleichtert über den Themenwechsel.

»Danke, Lena, danke! Gestern Abend und noch die halbe Nacht habe ich geheult. So habe ich noch nie geheult, wirklich noch nie.« Sie holte tief Luft. »In dem Keller habe ich immerzu überlegt, was ich tun könnte, um da rauszukommen, ich wollte auf keinen Fall rumheulen.«

»Jetzt konnte die Spannung von dir abfallen, das ist ganz normal.«

»Sag es mir. Bitte! Die Psychologin hier im UKE weiß es doch auch. Ich will nicht mehr mit ihr reden, wenn ich ihr vormachen muss, dass ich keine Ahnung habe.«

»Ich wollte es dir zusammen mit deinen Eltern sagen. Und vor allem persönlich und nicht am Telefon.«

»Ich bin selbst drauf gekommen, okay?«

»Ja, Amely, es stimmt. Er ist der Puppenmörder.« Lena nickte zu Henri hinüber. »Wir kommen gleich zu dir ins UKE.«

»Wer ist wir?«, fragte Amely.

Aber sie hatte schon aufgelegt, bevor Lena antworten konnte.

## Danksagung

Herzlich danke ich dem Emons und Grafit Verlag und Aletta Wieczorek für die Realisierung dieses Buchs.

Mein herzlicher Dank gilt Nadja Kossack und Lars Kossack von der Literarischen Agentur Kossack sowie Christiane Burkhardt für Anregungen und Gespräche und für das gelegentliche Herausführen aus Sackgassen. Und er gilt meiner scharfsichtigen Lektorin Christiane Geldmacher.

Herzlich danke ich auch Holger Vehren von der Pressestelle der Polizei Hamburg für alle sachdienlichen Informationen.

## Der Auftakt der Jenseits-Trilogie

Lucie Flebbe

**Jenseits von Wut**

ISBN 978-3-89425-587-9
Auch als E-Book erhältlich

Gesellschaftskritische Milieustudien, aktuelle Themen und ein frisch-authentischer Erzählstil

Knall auf Fall steht Edith ›Eddie‹ Beelitz mit ihrer kleinen Tochter Lotti auf der Straße: Ehemann Philipp war eindeutig die falsche Wahl. Weil bei der Bochumer Polizei Personalnotstand herrscht, kann Eddie kurzfristig in ihren ungeliebten Beruf zurückkehren, und das sogar in Teilzeit bei den Mordermittlern. Die haben gut zu tun: Vor dem Jobcenter liegt die Leiche der arbeitssuchenden Ronja Bleier – sie wurde brutal erschlagen. Eddie, die gehofft hatte, nur Schreibarbeiten übernehmen zu müssen, ist überfordert. Wie soll ausgerechnet sie dabei helfen, einen Mord aufzuklären?

*»Lucie Flebbe spielt virtuos mit vertrauten Handlungsmustern und versteht es, Lesererwartungen auf elegante Weise zu unterlaufen.«*
Joachim Feldmann, CrimeMag